광 야

광 야

정 찬 장편소설

문이당

작가의 말

1980년 5월 18일, 한반도의 남녘 도시 광주는 돌연 죽음에 에워싸인다. 죽음에 에워싸인 인간의 모습은 언제나 드라마틱하다. 아마도 그것은, 인간의 운명이 품고 있는 궁극적 실체가 죽음이기 때문일 것이다. 고백하건대, 내가 '5월 광주'를 그토록 오랫동안 들여다본 것은 죽음에 에워싸인 인간의 드라마틱한 모습 때문이었다.

어떤 죽음도 혼자의 죽음이 아닌 것은 없다. 동시에 어떤 죽음도 혼자의 죽음인 것은 없다. 이 죽음의 이중성이 하나의 모습으로 겹칠 때, 그러니까 '나의 죽음'이 '우리의 죽음'이 될 때 그 죽음들은 역사의 영혼이 된다. 『광야』에서 그리고 싶었던 것은 역사의 영혼이었다.

역사의 영혼은 권력의 영혼과 근원적으로 다르다. 이 서로 다른 생명의 영혼들은 마주 달리는 기차의 모습과 흡사하다. 역사의 변혁은 두 영혼의 충돌에서 일어난다. '5월 광주'는 영혼의 진율스러운 충돌이었다. 『광야』를 세상 밖으로 내보내는 것은 그 충돌의 심연을 우리가 아직까지 제대로 들여다보지 못하고 있기 때문이다.

2002년 1월
정 찬

차 례 / 광야

그해 5월

1989년 11월 9일 밤 열한시, 베를린

유리벽 안을 응시하던 〈볼티모어 선(The Baltimore Sun)〉 베를린 특파원 테리 머턴은 오른손으로 주머니를 더듬었다. 펜을 끄집어내기 위해서였다. 유리벽 안의 동독 국경수비대 사령부는 긴장과 불안에 휩싸여 있었다. 쉼 없이 전화 다이얼을 돌리고 있는 수비대장의 얼굴은 창백했다. 머턴이 보기에는 겁에 질려 있는 것 같았다.

베를린을 동서로 가르는 찰리 검문소 앞에서 수많은 동독인들이 네 시간째 경찰과 대치 중이었다. 그들이 '국경의 문을 열라'고 외치면, 철조망 너머의 서독인들은 '넘어오라'고 외쳤다. 군중의 수가 빠르게 불어나고 있었지만 경찰력은 빈약했다. 그들이 밀고 들어온다면 속수무책이었다.

이날 오후 여섯시경, 동독 공산당 정치국 대변인 귄터 샤보프스키는 기자 회견장에서 해외여행 완전 자유화를 발표했다. 그 순간 회견장은 침묵에 휩싸였다. 발표 내용은 몇 주 동안 베를린, 드레스덴,

라이프치히 등지에서 수십만 명의 시위대가 강력히 요구한 것으로, 철의 장막 속에서 오랜 세월 동안 폐쇄되어 있었던 동독으로서는 혁명적 조치였다.

조금 뒤 여기저기서 수군거리는 소리가 났다. 회견장 뒤쪽에서 한 기자가 언제부터 시행되느냐고 물었다. 샤보프스키는 잠시 당황하더니 어깨를 으쓱하며 '즉시'라고 말했다. 하지만 그것은 잘못된 대답이었다. 동독 공산당이 결정한 해외여행 자유화 조치는 다음날인 11월 10일부터 시행하도록 되어 있었다. 샤보프스키는 자신의 짧막한 답변이 인류를 격동시키는 세기의 드라마를 만들어 낼 줄은 까맣게 모른 채 기자 회견장을 나갔다.

샤보프스키의 회견 내용이 방송으로 보도되자 수많은 동독인들이 베를린 장벽으로 몰려들었다. 군부나 당으로부터 아무런 지침을 받지 못한 국경수비대가 당황하는 것은 당연했다.

수화기를 내려놓고 한동안 꿈쩍도 않던 수비대장이 마침내 밖으로 나왔다. 사람들은 숨을 죽인 채 그의 말을 기다렸다. 그는 어깨를 한번 으쓱하고는 문을 열라고 명령했다. 동독인들은 환호성을 지르며 국경 너머 서베를린 쪽으로 일제히 움직였다. 냉전의 상징인 베를린 장벽이 무너지는 순간이었다. 머턴의 눈은 본능적으로 시계를 찾았다. 시곗바늘은 정확히 열한시 17분을 가리키고 있었다.

고르바초프 체제의 소련 공산당이 '1980년까지 공산주의가 전 세계를 지배할 것'이라는 흐루시초프 체제 공산당의 1961년 선언을 '근거 없는 환상주의'라고 비판하면서, '평화 공존과 상호 이익을 위해 자본주의 국가와 관계를 개선한다'고 발표한 것은 1985년 10월 25일이었다.

고르바초프의 페레스트로이카는 동유럽을 강타했다. 공산당 일당 독재의 근거인 레닌주의가 해체되면서 개혁 세력들이 변혁의 주체로 부상했다. 1989년 8월 폴란드가 공산당 일당 독재 체제를 종식시킨 데 이어 두 달 후인 10월에는 헝가리가 전당대회에서 공산당 지배의 종언을 선언했다. 동독 역시 이데올로기의 대지진 속으로 휩쓸려 들어갔다. 89년 5월 헝가리의 국경 개방은 동독인의 대량 탈출을 촉발시켰다. 그것은 동독 공산 정권을 뒤흔들면서 개혁 세력에 힘을 불어넣었고, 결국에는 호네커 서기장을 퇴진시키기에 이르렀다. 베를린 장벽은 무너질 수밖에 없었다. 하지만 이렇게 빨리 무너지리라고 예상한 이는 거의 없었다.

훗날 동독 공산당 서기장 크렌츠는 샤보프스키의 잘못된 답변이 엄청난 결과를 초래했다고 탄식했다. 그가 정확하게 답변했더라면 동독인들은 11월 10일 여권과 비자를 신청하기 위해 질서 있게 줄을 섰을 것이며, 따라서 장벽이 그처럼 혼란스럽고 급작스럽게 무너지지 않았을 뿐 아니라, 공산주의자의 주도 아래 동독을 혁명이 아닌 개방의 형식으로 변화시켰을 것이라는 게 크렌츠의 견해였다.

서베를린으로 이동하는 동독인의 물결 속에서 금발의 젊은 여인이 머턴의 시선을 끌었다. 푸른색 잠옷 위에 외투를 걸친 그녀는 뒤에 남은 친구에게 '국경이 정말 개방된 것인지 확인하고 싶다. 십 분 후에는 돌아오겠다'고 소리치고 있었다. 여인의 얼굴은 흥분으로 발그스레했다. 국경 너머에는 장미꽃과 샴페인, 맥주를 든 서베를린 사람들이 기다리고 있었다. 비가 부슬부슬 내리는데도 수많은 사람들이 거리로 쏟아져 나와 샴페인을 터뜨리며 얼싸안고 춤을 추었다. 장벽 위로 올라가 춤을 추는 이들도 있었다. 취재 헬기가 공중을 선회하는 가운데 텔레비전 카메라 불빛이 장벽을 환하게 밝혔다. 어디선가 둔탁한 소리가 났다. 누군가가 장벽을 두드리며 조각을 떼어

내고 있었다. 잠시 후 벽을 깨는 소리가 곳곳에서 들려왔다.

한국의 휴전선이 떠올랐다. 남북한을 가르는 240킬로미터의 비무장 지대가 들어선 것은 1953년 7월, 3년간의 끔찍한 전쟁이 휴전 상태로 들어서면서부터였다. 그로부터 25년이 지난 78년 가을, 머턴은 동료 기자들과 함께 비무장 지대에 깊숙이 들어간 적이 있었다. 서울 특파원으로 근무하던 시절이었다.

인간의 발자취가 끊긴 비무장 지대는 너무나 평화로웠다. 갖가지 생명들이 공존하면서 저마다 독특한 아름다움을 피워 내고 있었다. 자연이 스스로 이룩하고 있는 평화였다. 그 평화로움 바깥에서 인간이 만든 두 개의 이데올로기가 상대의 생명은 물론이고 자신의 생명까지 파괴하고 있다는 사실은 비극이었다. 이 파괴의 에너지가 한국전쟁 이후 가장 참혹하게 터져 나온 것이 1980년 5월 광주였다.

「시민 여러분, 지금 계엄군이 쳐들어오고 있습니다. 사랑하는 우리 형제, 우리 자매 들이 계엄군의 총칼에 숨져 가고 있습니다. 우리 모두 일어나서 계엄군과 끝까지 싸웁시다. 우리는 광주를 사수할 것입니다. 우리를 잊지 말아 주십시오. 우리는 최후까지 싸울 것입니다. 시민 여러분, 계엄군이 쳐들어오고 있습니다……」

계엄군의 광주 진압 작전이 시작되고 있었던 5월 27일 새벽, 어둠속에서 울려 퍼졌던 젊은 여성의 목소리를 결코 잊을 수가 없었다. 머턴은 전남 도청이 내다보이는 여관의 2층 창가에 있었다. 가슴을 찢는 듯한 그 목소리는 비극을 예고하는 드라마틱한 선율이었다. 어느 순간 목소리가 뚝 그쳤다. 그 후 찾아온 정적은 손에 잡히는 물체처럼 그의 몸에 찰싹 달라붙었다. 얼마나 시간이 지났던가. 총소리와 수류탄 터지는 소리, 중화기의 발사 소리가 어둠을 뒤흔들었다. 죽음의 장면은 보이지 않았다. 오직 소리로만 들렸다.

그는 괴로워하고 있었다. 그러면서 동시에 괴로워하는 자신의 모습을 객관화하려고 애를 썼다. 창 너머에 있는 죽음을 엿보기 시작하면서부터 떠나지 않는 두 사람의 얼굴이 있었다. 박태민과 신부 도예섭이었다. 죽음을 이야기하는 그들의 입가에는 똑같이 미소가 어렸다. 한 사람은 상냥하게, 또 한 사람은 천진하게.

죽음의 소리가 멎은 것은 먼동이 트고 있을 때였다. 여관을 나섰다. 동료 기자들이 위험하다면서 극구 말렸으나 뿌리쳤다. 하지만 도청에 닿기도 전에 계엄군의 제지를 받았다. 민간인은 일절 통행금지라고 했다. 기자도 예외가 아니라는 무뚝뚝한 말에 발길을 돌릴 수밖에 없었다. 기자들이 도청으로 들어갈 수 있었던 것은 날이 훤히 밝은 후였다.

도청 안은 전쟁터 그대로였다. 청사 안마당에는 파괴된 차량들과 총기류, 각종 장비들이 뒤엉킨 채 널려 있었다. 건물도 심하게 훼손되어 있었다. 온전한 유리창이 없었다. 시신들이 여기저기 눈에 띄었다. 꽃이 떨어진 화단 옆에 한 청년이 하늘을 보고 숨져 있었다. 갈색 바지에 상의는 군복이었다. 흰 운동화와 뒷주머니에 꽂혀 있는 조그만 수첩이 눈을 아프게 했다.

박태민의 시신을 본 것은 은행나무 아래서였다. 가슴과 옆구리가 총상으로 벌어져 있었다. 푸른빛이 감도는 이마는 싸늘했다. 그러나 신부의 시체는 끝내 찾지 못했다. 작전 종료 이후부터 통행금지 해제 시간 동안 계엄군이 은닉한 시체를 찾는다는 것은 불가능했다.

머턴은 바바리코트 깃을 올리며 하늘을 쳐다보았다. 비구름이 덮인 하늘은 캄캄했다. 광주의 기억은 언제나 그를 고통스럽게 했다. 고통은 몸의 상처처럼 또렷했다. 죽음의 기억인 까닭이었다. 눈을 감았다. 불이 보였다. 죽음의 내부를 밝히는 불이었다. 불은 캄캄한 하늘에 홀로 떠 있는 별처럼 아득했다. 그가 보았던 죽음은 깊은 죽음들이었다. 그 죽음들을 뿌리칠 수 있는 힘이 그에게는 없었다. 그러니까 고통의 깊이는 곧 죽음의 깊이였다. 그것은 형언하기 힘든 운명이었다. 그해 5월, 빛의 도시에서 보았던 죽음들은.

운명

1980년 5월 18일 오후 네시

 광주직할시 북구 북동 180번지 큰길. 일요일인 데다 날씨가 화창해 많은 사람들이 나들이를 하고 있었다. 햇살은 눈부셨고, 기온은 20도 안팎을 오르내렸다.

 오후 세시 40분경, 세 겹 행렬을 이룬 일단의 군인들이 거리에 나타났다. 도청 방향으로 행군하고 있는 그들의 복장이 특이했다. 짙은 카키색의 얼룩무늬 군복이었는데, 하얀 말[馬]을 새긴 마크가 오른쪽 가슴에 붙어 있었다. 날개가 달린 말은 비상을 하려는 듯 두 발을 세우고 있었다. 군화도 흔히 보는 것과는 달리 끝 부분이 날카로웠다.

 그들이 들고 있는 진압봉은 길이가 70센티미터로 재료는 물푸레나무나 박달나무였다. 나무가 한창 물이 오를 때 만든 것이라 쇠처럼 단단했다. 강한 플라스틱 방탄 헬멧은 기존의 철모보다 훨씬 가벼웠다. 앞쪽에는 필요시 뒤로 넘길 수 있는 얼굴 보호용 철망이 달려 있었다.

그들의 발자국 소리는 무겁고 매몰찼다. 너무나 무겁고 매몰차 암울한 느낌까지 불러일으켰다. 북동 180번지와 누문동 62번지를 연결하는 횡단보도 앞에서 행군을 멈춘 그들은 새로운 대오를 갖추기 시작했다. 등을 비스듬히 가로지르는 M16 소총이 철거덕거렸다.

박태민이 공수특전단 소속 군인들을 처음 본 것은 오전 열시 무렵 전남대 앞에서였다. 아침에 눈을 뜨자마자 라디오를 켰다. 전날 밤 서울에서 걸려 온 전화 때문이었다.

5월 17일, 전국은 오랜만에 시위 없는 날을 보냈다. 그날 이화여대에서는 전국 55개 대학 총학생회장단 회의가 열렸다. 2단계 투쟁을 협의하기 위함이었다. 그런데 돌연 경찰들이 회의장에 난입, 다수의 학생회 간부들을 연행해 갔다. 이 소식은 전남대 총학생회에 알려졌고, 박태민에게도 즉각 전해졌다. 불길함을 느낀 그는 서울의 한준오에게 전화했다. 그러나 부재중이었다.

한준오를 처음 만난 것은 1978년 겨울이었다. 그는 합법적인 노동 운동 조직을 꿈꾸고 있는 치열한 활동가였다. 지식인 운동은 반드시 현장 운동과 결합되어야 한다는 한준오의 신념에 박태민은 깊이 공감했다.

1960년대 이후 산업화가 진전되면서 노동자의 수는 급격히 증가했다. 그들은 산업화의 주역으로서 사회 변혁의 근원을 이루고 있는 창조적 계층이었다. 그럼에도 불구하고 그들의 정치의식은 매우 낮았다. 그것은 노동 운동에 대한 유신 체제의 엄격한 통제와, 노동 운동을 사회주의 운동과 일치시키는 냉전 이데올로기의 산물이었다. 이 완강한 사슬을 깰 수 있는 유일한 무기가 노동자에 의한 조직이었다. 지식인 중심의 운동만으로는 진정한 변혁이 불가능하다고 믿고 있는 한준오에게 합법적인 노동 운동 조직은 크고 아름다운 꿈이었다.

밤 열시경 한준오로부터 전화가 왔다. 이화여대에서 최소한 열일곱 명 이상의 학생들이 체포되었다고 말한 그는 지금까지 어둠 속에서 총구만 겨누고 있었던 군부가 마침내 방아쇠를 당기기 시작했다고 침통한 목소리로 말했다. 그러면서 5월 15일 학생 운동 지도부에 의한 '서울역 대회군(大回軍)'을 격렬히 비난했다.

1979년 10월 26일 독재자 박정희의 죽음으로 유신 체제가 붕괴되면서 권력의 격랑이 시작되었다. 비상계엄을 통해 외부의 권력을 장악한 군부는 정치적 중립을 선언하고 합법적 절차에 따른 정치 일정을 지켜 나갈 것임을 천명했다. 하지만 권력의 추는 불안하게 움직였다. 통치자의 카리스마에 의존하고 있었던 집권 세력은 물론이거니와 저항 세력들도 대통령 피살이라는 돌연한 사태에 당혹하고 있었다.

유신 체제는 출발부터 비극을 잉태하고 있었다. 5·16쿠데타로 권력을 찬탈한 군부는 4·19 이후의 혼란에 정치적 질서를 부여했을 뿐 아니라 괄목할 만한 경제 성장을 이룩함으로써 정권의 정당성을 확보하는 데 일정한 성과를 거두었다. 하지만 1인 장기 집권을 축으로 하는 유신 체제는 정권의 정당성 훼손과 함께 장기 집권의 폐해로 인한 경제적 불균형의 심화로 그 효용성마저 상실하고 있었다. 국민의 저항은 필연적이었고, 유신 정권은 가혹한 탄압으로 맞섰다. 저항은 탄압이 가혹할수록 거세어지기 마련이다. 학생과 재야 세력, 노동자 계급은 급속히 전투화되어 갔다. 야당 세력까지 전투적 자세로 변모했다. 중앙정보부장에 의한 대통령 피살은 결코 돌연한 사건이 아니었다.

독재자의 죽음은 권력의 공백을 표 나게 드러내고 있었건만, 그곳에 이르는 길은 안개에 싸여 있었다. 군부 역시 조심스러운 태도를 견지했다. 그것은 머뭇거림이기도 했고, 기다림이기도 했다. 군부의 조심스러움은 권력의 공백에도 불구하고 미묘한 균형을 이루는 데 큰 역할을 하고 있었다. 이 균형을 허물어뜨린 것이 12·12반란이었다. 반란의 성공으로 군의 권력을 장악한 이른바 신군부는 유신 저항 세력은 물론이고 집권 세력도 인정하지 않았다. 그들은 자신들의 내면을 성급히 드러내지 않았다. 그들 역시 기다렸다. 하지만 머뭇거리지는 않았다. 그들의 기다림은 이듬해 5월부터 시작된 학생들의 대규모 가두시위로 전환기를 맞는다. 반유신 세력의 전위 부대가 학생이었다. 그 전위 부대들이 거리를 누비기 시작하자 신군부는 기다림에 종지부를 찍었다.

신군부가 12·12반란으로 움켜쥔 권력을 정치인에게 맡겨 두고 본래의 자리로 돌아갈 가능성은 거의 없었다. 그 단적인 증거가 4월 14일 신군부의 우두머리 전두환 보안사령관의 중앙정보부장 서리 겸직이었다. 자신의 상관인 계엄사령관을 체포하고, 자신의 어깨 위에 스스로 별을 하나 더 붙여 중장으로 진급한 그가 중앙정보부까지 장악한다는 것은 집권 스케줄의 일환이 아니고서는 납득하기 힘든 모습이었다. 그럼에도 불구하고 김대중과 김영삼을 두 축으로 하는 야당 세력은 분열로 치닫고 있었고, 그 분열은 재야 세력까지 뒤흔들었다. 이러한 일련의 상황은 운동 조직력을 갖춘 유일한 전위 부대인 학생 세력에 움직임을 요구하고 있었다. 가두시위는 불가피했다. 서울의 봄은 격동하기 시작했다.

1980년 4월 16일에 발표한 서울 9개 대학 학생회의 '현 시국에 대한 공동 성명서'는 가두시위의 신호탄이었다. 5월로 들어서자 전국의 학생들은 교문을 박차고 가두시위를 단행했다. 5월 13일에는 서울 시내 6개 대학 2천5백여 명의 학생들이 세종로 일대에서 야간 시위를 벌였고, 다음날은 21개 대학 7만여 명의 학생들이 거리로 나와 정치 군부의 퇴진을 요구했다. 10만여 명의 학생들이 집결한 15일의 서울역 광장은 시위의 절정이었다. 절정은 전환의 기점이다. 학생 지도부는 이것을 알고 있었다. 대외적으로 얼굴을 드러내지 않는 핵심 지도부였던 한준오 그룹은 방송국 등 서울의 주요 기관 점거를 강력히 주장했다. 그러나 시위의 강경화가 군부에게 쿠데타의 빌미를 줄지 모른다는 유화론자의 주장이 득세함으로써 시위 중지가 결정되었다. 이른바 서울역 대회군이었다.

박태민은 본능적으로 깨닫고 있었다. 대회군이란 무장 해제를 뜻하며, 적 역시 무장 해제를 하지 않는 한 패배가 필연임을. 그 패배의 모습이 이제 눈앞에 나타나고 있었다.

아침 일찍 라디오를 통해 비상계엄 확대 소식을 확인한 박태민은 급히 전남대로 갔다. 예상대로 학교 정문과 후문은 무장 군인들에 의해 봉쇄되어 있었다. 박태민을 놀라게 한 것은 그들의 군복이었다. 그들은 부산과 마산을 휩쓸었던 격렬한 가두시위를 단숨에 진압했다는 공수특전단이었다. 학생들은 정문과 30여 미터 떨어진 다리 건너편에서 구호를 외치고 있었다. 2백여 명은 족히 될 것 같았다.

서울의 결정에 따라 지방의 대학들도 일제히 시위를 중지했으나 광주만은 예외였다. 5월 13일의 서울 가두시위에 자극을 받은 전남대는 14일 경찰기동대의 완강한 저지를 뚫고 도청 앞 광장에 집결했다. 오후 여섯시까지 '민주화성회(聖會)'를 치른 6천여 명의 학생들은 질서 정연하게 귀교했다. 경찰은 시위를 전혀 저지하지 않았다. 다음날은 조선대와 광주교육대, 전문대 학생들이 시위에 가세함으로써 광주의 모든 대학의 학생들이 처음으로 한자리에 모였다. 이날 역시 경찰의 저지가 전혀 없었다.

서울을 비롯한 전국의 도시가 조용했던 5월 16일 오후 여섯시, 전날의 결의에 따라 3만여 명의 학생들이 도청 광장에 집결했다. 그날은 5·16쿠데타 19주년이 되는 날이었다. 학생들은 5·16 화형식과 시국선언문을 낭독한 후 저녁 여덟시부터 4백여 개의 햇불과 피켓, 플래카드를 들고 거리 시위에 나섰다. 광주 시내를 굽이굽이 흐르는 햇불의 빛들은 학생은 물론이고 시민들의 마음까지 환하게 밝혔다. 도청 광장에 다시 집결한 학생들은 시위 중단을 결의하는 한편, 만약 비상사태가 발생해 휴교령이 내려지면 다음날 아침 전남대 교문 앞에서 모이기로 한 전날의 공개 약속을 확인한 후 해산했다. 무장 군인에 의해 점령된 학교로 달려온 2백여 명의 학생들은 이 약속을 지킨 이들이었다.

아홉시 55분경, 소령 계급장을 단 장교가 메가폰을 들고 다리 앞까지 걸어 나왔다. 그는 위압적인 목소리로 '즉시 귀가하지 않으면 강제 해산시키겠다'고 경고했다. 군인들은 경고와 동시에 네 명씩 2열 종대의 대열을 갖추었다. 학생들은 더욱 큰 소리로 구호를 외치며 노래를 불렀다. 새 한 마리가 허공을 가로지르며 날고 있었다. 새가 사라질 즈음 '돌격, 앞으로'라는 날카로운 목소리와 함께 공수대원들은 괴성을 지르며 학생들을 향해 돌진했다. 순식간에 몇 명의 학생들이 피를 쏟으며 쓰러졌다.

박태민은 전율했다. 그들은 진압봉으로 머리를 먼저 친 후, 양 어깨를 쳤다. 그것은 시위 진압 규칙을 완전히 무시한, 살상을 목적으로 하는 폭력이었다. 학생들은 투석으로 대항했으나 역부족이었다. 공수대원들은 돌이 날아와도 피하지도 머뭇거리지도 않았다. 미리 겨냥한 대상을 쫓아가 머리를 때려 실신시킨 후 개를 끌듯 질질 끌고 갔다.

박태민은 학생들에게 싸움의 공간을 시내로 옮기라고 충고하고 싶었다. 상대는 대한민국 최강의 정예 부대였다. 그에 비해 시위 학생들은 조직화도 되어 있지 않을 뿐 아니라 인원도 미약했고, 전투의식도 부족했다. 그들은 무장 해제를 당한 소수의 무리에 불과했다. 그런 무리에게 가장 큰 적은 고립이고, 고립은 붕괴를 초래한다. 학생들은 바보가 아니었다. 상황을 본능적으로 깨달은 그들은 '시내로 가자'고 서로에게 외쳤다. 잠시 후 광주역 광장에 재집결한 그들은 방금 겪었던 무자비한 폭력과 함께 군사 쿠데타가 일어난 사실을 시민들에게 알렸다.

어느덧 4백여 명으로 불어난 학생들은 공용 버스 터미널을 거쳐 금남로로 향했다. 그들의 구호 중에서 김대중의 피체(被逮)가 시민들에게 비상한 관심을 불러일으켰다. 그때까지 공식 발표가 없었던 까닭에 시민들 대부분이 김대중의 신변 상황을 모르고 있었다. 그에게 절대적인 지지를 보내고 있었던 광주 시민들에게는 충격적인 소식이었다.

오전 열한시경 학생들은 금남로 3가 가톨릭 센터 앞까지 진출했다. 그들의 목적지는 민주화성회가 열렸던 도청 광장이었다. 그러나 경찰은 며칠 전과는 달리 대규모 병력을 동원, 시위대의 진출을 강력히 막았다. 거리는 최루탄 연기로 뒤덮였고, 하늘은 헬기 소리로 요란했다. 가차 없는 연행에도 불구하고 학생들의 저항은 끈질겼다. 경찰에게 몰리면 일단 흩어졌다가 다시 모여 30여 명 정도만 되면 구호와 함께 시위로 돌입했다. 이런 게릴라식 시위가 시내 곳곳에서 벌어졌다. 시위대의 수도 눈에 띄게 불어났다. 젊은 시민들도 끼어들었다. 뿐만 아니라 시위가 조직적이고 공격적으로 변해 갔다. 40여 명의 경찰들을 붙잡아 무장 해제시킨 후 풀어주기도 했다. 이런 상황에서 시내에 공수부대가 투입되었다는 소식이 들려왔다. 박태민이 전남대에 이어 두 번째로 공수부대를 목격한 곳이 북동 180번지 큰길이었다.

박태민은 움직임이 없는 군인들을 응시했다. 그들의 침묵과 부동은 소름이 돋을 정도로 깊고 단호했다. 시계를 보았다. 정각 네시였다. 그때였다. 초록색의 군 차량에 설치된 스피커에서 카랑카랑한 소리가 울려 퍼졌다.

「시민 여러분, 빨리 집으로 돌아가십시오. 빨리 돌아가십시오.」

시위 현장 주위에는 꽤 많은 시민들이 있었다. 그들은 시내에 처음 투입된 얼룩무늬 군인들을 호기심 어린 눈으로 지켜보고 있었다. 선무 방송의 목소리가 하도 위압적이라 다소 불안하기는 했지만 대부분은 구경만 할 뿐인데 괜찮겠지, 하는 마음이었다. 그로부터 1분도 채 못 돼 스피커에서 명령이 떨어졌다.

「거리에 있는 사람은 전원 체포하라.」

명령과 동시에 군인들은 용수철처럼 앞으로 튀어나왔다. 박태민은 군중 속에서 재빨리 벗어나 눈여겨 보아 둔 빌딩 안으로 들어갔다. 거리를 조망하는 데 아주 적합한 곳이었다.

군인들은 시위대와 구경꾼을 가리지 않았다. 젊은 남자면 무조건 공격했다. 진압봉에 머리를 맞아 쓰러지면 서너 명이 달려들어 피투성이로 만든 후 군 트럭에 짐짝처럼 실었다. 군인들은 그들뿐이 아니었다. 어디서 대기하고 있었는지 열한 대의 군 트럭이 횡단보도 근처로 잇달아 들어와 수많은 얼룩무늬들을 풀었다. 거리는 순식간에 아비규환으로 변했다. 어떤 말도 몸짓도 소용없었다. 피가 튀고 비명이 난무했다. 두세 명이 한 조가 된 공수대원들은 목표물을 끝까지 추적했다. 집 안으로 도망가도 소용없었다.

공수대원에게 쫓긴 한 학생이 북동 우체국 옆 골목의 마지막 집으로 뛰어 들어갔다. 혼자 집을 지키고 있던 할머니가 학생을 안방 장롱 속에 숨겼다. 곧이어 들이닥친 공수대원이 방금 들어온 학생 어디 있느냐고 물었다. 할머니가 모른다고 하자 거짓말을 한다면서 진압봉으로 머리를 때려 실신시킨 후 집 안을 뒤지기 시작했다.

학생 한 명이 금남로 한미제과 앞 양복점 안으로 숨어들었다. 양복점에서는 직원 두 사람이 옷을 다리고 있었다. 쫓아온 공수대원은 구석에 숨어 떨고 있는 학생의 멱살을 잡아 일으키더니 뜨거운 다리미를 빼앗아 머리와 얼굴을 마구 내리친 후 바깥 도로로 내팽개쳤다.

학생 두 명이 쫓기다가 골목 안으로 들어갔다. 다급해진 그들은 대문을 밀치고 가정집으로 뛰어들었다. 다행스럽게도 지붕으로 통하는 계단이 있어 다른 집으로 도주할 수가 있었다. 뒤쫓아 온 공수대원이 안방 문을 열어젖혔다. 청년 두 명이 바둑을 두고 있었다. 한 청년의 러닝셔츠에는 ROTC라는 글씨가 새겨져 있었다. 청년들이 고개를 돌리는 순간 진압봉이 날아왔다. 부엌에 있던 청년의 어머니가 달려와 '이 애들은 종일 집에만 있었다'고 외쳤으나 소용이 없었다. 공수대원은 울부짖으며 가로막는 어머니를 군홧발로 밀어 내며 청년들을 끌고 갔다.

시민들은 길 군데군데 홍건히 고인 핏물을 보며 치를 떨었다. 주저앉아 통곡하는 아낙들도 있었다. 빌딩에서 빠져나온 박태민은 어디론가 전화를 걸었다. 상대방을 확인한 그는 지금 가장 시급한 것이 시위대의 무장이라고 말하면서 당장 화염병을 만들라고 지시했다. 격정을 억제하는 그의 목소리는 몹시 떨리고 있었다.

한동안 들리지 않던 헬리콥터 소리가 나면서 전투 경찰들이 움직이기 시작했다. 헬리콥터의 무전 연락으로 시위대의 위치를 손바닥 보듯 파악하고 있는 그들은 시위대를 힘으로 밀어붙였다. 해산을 목적으로 한 오전의 작전과는 판이했다. 경찰에 밀린 계림동의 시위대와 산수동의 시위대가 공용 터미널 광장에서 자연스럽게 만났다. 금남로로 통하는 도로에서 시위를 하던 학생들도 어느덧 공용 터미널 광장까지 밀려왔다. 경찰의 작전을 간파하지 못한 학생들은 뜻밖의 만남에 환호했다. 잠시 후 시위대의 앞과 뒤에서 공수부대가 동시에 나타났다. 그들은 착검한 총을 앞세우고 빠르게 다가왔다. 붙잡힌 학생들은 머리부터 터졌다. 그래도 반항하면 대검에 찔렸다.

학생들 중 일부가 공용 터미널 안으로 들어갔다. 뒤쫓아 들어간 공수대원들은 방독면을 쓰고 최루탄을 여기저기 터뜨렸다. 터미널 안은 아수라장이 되었다. 고통을 이기지 못해 유리창을 깨고 뛰쳐나가는 사람들도 있었다. 미처 나가지 못한 사람들은 서로 밟고 넘어졌다. 공수대원들은 젊은 남자다 싶으면 진압봉을 휘둘렀다. 비명 소리가 곳곳에서 들렸다. 어린아이의 울음소리도 있었다. 최루탄에 익숙해 있고 위기의식에 사로잡힌 학생들은 대부분 빠져나갔다. 하지만 버스를 기다리거나 친지를 만나러 온 젊은 남자들은 영문도 모른 채 피투성이가 되어 끌려 나왔다.

군 트럭 안도 처참했다. 잡혀 온 사람들 모두가 부상으로 신음했다. 감시 군인들은 바닥에 납작 엎드려 있는 그들의 몸을 질근질근 밟고 다녔다. 트럭 아래로 핏물이 뚝뚝 떨어졌다.

그날의 폭력은 북동 180번지 큰길과 공용 터미널 부근에만 한정된 것이 아니었다. 일흔 명으로 시작된 7공수여단 33특전대대 선발대 진압 작전은 33대대 잔여 병력 2백여 명과 35대대 병력 3백여 명이 추가로 투입되면서 광주 시내 전 지역으로 확산되었다. 1979년 10월 18일 부마항쟁 당시 부산에 투입되었던 7공수여단은 5월 18일 새벽 두시 반경 전남대와 조선대에 각각 진주했다. 시내 주요 기관은 향토 사단 병력인 일반 계엄군이 장악하고 있었다.

진압 작전은 성공한 듯 보였다. 오후 다섯시가 되자 노동청 앞 시위를 마지막으로 학생들은 자취를 감추었다. 시민들도 예외가 아니었다. 잡히면 죽는다는 공포감에 귀가를 서둘렀다. 상가가 철시되고 시내 교통은 마비되었다.

오후 여섯시 전남북 계엄분소는 광주 시내 일원의 통금 시간을 아홉시로 앞당긴다고 발표했다. 그런데 저녁 일곱시경 광주고등학교와 계림파출소 사이에 시위대가 다시 나타났다. 3백여 명쯤 되어 보였는데, 그들의 모습은 낮의 시위대와 달랐다. 대열의 전면에 선 청년들은 학생이 아니었다. 그들은 학생들을 뒤로 보내고 자신들이 전면에 섰다. 그들이 손에 쥐고 있는 것은 보도블록 조각이나 돌이 아니라 각목과 쇠파이프였다.

공수부대가 달려들었다. 종전의 시위대와는 달리 청년들은 결코 물러서지 않았다. 말 그대로 백병전이 시작되었다. 시간이 지나자 공수부대가 밀리기 시작했다. 시위대는 계속 밀어붙였다. 산수동 오거리에 이르자 새로운 공수부대가 나타났다. 시위대가 무너지기 시작했다. 그들은 흩어지면서 골목으로 달아났다. 공수부대는 그들을 잡기 위해 인근 주택가를 이 잡듯이 뒤졌다.

그 시각 노동청 앞과 지산동, 광주공원, 금남로 일부에서도 소규모 시위대들이 출몰했다. 마흔 명 안팎의 시위대들은 어둠을 최대한 활용하여 게릴라식 시위를 벌였다. 시위대가 사라진 것은 열한시경이었다. 하지만 가정집과 여관을 대상으로 한 공수부대의 색출 작전은 자정이 넘어서도 계속되었다. 군인들이 학생들의 학적부를 들고 전시내 주택가를 수색한다는 소문이 돌아 시민들은 밤새 공포에 떨었다. 이날 공수부대에 하달된 작전 명령은 '화려한 휴가'였다.

5월 19일 새벽

한 대의 열차가 광주역 플랫폼으로 천천히 들어서고 있었다. 새벽 한시가 다 되어 가는 시각이었다. 전날 밤 서울 청량리역에서 출발한 열차였다. 역무원들이 바쁘게 움직이기 시작했다. 열차가 토해낸 승객들은 전부 공수특전단 군인이었다. 조용하던 역사(驛舍)는 금방 군인들로 가득 찼다. 그들의 눈은 수면 부족으로 붉게 충혈되어 있었다. 등에 짊어진 배낭이 무척 무거워 보였다. 역 광장에는 수십 대의 군 트럭들이 그들을 기다리고 있었다.

광장에 선 강선우는 무거운 눈꺼풀을 들어 올렸다. 엷은 구름 사이로 희미하게 떨고 있는 별이 보였다. 열차 속에서 얼핏 보았던 들판이 떠올랐다. 보랏빛 들판 위에 별들이 흐르고 있었다. 수많은 들판들이 텅 빈 새벽 역과 함께 스쳐 지나갔다. 그들이 스쳐 지나가는 소리가 잠결에 어렴풋이 들려왔다. 나직나직 수군거리는 그 소리들은 어둡고 미지근한 대기에 실려 어디론가 사라져 가고 있었다.

달이 밝으면 들판이 얼마나 환한지, 그는 잘 알고 있었다. 달빛에 싸인 들판을 가만히 보고 있노라면 들판은 소리 없이 일어나 춤을 췄다. 그 고요한 춤은 모든 소리들을 모아 하나의 소리로 만들었다.

풀벌레 소리와 바람 소리, 억새들의 서걱거리는 소리 들은 물론이고 보초병들의 발자국 소리와 웅얼거리는 소리까지 뒤섞어 자신의 율동 속으로 끌어들였다. 춤의 푸르스름한 옷자락이 졸음에 겨운 그의 눈꺼풀 위로 살며시 내려앉곤 했다.

강선우는 시선을 천천히 내렸다. 움푹 파인 두 눈 속으로 어둠에 잠긴 도시가 들어왔다. 그는 눈을 깜박였다. 다섯 갈래로 뻗어 나간 도로는 텅 비어 있었다. 인적은 어디에도 없었다. 도시는 깊은 잠에 빠져 있었다. 그 깊은 잠은 광장에서 우글거리고 있는 병사들을 낯선 존재로 만들고 있었다. 누군가 깨어나 잠의 성벽 바깥을 내려다본다면 괴상한 모습의 침입자가 나타났다고 생각할 것이다.

작년 10월 26일 박정희 대통령 시해 사건 이후 정신 교육과 함께 폭동 진압 훈련인 충정 훈련이 늘기 시작했다. 전쟁 발발시, 적 후방 지역에 침투하여 주요 시설 파괴와 요인 암살 등의 임무를 수행하는 특전사의 교육 훈련은 실전을 방불케 했다. 병사들의 입에서 투덜거리는 소리가 나는 것은 당연했다.

그해 12월 12일 밤에는 비상이 발령되었다. 네 시간 후 해제되었지만 부대 안에서 이상한 소문이 떠돌기 시작했다. 정승화 육군 참모총장이자 계엄사령관이 보안사령관에 의해 체포되었다는 소문이 있는가 하면, 3공수여단장이 유혈 작전 끝에 직속상관인 특전사령관을 체포했다는 소문도 있었다. 참으로 놀라운 소문이었다. 둘 다 하극상에 의한 사건이라 믿어지지 않았지만 모두 사실임이 나중에 판명되었다.

해가 바뀌면서 다른 교육 훈련은 대부분 정지되고 충정 훈련만 반복되었다. 4월 중순, 부대가 강원도 산골짜기에서 김포비행장 근처로 이동한 후 훈련의 강도는 한층 높아졌다. 부대원을 두 그룹으로 나누어 한 그룹은 폭도, 다른 그룹은 방어 부대의 역할을 했다. CS탄과 헬기를 비롯하여 장갑차까지 동원되었다. 폭도 역할의 그룹은 500MD 헬기에서 눈처럼 하얗게 쏟아지는 최루탄을 고스란히 맞았다. 그뿐 아니었다. 정신 교육과 출동 준비 군장을 꾸렸다가 해체하는 훈련이 매일 밤 계속되었다. 그렇다고 식사가 좋아지는 것도 아니었다. 늘 배가 고팠고, 잠이 모자랐다. 지휘관들은 날로 과격해져 가는 학생 시위가 국가 안보를 위태롭게 한다면서 충정 훈련의 중요성을 틈만 나면 강조했다. 병사들은 자욱한 최루 가스 속에서 쓰린 눈을 홉뜨며 학생들을 증오했다. 우리가 이렇게 고생하는 것은 데모하는 학생 놈들 때문이라는 말이 병사들 사이에서 거리낌 없이 공공연하게 오갔다.

5월이 되면서 학생 시위가 급격히 확산되었다는 소문이 부대 안으로 흘러 들어왔다. 서울 시가지가 완전히 마비되었다는 심상치 않은 말까지 들렸다. 지휘관들의 얼굴에 긴장이 서리고 있었다. 최규하 대통령이 중동으로 석유 외교를 떠난 5월 10일부터는 출동 준비 명령이 수시로 떨어졌다. 그것은 훈련이 아닌 실제 상황이었다. 병사들은 팽팽한 긴장과 흥분 속에서 육중한 군장을 짊어지고 트럭에 탑승, 대기했다. 그러나 명령은 번번이 취소되었다. 병사들의 불만은 고조되고 있었다. 내면에 차곡차곡 쌓이는 증오를 감당하기란 쉽지 않았다. 5월 17일에도 출동 명령이 떨어졌다. 밤 열한시였다. 그런데 그 명령은 여느 날처럼 취소되지 않았다. 한 시간 후 장교와 사병을 실은 수많은 차량들이 부대를 출발했다.

새벽녘, 서울의 한 대학교에 도착한 부대는 2개조로 편성되었다. 한 조는 텐트 설치의 임무를 맡았고, 다른 조는 학교 주위와 건물 수색을 맡았다. 숙영지 주위의 수색은 기본이었다. 하지만 그날의 수색은 전혀 달랐다. 학생들을 전원 연행하라는 대대장의 명령이 수색조에게 떨어졌다. 학교는 아수라장이 되었다. 정문 수위실 지하에는 몇몇 학생들이 초주검이 되어 신음하고 있었다.

5월 18일 오후 이동 명령이 또 떨어졌다. 목적지는 광주였다. 그곳에서 심각한 사태가 벌어졌다는 지휘관의 말이 병사들 사이로 빠르게 전파되었다. 1개 대대 병력 260명이 오후 네시 30분 성남비행장에서 수송기로 먼저 이동했다는 사실도 전해졌다. 해가 질 무렵 군 트럭이 도착한 곳은 청량리역이었다. 병사들은 객차 13량과 화차 2량에 몸을 실었다. 그들이 바로 3개 대대 1,146명의 병력으로 구성된 11공수여단이었다.

강선우는 고개를 외로 틀며 밤의 그림자 속에서 혼곤히 잠들어 있는 도시를 흘겨보았다. 그에게는 낯선 도시였다. 몇 번 지나치기는 했으나 발을 들여놓은 적은 이번이 처음이었다. 그런데 느낌이 이상했다. 길을 잘못 들어 엉뚱한 곳으로 온 것 같았다. 밤의 적막도 낯설었고, 텅 빈 거리를 비추고 있는 가로등 불빛도 낯설었다. 검푸른 물에 잠겨 있는 듯한 건물도, 그것을 바라보고 있는 자신도 낯설었다.

바람이 얼굴에 닿았다. 낯익은 냄새가 콧속으로 훅 들어왔다. 최루탄 냄새였다. 소리를 지르고 싶은 충동이 솟아올랐다. 너무나 격렬한 충동이어서 이를 악물지 않으면 안 되었다. 다리가 후들후들 떨렸다. 목이 부풀어 오르면서 날카로운 소리가 목구멍에서 빠져나와 하늘로 퍼져 올라가는 것 같았다. 그는 무릎이 아리도록 다리를 뻣뻣이 세웠다. 땀방울이 눈썹에 맺히고 있었다. 누군가 그의 어깨를 툭 쳤다.

「어이, 강 하사, 차 안 타고 뭐 해!」

그는 흠칫 놀라며 고개를 들었다. 괴상한 모습의 침입자들이 검은 트럭 속으로 들어가고 있었다.

오전 열시

아침이 오고 있었다. 새가 지저귀고 나뭇잎이 흔들리면서 사람들의 발자국 소리가 여기저기서 들려왔다. 하지만 이날의 아침은 여느 날과 달랐다. 어젯밤 도시가 잠을 이루지 못했던 것이다. 그들의 눈이 보았고, 그들의 귀가 들었고, 그들의 오장육부가 겪었던 것. 그것은 이해가 불가능한 사건이었다.

아침이 되자 바깥으로 나온 사람들은 삼삼오오 모여 어제의 일들을 반추했다. 직접 목격했던 광경, 혹은 남에게 들은 이야기들을 서로 나누면서 치를 떨었다. 어떤 언어로도 표현되지 않는 참경이었다. 더욱이 '계엄군에게 환각제를 먹였다', '경상도 군인이 전라도 씨를 말리러 왔다'는 소문이 떠돌고 있어 불안을 한층 가중시켰다. 경상도 억양의 공수대원들이 많이 목격된 것은 사실이었다. 라디오를 켜고 텔레비전을 틀어 보았지만 어제의 참경에 대해 설명하는 말은 하나도 없었다. 마술에 홀린 듯한 느낌이었다. 밤을 지새우면서, 혹은 어렴풋한 잠결에서 그들은 조금씩 조금씩 깨닫고 있었다. 그들이 보았던 것으로부터 도망친다는 것이 불가능하다는 사실을.

아침 햇살 가득한 금남로에는 사람들이 모여들고 있었다. 돌아오지 않는 가족과 친지를 찾아, 전날의 악몽에 쫓겨, 분노와 충격을 감당하지 못해 무작정 나온 이들이었다. 시간이 갈수록 불어나 열시경에는 3, 4천 명을 헤아렸다. 학생들은 소수였고 자유업을 하거나 직업을 가진 청년들이 다수를 차지했다. 젊은 사람들만 있는 것이 아니었다. 아낙네들은 물론이고 중년층과 노년층들도 꽤 눈에 띄었다. 그들 대부분은 정치에 관심이 없던 이들이었다. 전두환이 누구인지조차 몰랐고, 학생들의 시위에 눈살을 찌푸렸다. 하지만 오늘은 달랐다. 학생들의 선동적인 열변에 박수를 치고 함성을 질렀다. 군과 경찰은 확성기와 헬기를 동원, 해산을 종용하고 있었지만 요지부동이었다.

열시 40분경 경찰의 최루탄이 비 오듯 날아왔다. 투석으로 맞선 시위대는 도로변의 대형 화분과 교통 철책, 공중전화 박스 등으로 바리케이드를 만들었다. 시위는 시간이 갈수록 격렬해지고 있었다. 적지 않은 청년들이 근처 지하상가 공사장에서 가져온 각목과 철근, 쇠파이프로 무장했고, 대량의 화염병이 시위대 속으로 들어오고 있었다.

오전 열한시

땀방울이 턱을 타고 목으로 흘러내리고 있었다. 강선우는 이마를 찡그렸다. 목을 뒤로 젖히고 싶었다. 그뿐 아니었다. 바짝 마른 입안에는 뜨거운 모래가 들어 있는 것 같았다. 입을 벌려 그것을 뱉고 싶었다. 뻣뻣이 굳어 있는 팔도 움직이고 싶었고, 관자놀이를 짓누르는 헬멧도 벗고 싶었다. 하지만 어떤 동작도 금지되어 있었다. 아무리 사소한 움직임이라도 용납되지 않았다.

그는 앞을 쏘아보았다. 시위대가 눈 안으로 들어왔다. 그들과의 거리는 멀지 않았다. 멀지 않은 곳에서 그들은 자유롭게 움직이고 있었다. 팔을 흔들기도 했고, 소리를 지르기도 했고, 노래를 부르기도 했다. 그는 눈을 가느스름하게 떴다. 시위대의 사람들이 흐려지면서 잿빛 얼룩처럼 보였다.

광주역 광장을 떠난 군 트럭이 조선대학교 연병장에 도착한 시각은 새벽 두시 반경이었다. 텐트는 이미 설치되어 있었다. 피로에 지친 병사들은 곧 깊은 잠 속으로 빠져 들었다. 기상 시간은 세 시간 후였다. 짓누르는 잠을 떨쳐 내느라 애를 먹었다. 아침 식사 후 단독 군장(軍裝)으로 집합했다.

차량이 연병장을 출발한 시각은 열시경이었다. APC 장갑차를 선두로 1백여 대의 차량이 광주 시내를 향했다. 잡담은 일절 금지되었다. 30여 분 후 차량은 시내로 진입했고, 베레모를 방탄 헬멧으로 바꾸어 쓰라는 명령이 떨어졌다. 그것은 하차를 의미했다. 아스팔트에 발을 딛는 순간 강선우의 눈에 들어온 것은 손목시계였다. 유리가 깨어진 그 시계는 햇살 속에서 은빛으로 반짝거렸다. 그는 얼핏 시계 소리를 들은 듯했다. 하지만 바늘은 정지해 있었다.

구름이 벗겨지면서 흰 햇살이 잿빛 얼룩들 속으로 흘러내렸다. 빛의 물살 속에서 잿빛 얼룩들은 소리 없이 흔들리고 있었다. 그 속에서 손 하나가 불쑥 솟아올랐다. 나뭇잎처럼 얇고 메마른 그 손은 허공에서 힘없이 나부꼈다. 깨어진 시계가 떠올랐다. 동그란 모양의 그것은 째각째각 소리를 내고 있었다. 눈이 아팠다. 땀방울이 다시 목 아래로 흘러내리고 있었다. 시계는 메마른 손과 겹쳐지면서 어슴푸레하게 사라져 갔다. 메마른 손도 보이지 않았다. 그러나 잿빛 얼룩들은 여전히 그대로였다. 그것들을 지우고 싶다는 충동이 일었다. 깨끗이, 아주 깨끗이. 그러면 햇살이 더욱 맑아지리라.

돌이 날아오고 있었다. 시위대들이 던지는 돌이었다. 어깨가 꽤 아팠다. 헬멧에서도 둔탁한 소리가 났다. 하지만 그는 꿈쩍도 하지 않았다. 다른 병사들도 마찬가지였다. 그들은 부동자세라는 명령 속에 갇혀 있었다. 이 명령에서 풀려 나지 않는 한 그들은 움직일 수가 없었다.

「돌격 앞으로!」

지역대장의 외침이 귓속으로 파고들었다. 강선우는 직선으로 달려 나갔다. 몸에 닿는 바람이 뜨거웠다. 잿빛 얼룩들이 흩어지고 있었다. 하늘이 기우뚱거리면서 취기와 같은 열기가 몸을 휘감았다. 눈앞에서 얼룩들이 출렁거렸다. 잿빛이 짙어지면서 얼룩들은 수많은 색으로 분해되고 있었다. 그 빛들의 산란 앞에서 정욕을 느꼈다. 정욕은 이글거리는 불이었다. 검은 얼룩이 눈 안으로 들어왔다. 헐떡이는 숨소리도 들렸다. 진압봉을 내리쳤다. 퍽 하는 소리와 함께 검은 얼룩이 무너졌다. 하늘이 다시 기우뚱거리기 시작했다.

오전 열한시 30분

진압봉으로 유리창을 쳤다. 유리창은 날카로운 소리와 함께 산산이 부서졌다. 건물 안으로 들어갔다. 어두운 복도 끝에 반쯤 열린 문이 있었다. 뛰었다. 주차장의 두꺼운 천막 지붕을 타고 도주하는 파란 옷이 보였다. 강선우는 머뭇거리지 않고 천막 지붕으로 뛰어내렸다. 몸이 휘청거리면서 중심을 잃었다. 주차장 아래는 사냥이 한창 벌어지고 있었다. 도주하던 시위대들이 길목을 지키고 있던 대원들에게 걸렸던 모양이었다. 대원들은 눈앞의 사냥감을 작살내고 있었다. 비명과 울부짖음은 하나의 울림이 되어 천막을 세차게 두드렸다. 그 울림은 감미로웠다. 쾌감의 율동은 그의 몸을 파르르 떨게 했다.

파란 옷은 어느덧 주차장 건너편 지붕을 넘고 있었다. 그는 몸을 날렸다. 담쟁이덩굴에 덮인 벽이 얼핏 보였다. 지붕은 약간 경사져 있었다. 상체를 숙이고 무릎에 힘을 주었다. 발밑에서 기와 깨지는 소리가 났다. 발이 미끄러지면서 몸이 휘청거렸다. 손을 뻗어 기와의 모서리 부분을 잡았다. 눈앞이 흐려지고 있었다. 보랏빛이 파란 옷 속으로 스며들고 있었다. 손에 힘을 가하면서 상체를 위로 올렸다. 그사이 파란 옷은 보이지 않았다. 하늘 속으로 쑥 들어가 버린 것 같았다. 한 발을 움푹 파인 곳에 딛고 몸을 솟구쳐 지붕마루를 잡았다. 파란 옷이 다시 보였다. 빛의 물결은 파란 옷을 중심으로 회전하고 있었다. 그 빛들은 어서 오라고 아우성을 치는 것 같았다. 그는 건너편 지붕으로 훌쩍 뛰었다. 머릿속에서 무엇이 출렁하는 것 같았다. 파란 옷이 가깝게 보였다. 그것은 깃발처럼 펄럭이고 있었다. 따스한 별이 그리웠다. 그 황금색 거품 속에서 공허하고 단조로운 고통, 결코 끝나지 않을 것 같은 권태를 깡그리 토해 내고 싶었다. 파란 옷이 지붕 아래로 뛰어내리고 있었다. 그는 거리를 가늠했다. 충분히 따라잡을 수 있는 거리였다. 몸의 중심을 뒤로 둔 채 경사진 지붕을 빠르게 내려왔다. 지붕 아래는 골목이었다. 그는 가볍게 뛰어내렸다. 흙먼지가 풀썩 일었다. 파란 옷은 막다른 골목의 담을 오르는 중이었다. 두 다리가 엇갈린 채 허우적거렸다. 빠르게 뛰었다. 모래벌판이 떠올랐다. 정글과 방어 진지 사이에 아득히 펼쳐져 있는 모래벌판이었다. 밀림 속에서 허옇게 노출된 그 길은 로켓포의 좋은 공격 대상이었다. 언젠가 수송 트럭이 로켓포에 의해 박살이 났다. 방금 씩 웃으며 그의 어깨를 툭 쳤던 친구가 누런 벌판 위에서 울부짖고 있었다. 그의 두 다리는 보이지 않았고, 창자가 밖으로 튀어나와 있었다. 그 후 모래벌판을 지날 때는 언제나 뛰었다. 눈부신 햇살 속에서, 땀을 흘리며.

　담을 넘으려고 버둥대던 파란 옷이 주르르 미끄러졌다. 진압봉으로 머리를 쳤다. 피가 튀었다. 짧은 비명 사이로 한 가닥 웃음소리가 비집고 들어왔다. 아니, 꼭 웃음소리라고 단정할 수는 없었다. 그것과 비슷한 소리일 수도 있었다. 그런데 어디에서 나는 소리인지 알 수가 없었다. 파란 옷에서 나는 소리 같기도 하고, 자신의 목구멍에서 올라오는 소리 같기도 했다. 환청일지도 몰랐다. 벌판이 보였다. 눈처럼 흰 햇살이 벌판 위로 쏟아져 내리고 있었다. 거기에 누군가가 웅크리고 있었다. 하늘의 끝없는 적막 속에서 한 점 얼룩처럼 웅크리고 있는 그는 바로 강선우 자신이었다. 파란 옷이 일어서고 있었다. 이마에 선혈을 뒤집어쓴 그는 비틀거리며 일어섰다. 강선우는 무릎을 굽히며 그를 껴안았다. 따스한 몸뚱이가 자신의 일부처럼 느껴졌다. 그 몸뚱이 속으로 대검을 깊숙이 밀어 넣었다.

정오

텅 빈 거리에 병사 한 명이 우두커니 서 있었다. 광대뼈가 두드러지게 튀어나온 검은 얼굴이 불안스러워 보였다. 시선은 무엇에 사로잡힌 듯 고정되어 있었다. 핏자국이 길 위 여기저기에 보였다. 그의 군복도 핏물로 얼룩져 있었다. 그가 뭐라고 중얼거렸는데, 신음 소리처럼 들렸다.

장갑차까지 동원한 오전의 시위 진압은 어제보다 한층 조직적으로 전개되었다. 산재해 있는 시위대를 한곳으로 몰아넣은 후 그 중심부로 파고들었다. 진압봉과 총개머리판, 대검은 훌륭한 무기였다. 흰 장갑과 군복은 금방 벌겋게 물들었다. 장갑차는 여러 곳의 길목을 차단, 도주를 최대한 막았다. 서너 명을 한 조로 한 대원들은 빠져나간 시위대를 찾기 위해 인근 주택가나 사무실, 가게 등을 샅샅이 수색했다. 양상은 어제와 비슷했으나 폭력의 강도는 훨씬 높았다. 대검을 예사로 사용했다. 눈에 거슬리는 행동이 보이면 허벅지나 옆구리를 푹 쑤셨다. 연행자가 빨리 걷지 않는다고 등을 쑤시기도 했다. 지나가는 버스나 택시를 세워 젊은 사람이면 무조건 끌어내렸다. 운전사가 조금이라도 불만스러운 표정을 보이면 그냥 두지 않았다. 효과는 금방 나타났다. 공수부대가 투입된 지 한 시간도 채 되지 않아 시위대는 자취를 감추었다. 점심때가 되자 시위대는 어디에도 보이지 않았다. 상가는 이미 철시했고, 관공서와 회사들은 직원들을 일찍 퇴근시켰다.

바람이 불었다. 바람은 한 장의 유인물을 끌고 오더니 병사의 발 아래에 놓았다. 종이의 한쪽 끝이 찢겨 있었다. 병사는 허리를 굽혀 유인물을 집어 올렸다. 그리고 웅얼거리듯 읽었다.

광주 시민 여러분!
이것이 웬 말입니까? 웬 벼락이란 말입니까? 죄 없는 학생들을 총칼로 찔러 죽이고 몽둥이로 두들겨 트럭으로 실어 가며 부녀자를 발가벗겨 총칼로 찌르는 놈들이 누구란 말입니까? 이들이 공산당과 다를 바가 무엇이 있겠습니까?
이제 우리가 살 길은 전 시민이 하나로 뭉쳐 청년 학생들을 보호하고 유신 잔당과 극악무도한 살인마 전두환 일파의 공수특전단 놈들을 한 놈도 남김없이 쳐부수는 길뿐입니다.
우리는 이제 다 보았습니다. 다 알게 되었습니다. 왜 학생들이 그토록 소리 높이 외쳤는가를. 우리의 적은 경찰도 군대도 아닙니다. 우리의 적은 전 국민을 공포의 도가니로 몰아넣고 있는 바로 유신 잔당과 전두환 일파 그자들입니다. 죄 없는 학생들과 시민이 수없이 죽었으며 지금도 계속 연행당하고 있습니다. 이자들이 있는 한 동포의 죽음은 계속될 것입니다. 지금 서울을 비롯하여 도처에서 애국 시민의 궐기가 계속되고 있습니다.

36

광주 시민 여러분!

우리가 하나로 단결하여 유신 잔당과 전두환 일파를 이 땅 위에서 영원히 추방할 때까지 싸웁시다. 최후의 일각까지 싸웁시다. 그러기 위해 5월 20일 정오부터 계속해서 광주 금남로로 총집결합시다.

1980. 5. 19.

광주시민민주투쟁회.

오후 세시

안개 속에서 누군가가 울고 있었다. 가슴을 에는 듯한 슬픈 울음이었다. 아이의 울음소리 같기도 했으나 알 수는 없었다. 안개 사이로 나무들이 어렴풋이 보였다. 잎들의 색깔은 모두 검었다. 이상한 일이었다. 울음소리는 끊임없이 들리건만 사람의 모습은 보이지 않았다.

바람이 불면서 검은 잎들이 떨어지기 시작했다. 그와 함께 안개는 빠르게 사라지고 있었다. 박태민은 눈을 크게 떴다. 나무들은 인간의 앙상한 뼈였다. 그 뼈들이 슬프게 울고 있었다. 그는 무릎 꿇고 뼈에 귀를 대었다. 울음이 물처럼 그의 귓속으로 흘러 들어왔다. 다른 뼈로 가기 위해 구부렸던 허리를 폈지만 다리가 움직여지지 않았다. 아무리 애를 써도 꼼짝도 하지 않았다.

몸이 허물어지고 있었다. 살이 갈라지면서 내장이 터지고 피가 콸콸 쏟아졌다. 그러면서 몸뚱이는 밋밋해지고 딱딱해져 갔다. 그는 자신의 몸이 뼈로 변하고 있음을 깨달았다. 있는 힘을 다해 버둥거렸으나 소용없었다. 어느덧 몸은 검고 마른 뼈로 변해 있었다.

누군가가 그의 이름을 부르고 있었다. 멀리서, 안개를 헤치며 애타게 그의 이름을 불렀다. 어머니였다. 그는 혀 없는 입을 벌려 여기 있다고 소리쳤다. 하지만 소리는 바람이 되어 어머니의 몸을 휘감을 뿐이었다. 윙윙거리는 바람 속에서 어머니의 목멘 소리가 멀어져 가고 있었다. 거세어진 바람은 나무들을 흔들었다. 그의 몸 역시 흔들리고 있었다. 눈을 떴다. 낮은 천장이 보였다. 그는 고개를 끄덕였다. 깜박 잠이 든 모양이었다. 꿈의 잔영은 아득히 사라져 가고 있었다.

방은 어두웠다. 언제나 그랬다. 아침에 눈을 떠도 햇빛은 없었다. 지하실 연탄 창고를 개조해 만든 이곳은 빛이 닿기에 너무 낮았다. 대낮에도 불을 켜야 했다. 그런데 왜 내가 여기에 왔을까? 이 방은 공장 노동자이자 조직원인 김선욱의 자취방이었다. 김선욱을 처음 본 것은 광주천 하류에 위치한 광천공단에서였다.

유신 정권은 노동 운동 일체를 반체제 운동으로 규정, 철저한 탄압으로 일관했다. 노동 3권이 사실상 부정되는 현실은 노동자의 생활 조건을 열악하게 만들 수밖에 없었다. 주당 50시간 이상을 일하면서도 임금은 최저 생계비의 반도 되지 않았고, 산업 재해와 직업병에 무방비 상태로 노출되어 있었다. 산업화 과정에서 상대적으로 소외되어 온 광주, 전남 지역 노동자의 현실은 한층 열악했다.

1978년 전남민주청년운동협의회가 광천공단 63개 업체를 대상으로 조사한 공단 실태 보고서는 참으로 기가 막혔다. 그곳 노동자의 평균 임금(기본급) 3만 5,073원은 350원에서 4백 원 하던 백반 한 그릇 값을 기준으로 할 때 하루 세끼 밥값에도 못 미치는 금액으로, 전국 평균 임금 7만 4,121원의 47.2퍼센트, 정부가 책정한 5인 가족 기준 최저 생계비 19만 687원의 18.5퍼센트에 불과했다. 이 참담한 현실은 지역 패권주의의 산물이었다.

1963년 5대 대통령 선거에서 박정희는 15만 6천 표라는 아슬아슬한 표 차로 윤보선을 누르고 당선된다. 이 선거에서 뚜렷이 나타난 것이 표의 남북 현상이었다. 서울과 경기를 중심으로 하는 북부 지방은 윤보선을, 경상도와 전라도 중심의 남부 지방은 박정희를 지지했다. 박정희는 전라도에서만 35만 표가 앞섰다. 가난한 농민의 아들이라는 박정희의 호소가 친근감을 불러일으킨 반면에 사상 논쟁을 일으킨 윤보선의 전략이 역효과를 일으킨 결과였다.

똑같은 후보가 재격전을 치른 6대 대통령 선거는 5대 선거와는 전혀 다른 현상을 나타냈다. 박정희는 강원도와 충청북도에서만 백중세를 유지했을 뿐 경상도를 제외한 전 지역에서 윤보선에게 뒤졌다. 하지만 유일한 승리 지역인 경상도에서 무려 137만 표를 앞섰고, 이것을 바탕으로 박정희는 큰 표 차로 재선에 성공했다. 김대중과 상대한 1971년 선거에서 경상도 몰표 현상은 더욱 뚜렷이 나타난다. 김대중의 호남 득표율이 60퍼센트대인 데 비해 박정희의 경상도 득표율은 80퍼센트대에 달했다. 선거 결과 박정희가 95만여 표를 앞섰다. 주목할 점은 경상도에서만 양 후보의 격차가 158만여 표였다는 사실이다. 경상도 유권자 수가 전라도에 비해 1.5배나 많은 것이 표 차를 벌리는 데 크게 기여했음은 물론이다.

선거를 불과 며칠 앞두고 대구에서는 호남향우회 명의로 '호남인이여 단결하자', '백제권 대동단결' 등의 내용을 담은 유인물이 나돌았다. 비슷한 시기에 경상도 일원에서는 '김대중이 당선되면 우리는 몽땅 망한다'는 유언비어가 급속도로 퍼져 나갔다. 이는 박정희 후보 진영의 지역감정 자극 전술이었다.

지역감정 유발의 근원적 이유는 유권자의 수에 있었다. 만약 경상도 유권자 수가 전라도 유권자 수와 비슷했다면 위와 같은 비정상적인 행태가 벌어지지 않았을 것이다. 지역감정을 자극해도 크게 득이 되지 않기 때문이다. 하지만 현실은 불행히도 그렇지 않았다. 지역감정을 자극하면 할수록 유권자 수가 압도적으로 많은 경상도 기반의 정당과 후보에게 유리했다. 박정희 정권이 만든 지역 패권주의의 핵심은 바로 유권자 수였다. 더욱 불행한 것은 유권자 수의 격차는 점점 더 커진다는 사실이었다.

산업 자본과 시민 사회가 제대로 형성되지 않았던 시기에 권력을 장악한 박정희 정권은 사회 자본 배분과 사회 권력관계 형성 과정에서 경상도와 경상도 출신을 집중적으로 선택하는 한편 호남과 호남 출신을 의도적으로 배제했다. 1960년대에 급성장한 서른두 명의 기업인을 살펴보면 영남 출신이 40퍼센트인 데 비해 호남 출신은 9퍼센트에 불과했다. 이런 차별화는 사회 전 분야의 현상으로, 산업화 과정에서 소외된 수많은 호남인들이 고향을 떠나 서울 등 대도시로 흘러 들어가면서 극빈 계층으로 편입된다. 서울시 1979년 자료인 서울 시민 저소득층 출신 지역별 분포에 의하면 서울 14.2, 전라 28.3, 충청 17.3, 경상 12.5퍼센트로, 위의 현상이 사실임을 뒷받침한다. 가난하고 천한 일을 하는 호남인의 모습은 이전부터 존재하고 있었던 전라도에 대한 편견을 강화하고 있었다.

정권의 입장에서는 대항 세력인 전라도를 고립시킬 필요가 있었다. 경상도의 단결은 물론이거니와 비영남 지역의 '경상도 정권'에 대한 반발을 희석시키는 두 가지 효과를 거둘 수가 있기 때문이었다. 이 과정에서 제도 언론과 기득권을 누리고 있었던 지식인의 역할이 컸음은 말할 나위가 없다.

특정 집단에 대한 고립화가 깊어지면 거기에 대응하는 응집력도 커지기 마련이다. 호남인의 응집력이 커질수록 그들에 대한 타 지역의 부정적 인식 또한 확대되는 악순환이 계속되었다. 그 결과 독재 정권에 대한 호남인의 저항마저 특정 지역의 이데올로기로 불신을 받는 지경에까지 이르렀다.

박태민이 위장 취업자가 되어 광천공단 속으로 들어간 것은 1978년 봄이었다. 그가 맡은 일은 전기 제품 공장에서 보내오는 물건을 칠하는 작업이었다. 컴프레서의 압축 공기로 칠을 뿜어내야 하므로 숨을 쉴 때마다 그것이 몸속으로 들어왔다. 침을 뱉으면 칠이 섞여 나왔다. 좁은 작업실 안에는 건조로와 칠 창고가 있고, 구석에는 시너와 휘발유 통이 있다. 칠한 물건을 건조로에 넣고 석유 버너로 가열하여 구워 내는데, 휘발유가 있으므로 여간 조심해서는 안 된다. 아침 여덟시 반에 시작되는 일은 밤 여덟아홉시가 되어서야 끝났다.

그때 만난 이가 김선욱이었다. 가끔 넋을 놓고 있는 그의 얼굴에는 쉽게 짐작할 수 없는 그늘이 있었다. 깊은 상처가 만들어 낸 슬픔 같기도 하고, 허망에 짓눌린 이의 외로움 같기도 했다. 때로는 꽉 쥐지 않으면 잃어버릴 것처럼 자신의 온 존재를 틀어쥐고 있는 듯한 모습도 보였다. 그런 그의 모습들이 박태민의 감정을 자극하고 있었다.

어느 날 김선욱이 출근하지 않았다. 다음날도 안 보였다. 박태민은 물어물어 그의 집을 찾아갔다. 지하실의 좁은 방이었다. 김선욱은 보이지 않았다. 집 앞에서 기다린 지 40여 분 만에 그가 나타났다. 출근을 하지 않아 궁금해서 찾아왔다는 박태민의 말에 그는 멍한 표정을 지었다. 얼굴은 초췌했고, 옷이 많이 구겨져 있었다.

잠시 후 박태민은 김선욱을 따라 포장마차로 들어갔다. 세 번째 소주병을 땄을 때 김선욱은 안주머니에서 무언가를 슬며시 꺼냈다. 날이 예리한 칼이었다. 방금 시장에서 산 것이라고 했다. 왜 샀느냐는 물음에 돈 많고 권력 있는 놈들을 죽이려면 무기가 필요하다고 대답했다. 이틀 전 칼을 품고 미리 보아 둔 집 근처를 배회하다가 재수 없게도 경찰의 불심 검문에 걸려 유치장 신세를 졌다고 했다. 그러면서 김선욱은 거기에서 나오자마자 산 것이 이 칼이라고 씩 웃으며 말했다. 박태민은 돈 많고 권력 있는 놈들을 죽여 본 적이 있느냐고 물었고, 김선욱은 고개를 가로저었다. 앞으로 실행할 자신이 있느냐는 물음에 한숨을 쉬며 모르겠다고 대답했다.

그릇된 세계는 인간에게 굴욕을 요구한다. 굴욕은 영혼에 상처 내며, 상처는 분노를 불러들인다. 김선욱은 상처받은 인간이었다. 그가 칼을 품은 이유는 여기에 있었다. 그것은 자신의 분노를 다스리기 위한 방편일 뿐 살인 자체가 목적이 아니었다.

분노는 힘이었다. 그 힘이야말로 세계를 변혁시키는 원천이었다. 하지만 김선욱의 분노는 사상에 의해 정화된 힘이 아니었다. 그의 힘은 맹목적이었다. 맹목적인 힘은 세계를 변혁시키는 데 도움이 되지 않는다. 도움은커녕 장애가 된다. 박태민의 의무는 분명했다. 그의 의무는 김선욱을 운동가로 변화시키는 것이었다. 그는 자신의 의무에 정성을 다했다. 김선욱은 스펀지가 물을 빨아들이듯 박태민의 사상을 받아들였고, 그것을 즉시 실천으로 옮겼다. 놀라운 열정이자, 운동가로서 탁월한 능력이었다.

박태민은 다시 한 번 물었다. 왜 내가 김선욱의 방을 찾았을까. 그가 없으리라는 것을 너무나 잘 알고 있었다. 대명천지 속에서 학살이 자행되고 있는데 김선욱이 이 작은 방 안에 웅크리고 있을 턱이 없었다. 이곳을 찾은 것은 두려움 때문이었다. 죽음에 대한 두려움. 눈을 감았다. 짙은 어둠은 현기증과 함께 기억 속에서 꿈틀거리고 있는 검푸른 물체들을 끌고 왔다. 병사들이었다. 그들의 군복은 피에 젖어 있었다. 대검에서도 피가 뚝뚝 떨어졌다.

그들의 학살을 처음 보았을 때 박태민은 감각의 혼란을 일으켰다.

저항이 불가능한 인간의 살 속으로 칼을 깊숙이 쑤셔 넣는 그들의 모습이 고통스럽게 보였던 반면에 피를 쏟으며 쓰러지는 이들이 차라리 평온해 보였다. 그것은 명백한 감각의 전도였다. 그럼에도 불구하고 그는 평온이 두려웠다. 그것은 모든 것을 앗아 가는 평온이었다. 추억들, 깊숙한 시간 속에서 흰 새처럼 깃을 치고 있는 사랑과 고통의 기억들. 그가 사랑했고, 그에게 사랑을 주었던 다정한 사람들과의 두텁고 친밀한 우정들. 평온은, 죽음과 닿아 있는 그 평온은 이 모든 것을 앗아 갈 것이다. 아, 그뿐이 아니었다. 비 내리는 밤의 어둡고 고요한 우수, 어슴푸레한 램프 불과 가냘픈 담배 연기, 시월의 오후와 쓸쓸한 가을 하늘, 눈 내리는 들판과 멀리서 들려오는 대금 소리. 이 시리도록 아름다운 것들도 평온과 함께 사라질 것이다. 그는 두려웠다. 모든 사라짐이 두려웠고, 사라짐을 가능하게 하는 죽음이 두려웠다. 그를 여기까지 끌고 온 것은 죽음에의 두려움이었다. 작은 방에, 인기척도 없는 어두운 방에 홀로 있게 한 것은.

그는 사상의 힘을 믿었다. 사상의 사랑과 절망의 아름다운 열정은 어떤 고통보다도, 어떤 두려움보다도 더 큰 힘임을 믿어 의심치 않았다. 김선욱이 눈물을 흘리며 무릎을 꿇었을 때, 박태민을 도취시킨 것은 사상의 광휘였다. 김선욱이 두 손으로 뜨거운 수건을 들고 서 있다가 세수를 마친 박태민에게 건넬 때, 그를 도취시킨 것은 사상의 불멸이었다. 그 광휘와 불멸은 암흑의 심장을 찌르는 성스러운 비수였고, 혁명의 들판에 피어나는 향기로운 꽃이었다.

박태민은 눈을 감았다. 아니었다. 그게 아니었다. 죽음이 끌고 온 공포, 그 검은 옷자락은 사상의 몸뚱이를 단숨에 묶어 버렸다. 그는 무서워 떨었고, 무릎을 꿇었고, 네발로 기었다. 암흑의 군단이 몰고 온 죽음 앞에서 성스러운 비수를 팽개치고, 향기로운 꽃을 짓밟았다. 이제 그에게 남은 것은 비루함뿐이었다. 김선욱의 방에 들어와 하염없이 흘린 눈물은 비루함을 조금도 씻어 내지 못했다. 눈물이 씻어내기에는 비루함은 너무나 선명했다. 벌레조차 그 앞에 서면 희고 고울 것이었다.

죽어 가는 청년의 모습이 떠올랐다. 머리에 치명상을 입은 청년은 입을 벌린 채 힘겹게 숨을 쉬고 있었다. 한쪽 귀가 찢겨져 있었고, 대검에 찔린 듯 허벅지에도 피가 질척였다. 머리에서 흘러내려 뺨과 목을 거쳐 옷을 적시고 있는 핏줄기 속으로 눈물이 스며들고 있었다. 햇살 속에서 흰빛을 머금고 있는 눈물은 따뜻했다. 그 눈물 곁으로 다시 돌아가고 싶었다. 다시 돌아가 피에 섞인 눈물을 핥고 싶었다. 이 비루한 영혼을 거룩하고 신성한 피의 눈물로 씻고 싶었다. 몸이 떨리고 있었다. 깊고 격렬한 떨림이었다.

밤 아홉시

비가 내리고 있었다. 두툼한 구름에 가린 저녁 하늘은 거무스레했다. 축축한 바람이 흐린 빛에 싸인 도시를 훑고 지나갔다. 도시는 기이한 적막에 갇혀 있었다. 그 적막은 대단히 비현실적이어서 어떤 마술에 의해 도시 전체가 잠들어 있는 것 같았다. 그리하여 길을 잃은 유령들이 황혼도 저녁 별도 잃어버린 하늘 아래서 소리 없이 배회하고 있는 듯했다. 깨어진 가로등과 부서진 공중전화 박스들은 이 느낌을 조금도 훼손시키지 못했다. 훼손은커녕 오히려 강화시키고 있었다.

강선우는 상념을 쫓기 위해 머리를 흔들었다. 방탄 헬멧 위로 비가 후두둑 소리를 내며 떨어졌다.

「추워.」

누군가의 입에서 신음과도 같은 소리가 새어 나왔다. 그는 소리가 나는 쪽으로 고개를 돌렸다. 병사의 퀭한 눈동자가 시선에 박혔다. 헬멧이 약간 삐뚤어져 있었는데, 퀭한 눈동자와 전혀 어울리지 않았다. 그 옆의 병사는 턱을 가슴에 박은 채 졸고 있었다. 추위와 배고픔도 잠의 무게는 견딜 수가 없는 모양이었다.

오후 한시 반경 텅 빈 거리를 뒤로하고 부대는 조선대학교로 철수했다. 점심 식사를 하기 위해서였다. 대원들은 싸움이 끝났다고 생각했다. 너무 빨리 끝났다면서 아쉬워하는 이들이 적잖게 있었다. 시위대를 대상으로 한 폭력은 허락된 카니발이었다. 그것은 오랫동안 고통을 견뎌 왔던 그들이 마땅히 받아야 할 보상이었다. 그러므로 그것은 죄가 아니었다. 죄가 될 수가 없었다. 그들이 아쉬워한 이유는 여기에 있었다. 고통의 시간은 길었으나 보상의 시간은 너무 짧았다. 하지만 그게 아니었다.

점심 식사가 끝난 지 얼마 안 돼 출동 명령이 떨어졌다. 철수할 때 텅 비어 있었던 거리가 믿어지지 않게도 시위대에 의해 점령되어 있었다. 진압이 시작되자 시위대들은 뿔뿔이 흩어졌다. 금방 진압될 것 같았다. 그런데 시간이 지날수록 뭔가 잘못되어 가고 있음을 느꼈다. 그들의 흩어짐은 일시에 불과했다. 노랫소리와 함께 어느새 무리를 이루었다. 그 수도 오전보다 훨씬 불어나 있었다. 구경꾼에 불과했던 중년층 남자들과 부녀자들도 시위에 가담했다. 무장을 한층 강화시킨 그들은 일방적으로 쫓기기만 했던 오전과는 달리 공세적으로 대항했다. 병사들 쪽에서 부상자가 생기기 시작했다. 때로는 시위대에 밀리는 어처구니없는 상황까지 벌어졌다. 낙오된 병사 한 명이 시위대가 던지는 무수한 돌에 맞아죽기까지 했다.

병사들은 처음으로 두려움을 느꼈다. 사라질 듯하면서도 결코 사라지지 않는 시위대의 질긴 생명력에 대한 두려움이었다. 그들에게 시위대는 전투의 대상이 아니었다. 욕망의 대상이었다. 즐김의 대상이라는 표현이 더 적합할지도 몰랐다. 시위대가 흘리는 피는 축제의 포도주였으며, 그들이 내지르는 비명은 흥겨운 음악이었다. 그런 그들이 홀연 다른 모습으로 변모해 나타났을 때 그들은 더 이상 욕망의 대상이 아니었다. 그들은 전투의 대상이었다. 전투의 목적은 적의 침묵이다. 침묵은 죽임을 통해 가능하다. 비명 소리를 지르는 육신을 죽이는 것. 이것도 욕망이라면 즐거운 욕망이 아니라 괴로운 욕망이었다. 그들의 피와 비명은 더 이상 달콤한 포도주도, 리드미컬한 음악도 아니었다.

시위대의 저항은 갈수록 격렬해졌다. 그들은 불의 모습으로 병사들을 둘러쌌다. 불에 타지 않으려면 불을 꺼야 했고, 불을 끄기 위해서는 불을 짓밟아야 했다. 병사들은 악착같이 온 힘을 다해 짓밟았다. 그럼에도 불구하고 두려움은 점점 커져 갔다. 짓밟으면 짓밟을수록 불이 더 확산된다는 사실을 깨달았기 때문이었다. 그들은 자신들의 죽음을 통해 존재를 확산시키는 불가사의한 생명체였다.

해가 지면서 비가 내리기 시작했다. 병사들은 비를 반가워했다. 자신들이 결코 끌 수 없는 불을 비가 꺼주기를 바랐다. 빗줄기가 굵어지면서 거리의 핏자국들이 지워지고 있었다. 병사들의 바람대로 시위대들은 지워지는 핏자국과 함께 어둠 속으로 사라져 갔다.

어디선가 울부짖는 듯한 소리가 들려왔다. 먼 곳에서 들려오는 듯한 그 소리는 애절한 음색을 띠고 있었다. 졸고 있던 병사가 흠칫 놀라며 고개를 들었다. 벌겋게 충혈된 눈은 겁에 질려 있었다. 주위를 살피던 그는 신음 소리를 내며 턱을 다시 가슴에 박았다.

소리가 사라지자 적막이 다시 주위를 둘러쌌다. 적막은 비와 섞이면서 냄새를 피워올리기 시작했다. 가느다란 연기처럼 피어 올라 슬며시 코를 건드리고 지나가는 그것은 죽음의 냄새였다. 눈을 감았다. 흰 장갑이 떠올랐다. 눈처럼 흰 장갑이었다. 눈을 뜨자 흰 장갑은 금방 사라졌다. 다시 감았다. 흰 장갑이 보였다. 피로 물든 그것은 검은 하늘 위에서 이상한 모습으로 걸려 있었다. 얼룩진 조각달 같기도 했다.

인기척 소리에 눈을 떴다. 총을 등에 메고 일어서는 병사가 보였다. 비에 젖은 총검이 가로등 불빛을 받아 번들거렸다. 강선우는 얼른 시선을 돌렸다. 몸이 떨리고 있었다. 웅크린 상체를 빳빳이 폈다. 그래도 떨림은 멈추지 않았다. 기억이 머릿속을 헤집고 들어왔다. 아니, 그것은 더 이상 기억이 아니었다. 무어라고 말할 수 없는 물질로 변해 몸에 찰싹 달라붙어 있었다.

파란 옷의 청년을 무엇 때문에 그토록 집요하게 쫓았는지 알 수가 없었다. 돌이 날아와 안면 보호용 철망이 부서지면서 눈 밑이 찢어져 피가 흘러내렸을 때 본능적으로 눈을 감았다. 잠시 후 눈을 뜨자 파란 옷이 보였다. 그 파란 옷에서 빛이 출렁이고 있었다. 그것은 자유의 빛이었다. 가볍고 경쾌한 자유, 하늘에 피어 있는 꽃처럼 투명한 자유의 빛이 물결처럼 출렁이고 있었다.

대검이 청년의 옆구리 속으로 파고들었을 때 무어라고 말할 수 없는 소리와 함께 검붉은 피가 솟구쳐 올랐다. 청년의 몸은 경련을 일으켰다. 몸의 격렬한 떨림은 대검을 통해 전류처럼 그의 몸속으로 흘러 들어왔다. 경련은 그의 몸속에서도 일어나고 있었다. 몸속에서 회오리치는 경련은 그의 몸과 청년의 몸을 구분할 수 없게 만들었다. 그와 청년을 두 몸으로 분리한다는 것은 불가능한 일처럼 느껴졌다. 그것은 일체감이었다. 괴상한 표현이기는 하지만 이 말 외에는 표현할 길이 없었다. 그가 대검에서 손을 뗀 후에도, 그리하여 청년의 몸이 흙바닥 위로 쓰러지고 있음에도 불구하고 일체감은 여전히 고통스럽게 숨을 쉬었다.

강선우는 벌떡 일어섰다. 소총이 소리를 내며 바닥에 떨어졌다. 옆의 병사가 놀란 얼굴로 그를 쳐다보았다. 그는 어깨를 으쓱하며 총을 집어 들었다. 텅 빈 아스팔트를 고양이 한 마리가 빠르게 가로지르고 있었다. 그는 재빨리 총을 겨누었다. 노리쇠가 손가락에 걸렸다. 빗줄기는 더욱 굵어지고 있었다.

5월 20일 새벽
텅 빈 성당은 싸늘하고 고요했다. 창으로 스며드는 엷은 불빛은 십자가를 가로질러 맞은편 벽에 머물고 있었다. 제대 앞에서 걸음을 멈춘 도예섭 신부는 십자가를 올려다보았다.

'보라, 보라! 하느님이 누구신지 보라! 여기 십자가 위에 계신 그리스도를 보라! 그분의 상처를, 찢어진 손을 보라! 영광의 임금님이 가시관을 쓰신 모습을 보라! 사랑이 무엇인지를 아느냐? 여기 십자가 위에서 이 못들, 이 가시관으로 괴로워하고 있는 사랑이 여기 있다. 너의 죄 때문에, 납이 달린 채찍으로 얻어맞아 몸이 갈기갈기 찢어져 죽음에 이르기까지 피 흘리는 사랑이 여기 있다.'

이 아름다운 목소리를 감격 없이 되뇐다는 것은 불가능했다. 하느님이라는 말, 그리스도라는 말, 상처라는 말, 찢어진 손이라는 말, 가시관이라는 말, 십자가라는 말, 못이라는 말, 죄라는 말. 이 모든 말들은 저마다 고유한 생명력을 갖고 역동적으로 숨쉬고 있었다. 그러면서 동시에 하나로 어우러지면서 새로운 생명체를 만들고 있었다.

바로 사랑이었다.

사랑이라는 신비스러운 생명체는 결코 홀로 존재하지 않았다. 사랑은 고통스럽도록 아름다운 말들의 육신으로 이루어지고 있었다. 그 피와 뼈와 살은 이루어진 생명체가 아니라 이루어지고 있는 생명체였다.

사랑이 눈에 보이지 않는다고 불평하는 이들이 있지만 그는 볼 수 있었다. 사랑을 만질 수 없다고 불평하는 이들이 있지만 그는 만질 수 있었다. 사랑의 발자국 소리도, 한숨 소리도 그는 들을 수 있었다. 세상에는 헤아릴 수 없을 정도로 많은 기쁨이 있지만 이것보다 더 큰 기쁨은 없다고 그는 굳게 믿었다. 그것은 찬란한 기쁨이었다. 너무나 찬란해 눈이 부신 기쁨이었다. 그런 기쁨이 허물어질 수 있음을 꿈에서조차 생각지 않았다. 천지가 개벽해도 허물어질 수가 없는, 허물어진다는 것이 불가능한 기쁨이었다. 그럼에도 불구하고 그것은 허물어져 있었다. 아름다운 봄날에.

'너희를 핍박하는 이들을 위해 기도하라.'

주님, 그들이 바로 핍박하는 이들이옵니까? 그는 두 손을 모으며 나직이 외쳤다. 그는 무서웠다. 싸늘한 시체로 뒹굴고 있는 기쁨의 몸뚱이를 본다는 것이. 사랑이라는 아름다운 생명체가 사라져 버린 세계를 확인한다는 것이. 그것은 전혀 다른 세계였다. 그 세계 앞에서 그는 볼 수도 없었고, 만질 수도 없었고, 들을 수도 없었다. 그는 장님이었고, 귀머거리였고, 두 손을 잃은 불구자였다.

5월 19일 오후 세시경 중앙로 화니백화점 앞에서 신부는 한 청년의 인사를 받았다. 공손히 머리를 숙인 그는 수화로 뭔가를 말하고 있었다. 장애인 학교에서 본 청년이었다. 신부는 고개를 끄덕이며 청년의 어깨를 두드렸다.

30여 분 후 볼일을 마친 신부는 다시 그곳을 지나가다가 못 볼 것을 보고 말았다. 조금 전의 청년이 군인들에게 붙잡혀 린치를 당하고 있었다. 청년은 무엇인가를 필사적으로 내보이고 있었건만 소용이 없었다. 상황은 일목요연했다. 운 나쁘게 붙잡힌 청년을 군인들은 추궁했을 것이고, 들을 능력도 말할 능력도 없는 청년은 괴상한 소리로 반응했을 것이다. 그 괴상한 소리가 그들을 자극했음이 틀림없다. 그런 그들에게 청년이 내보인 농아장애증명서가 무슨 소용이 있었을까? 잠시 후 군인들은 구타를 견디다 못해 쓰러진 청년을 트럭에 던져 넣었다.

　신부는 꼼짝도 않고 그 광경을 보았다. 몸은 마비가 된 듯 뻣뻣했고, 두 팔은 옆구리에 바짝 붙어 있었다. 어떻게 성당까지 왔는지 몰랐다. 누가 자신을 노려보는 것 같아 고개를 들 수 없었다. 얼굴을 숙인 채 성당을 향해 거의 뛰다시피 걸었다. 어떤 남자와 세차게 부딪쳐 넘어지기도 했고, 엉뚱한 길로 들어가기도 했다. 뭔가 발에 밟혀 내려다보니 주인 잃은 신발이었고, 어깨에 턱 하고 걸리는 게 있어 고개를 드니 버드나무였다.

　성당에 들어온 그는 십자가 앞에서 털썩 무릎 꿇었다. 얼굴은 땀과 눈물로 범벅이 되어 있었다. 그는 십자가에 매달린 그리스도를 올려다보며 나직이 부르짖었다. 제가 무엇을 했는지 가르쳐 주소서, 들을 수도 말할 수도 없는 청년이 무서운 고통을 당하고 있을 때, 들을 수도 있고 말할 수도 있는 제가 무엇을 했는지 가르쳐 주소서, 하고 끊임없이 물었다. 해가 질 무렵 성당을 나와 미친 듯이 청년을 찾아다닌 신부는 장대비가 쏟아지는 밤 아홉시 무렵 국군통합병원 영안실에 싸늘한 시체로 누워 있는 청년을 발견했다. 사체검안서에 적힌 사망 원인은 다음과 같았다.

후두부 찰과상 및 열상, 좌안성검부 열상, 우측 상지 전박부 타박상, 좌측 어깨 관절 타박상, 목뼈 골절, 둔부 및 대퇴부 타박상.

그는 비틀거리며 일어섰다. 둔중하면서도 깊은 통증이 세차게 그를 후려치고 있었다.

'너희는 그저 예 할 것은 예 하고, 아니요 할 것은 아니요라고만 말하여라. 그 이상의 말은 악에서 나오는 것이다.'

그의 입에서 '아니요'라는 말이 신음처럼 새어 나오고 있었다.

저녁 일곱시

헤드라이트를 켠 대형 트럭들과 버스들을 선두로 2백여 대의 택시들이 일제히 경적을 울리며 땅거미가 깔린 금남로로 들어서고 있었다. 엄청난 차량 시위대였다. 금남로에 집결해 있던 수만 명의 군중들은 노래와 함성으로 강력한 시위대의 출현을 환영했다. 머리에 흰 띠를 두른 청년들은 트럭 위와 버스 안에서 목이 터져라 구호를 외쳤다. 태극기를 흔드는 이들도 있었다.

이날 새벽 네시경부터 시민궐기호소문 3,4만 장이 시내 일원에 살포되었다. '민족의 영혼은 통곡한다―5·18 폭력 만행의 진상 보고'라는 제목의 유인물은 학생, 시민 들의 피해 상황과 함께 1천여 명의 젊은 학생들이 조선대 캠퍼스에서 고문당하고 있다고 주장하면서 20일 오후 한시 금남로에 총집결하자고 호소했다.

그것은 일종의 지하신문으로, 엄청난 사태가 일어나고 있음에도 불구하고 침묵을 지키고 있는 언론에 대한 저항이자, 항쟁의 확산을 목적으로 한 선전물이기도 했다.

수많은 시민들이 마당과 거리에 뿌려진 유인물을 보았지만, 그날 아침 일곱시 30분경 3공수여단 5개 대대가 숙영지인 전남대에 도착했다는 사실을 아는 이는 거의 없었다. 새벽 한시에 청량리역을 출발한 이 새로운 병력은 밤새 빗속을 뚫고 오늘 아침 광주로 진입했다. 이로써 5월 20일 오전, 광주에 투입된 특전사 병력은 10개 대대 3,405명(장교 504명, 하사관·사병 2,901명)이었다.

어제저녁부터 내린 비가 그친 것은 오전 열시경이었다. 이날 전남도교육위원회는 고등학생들의 시위 가담을 우려해 37개 고등학교에 하루 동안 휴교 조치를 취했다. 이 휴교 조치가 6월 3일까지 계속될 줄은 아무도 몰랐다.

공수부대는 비가 갠 직후 3여단 병력이 추가로 투입되어 금남로를 미리 장악했다. 그럼에도 불구하고 금남로 주변부로 수많은 시민들이 모여들었다. 대인시장 부근에서는 시위대가 이미 형성되어 있었다. 이들의 구성원은 어제와 많이 달랐다. 대학생으로 보이는 청년들은 별로 없는 반면에 장사하는 아낙네들, 40대 이상의 중년 남자들, 고교생들이 두드러지게 눈에 띄었다.

장갑차를 앞세운 공수부대와 마주친 그들은 광주고등학교 쪽으로 물러나 대형 화분과 교통 표지판 등으로 바리케이드를 쳤다. 그런데 공수부대의 태도가 판이하게 달라져 있었다. 시위대를 밀어붙이면서도 진압봉을 별로 사용하지 않았고, 붙잡은 시민들을 그 자리에서 훈방했다. 장갑차도 저지선에서 머물고 있을 뿐 어제처럼 시위대로 돌진해 오지도 않았다. 이런 소강 상태는 3여단 병력 1,190명이 시내로 투입되는 열두시 전후까지 계속되었다.

오후 한시 20분경 상업은행 앞에서의 충돌을 시작으로 충장로와 도청에서 수백 명 규모의 시위대와 공수부대가 유혈 시가전을 벌였다. 시내와 다소 떨어진 계림동에서는 2천여 명의 시민들이 바리케이드를 치고 장갑차를 앞세운 63대대 병력에 대항했으며, 계림극장 근처에서는 중고생 시위대 2백여 명이 나타나 공수부대에게 돌을 던졌다. 시위가 격화되자 오후 세시부터는 3개 여단 10개 대대의 공수 병력이 투입되었다. 각 대대들은 수천 명의 시위대와 대치했다. 병사들이 시위대를 해산시킨 후 다른 지역으로 이동하면 그 자리를 또 다른 시위대가 점령했다. 그러니까 공수부대는 19일과는 달리 점과 선만을 확보하고 있을 뿐 공간을 장악하지 못하고 있었다. 공간은 시위대가 장악했다. 그 결과 도청을 향하는 시위대의 거대한 흐름이 형성되고 있었는데, 오후 네시경에는 그 수가 3만여 명에 이르렀다.

그들은 맨손이 아니었다. 각목, 쇠파이프, 야구 방망이, 연탄집게, 식칼, 화염병 등 무기가 될 만한 것은 무엇이든 쥐고 있었다. 이제 공수부대는 시위대를 추격할 수 없었다. 추격을 했다가는 시위대에 포위당하기 때문이었다. 위기를 느낀 공수부대는 분산 배치된 병력을 대대 단위로 통합했다. 공세적 진압에서 수세적 진압으로의 전환이었다.

오후 다섯시경 도청 분수대로 이어지는 여섯 방향의 도로가 시위대의 물결로 넘실거렸다. 선두 대열은 드럼통과 대형 화분 등을 밀면서 저지선을 향해 조금씩 조금씩 다가갔다. 이제 시위를 구경만 하는 시민들은 없었다. 저마다 할 일을 찾아 부지런히 움직였다. 공사장 주변의 돌과 자갈들을 리어카나 함지로 나르는가 하면, 물수건과 치약을 시위대에게 나누어 주었다. 눈가와 코밑에 치약을 바르면 최루가스를 견디기가 수월했다. 도로 근처의 상점이나 주택가에서는 커다란 물통과 세숫대야에 물을 가득 채워 내놓았고, 충장로와 금남로의 가게 주인들은 음료수와 빵, 담배 등을 시위대에게 제공했다.

다섯시 50분경 충장로 입구 쪽 시위대들이 스크럼을 짜고 육탄 돌격했으나 몇 겹으로 쳐놓은 군경의 바리케이드를 뚫기에는 역부족이었다. 시간은 흘러 주위가 어두워지기 시작했다. 종일 격렬한 싸움을 거듭한 시민들은 무척 지쳐 있었다. 이때 나타난 것이 차량 시위대였다. 운전기사들이 차량이라는 강력한 무기를 앞세우고 시위대에 합세한 것이다. 지쳐 있던 시위 군중들에게 차량 시위대는 놀라운 원군이었다. 〈애국가〉, 〈아리랑〉, 〈봉선화〉, 〈선구자〉 등의 노랫소리가 울려 퍼졌다. 감격에 겨워 엉엉 우는 이들도 있었다.

차량 시위대에 밀려 조금씩 조금씩 후퇴하던 얼룩무늬들이 장갑차로 바리케이드를 치기 시작했다. 더 이상 물러나지 않겠다는 뜻이었다. 차량들도 멈추어 섰다. 그들 사이의 거리는 20여 미터밖에 되지 않았다. 노을은 고요한 하늘 속으로 소리 없이 스며들고 있었다. 그 부드러운 빛깔은 지상의 광경에는 아랑곳없이 마지막 광선을 흡입하며 평화로운 영혼의 불빛처럼 반짝거렸다.

저녁 일곱시 30분

박태민은 이마에 밴 땀을 씻었다. 시위의 전환을 그는 온몸으로 느끼고 있었다. 전환의 계기는 물론 차량 시위대였다. 차량이야말로 공수부대의 저지선을 돌파할 수 있는 유일하고도 강력한 무기였다. 전쟁에서 저지선은 죽음의 선이다. 그것을 뺏기 위해, 혹은 지키기 위해 피아가 사력을 다한다. 그러므로 차량 시위대란 죽음을 향해 다가가는 이들이었다. 박태민은 무엇이 운전기사들로 하여금 죽음을 무릅쓰도록 했는지 생각해 보았다.

가장 먼저 생각할 수 있는 것이 분노였다. 운전기사들은 시내를 운행하면서 누구보다도 공수부대의 만행을 많이 목격했을 뿐 아니라 폭행도 많이 당했다. 폭도를 태워 줬다, 제대로 정차하지 않았다,

54

불만의 표정을 지었다 등 폭행의 이유는 다양했다. 한때는 지나가는 차를 무조건 세워 놓고 기사를 구타했다. 폭도를 실어 나르는 놈들에게 맛을 보여 준다는 것이었다. 부상당한 이를 싣고 병원으로 향하던 운전기사가 폭도를 빼돌린다는 이유로 대검에 찔려죽기까지 했다.

그들의 분노는 당연했다. 분노야말로 차량 시위대를 조직하게 한 근원적인 힘이었다. 하지만 그것만으로는 설명이 충분치 않았다. 단지 분노를 풀기 위해 죽음을 불사한다는 것은 납득하기 힘들었다. 이 의문은 운전기사들에게만 한정되는 것이 아니었다. 죽음을 무릅쓴 시위가 이미 도처에서 수없이 행해져 왔다. 학생들은 그렇다 치자. 그들에게는 민주화에 대한 신념, 세계 변혁에 대한 열정이 있으니까 말이다. 그들의 신념과 열정은 봉기의 발화점이었다. 하지만 봉기가 확산될수록 학생들은 그 수가 줄어들면서 시위대의 주변부로 밀려나고 있었다. 그것은 신념과 열정이 봉기의 발화점은 되었을지언정 봉기 확산의 원동력이 아니었음을 뚜렷이 보여 주는 증거였다.

한 가지 분명한 것은, 학생이든 아니든 시위대들이 공통적으로 품고 있는 감정이 분노라는 사실이다. 따라서 분노의 실체야말로 의문을 풀 수 있는 열쇠였다.

분노의 일차적 감정이 자신이 직접 당했거나 가족, 친지, 동료 들이 당한 부당한 폭력에 대한 원한이라면, 인간을 짐승처럼 때려죽이고 찔러 죽이는 비인간적 행위에 대한 윤리적인 분노가 이차적 감정이었다. 박태민은 공수대원들의 가공스러운 폭력에도 경악했지만 그 행위를 즐기는 듯한 그들의 모습에서도 경악을 금치 못했다. 물론 모두가 그랬던 것은 아니었지만 폭력을 행하면서 그들이 얼핏 드러냈던 표정과 행동에서 분명히 감지되었다. 그것이 윤리적 분노의 감정을 깊이 자극했을 것임에 틀림없었다. 윤리적 분노는 분노의 질과 양을 비약, 증대시킨다.

광주는 다른 어떤 도시보다 공동체 의식이 강한 곳이었다. 상공업 발전의 부진으로 타 지역 이주 인구는 많아도 유입 인구가 거의 없어 농촌 공동체의 모습이 여전히 남아 있었다. 더욱이 호남 차별에 대한 예민한 인식은 그들의 공동체 의식을 강화시켜 왔다. 공동체 의식이 윤리적 분노의 수위를 높이는 데 큰 역할을 했음은 말할 나위가 없다.

하지만 이것뿐이었을까? 그들로 하여금 죽음의 공포를 이겨 내게 한 것이 그런 분노의 감정뿐이었을까? 그 분노를 감싸면서, 분노를 초월하는 다른 감정은 없었던가?

박태민은 자신을 뒤돌아보았다. 죽음 앞에서 벌벌 떨고 있는 모습이 또렷이 보였다. 얼마나 무서웠던가. 생명이 사라진다는 것이. 차가운 사물이 되어 지상의 불빛이 닿지 않는 곳으로 흘러간다는 것이. 그 뚜렷한 공포 앞에서 사상은 무력했다. 사상은, 그 휘황한 영혼의 불은 철저히 무력했다. 사상의 폐허 속에서 남은 것은 비루한 몸뚱이뿐이었다. 그 몸뚱이는 너무나 비루했다. 그보다 더 비루한 것이 존재한다는 것은 불가능했다. 그는 비루함을 견디지 못했다. 견딜 수가 없었다. 견디지 못하는 영혼은 눈물을 하염없이 흘려보냈으나 비루함을 씻지는 못했다. 비루함을, 벌레보다 못한 비루함을 씻은 것은 희생자의 눈물이었다. 갈기갈기 찢긴 육신에서 새어 나오는 눈물이, 어딘지 모를 곳으로 가야 하는 이가 지상에서 마지막으로 흘리는 희디흰 눈물이 비루함을 깨끗이 씻어 내었다.

박태민은 주위를 찬찬히 둘러보았다. 모두가 낯선 얼굴이었다. 그럼에도 불구하고 조금도 낯설지 않았다. 낯설기는커녕 친근감이 따뜻한 물처럼 스며들었다. 정다우면서도 우수 어린 친근감이었다. 그들은 모두 자신의 비루함을 견디지 못해 희생자의 눈물 속으로 달려온 사람들이었다. 피와 눈물이 고여 있는 이곳으로. 죽음과 맞서기 위해.

그는 고개를 끄덕였다. 모두가 똑같은 사람들이었다. 똑같이 분노했고, 똑같이 비루함을 느꼈으며, 똑같이 눈물을 흘렸다. 그리하여 지금, 죽음과 경계를 이룬 이곳에 나란히 서 있는 것이다. 이것은 우리 모두의 운명이었다.

한없이 느리면서도 부드럽고 깊은 움직임이 그를 감싸고 있었다. 그것은 자유의 물결이었다. 자유의 물결은 황홀하면서도 고통스럽게 그를 에워싸고 있었다.

공수부대 뒤에서 진을 치고 있던 경찰들이 최루탄을 쏘기 시작했다. 귀를 찢는 듯한 소리와 함께 최루탄들이 비 오듯 날아왔다. 페퍼 포그 차에서도 엄청난 가스들이 쏟아져 나왔다. 숨을 제대로 쉴 수 없었고, 눈물이 줄줄 흘러내렸다. 방독면을 착용한 군인들이 대검과 진압봉을 움켜쥐고 시위 군중 속으로 짓쳐들어왔다. 그들은 시야를 방해하는 헤드라이트를 부수며 전진했다. 유리창도 박살이 났다. 차 안에 있는 이들이 뛰쳐나오면 냉혹한 난타가 가해졌다. 처절한 유혈전이었다. 진압봉과 대검은 살해를 향해 집중했고, 각목과 쇠파이프와 야구 방망이와 낫은 살해에 맞섰다. 하늘을 가리는 가스의 안개비 속에서 피와 비명이 난무했다.

박태민은 간신히 눈을 떴다. 눈 안에 모래가 가득 들어 있는 것 같았다. 머리가 깨어져 피투성이가 된 남자를 부둥켜안고 통곡하는 여자의 모습이 어렴풋이 보였다. 그녀의 옷도 피투성이였다. 깨어지고 부서진 차들 사이에 부상자들이 즐비했다. 저문 하늘의 잔광은 그들의 모습을 비현실적으로 드러내고 있었다. 피를 흘리는 그들의 몸은 검붉은 물감으로 덧칠한 그림의 일부처럼 보였다. 길바닥에 고인 핏물도 마찬가지였다. 시간은 그 속으로 흘러 들어가지 못하고 있었다. 소리도 움직임도 지워져 있었다.

그는 자신의 몸이 바싹 마른 흙으로 이루어져 있다는 느낌을 받았다. 넋이 없는 이 육신은 조금만 움직여도 부서져 내릴 것 같았다. 꿈의 손이 눈꺼풀을 무겁게 누르고 있었다. 무엇이 다가오는 게 보였다. 흐린 시야 속에서 그것은 그림자처럼 밋밋했다. 어디엔가 파묻히고 싶었다. 깊고 아늑한 곳에, 공처럼 몸을 웅크리고. 눈을 감았다 떴다. 그림자 같은 물체가 점점 가까이 오고 있었다. 움푹 파인 두 눈이 보였다. 작고 어두운 두 눈은 짐승의 그것처럼 파란 불을 내뿜고 있었다.

강선우는 우두커니 서 있는 사내를 노려보았다. 쇠파이프를 움켜쥐고 있는 사내는 분명 시위대였다. 그럼에도 불구하고 도망가지 않았다. 도망은커녕 꼼짝도 하지 않았다. 이상했다. 자욱한 가스비 속에서 사내는 나무처럼 서 있었다. 자신의 대검을 내려다보았다. 그것은 피로 시뻘겋게 물들어 있었다. 군복도 마찬가지였다. 소맷자락에는 선지피가 엉겨 있었다. 꼭 피의 통 속에 빠졌다가 나온 것 같았다. 진압봉은 언제 어떻게 떨어뜨렸는지 기억나지 않았다. 아픔이 몰려왔다. 어깨가 쑤셨고, 등살이 아팠다. 시위대의 쇠파이프에 맞은 곳이었다. 그자의 몸을 찔렀을 때 근육을 뚫고 튀어나오는 흰 뼈를 보았다. 상대방의 울음 같은 비명을 목구멍 깊숙이 삼켰다. 칼을 뺄 때 너무 힘들어 몸이 후들후들 떨렸다. 그는 길을 잃었음을 알았다. 대열에서 이탈하면 위험하다. 하지만 이탈했음이 분명했다. 등 뒤가 텅 빈 것처럼 느껴지는 것이 그 증거였다. 그럼에도 불구하고 몸을 돌리지 않았다. 몸을 돌려야 한다는 생각조차 하지 않았다. 다만 눈앞에 우두커니 서 있는 사내가 궁금할 뿐이었다. 왜 저렇게 서 있기만 하는 것인지, 이유를 알고 싶었다. 입 안이 칼에 베인 듯 쓰려 왔다. 그는 혀로 바짝 마른 입술을 축였다.

다가오고 있는 이의 얼굴이 또렷해지고 있었다. 얼굴은 길쭉했고 턱은 강팔랐다. 움푹 들어간 한쪽 뺨에서는 피가 흘러내리고 있었다. 군복 여기저기에도 거무스레한 핏자국이 보였다. 그는 이제 바짝 다가와 있었다. 그러나 박태민은 움직일 수 없었다. 조금만 움직여도 몸이 부서져 내릴 것 같은 느낌이 여전히 그를 사로잡고 있었다. 어디선가 타닥거리는 소리가 났다. 무슨 소리인지는 알 수 없었다. 그와 시선이 마주쳤다. 병사의 눈은 여전히 파란 불에 싸여 있었다. 팔을 뻗어 병사를 밀어 내고 싶었다. 뻗기만 하면 밀어 낼 수 있을 것 같았다. 하지만 팔을 들 힘조차 남아 있지 않았다. 울음소리가 들렸다. 그것은 외부에서 들려오는 소리가 아니었다. 울음소리가 나는 곳은 그의 내부였다. 그는 고개를 끄덕였다. 어느 날 한 여자가 죽었다. 그가 사랑했던 여자였다. 그것은 돌연한, 누구도 예측할 수 없었던 죽음이었다. 운명이라는 이름으로밖에 명명할 수 없는 죽음 앞에서 그는 무릎 꿇고 울었다. 그곳이 어디였던가? 아, 그래, 겨울 들판이었어. 눈발 흩날리는 겨울 들판에서, 뒤돌아보면 텅 비어 있는 세상이 사무쳐서, 그 사무침을 견디지 못하고 눈물을 흘리고 말았지. 그런데 그 울음소리가 왜 지금 들려오는 걸까? 저 흐린 저녁 빛 아래서. 어깨뼈가 저려 왔다. 병사의 손이 그의 어깨를 움켜쥐고 있었다.

한 손으로 사내의 어깨를 움켜쥔 강선우는 대검을 치켜세웠다. 사내의 시선은 대검을 향하고 있었다. 하지만 놀라는 기색이 전혀 없었다. 그렇다고 정신을 놓고 있는 것도 아니었다. 자신과는 아무런 상관이 없는 사물을 보는 듯한 표정이었다. 칼끝으로 사내의 뺨을 살짝 그었다. 가느다란 피가 뺨을 타고 흘러내렸다. 강선우는 무엇을 찾아내려는 듯 사내의 얼굴을 뚫어지게 보았다. 하지만 눈만 약간 커졌을 뿐 그의 표정에는 아무런 변화가 없었다. 꿈속에 잠겨 있는 얼굴을 보는 듯했다. 문득 친근감이 느껴졌다. 그 친근감은 꿈속에 함께 있다는 느낌에서 비롯된 것이었다. 지금 그에게 세계는 꿈의 공간일 뿐이었다. 그의 칼이 행한 모든 죽임은 꿈속의 행위였다.
새벽녘 역 광장으로 나왔을 때 도시는 깊은 잠 속에 빠져 있었지. 우리들은 그 잠의 꿈속으로 들어온 것뿐이었어. 그런데 시간은, 그 꿈의 시간은 어디로 흘러가는 것일까.
그의 손에서 대검이 툭 떨어졌다. 눈앞이 흐려지고 있었다. 어디엔가 기대고 싶었다. 들판이 내려다보이는 창이 떠올랐다. 거기에 기대어 저문 하늘을 보고 싶었다. 멀리서 깜박이는 불빛과 함께. 삶의 시간이 거기서 끝난다 해도 상관이 없을 것 같았다. 온몸에 힘이 빠지면서 서 있기조차 힘들었다. 무릎이 꺾이고 있었다. 안간힘을 썼으나 꺾이는 무릎을 막을 수가 없었다. 어느새 무릎은 땅바닥에 닿아 있었다. 그는 사내의 다리에 머리를 기댔다. 그러지 않으면 허물어지는 몸의 무게를 지탱할 길이 없었다. 황혼의 회색 물결이 두 사람의 몸 위로 흘러내리고 있었다.

밤 아홉시

차량 시위대와 공수부대의 전투는 처참했다. 눈뜨고 볼 수 없는 유혈극이었다. 그 참혹은 거리를 울음으로 적셨다. 부상자를 치료해 보려고 약과 물수건을 들고 나왔다가 낭자한 핏물에 어떻게 해야 할 줄을 몰라 울부짖다 실신하는 아주머니도 있었다.

울음은 고통을 자극하면서 동시에 정화하고 있었다. 이 이상한 에너지는 시위대로 하여금 자연스럽게, 아주 자연스럽게 죽음을 받아들이도록 했다. 버스나 트럭을 몰고 계엄군 저지선으로 돌진하는 시민들이 점차 늘고 있었다. 그들은 죽음을 내려다보았다. 내려다보이는 죽음은 공포의 대상이 아니었다. 선택이 가능한 삶의 한 형태일 뿐이었다.

금남로의 혈전은 시내 전역으로 빠르게 퍼져 나갔다. 변두리에 사는 시민들은 저마다 무기를 들고 시내로 모여들었다. 특히 유덕동 근교에서 농사짓는 농민 50여 명이 흰 한복 차림으로 손에 쇠스랑, 낫, 괭이, 죽창을 들고 금남로에 나타나 뜨거운 환영을 받았다. 시위대의 수는 급격히 늘고 있었다. 도청과 광주교도소, 광주역을 제외한 대부분의 시가지를 점령한 시위대는 금남로와 노동청 쪽, 학동 쪽, 충장로 입구에서 거대한 물결을 형성하면서 한 지점을 향하고 있었다. 도청이었다. 횃불이 아름답게 출렁거렸던 곳, 이제는 너무나 아름다워 거룩하기조차 한 그 기억의 공간이야말로 그들이 도달해야 할 궁극의 장소였다.

불과 며칠 전까지만 해도 그곳이 이토록 소중한 장소로 변모할 줄은 꿈에도 몰랐다. 무엇이 그렇게 만들었을까? 시간이 평상대로 흘렀다면 머지않아 사라져 버렸을지도 모를 기억이었다. 그러나 5월 18일부터 시간은 홀연 달라져 있었다. 언어로는 표현이 불가능한 시간의 달라짐은 세계를 바꾸어 놓았다. 너와 내가 하나가 되고, 산 자가 죽은 자의 그림자 속으로 뛰어드는 기묘한 세계였다. 혼융된 삶과 죽음은 피와 울음의 거리를 유령처럼 떠돌고 있었다.

어슴푸레한 저녁 빛마저 꺼져 가고 있을 즈음, 카랑카랑한 여인의 목소리가 정적을 깨뜨리며 저문 하늘로 울려 퍼졌다.

「시민 여러분, 모두 나와 힘을 합칩시다. 우리 모두 도청으로 갑시다. 끝까지 물러서지 말고 광주를 지킵시다.」

「계엄군 아저씨, 당신들은 피도 눈물도 없습니까? 도대체 어느 나라 군대입니까? 경찰 아저씨, 당신들은 우리 편입니다. 제발 우리를 도와주십시오. 우리는 맨주먹입니다. 그러나 우리는 꼭 이깁니다.」

「광주 시민 여러분, 우리 모두 공수부대 놈들을 찢어 죽입시다. 살인마 전두환은 물러나라. 두환아, 내 자식 살려 놓아라.」

그것은 시위가 시작된 이래 군중을 선동하는 최초의 목소리였다. 차량 스피커에서 흘러나오는 여인의 목소리는 애절하면서도 격렬하고, 서릿발처럼 차가우면서도 비통했다. 듣는 이를 전율케 하는 그 목소리는 처음에는 도청 부근의 시가지에만 울리더니 나중에는 온 시내를 누볐다. 집 안에 있는 이들은 여인의 목소리에 잠을 이루지 못했다. 안전한 곳에 혼자 숨어 있다는 죄책감으로 괴로워하다가 결국은 집을 나와 시위대에 합류하는 이들이 적지 않았다. 여인의 선동을 두려워한 계엄군은 그녀를 집요하게 추적했다. 하지만 늘 시위대에 둘러싸여 있어 저격이 불가능했다.

차량 시위대의 출현 이후, 공격 무기로 차량을 적극 활용한 시위대는 고속버스와 트럭은 물론이고 소방차까지 징발하여 시위의 전면에 내세웠다. 전쟁은 전면전으로 치닫고 있었다.

자정

김선욱은 미동도 않고 역 광장을 응시했다. 계엄군의 바리케이드가 또렷이 보였다. 바리케이드는 광장에서 다섯 갈래로 뻗어 나간 도로 곳곳에 쳐져 있었다. 조금 전 트럭에 올랐던 청년의 모습이 떠올랐다. 키가 작고 몸이 여윈 청년이었다. 트럭 뒤에는 휘발유로 가득 찬 드럼통 두 개가 있었다. 청년이 시동을 걸자 대기하고 있던 이가 드럼통에 불을 붙였다. 트럭은 계엄군 바리케이드를 향해 질주했다.

그런 공격이 이미 여러 차례 감행되었다. 당연히 최루탄의 집중 사격을 받았다. 살기 위해서는 차에서 뛰어내려야 한다. 너무 빨리 뛰어내리면 차가 목표물에서 벗어나기 쉽고, 늦으면 목숨이 위태롭다. 적절한 시각에 뛰어내렸다 하더라도 도주 속도가 늦으면 얼룩무늬들에게 처참히 당한다. 하지만 청년의 경우는 달랐다. 차에서 뛰어내리기도 전에 총탄을 맞았다. 계엄군의 조준 사격이 분명했다. 그럼에도 불구하고 청년의 트럭은 바리케이드를 밀치고 분수대를 들이받았다. 엄청난 폭발음과 함께 불기둥이 치솟아 올랐다.

공용 터미널과 광주소방서에 이어 MBC와 KBS 방송국을 점령한 시위대는 밤 아홉시경 시청까지 점령했다. 이로써 도청과 광주역을 제외한 시내의 주요 시설들은 거의 모두 시위대로 넘어왔다. 시청에서 철수한 공수부대는 광주역에 진지를 구축했다. 향토 사단인 31사단 병력이 지키고 있던 광주역은 병력과 보급품의 수송 거점일 뿐 아니라 도청과 함께 행정 기능을 최소한 유지시킬 수 있는 중요한 장소였다. 계엄군으로서는 필사적으로 지켜야 할 곳이었다.

그 시각, 3공수여단이 광주역 출동 명령을 받았다. 20일 새벽 광주역에 도착, 전남대로 이동한 병력이었다. 군수과 요원들은 출동하는 병사들에게 실탄 120발씩 지급했다. 그들은 전남대에서 광주역까지

도보로 이동하면서 건물과 아스팔트를 향해 사격했다. 군 트럭은 M60으로 그들을 엄호했다. 시위대의 습격을 방지하기 위함이었다. 광주역은 이미 시위대로 둘러싸여 있었고, 광장 분수대 주위는 불탄 차량들과 시체들로 처참했다. 병사들은 '후퇴하면 즉시 사살한다'는 장교들의 외침을 들으며 광주역으로 들어갔다. 밤 열시경, 역 부근으로 집결한 시위대는 3만여 명에 이르렀다. 그들 역시 광주역의 중요성을 알고 있었다. 혈전은 불가피했다.

김선욱은 트럭에 올랐다. 머릿속은 맑았다. 오르기 직전, 불안으로 약간 뒤척이기는 했으나 이내 사라졌다. 시동을 걸었다. 차의 움직임이 몸으로 느껴졌다. 휘발유 드럼통에서 타오르는 화염은 차창을 붉게 물들였다. 계엄군의 모습이 기괴하게 일그러지고 있었다. 뒤틀린 인형처럼 보이기도 했다. 그들은 괴물도 악귀도 아니었다. 슬픔과 눈물이 있고, 누군가를, 무엇인가를 그리워하는 인간이었다. 그들이 인간이기 때문에 인간을 그렇게 죽이는 것이다. 짐승은 인간을 그렇게 죽이지 못한다. 그럴 능력도 없거니와 필요성도 느끼지 않는다. 모든 고통의 원천은 인간이었다.

한 벌의 옷 속에 생명의 즙이 고여 있음은, 그 옷을 만든 이만이 안다. 실밥 먼지투성이인 작업장으로 들어가면 포르말린 냄새가 코를 찌른다. 원단더미에서 나는 냄새다. 한여름에는 섭씨 40도를 웃돌았다. 겨울에는 덧버선을 두 개씩 포개 신어도 동상에 걸렸다. 몸이 성한 이들은 아무도 없었다. 그 속에서 몸이 망가진 동생은 노동의 능력을 잃고 볕 없는 방 안에 홀로 누워 투병하다가 스스로 목숨을 끊었다. 고작 열여섯 살밖에 안 된 어리디어린 처녀였다.

프레스 작업을 하는 이들은 손가락이 자주 잘렸다. 철판을 강타하여 절단, 압축, 조형하는 프레스에는 안전장치가 있다. 하지만 사용주는 안전장치를 뜯어 버린다. 작업 능률을 올리기 위함이다.

　이 모두가 학살이었다. 다만 그 속도가 느릴 뿐이다. 속도의 느림은 사람들을 교묘하게 마취시킨다. 학살이 눈앞에서 벌어지고 있는데도 그것이 학살임을 알지 못하게 한다. 여기에 비해 학살임을 명백하게 보여 주는 얼룩무늬들의 행위는 차라리 정직했다. 위장이라고는 어디에도 없었다. 사용주들에게서 신물 나게 보아 왔던 교묘한 혀놀림도 없었고, 번듯한 가면도 보이지 않았다. 학살의 대상으로 광주를 선택한 것 역시 정직의 발로였다. 유신 권력자들에게 공개적인 학살이 필요했다면 광주일 수밖에 없었다. 사용주가 프레스의 안전장치를 뜯어 버릴 수 있는 것은 노동자가 자신들과 다른 인간이기 때문이다. 그들이 광주를 선택한 것도 이와 흡사했다. 전라도는 그들과 너무 먼 곳에 있었다.

　액셀러레이터를 힘껏 밟았다. 차는 굉음과 함께 질주를 시작했다. 산산조각이 난 육신의 모습이 얼핏 떠올랐다. 벙긋 웃었다. 그는 지금 진실도 거짓도 아닌 세계를 향해 달려가고 있다고 생각했다. 눈앞에서 살아 움직이고 있는 저 얼룩무늬들은 최소한 거짓의 존재는 아니었다. 거짓은 학살을 자행하는 자들이 아니라 학살이 없다고 외치는 자들이 저지르고 있었다. 그가 살아온 세상이 그랬다. 한순간도 거짓이 아닌 게 없었다. 거짓이 없으면 세상이 곧 무너질 것처럼 거짓을 뿌리고 다녔다. 세상의 주인은 인간이 아니라 인간이 만들어 내는 거짓이었다. 그 속에서 살아야 하는 자신 역시 거짓된 존재였다. 그가 칼을 품고 다닌 것은 그런 자신의 모습에 대한 분노 때문이었다.

　아스팔트가 보였다. 텅 빈 아스팔트였다. 어쩌면 저 길은 끝이 없을지도 모른다는 생각이 들었다. 끝없는 길 위를 질주하는 나는, 거짓의 못에 박혀 꼼짝도 못한 채 신음 소리만 내고 있었던 나의 육신은, 잿빛 하늘 아래서 기이한 파충류처럼 매달려 있었던 그 육신의 혼은 이제 영원한 움직임 속으로 들어가리라. 비상하는 나비처럼 가볍게. 그는 처음으로 자유를 느꼈다. 거짓이 존재하지 않는 완전한 순간이 만든 자유였다.

5월 21일 새벽 한시

도청 북쪽 광장에 위치한 상무관 앞은 병사와 전경들로 발 디딜 틈이 없었다. 잠시 교대해서 쉬고 있는 이들이었다. 얼굴은 흑탄처럼 검었고, 충혈된 눈동자는 하나같이 퀭했다. 상무관 안도 마찬가지였다. 몸을 비비고 누울 자리는 어디에도 보이지 않았다. 쉴 곳을 찾아 지친 다리를 끌고 돌아다니던 강선우는 걸음을 멈추었다. 모포에 싸인 시체 두 구가 컴컴한 길바닥에 누워 있었다. 노동청 저지선에서 시위대 차량에 깔려 사망한 경찰관 시체였다.

도청의 길목인 금남로와 노동청, 충장로 입구에서 치열한 공방전이 벌어졌다. 시위대는 특히 노동청 쪽을 집중적으로 공략했다. 공수부대의 주력이 금남로에 몰려 있는 데다 길이 넓어 차량이라는 무기를 효율적으로 쓸 수 있었던 까닭이었다. 그들의 공격은 필사적이었다. 불붙인 차량을 저지선으로 쉴 새 없이 밀어붙였다. 밤 아홉시가 약간 넘어선 시각, 10여 대의 대형 버스를 앞세운 시위대가 저지선으로 돌진했고, 경찰은 최루탄과 페퍼 포그를 집중 발사했다. 유리창이 깨지면서 버스 안은 가스로 자욱했다. 고통을 견디지 못한 시위대원들은 시동을 끄지 못한 채 밖으로 뛰쳐나왔다. 운전자를 잃은 버스는 방향을 잃고 앞으로 치달았다. 그중 한 대가 경찰관들을 덮쳤다. 그때 참변을 당한 시체를 강선우는 보고 있었다.

오늘 밤은 글자 그대로 지옥이었다. 화염병 투척과 불타는 차량으로 대낮처럼 환한 시가지는 시위대로 넘쳐흘렀다. 이제 그들은 병사들이 접근해도 물러서지 않았다. 버스와 트럭이 흉기가 되어 달려들었고, 몸은 지칠 대로 지쳐 있었다. 밥을 언제 먹었는지 기억조차 나지 않았다. 식사 보급 차량이 시위대에 막혀 버린 탓이었다. 비상용 전투 식량은 떨어진 지 오래였다. 병사들은 죽음의 공포에 사로잡혀 있었다. 어떤 병사는 보도블록에 걸려 넘어진 시위대 청년의 몸을 대검으로 마구 찌르면서, 이놈들을 못 죽이면 우리가 죽어! 하고 절규했다. 무전으로 발포 명령을 내려 달라고 건의하는 지휘관들의 목소리가 자주 들렸다. 그들의 목소리는 절박했다. 울음까지 섞이고 있었다. 작전 장교는 장갑차의 캘리버50 기관총에 실탄 장전을 명령했다. 잠시 후 밤하늘을 향한 총구에서 불이 번쩍였다. 귀를 찢는 듯한 총성이 시가지를 뒤흔들었다.

열시가 조금 못 되었을 무렵 엄청난 불기둥이 솟구쳐 올랐다. 두 시간 전 그의 부대원들이 지키고 있었던 문화방송국이 화염에 휩싸여 있었다. 강선우는 조금도 놀라지 않았다.

저녁 일곱시 문화방송은 전남북 계엄분소가 작성한 담화문을 보도했다. 5월 18일 이후 처음 나온 공식 담화문이었다. 지난 18일과 19일 양일간의 소요 진압 과정에서 연행된 학생과 일반인은 군에서 잘 보호하고 있으며, 그중 가벼운 범법자와 잘못을 반성하는 일부 학생들을 석방했다는 것과, 시위 주모자와 범법 행위가 지나친 학생은 엄정 처리할 것이며, 나머지 학생에 대해서도 조사가 끝나는 대로 선별 석방할 것이라고 했다. 소요 진압 과정에서 부상을 입은 일부 학생들이 정성껏 치료를 받고 있다는 사실과 함께 중상자는 없다고 덧붙였다.

강선우는 방송국을 지키고 있던 중 우연히 그 내용을 들었다. 처음에는 별다른 느낌이 없었다. 예상된 일이기도 했다. 이 도시가 겪었던 일들이 굴절 없이 보도되리라고는 생각하지 않았다. 설사 제대로 보도할 의지가 있다 하더라도 겪지 않았던 자들에게 사실을 전달한다는 것 자체가 불가능했다. 그는 말의 한계를 알고 있었다. 그것은 뼈저린 기억이었다.

정글을 빠져나온 지 얼마 후 마을이 나타났다. 가옥이 40여 채밖에 안 되는 작은 마을이었다. 일주일 가까이 정글을 헤치고 다녔던지라 군복이 가리가리 찢겨 있었다. 피폐한 얼굴에 눈빛만 번뜩였다. 명령은 분명 없었다. 베트콩과 연관이 있는 마을도 아니었다. 그냥 지나가면 될 일이었다. 그런데 누군가 수류탄을 던졌다. 던지는 모습이 꼭 장난처럼 보였다. 그런 장난을 기다리기나 한 듯 살육은 시작되었다. 집들은 순식간에 불길에 휩싸였다. 곳곳에서 비명이 터져 나왔다. 잠시 후 마을은 고요해졌다. 주위는 온통 주검이었다. 발끝에 주검이 턱턱 걸렸다. 떨어져 나간 팔이 나무에 매달려 있기도 했다. 대부분 아이들과 여자, 노인 들이었다. 마을을 벗어나 휴식을 취하고 있는데 옆에 있는 이가 물었다. 우리가 왜 그랬지? 하고. 강선우는 왜 그랬는지 곰곰이 생각해 보았다. 하지만 아무것도 생각나지 않았다. 다만 자신이 낯설어질 뿐이었다. 너무나 낯설어 조금 전의 그 존재가 정말 자신이었는지 의심이 될 지경이었다.

보름 후 중대장이 강선우를 불렀다. 그가 들어서자 중대장은 굳은 표정으로 그날의 일을 자세히 얘기해 보라고 말했다. 중대 본부가 나중에 마을로 들어섰던 까닭에 중대장이 본 것은 초토가 된 마을뿐이었다. 그가 무슨 이유로 지나간 일을 캐고자 했는지 정확히 알 수는 없지만 말썽이 생긴 듯했다. 강선우는 사실 그대로 설명하려고 애를 썼다. 정말이었다. 자신을 비롯한 그들 모두가 한 짓을 눈으로 보고 느낀 그대로 전달하고자 했다. 중대장은 보고를 통해 상황 파악을 하고 있었을 것이다. 강선우는 중대장이 알고 있는 사실을 되풀이하고 싶지는 않았다. 그가 모르는 것을 알려 주고 싶었다. 현장에 있지 않으면 도저히 알 수 없는 것들을. 그것은 어느덧 욕망이 되어 그를 사로잡았다.

왜 그랬을까? 기억을 재현함으로써 낯선 자신을 다시 한 번 확인하고 싶었기 때문이었을까? 아니면 진실이라는 길을 통해 의식의 한편에서 웅크리고 있는 기억을 털어 버리고 싶었기 때문이었을까? 하지만 그것의 불가능함을 곧 깨달았다. 말은 기억의 주위를 새처럼 맴돌며 가끔 부리로 힘없이 쪼기만 할 뿐 내부로 파고들지를 못했다. 말과 현실은 달랐다. 산 자를 순식간에 죽은 자로 만들어 버리는 그 절망과 희열을 말은 감당하지 못했다. 그의 말은 분절되어 툭툭 떨어지고 있었다. 난감한 표정으로 그를 보고 있던 중대장은 한숨을 쉬며 나가라고 했다.

시간이 지나자 처음에는 아무렇지도 않았던 계엄분소의 담화문이 머리에 걸리기 시작했다. 그것에 의하면 이 도시에서는 별다른 일이 일어나지 않았다. 그저 학생 몇 명이 가볍게 다쳤을 뿐이었다. 지독한 거짓말이었다. 그 거짓말 속에는 죽은 사람도, 죽인 사람도 지워져 있었다. 방송국이 화염에 휩싸일 때 조금도 놀라지 않았던 이유는 여기에 있었다.

그는 죽인 사람이었다. 그런 자신의 모습이 조금도 자랑스럽지 않았다. 베트남에서처럼 낯설기만 했다. 계엄분소의 담화문이 불러일으킨 가장 뚜렷한 감정은 분노였다. 자신이 지워져 있다는 사실에 그는 분노를 느꼈다. 형언하기 힘든 분노였다. 몸과 몸의 격렬한 부딪침과 대검이 살 속으로 파고들 때의 황홀한 일체감. 혼의 그 뜨거운 간음은 누구에 의해서도 지워질 수 없는 것이었다. 아, 또 있었다. 이상한 사내와의 추억. 자욱한 가스비 속에서 나무처럼 서 있었던 그 사내.

눈을 감았다. 사내의 얼굴이 떠오르고 있었다. 선명한 눈썹과 창백한 이마가 떠올랐고, 여윈 광대뼈와 눈동자가 보였다. 사내는 허물어진 그를 거의 껴안다시피 하여 일으켜 세웠다. 강선우는 조금도 거역하지 않았다. 거역할 힘도 없었다. 그를 놀라게 한 것은 사내의 눈길이었다. 자신을 바라보는 사내의 눈길은 투명했다. 적의도 없었고, 경멸도 없었다. 연민도 보이지 않았다. 그렇다고 감정이 전혀 없는 것은 아니었다. 분명 무언가 있었다. 표현할 수 없는 어떤 느낌이 또렷이 몸에 닿았다. 그것은 차가우면서도 뜨거웠고, 부드러우면서도 견고했다. 하지만 무엇인지 결코 알 수가 없었다.

눈을 떴다. 별이 보였다. 멀고 아득했다. 밤의 냄새가 느껴졌다. 이 도시 속으로 들어오면서 잃어버린 냄새였다. 사내는 말했다. 여기는 위험하니 돌아가라고. 입술을 귀에다 대고 나직이 속삭이듯 말했다. 명령은 아니었지만, 그리하여 복종해야 할 하등의 이유가 없었건만 강선우는 돌아서고 있었다. 그의 말속에는 어떤 힘이 서려 있었다. 그 힘을 거역한다는 것은 불가능했다. 물이 아래로 흐를 수밖에 없듯이, 그는 돌아설 수밖에 없었다. 다시 눈을 감았다. 어둠 저편에서 바람처럼 불어오는 추억은 가만히 그를 감쌌다. 밤의 냄새가 물안개처럼 피어 오르고 있었다.

새벽 네시

지상은 어두웠다. 그러나 하늘에는 빛들이 조금씩, 아주 조금씩 보이고 있었다. 새벽은 먼 곳에서 소리 없이 오고 있었다.

광주역 전투는 새벽 네시, 죽음을 두려워하지 않는 시위대의 파상적 공격을 견디지 못한 계엄군이 퇴각함으로써 막을 내렸다. 시위대는 태극기를 앞세우고 광장에 진입했다. 불탄 차량들의 앙상한 잔해, 허물어진 바리케이드, 화염병의 파편들, 꺼지지 않은 불더미 속에서 피어 오르는 검은 연기, 찐득하게 굳어 가고 있는 핏물들. 이 모든 것들은 치열했던 전투를 상기시키고 있었다.

20일 밤부터 21일 새벽에 걸친 전투에서 계엄군은 광주역과 도청에서 발포를 감행했다. 첫 발포는 열한시 넘어 광주역 광장에서 있었다. 처음에는 위협 사격이었다. 붉은 예광탄이 검은 하늘을 갈랐고, 주변의 건물에서 실탄 부딪치는 소리가 났다. 총구는 곧 시위대를 향했다. 차를 몰고 계엄군의 저지선으로 돌진하던 청년들과 시위대 앞쪽에 있던 이들이 피를 뿜고 쓰러졌다.

도청에서의 발포 시각은 새벽 한시경이었다. 시위대가 군경 저지선으로 육박해 오자 위기를 느낀 계엄군은 M16 자동 소총 방아쇠를 당겼다. 총의 필요성을 절감한 일부 시위대는 광주세무서의 예비군 무기고를 부수고 실탄 없는 카빈 17정을 갖고 나왔다. 이 과정에서 단층 목조 건물인 세무서 별관이 불에 탔다.

시위대의 광주역 점령은 대단히 중요한 의미를 갖고 있었다. 도청을 제외한 시내 전역에서 계엄군을 퇴각하게 만듦으로써 전선을 단일화시킨 것이다. 항쟁은 새로운 국면으로 전환하고 있었다.

이날 밤도 도시는 잠을 이루지 못했다. 여자들과 노인들, 그리고 집 안에 스스로를 가둔 이들은 한 여인의 처절한 선동의 목소리를 들으며, 밤하늘을 밝히는 화염과 예광탄을 보면서 몸을 떨었다. 그들은 도시의 고립을 절감하고 있었다. 라디오와 텔레비전은 도시를 완벽하게 지웠다. 지역 신문인 〈전남일보〉와 〈전남매일〉의 발행이 20일자로 중지되었다. 서울의 중앙지도 차단되었다. 새벽 두시경에는 시외로 통하는 전화가 두절되었다. 새벽 다섯시 KBS가 불탔다. 도시는 홀로 떨어진 섬이었다.

오전 열시

창 너머로 등꽃이 보였다. 봄 햇살 속에서 연보랏빛 등꽃은 선연했다. 오늘 아침 이 도시로 들어온 이후 처음 본 꽃이었다. 꽃을 보았다기보다는 꽃이 시선 속으로 들어왔다는 것이 더 정확했다. 지금 그에게는 꽃을 볼 마음의 여유가 전혀 없었다. 여기는 정말 오고 싶지 않았다. 하지만 악화 일로로 치닫는 상황은 그로 하여금 오지 않을 수 없도록 했다.

사태 진행 과정에 대한 현지 지휘관들의 브리핑은 그에게 적잖은 인내를 요구했다. 어떻게 비무장 민간인들이 3개 여단 3천여 명의 특전사 병력을 물리칠 수 있는지 참으로 불가사의했다. 더욱이 이 도시에 집결한 폭동 진압 경찰관의 수는 무려 1만 8천 명이나 되었다. 아무리 생각해도 불가능한 일이었다. 그 불가능한 일이 현실이 되어 지금 눈앞에서 입을 벌리고 있었다.

또 하나 불가사의한 것은 수만의 인파가 무정부 상태에서 사나흘 동안 밤낮을 휩쓸고 다녔는데도 비정치적 범법 행위는 거의 발생하지 않았다는 사실이었다. 기름과 차량을 징발한 것이나, 식품 회사 대리점에서 다량의 빵을 가져간 것은 시위를 위한 정치적 행위였다. 방화 사건도 마찬가지였다. 방송국과 광주세무서, 10여 개의 파출소가 불탄 것은 정치적 행위의 표출이었다. 그가 주목한 것은 비정치적 범법 행위였다. 정치적 범법 행위는 비정치적 범법 행위를 불러들이기 마련이다. 무정부적 상황이 파괴 욕구와 범죄 충동을 자극한다는 것은 상식이다. 수많은 인간이 동시에 똑같은 생각을 갖고 똑같은 행위를 한다는 것은 불가능하다. 하지만 지금 이 도시에서는 그런 일이 일어나고 있었다. 그에게는 놀라우면서도 불길한 일이었다.

그는 결코 피를 원치 않았다. 하지만 흘려야 할 피는 회피하지 않았다. 그는 군인이었다. 흘려야 할 피를 회피한다는 것은 군인으로서의 자세가 아니었다. 작년 10월 26일 밤의 총성은 그 피의 전주곡이었다.

그날 밤, 보안사령관인 그는 시해 현장에 있었던 사람을 제외하고 박 대통령의 죽음을 제일 먼저 알았다. 돌발 사태의 상황을 가장 정확하게, 전체적으로 파악할 수 있는 곳이 보안사. 군 통신을 장악하고 있기 때문이다. 군의 쿠데타 방지와 방첩을 주 임무로 하는 보안사에서 군 통신 장악은 가장 긴요한 무기다. 더욱이 대통령의 시신이 경복궁 옆 국군보안사령부 건물 안에 있는 국군서울지구병원으로 옮겨졌고, 그가 이끌고 있는 군의 사조직 '하나회'가 민첩하게 움직였다. 그때가 밤 열시경이었다.

그는 위기를 느꼈다. 만약 이것이 쿠데타의 일환이라면 쿠데타 세력과 맞설 병력이 필요했다. 20사단장 박준병 소장에게 전화를 걸었다. 박 소장은 하나회 회원이었다. 그는 사단 병력을 태능의 육군사관학교로 긴급 출동시킬 것을 요청했다. 그리고 40분 후 육군 본부 보안부대에 보안사 임시 캠프를 설치했다. 시해범이 누구인지조차 모르고 있을 때였다. 어둠 속에 숨어 있는 적이 자신을 노려보고 있는 것 같았다. 열한시경 다시 수화기를 들었다. 그가 찾은 이는 부마사태로 부산에 주둔하고 있는 제1공수특전여단장 박희도 준장이었다. 대통령의 죽음을 알린 그는 원대 복귀를 요구했다. 박 준장 역시 하나회 회원이었다. 그는 국방부 장관과 참모총장의 지시 없이 독자적으로 행동하고 있었다. 자신의 그룹이 실전 부대 사단장으로 포진하고 있다는 사실이 얼마나 커다란 힘인가를 그때만큼 절실히 느낀 적은 없었다.

잠시 후 그는 육군 본부 지하 벙커 참모총장실로 호출되었다. 김진기 헌병감도 와 있었다. 정승화 참모총장의 입에서 시해범의 이름이 흘러나왔다. 중앙정보부장 김재규였다. 가슴이 철렁했다. 김재규가 일을 저질렀다면 중앙정보부 요원들은 중무장 상태일 것이다. 궁정동 안가에는 실탄이 10만 발 이상 있다. 특수 화기도 있음은 물론이다. 김재규가 들어가 있는 국방부 청사 정문만 해도 M16 기관 단총으로 무장한 정보부 안전과 소속 경호원들이 깔려 있었다. 문제는 그뿐 아니었다. 대통령 암살 음모를 꾸몄다면 병력 동원 계획을 세웠을 가능성이 컸다. 김재규를 유혈 충돌 없이 비밀스럽게 체포하는 것이 무엇보다 중요했다. 운명은 김재규에게 호의적이 아니었다. 김재규를 국방부 청사 뒷문으로 유인한 체포조는 우여곡절 끝에 보안사 분실로 압송하는 데 성공했다.

10월 27일 새벽 네시, 비상계엄 선포와 함께 계엄사 합동수사본부장이 되는 순간 그는 자신을 향해 다가오고 있는 운명의 기척을 느꼈다. 계엄령 제5호는 검찰, 군검찰, 중앙정보부, 경찰, 헌병, 보안사 등 국내 모든 정보 수사 기관의 업무를 조정 감독하기 위해 계엄사 안에 합동수사본부를 설치, 운용한다고 명시되어 있다. 그러니까 그는 모든 정보 수사 기관을 장악한 것이다. 이를 두고 '한국군의 실권은 정승화 계엄사령관이 아니고 전두환 보안사령관에게 있다'고 한 일본 〈마이니치〉의 보도는 성급하기는 하지만 냉정한 분석이었다.

그가 합수부장이 된 것은 우연이 아니었다. 정확히 말한다면 스스로 만든 것이었다.

1979년 3월 그는 제1사단장에서 보안사령관으로 임명되었다. 보안사령관은 무소불위의 권좌로 불리었다. 중요한 사안은 대통령에게 직접 보고하고 지시를 받는 까닭이었다. 하지만 그가 부임했을 때 보안사의 힘이 대단히 위축되어 있었다. 정보부장 김재규가 보안사 견제를 위해 민간 사찰 활동을 금지시켜 놓은 데다, 2인자 행세를 하고 있었던 경호실장 차지철은 대통령에게 올리는 어떤 보고도 경호실을 거치도록 해놓았기 때문이었다. 대통령과의 독대는커녕 보고서조차 마음대로 올릴 수가 없었다.

그는 법무 참모에게 민간 사찰을 부활시킬 수 있는 근거를 찾아내라고 지시했다. 얼마 후 당시 법규로는 불가능하다는 보고를 받았다. 그는 새로운 모색에 들어갔다. 반정부 세력의 정치적 도전이 날이 갈수록 거세어지고 있음에도 대통령의 주변 상황은 좋지 않았다. 미국은 노골적으로 박 대통령을 비난하고 있었고, 차지철과 김재규의 암투는 통치 체계를 혼란스럽게 만들었다. 경제 여건도 좋지 않았다. 무역 수지가 악화된 데다 중화학 공업에 대한 중복 투자가 인플레이션을 유발시켜 물가를 부채질했다. 상황은 위기였다. 그는 위기를 피부로 느끼고 있었다. 위기는 평상과 다른 조치를 요구하기 마련이다.

1979년 여름 그는 비상사태시 보안사가 주도적 역할을 할 수 있는 방안을 연구하라는 새로운 지시를 내렸다. 거기서 나온 것이 합동수사본부 조직으로, 계엄령하에서는 보안사령관이 합수본부장이 되어 중앙정보부를 비롯한 모든 수사 정보 기관을 지휘할 수 있도록 하는 내용이었다. 문제는 대통령의 재가였다. 대통령이 고개를 흔든다면 도리가 없었다. 차지철과 김재규의 견제로 청와대와 멀어져 있는 상황에서 합수부 조직 재가 요청은 그에 대한 대통령의 생각을 판단할 수 있는 중요한 시금석이었다. 결과는 성공이었다. 박 대통령은 대통령령으로 합수부 조직을 법적으로 뒷받침했다. 그의 기쁨은 대단히 컸다. 목적을 관철했다는 기쁨도 있었지만, 자신을 향한 대통령의 애정이 조금도 훼손되지 않았다는 사실이 더 큰 기쁨이었다.

합수부 조직에 관한 대통령령이 처음 시행된 것은 부산 일원에 계엄이 선포된 부마사태 때였다. 부산보안대 대장을 중심으로 발족한 합수부는, 그러나 중앙정보부의 위력에 눌려 역할을 주도적으로 수행하지 못했다. 현지 사태가 심상치 않다는 보고를 받은 그는 헬리콥터 편으로 부산에 내려갔다. 그가 직접 확인한 상황은 예상보다 훨씬 심각했다.

10월 16일 오전 열시, 부산대학교에서 시작된 교내 시위가 가두시위로 이어지면서 시민들까지 합세, 날이 어두워질 무렵 시위대의 수는 무려 5만여 명에 이르렀다. 밤 열시에 통금을 실시한다고 발표했으나 효과가 없었다. 그날 11개의 파출소가 피습되었다. 벽에 걸린 대통령 사진은 내동댕이쳐지거나 불길 속으로 들어갔다. 10월 유신 7주년 기념일인 다음날은 파출소 스물한 곳, KBS, 서구청, 세무서 등 30여 개의 공공건물들이 습격당했다. 경찰 차량은 여섯 대가 전소하고 열두 대가 파손되었다. 그날 밤 열한시 30분, 10월 18일 영시를 기해 부산 지역에 계엄령을 선포하고 공수부대 2개 여단을 투입시켰다. 계엄 해제를 외치며 저항을 시도한 2천여 명의 시위대는 공수부대의 진압 작전이 시작된 지 10여 분 만에 자취를 감추었다. 추적추적 비가 내리는 도시는 침묵 속으로 빠져 들어갔다.

부산사태는 곧 마산으로 파급, 10월 18일 저녁 1만여 명의 시위대가 공화당 국회의원 박종규의 집과 시청, 법원 등 19개소를 습격했다. 다음날도 계속된 시위는 20일 정오에 내려진 마산, 창원 지역의 위수령과 함께 멈추었다.

그는 큰 충격을 받았다. 부산과 마산의 사태는 단순한 학생 시위가 아니었다. 그것은 민란의 형태를 띠고 있었다. 부산의 경우 160여 명의 구속자들 중 학생은 불과 열여섯 명에 불과했다. 그 같은 시위가 서울에서 일어난다면 어떤 상황으로 치달을지 예측이 불가능했다. 유신 체제 붕괴라는 최악의 사태와 직면할 가능성도 배제할 수 없었다. 상경 직후 그는 참모들에게 부마사태의 심각성을 알린 후 시국 수습안 제출을 지시했다. 그동안 보안사 정보 팀이 국내 정치 세력의 동향 등 민감한 정보들을 은밀히 수집해 왔던 까닭에 자료는 모자람이 없었다.

며칠 후 두툼한 보고서가 올라왔다. 그 속에는 국가 보위를 위한 혁명 기구의 창설과 함께 국민의 지탄을 받는 인물들의 과감한 제거 등 획기적인 쇄신책이 담겨 있었다. 무엇보다 그의 관심을 끈 것은 숙정 대상자였다. 수습안은 첫번째 숙정 대상자로서 차지철 경호실장과 김재규 정보부장를 꼽았다. 그는 깊은 생각에 잠겼다. 이 보고서를 통상의 경로대로 올렸다간 대통령의 손에 닿기도 전에 차지철에게 당할 판이었다. 보안사령관이 된 후 대통령과 독대한 적은 한번도 없었다. 경호실의 통제가 그만큼 철저했다. 그가 취할 수 있는 유일한 방법은 경호실을 통하지 않고 대통령과의 독대 채널을 만드는 것이었다.

그는 용의주도한 움직임 끝에 최광수 의전 수석과 대통령의 큰딸 박근혜를 통해 10월 27일 단독 면담의 일정을 잡는 데 성공했다. 보고서의 내용을 완전히 숙지한 그는 모의 보고도 여러 차례 했다. 그가 가장 고뇌한 것은 첫번째 숙정 대상자를 구체적으로 거론할 것인가의 여부였다. 대통령의 최측근들인 두 사람을 숙정 대상자로 지목한다는 것이 얼마나 위험한 일인지 그는 잘 알고 있었다. 위험을 무릅쓰느냐, 아니면 슬며시 피해 갈 것인가를 결정하기란 쉽지 않았다. 그러나 10월 26일의 총성은 이 모든 것을 무용지물로 만들었다.

등꽃이 흔들렸다. 바람이 부는 모양이었다. 연보랏빛 꽃들이 떨어지고 있었다. 떨어지는 꽃잎은 흰빛을 띠며 춤을 추듯 내려앉았다. 햇살은 조금 전보다 더 밝아진 것 같았다. 시계를 보았다. 황금색 시침은 정확히 10자를 가로지르고 있었다. 지금쯤 이희성 계엄사령관은 지휘관 회의를 주재하고 있겠군. 그는 손가락 끝으로 시계를 툭툭 치며 회의가 결정할 내용을 하나하나 짚어 나갔다. 계엄군 광주 시내 철수와 외곽으로 전환 재배치, 자위권 발동, 1개 연대의 추가 투입, 전투력 공백을 메우기 위한 2개 훈련단 훈련 동원 소집, 폭도 소탕 작전 23일 이후 실시. 미간이 좁혀지면서 머리가 없어 넓어 보이는 이마에 주름이 패고 있었다.

미국 대사관은 이 사실을 워싱턴에 알렸겠지. 진작에 통보했으니까. 글라이스틴 그자는 뭐라고 보고했을까? 대한민국군은 일찍이 한 번도 경험해 본 적이 없는 사태에 직면해 당황하고 있다고 썼을까? 내가 무척 초조해하고 있다고 썼을지도 모르겠군. 그는 쓰게 웃으며 호주머니에서 담배를 꺼냈다. 등꽃이 다시 흔들리고 있었다.

김재규 체포 직후 가장 먼저 추궁한 것은 군 내부 동조자들의 존재 여부였다. 쿠데타 목적으로 대통령을 시해했다면 수도권의 어떤 부대를 반란 병력으로 동원했는지를 알아야 했다. 그것은 초를 다투는 중대한 문제였다. 시국 수습안은 인멸시켰다. 권력이 누구의 손으로 넘어갈지 모르는 상황에서 그것은 대단히 위험한 기록이었다. 보안사에서 가장 뛰어난 수사관을 투입시킨 그는 폐쇄 회로 텔레비전을 통해 조사 과정을 지켜보았다. 고문은 불가피했다. 피가 마르는 긴장 속에서 그는 연방 담배를 피웠다. 한 시간 40여 분 후 조사관으로부터 반란 병력이 없다는 보고를 받았다. 그는 긴 숨을 토했다. 큰 위기 하나가 사라진 것이었다. 하지만 곧 새로운 의문에 사로잡혔다. 반란 병력이 없다는 사실은 적어도 그것과 비견되는 배후 세력이 있음을 암시한다. 박 대통령 아래서 권력의 법칙을 충실히 좇아 왔던 김재규가 아무런 대책 없이 대통령을 시해했으리라고는 생각되지 않았다.

처음에 그는 김재규의 유력한 배후 세력으로 정승화 참모총장을 의심했다. 시해를 전후로 정 총장의 행적은 대단히 수상쩍었다. 궁정동 안가에서 총성이 울릴 때 정 총장이 있던 곳은 현장에서 불과 50여 미터 떨어진 정보부장 집무실 식당이었다. 시해의 유일한 목격자였던 김계원 비서실장에 대한 태도도 이해하기가 힘들었다. 하지만 정 총장을 배후 인물로 생각하기에는 큰 무리가 있었다.

대통령의 죽음 이후 정 총장이 가장 신경을 쓴 것은 경호실이었다. 유사시에 경호실장의 지휘를 받도록 되어 있는 수경사령관을 육본 벙커로 불러들인 것이나, 병력을 풀어 경호실을 완전히 차단한 것이 그 증거였다. 그것은 정 총장이 시해범을 차지철 경호실장으로 생각했기 때문이었다. 물론 역으로 쿠데타 세력에 대한 경호실의 반격을 차단하기 위한 조치로 해석할 수는 있다. 하지만 궁정동 현장 상황을 보고받기 전까지 정 총장이 차지철이 죽었다는 사실은 물론이거니와 대통령이 피살된 장소가 궁정동 안가라는 것조차 모르고 있었다는 것은 위의 가설과 정면으로 배치했다. 그가 직접 보고를 했기 때문에 정 총장의 표정을 면밀히 살필 수 있었다. 아무것도 모르고 있는 것이 분명했다. 그때가 10월 27일 새벽 세시 반경이었다. 그러니까 김재규가 범인으로 밝혀지기 전까지 정 총장과 그는 똑같은 생각을 하고 있었다. 그 역시 평소 2인자 행세를 하면서 비정상적인 행태를 보이고 있었던 차지철이 일을 저질렀을 것이라고 판단하고 있었다.

정승화를 제외시키자 배후 세력의 실체가 구체화되고 있었다. 미국이었다. 그는 시해범이 김재규라는 사실을 안 순간부터 미국을 의심했다. 김재규가 정치적 긴장이 고조되고 있었던 지난 8월부터 미국 CIA 한국 지부와 접촉을 부쩍 늘렸다는 사실을 보고받은 바 있었다.

미군 철수와 인권 정책을 둘러싸고 미 대통령 카터와 박 대통령과의 알력은 대단히 심각했다. 이 알력은 1969년 닉슨의 '괌 독트린'에서 시작되었다. 그것의 핵심 내용은 미국의 우방국들에게 자국 방위 병력을 일차적으로 책임질 것을 요청하는 것이었다. 이듬해 미국은 주한 미군 병력 중 제7보병사단 철군 계획을 발표했고, 이어 한국전쟁 때 적국이었던 중국과의 관계 정상화로 나아갔다. 박 대통령은 긴장했다. 미국 외교 정책의 변화는 자신의 정치적 장래에 심각한 위협이 될 것이 틀림없었다.

박 대통령은 야당 정치인을 신뢰하지 않았다. 저항에는 프로일지 모르나 통치 경험이 없는 자들이었다. 더구나 사상이 불투명한 자가 있는가 하면, 군대에 가지 않은 자도 있었다. 군부가 그런 자에게 충성을 바칠 턱이 없었다. 정권이 야당으로 넘어간다면 안보에 심각한 혼란이 오리라는 것은 명약관화했다. 민주 정치를 실험하기에는 그 위험이 너무 컸다. 이러한 박 대통령의 고민을 그는 꿰뚫고 있었다.

유신 체제는 불가피했다. 정권이 넘어갈 뻔했던 1971년 대통령 선거를 그는 잊을 수가 없었다. 사상이 불투명한 야당 후보에게 그토록 많은 표를 주었다는 것은 참으로 놀라운 일이었다. 민주주의의 위험성을 단적으로 드러낸 선거였다.

유신 체제 이후 박 대통령은 한국군 전력 향상을 위한 방위 산업 개발에 착수했다. 그 속에는 비밀 핵무기 프로그램이 들어 있었다. 하지만 미국의 정보망을 피하는 데 실패했다. 미국은 대단히 민감하게 대응했다. 재처리 장비와 기술, 플루토늄 생산 중수로의 공급처는 프랑스와 캐나다였다. 그것들이 한국으로 반입되는 것을 막기 위해 온갖 노력을 다한 미국은 1975년 초 마침내 직접 행동에 나섰다. 베트남 패망을 목격한 박 대통령이었지만 미국의 압력을 거부하기는 힘들었다. 한미 관계에 있어서 경계선을 넘어서면 어떤 결과가 초래되는지 박 대통령은 잘 알고 있었다. 미 행정부는 박정희의 핵무기 개발 철회 조치를 긍정적으로 받아들였다. 그런데도 유신 체제에 대한 미국 언론과 의회의 비난은 계속되었다.

1976년, 주한 미군 철수와 인권 정책을 공약한 민주당의 카터 후보가 대통령에 당선되면서 한미 갈등은 새로운 국면으로 접어들었다. 이듬해 봄, 카터는 국무 장관과 국방 장관의 반대에도 불구하고 1981년에서 82년까지 주한 미 지상군 전면 철수를 명령했다. 그와 함께 한국의 인권 문제와 정치적 자유의 촉진을 위해 선도적 역할을 하겠다고 강조했다. 박 대통령은 냉소했다. 민주 정치를 유보하고 유신헌법을 선포한 것은 안보에 대한 불안 때문이었다. 그 불안을 제공한 당사자가 한국을 독재 국가라고 외치고 있었다. 미국 민주당 소속 일부 의원들은 박 정권 전복을 미국이 도와야 한다고 공공연히 주장하면서 그 수단으로 주한 미군 철수를 내세웠다. 참으로 아이러니컬한 모습이었다.

다행스럽게도 미국 정보기관들은 이전에는 포착되지 않았던 북한의 탱크 부대와 포병 부대를 발견했다. 장비가 향상되었을 뿐 아니라 남쪽으로 전진 배치되어 있었다. 카터는 마지못해 1978년 4월 철군 일정의 재조정을 지시했다. 한미 정상 회담이 있었던 79년 6월에는 한반도의 군사력 균형에 관한 검토가 있을 때까지 추가 철군을 유보시켰다. 그러나 인권 문제에 대한 카터의 관심은 집요했다. 외교 경로를 통한 항의와 압력은 물론이고 한국 정부에 대한 공개적인 비난도 서슴지 않았다. 79년 8월 YH사건이라 불리는 심각한 노동 소요가 터진 이후 반체제 운동은 급류를 탔고, 박 대통령은 강경책으로 맞섰다. 그러자 미국은 박 대통령에 대한 공개적인 비난과 함께 글라이스틴 대사를 현안 협의 명목으로 소환했다.

이런 일련의 과정을 들여다보면 미국이 김재규를 앞세우고 박 대통령에 대한 모종의 조치를 취했다고 해도 크게 놀랄 일이 아니었다. 국제 사회뿐만 아니라 국내에서도 CIA 배후 개입설이 나돌고 있었다. 79년 6월 카터가 한국을 방문하기 직전 CIA가 도쿄에서 브레진스키 특별 보좌관에게 박정희를 권좌에서 축출하는 쿠데타 혹은 암살에 대한 사전 승인을 구했다는 소문까지 떠돌았다. 확실한 증거를 찾지는 못했지만 시해가 자행된 10월 26일 김재규가 글라이스틴과 비밀리에 만났다는 정보가 들어와 있었다. 브라운 미 국방 장관에 관한 〈뉴욕 타임스〉의 보도도 그의 신경을 예민하게 건드렸다.

10·26사건 불과 며칠 전인 10월 18일 한미연례안보협의회에 참석차 방한한 브라운 장관은 글라이스틴 대사와 함께 박 대통령을 방문하여 정치적 억압의 결과에 대해 신랄한 경고를 했었다. 브라운의 발언에 대해 보안사령관인 그는 별로 놀라지 않았다. 강도가 생각보

다 높긴 했지만 그런 발언을 예상했던 터였다. 정말 그를 놀라게 한 것은 〈뉴욕 타임스〉의 기사였다. 그 기사에 의하면, 한국의 고위 장성들이 브라운 장관에게 '자신들의 충성 대상은 박 대통령이 아니라 국가'라고 말했다는 것이다. 그것은 10·26사건과 같은 중대 변란을 자연스럽게 떠오르게 하는 의미심장한 내용이었다. 그것이 사실이라면 글라이스틴 대사가 어떤 의도하에 한국 장성들의 발언 내용을 김재규에게 은밀히 전달했을 가능성도 있었다. 차지철의 위세에 눌려 곧 경질될 것이라는 소문이 떠돌 정도로 권력이 약화되어 있었던 김재규로서는 대단히 유혹적인 정보였을 것이다. 어쩌면 브라운 장관 앞에서 수상쩍고도 괴이한 서약을 했던 한국 장성들 속에 육군 참모총장 정승화가 포함되어 있었을지도 몰랐다.

합수부는 10·26사건과 관련, 조금이라도 의혹이 있는 인물과 집단은 모두 조사했다. 하지만 주한 미 대사관과 CIA 한국 지부는 예외였다. 그들은 합수부의 권한 밖에 있었다. 미국이 배후 세력이든 아니든 박 대통령 없는 한국의 국내 정치에 적극 개입할 것은 분명했다. 문제는 여기에 있었다.

김재규는 어떤 동기로든 용납될 수 없는 짓을 저질렀다. 아들이 아버지를 살해하는 행위와 조금도 다를 바 없었다. 그런 패륜 행위를 김재규는 민주 회복을 위한 혁명으로 미화하고 있었다. 여론도 미묘하게 흘렀다. 반정부 세력들은 김재규의 궤변을 받아들이고 싶어하는 기색이 역력했다. 유신 체제를 비난해 온 미국으로서는 싫어해야 할 까닭이 없는 여론이었다.

1972년 유신 체제가 수립되었을 때 미국은 한국의 내정 불간섭을 반복해서 천명했다. 그것은 유신 체제에 대한 워싱턴의 묵인으로, 한국의 반정부 지식인들을 대단히 실망시켰다. 그런 미국이 유신 체제를 비난하기 시작한 것은 박 대통령의 자주국방 의지와 반유신 운동의 반미 조짐 때문이었다. 박 대통령의 통치 능력 저하도 한몫을 했다. 이것들이 카터 대통령 재선 전략에 걸림돌이 되었을 뿐 아니라 대아시아·한반도 정책의 변화와도 맞물렸다.

미국이 원하는 것은 자국의 정책에 거역하지 않는 민간 정부임을 그는 알고 있었다. 그것은 유약하거나 부패한 여권 정치인, 혹은 사상과 능력이 불투명하고 안보에 위협이 될 수 있는 행동을 서슴지 않는 야당 정치인에게 정권이 넘어가는 것을 의미했다. 그가 시국 수습안을 만든 것은 이 용납할 수 없는 사태를 막기 위함이었다. 하지만 상황은 비관적이었다.

비상사태하에서 정치의 실권은 치안과 국정 전반을 장악하고 있는 군부에 있었다. 그 군부의 총수인 정승화는 유감스럽게도 시국 의식이 투철하지 못했다. 품성도 유약했다. 그런 위인이 미국의 보이지 않는 손을 뿌리친다는 것은 꿈에서나 기대할 법한 일이었다. 1979년 12월 12일 밤의 유혈 충돌은 불가피했다. 그날 밤의 피는 흘리지 않으면 안 될 피였다.

노크 소리가 났다. 그는 들어오라고 퉁명스럽게 말했다. 등꽃이 다시 시선에 잡혔다. 그것은 정물처럼 가만히 있었다. 문이 열리면서 보안사 기획조정처장 최 준장이 들어왔다. 광주사태가 심상치 않게 움직이던 5월 19일 그가 현지로 급파한 부하였다. 그동안 그는 최 준장의 보고를 통해 광주의 상황을 소상히 파악하고 있었다.

대통령의 죽음 이후 그가 가장 먼저 한 일은 김재규의 소굴인 중앙정보부 소탕이었다. 그는 단호하고 민첩하게 그 일을 수행했다. 10월 27일 새벽, 김재규 경호원들의 체포와 궁정동 정보부 안가 진압 작전을 통해 중앙정보부를 무장 해제시켰다. 날이 밝자 국장급

이상 정보부 간부 전원을 서빙고 분실과 육군헌병대에 감금시켰다. 대통령 시해 가담 여부를 조사하기 위함이었다. 아울러 합수부장의 권력으로 중앙정보부의 예산집행권을 박탈, 자율적 기능을 상실시킨 후 중앙정보부 통제관으로 최 준장을 임명했다. 그는 최 준장을 신뢰하고 있었다.

「조금 전 실탄 지급이 완료되었습니다.」

최 준장은 침통한 목소리로 말했다.

「헬기는?」

「꼭 보셔야겠습니까?」

최 준장의 물음에 그는 조금 전과 똑같이 고개를 끄덕였다.

「낮은 비행은 안전하지 못합니다. 총을 가진 폭도들이 있다는 보고가 들어왔습니다.」

「자넨 지금 내가 누구라고 생각하는가?」

「네?」

「지금 난 군인일세. 정확하게 말한다면 전선을 시찰하러 온 군인이지. 무슨 말인지 알겠나?」

「알겠습니다.」

최 준장은 시선을 떨구며 대답했다.

「자넨 저 꽃을 여러 번 보았겠군.」

그는 창밖의 등꽃을 손으로 가리켰다. 햇살의 변화 때문일까. 보랏빛이 아까보다 많이 흐려져 있었다. 광주가 죽음에 에워싸였을 때 그 역시 죽음에 에워싸여 있었다. 광주가 피투성이가 되면서부터 그는 홀로 죽음을 견디고 있었다.

권력자는 홀로 죽음을 견딘다. 그것은 권력자의 숙명이다. 이 숙명을 견디지 못하는 자는 권력의 자리에서 추락한다. 박 대통령의 죽음이야말로 홀로 죽음을 견뎌야 하는 권력자의 숙명을 극적으로 드러낸 사건이었다. 그는 박 대통령의 죽음을 누구보다도 내면 깊숙이 품었다. 그는 깨닫고 있었다. 박 대통령의 죽음을 품은 순간 권력자의 숙명 속으로 들어갔다는 사실을.

「난 조금 전 처음 보았는데, 바람에 아주 잘 떨어지더군.」

그는 어리둥절한 얼굴을 하고 있는 최 준장을 뒤로한 채 성큼성큼 걸음을 옮겼다.

오후 한시

도청을 향해 모여드는 시위 군중은 30만여 명에 이르고 있었다. 80만여 명의 광주시 인구 40퍼센트에 육박하는 숫자였다. 그들 중 밤을 꼬박 새운 이들도 있었고, 집에 들어가 잠시 눈을 붙이고 나온 이들도 있었다. 가족을 보면 마음이 약해질까 두려워 근처 여관이나 민가에서 잠을 잔 후 거리로 나온 이들도 있는가 하면, 지금 집에 있어야 하는데 왜 여기에 있을까 생각하면서도 설명할 수 없는 어떤 힘에 사로잡혀 떠나지 못하는 이들도 있었다.

그들은 경계선을 잃은 존재였다. 자신과 타인의 경계선을 잃은 그들은 몸과 몸을 엮은 스크럼이 너무나 강해 공수대원들이 달려드는데도 풀 수가 없었고, 삶과 죽음의 경계선을 잃은 그들은 피안의 세계를 향하는 순례자처럼 죽음의 강가로 다가가는 자신들의 발걸음을 멈출 수가 없었다. 그들은 자유의 존재이면서 예속된 존재였다.

새벽 다섯시경 시위대가 점령한 광주역 안에서 시신 두 구가 발견되었다. 3공수여단이 황급히 철수하느라 미처 수거하지 못한 시신이었다. 차마 눈뜨고 볼 수 없는 참혹한 모습은 해산을 준비하던 시위대를 격앙시켰다. 대형 태극기에 덮인 주검은 군용 지프와 연결된 손수레에 실렸다. 시위대는 그것을 앞세우고 도청을 향했다.

아침 여덟시경, 11공수여단과 대치한 시민은 1만여 명에 이르렀다. 그들 중 일부는 군납 방위 산업체인 광천동의 아세아자동차에 들어가 장갑차 일곱 대와 중소형 버스 다섯 대를 끌고 나왔다. 또한 시내 곳곳을 돌아다니며 계엄군의 만행을 알리는 한편, 시민들을 시위 현장으로 수송했다. 화순, 영암 등 시외로 진출하는 이들도 있었다.

시내 어느 동네로 가든지 먹을 것이 준비되어 있었다. 동네 아주머니들이 길목을 지키고 있다가 지나가는 시위대 차량을 멈추게 한 후 주먹밥을 한 함지씩 실었다. 돈과 쌀을 모으고 음식을 만드는 일에 반상회 조직이 활용되었다. 특히 가까이서 참상을 목격했던 시장 아주머니들의 열성은 대단했다. 그런 모습들이 도시의 한쪽을 축제와도 흡사한 분위기로 채색하고 있었다. 간혹 웃음소리가 들렸고, 때때로 낭랑한 노래까지 흘러나왔다.

오전 아홉시 30분경 도청 근처로 집결한 시민은 10만여 명으로 불어나 있었다. 시위대 앞줄의 몇몇은 카빈 소총을 들고 있었다. 그들과 공수부대와의 거리는 30여 미터에 불과했다. 공수부대의 만행을 비난하는 시민들의 외침으로 시작된 대화는 논쟁으로 발전하고 있었다. 시민들은 공수부대의 철수를 요구했고, 11공수 연대장 안 중령과 이 중령은 자신들에게 철수의 권한이 없다고 대응했다. 그들은 과잉 진압을 부정하면서 시민들이 공격하지 않으면 그들 역시 공격하지 않는다고 말했다. 논쟁이 거듭된 결과 도청에서 시민 대표 네 명과 장형태 전남 지사와의 면담이 이루어졌다.

시민 대표는 지난 사흘의 유혈 사태에 대해 전남 지사가 사과할 것, 연행된 시민과 학생들을 전원 석방하고 병원에 있는 이들의 소재와 생사를 알릴 것, 계엄군은 21일 정오까지 전원 시내에서 철수할 것과, 전남북 계엄분소장과의 협상 주선 등을 요구했다. 전남 지사는 열두시까지 시간을 달라고 했고, 시민 대표는 시민들이 흥분해 있으니 도지사가 직접 나와 방금 이야기한 것을 설명하라고 했다. 전남 지사의 수락에 도청을 나온 대표들은 시민들에게 경과를 보고했다. 하지만 기다리던 전남 지사가 나오지 않고 광주 시장이 나오자 시민들은 술렁이기 시작했다.

오전 열시 10분경, 전날 저녁 신군부가 광주 추가 투입을 결정한 20사단 61·62연대 병력 3천2백여 명이 전교사(전투병과교육사령부)인 상무대에 도착했다. 그 시각 도청 광장 상무관 쪽에 있는 공수부대원에게 실탄이 지급되고 있었다. 잠시 후 이희성 계엄사령관은 5월 20일 전남북 계엄분소장이 광주 지역에 한해 발표한 담화문 이후 정부 당국으로는 첫 공식 담화문을 발표했다. 광주사태는 불순분자, 간첩, 폭도 들이 일으킨 것으로, 시민들은 냉철한 이성으로 불순한 책동에 현혹되어 국가적 파탄을 자초하는 일이 없도록 당부하는 내용이었다.

담화문 발표를 기점으로 계엄사는 그동안 광주에 대해 침묵을 강요했던 언론 정책을 수정한다. '북괴의 사주로 일어난 광주의 엄청난 폭동이 국가 질서를 위태롭게 하고 있다'는 선전전을 언론 매체를 통해 적극적으로 전개하기 시작한 것이다.

열시 40분경 시민 앞으로 나오겠다던 전남 지사가 군용 헬기를 타고 '연행자를 석방할 것이니 해산하라'는 선무 방송을 한다. 비슷한 시각 계엄사령부는 60연대 1천5백여 명의 병력 추가 투입을 결정한다. 열한시가 되자 도청에서 헬기의 이착륙이 시작된다. 착륙할 때는 보급품이 내려졌고, 이륙할 때는 서류 상자들이 실렸다.

계엄군 철수 요구 시간인 정오가 지나자 시위대는 앞으로 나아간다. 공수부대 저지선이 조금씩 뒤로 물러나는 동안 시위대 중간에 있던 장갑차와 시위 차량 일부가 전면에 나선다. 열두시 55분경 대형 버스 두 대가 도청 광장으로 질주한다. 공수부대의 집중 사격으로 운전사 한 명이 숨진다. 그로부터 1분도 채 안 돼 장갑차 한 대가 전속력으로 질주해 들어간다. 공수부대 대열을 무너뜨린 장갑차는 집중 사격에도 불구하고 학동 방향으로 빠져나간다. 이 과정에서 병사 한 명이 즉사하고 한 명은 중상을 입는다.

정각 한시. 네 방향으로 설치된 도청 옥상 스피커에서 〈애국가〉의 선율이 흘러나왔다. 노래가 없는 그 선율은 장중했다. 느닷없는 음악 소리에 시민들은 의아해했다. 선율에 따라 나직이 노래 부르는 이들도 있었다. 박태민은 가만히 서서 너무나 친근한 선율에 귀를 기울였다.

동해 물과 백두산이 마르고 닳도록…….

넘실거리는 바닷물과 자줏빛 산이 어슴푸레 떠올랐다. 전쟁터가 되어 버린 거리에서 〈아리랑〉, 〈우리의 소원〉과 함께 가장 많이 불렸던 노래였다. 슬픔과 함께 깊은 간구가 서려 있는 그 노래들은 영혼에 치명적 상처를 입은 사람들을 자주 울음의 바다로 밀어 넣었다. 그곳은 자신의 운명이 타인의 운명과 분리되어 있지 않음을 느끼게 하는 신비한 공간이었다. 그것은 전율이면서 희열이었고, 성스러운 고통이었다. 그랬다. 박태민은 전율 속에서, 희열 속에서, 성스러운 고통 속에서 눈물을 흘렸다.

병사의 얼굴이 떠올랐다. 피를 뒤집어쓰고 있는 그의 몸은 여전히 그림자처럼 밋밋했다. 움푹 들어간 뺨과 두 눈에서 뿜어져 나오는 파란 불이 보였다. 병사의 칼이 뺨을 긋고 있을 때 박태민은 눈발 흩날리는 들판에 무릎 꿇고 있는 자신을 내려다보고 있었다. 차갑고 투명한 흰 눈은 그를 둘러싸고 있는 세계를 달무리처럼 뿌옇게 만들었다. 그것은 추억이 직조하는 꿈의 풍경이었다. 그 꿈의 풍경은 삶의 시간 속에서 램프 불처럼 희미하게 비치다가 어디론가 사라져 가는 허망한 기억이었다. 그럼에도 어떤 현실보다 생생했고, 어떤 진실보다 깊었다. 뺨을 긋고 있는 병사의 칼은 아무것도 아니었다.

하느님이 보우하사……

낮은 노랫소리가 귓속에서 붕붕거리고 있었다. 아늑하고 평화로운 소리였다. 그것은 삶의 상처와 고통을 지우는 마술의 바람처럼 그에게로 불어와 5월의 하늘로 흩어져 갔다. 하늘은 놀랍도록 푸르렀다. 밤이 오면 저곳에 별이 뜨리라. 광막한 우주 공간 속에서, 영원이라는 블랙홀을 향해, 하염없이 흘러가는 시간의 등을 타고. 그 별의 빛이 눈에 닿으면 축제의 불을 피우고 싶구나. 이토록 아늑하고 평화로운 노래를 부르고 있는 이들과 함께.

그는 현기증을 느끼며 눈을 감았다. 어젯밤 전투가 먼 풍경처럼 떠올랐다. 그래, 우리는 치열하게 싸웠지. 너무나 치열해 시간조차 잊어버리고 말았어. 내면에서 죽음을 경험한 이들은 알지. 시간이 멎는다는 것이 무엇인지. 비통하게도 우리는 그것을 알아 버렸어. 지상 위로 새벽의 박명이 어렴풋이 번지기 시작하자 비로소 깨달았어. 밤이 지나갔음을. 아직도 살아 있음을.

몸이 흔들리고 있었다. 누가 흔드는 것도 아니건만 몸은 격렬히 흔들리고 있었다. 흔들림의 근원은 소리였다. 아늑하고 평화로운 노랫소리를 일시에 삼켜 버린 그 경련 같은 소리는 날카로우면서도 공허하고, 둔중하면서도 잔인했다. 눈을 번쩍 떴다. 그것은 총소리였다. 수많은 총소리들이 한 덩어리가 되어 지축을 흔들고 있었다. 도청 분수대 주변은 연기로 자욱했다. 금남로를 가득 메운 시위대가 양편으로 갈라지면서 거리는 순식간에 텅 비었다. 쓰러진 사람은 아무도 없었다. 공포탄인 듯했다. 흩어진 사람들은 금방 무리를 이루어 도청을 향해 움직이기 시작했다. 총소리가 다시 들렸다. 조금 전보다 소리는 작았으나 한층 날카로웠다. 일제히 갈라지는 물결과 함께 선혈을 뿌리며 쓰러지는 이들의 모습이 박태민의 시선에 잡혔다. 시위대 앞쪽 사람들이었다.

바로 그 시각, 도청 앞 광장에 정렬해 있던 병사들의 앞 열은 무릎쏴, 다음 열은 서서쏴 자세로 조준 사격을 하고 있었다. 두 열의 사격이 끝나면 무릎쏴 자세의 대열이 후미로 빠져나갔다. 광장과 금남로가 한눈에 내려다보이는 도청 건물 3층에 서 있던 몇몇 기자들과 공무원들은 이 광경을 보았다. 사람이 먼저 쓰러진 후 총소리가 들려와 총알의 속도가 총소리보다 빠르다는 사실을 비로소 알았다는 이도 있었다. 사격수들은 그들뿐이 아니었다. 전일 빌딩과 관광 호텔, 수협 옥상 등 근처의 높은 빌딩에서도 M16이 불을 뿜고 있었다.

잠시 후 총소리가 멎었다. 박태민은 건물 벽에 붙어 선 채로 텅 빈 거리를 보았다. 총에 맞은 이들이 여기저기 쓰러져 있었다. 그들의 몸에서 흘러나오는 핏물은 눈처럼 새하얀 햇빛 속으로 빠르게 번졌다. 고등학생처럼 보이는 한 소년이 시야 안으로 빨려들듯 들어왔다. 몸을 오그린 채 바들바들 떨고 있는 소년은 작은 두 손으로 아스팔트를 긁고 있었다. 소년의 눈물이 보였다. 눈물이 보일 거리가 아니었건만 그는 소년의 눈물을 보고 있었다. 그뿐 아니었다. 뺨을 적시는 소년의 눈물이 자신의 뺨에서도 느껴졌고, 아스팔트를 긁고 있는 손끝의 고통도 느껴졌다.

그는 소년을 향해 뛰었다. 반대편 골목에서 뛰어나오는 남자들이 보였다. 총소리가 다시 들렸다. 남자들이 쓰러지고 있었다. 그는 무릎 꿇고 소년을 들어 올렸다. 가슴이 피투성이인 소년의 몸은 가벼웠다. 그는 소년을 축제의 불 가로 데려가고 싶었다. 아늑하고 평화로운 노랫소리가 들리는 곳, 별들이 소리를 내며 소금 같은 빛을 뿌리는 그곳으로.

피투성이 몸을 땅에 눕혔을 때 소년의 숨은 멎어 있었다.

오후 한시 20분

열 명의 공수부대 사격수들이 금남로를 향해 앉아쏴 자세를 취하고 있었다. 맞은편 시위 대열 속에서 노랫소리가 흘러나왔다. 〈애국가〉였다. 도청 광장까지 울려 퍼지는 그들의 노래는 숙연하고 장엄했다. 계엄군은 묵묵히 듣고 있었다. 노래가 끝나자 침묵이 흘렀다. 무엇을 간절히 기다리고 있는 듯한 침묵 같기도 하고, 첩첩한 소리의 회오리 속에서 소리를 넘어서는 침묵 같기도 했다. 얼마나 지났을까. 여섯 명의 청년이 앞으로 뛰어나왔다. 한 청년은 대형 태극기를 들고 있었다. 시위대는 물론이고 건물 안에서 금남로를 내려다보고 있는 이들의 시선도 청년들에게 집중되었다. 청년들은 도청 광장에서 3백여 미터 떨어진 길 한복판에서 태극기를 흔들며 구호를 외치기 시작했다.

「전두환 물러가라!」

「계엄령 해제하라!」

텅 빈 길 위에서 그들의 몸짓과 펄럭이는 태극기는 하나의 세계를 이루고 있었다. 그것은 생명으로 충만한 세계였다. 생명의 원천은 자유였다. 투명한 자유가 펄럭이는 태극기와 함께 춤을 추고 있었다. 그것은 죽음과 맞닿아 있는 춤이기도 했다.

타타타타앙.

귀를 찢는 총소리와 함께 여섯 명의 청년이 동시에 쓰러졌다. 놀라움과 탄식 속에서 몇 사람이 달려 나와 주검과 부상자들을 끌고 갔다. 춤의 공간이 비기가 무섭게 또 다른 청년들이 뛰어나와 피 묻은 태극기를 흔들었다. 그들의 구호는 조금 전과 똑같았다. 다시 총소리가 들렸다. 계엄군의 사격은 정확했다. 청년들은 똑같이 허물어졌다. 사람들이 그들을 안으로 끌어들이자 또 다른 청년들이 빈 곳을 채웠다. 춤의 공간 속에서 태극기의 펄럭임은 이어지고 있었다. 몇 초 후 그들 역시 피를 쏟으며 몸을 눕혔다. 다섯 번째의 청년들이 쓰러진 후 그 놀라운 순환은 멈추었다. 다섯 번이 아니라 여섯 번이었다고 주장하는 이들도 있다.

한없이 긴, 그러면서도 너무나 짧은 시간이 과거 속으로 흘러 들어가지 못하고 사람들의 눈앞에서 출렁이고 있을 때 한 대의 장갑차가 시위 대열에서 빠져나와 공수부대 사격수들을 향해 질주했다. 장갑차 위에는 상의를 벗고 머리에 흰 띠를 두른 한 청년이 태극기를 흔들며 '광주 만세'를 외치고 있었다. 울음이 섞인 청년의 절규는 자유와 죽음의 참혹한 순환에 대한 슬픔과 환희의 표현이었다. 사격수들은 자신들에게로 달려오는 자유와 죽음의 생명을 향해 방아쇠를 당겼다. 청년의 머리가 푹 꺾였다.

오후 세시

거울 앞을 지나가다 무심코 고개를 든 〈볼티모어 선〉 서울 특파원 테리 머턴은 흠칫 놀랐다. 옷이 피투성이였다. 그뿐 아니었다. 뺨과 이마에도 피가 묻어 있었고, 두 손은 아예 흥건히 젖어 있었다. 그는 기이하게 변해 버린 자신의 모습을 멍하니 보았다. 놀라움에 눈을 크게 뜨고 있는 얼굴이 낯설었다.

처음 이 병원으로 들어왔을 때 그는 자신의 눈을 의심했다. 짙은 피비린내 속에서 펼쳐지고 있는 병원의 상황은 베트남의 야전 병원보다 훨씬 처참했다. 응급실 병상은 터무니없이 모자라 바닥에 매트리스를 깔고 환자를 받았다. 바깥 복도는 물론이고 외래 환자 대기실로 쓰이는 넓은 회랑까지 차례를 기다리는 부상자들로 가득 차 있었다. 수술실 상황도 마찬가지였다. 그가 보기에는 당장 수술을 받지 않으면 안 될 환자들이 넘쳐흘렀다. 그런데 새로운 부상자들은 끊임없이 들이닥쳤다. 대부분 총상 환자들이었다. 복도를 걸으면 바닥에 고인 핏물에 발바닥이 쩍쩍 달라붙었다. 그의 옷이 피투성이가 된 것은 지극히 당연했다.

그가 서울을 떠나 광주로 향한 것은 오늘 새벽 다섯시 무렵이었다. 성실한 기자이자 노련한 운전사이며 길 안내자인 미스터 황이 동행했다. 12·12반란 후 권력의 중심부로 빠르게 진입하는 신군부의 움직임을 면밀하게 체크하고 있었던 머턴에게 5·17쿠데타는 놀라운 사건이 아니었다. 그는 쿠데타를 거의 확신하고 있었다. 권력이라는 패를 쥔 인간들이 만들어 내고 있는 다양한 게임들을 조금이라도 들여다볼 줄 아는 이라면 신군부가 무엇을 위해 움직이는지 예측하기란 어렵지 않았다. 더욱이 그들은 대단히 단순한 그룹이었다.

쿠데타 발생 이틀 후인 5월 19일 아침, 광주에서 '형언할 수 없는 상황'이 벌어지고 있다는 정보를 입수했다. 그는 긴장했다. 그것은 쿠데타 후 첫 봉기였다. 그를 더욱 긴장시킨 것은 다음날 오후에 일어난 전화 단절이었다. 통신을 단절시킨다는 것은 그곳에서 치명적인 사건이 일어났음을 증거하는 행위였다. 그날 독일에서 날아온 텔레비전 카메라 기자 유르겐 힌츠페터는 지체하지 않고 광주로 떠났다. 힌츠페터는 월남전 종군 때 만난 친구였다.

미스터 황의 차가 서광주 톨게이트에 도착한 것은 오전 아홉시 무렵이었다. 다행히도 광주 시내로 진입하는 데 어려움이 없었다. 외신기자 신분증을 확인한 시위대 청년들은 그들을 친절히 안내했다. 그가 확인한 시내 모습은 전쟁터라고 불러도 조금의 모자람이 없었다. 광주에 도착하기 전까지 그는 반유신 세력을 중심으로 한 일부 정치적 전사들의 봉기로만 생각했다. 그게 아님을 깨닫는 데는 긴 시간을 요하지 않았다. 정치적 전사가 될 수 없는 이들까지 봉기에 적극 가담하고 있었다. 물론 성별과 나이에 따라 역할이 달랐지만 봉기 수행을 위한 그들의 헌신적인 활동은 대단히 인상적이었다.

계엄군의 집단 발포가 시작되었을 때 그는 도청 근처 빌딩에서 현장을 내려다보고 있었다. 그는 눈앞에서 벌어지고 있는 노골적인 살육의 목적을 찾기에 골몰했다. 나중에 안 사실이지만 비슷한 시각에 4만여 명의 시위대가 모여 있던 전남대 앞에서도 계엄군의 집단 발포가 있었다. 전남대는 3공수여단 주둔지로, 수많은 학생과 시민들이 감금되어 있는 곳이었다.

신군부의 쿠데타는 집권을 위한 행위였다. 따라서 그들이 계엄군에게 시위대를 죽이기 위한 목적으로 발포 명령을 내렸을 턱은 없었다. 두려움을 심기 위함이라고 생각하기에는 살육의 규모가 지나치게 컸다. 계엄군 사격수들은 움직이는 물체라면 무조건 방아쇠를 당겼다. 살육은 무차별적으로 이루어지고 있었다. 자위권 행사는 더더욱 아니었다. 미스터 황의 취재에 의하면 군 헬기에서도 기총 소사가 있었다고 했다. 목격자가 여러 명이어서 믿어도 된다고 미스터 황은 비통한 목소리로 말했다. 놀라움을 금할 수가 없었다. 민간인을 향한 공중 사격은 적국과의 전쟁에서조차 금지되어 있었다. 하물며 자국의 비무장 국민들을 향한 기총 소사라면 어떤 이유든 합리화할 수 없는 범죄 행위였다.

광주에서 대학생을 중심으로 쿠데타에 저항하는 봉기가 시작되자 신군부는 단호하면서도 신속한 진압 작전을 선택했다. 그것은 예정된 작전임이 분명했다. 5·17쿠데타 직후 머턴의 촉각이 광주로 향해 있었던 것은 이유가 있었다. 전라도 차별 정책은 박정희 정권이 오랫동안 구사해 왔던 권력 연장의 중요한 책략이었다. 이 책략의 희생자들에게 박정희 이데올로기에 투철한 경상도 정치 군인들이 일으킨 5·17쿠데타는 용서할 수 없는 사건이었다. 신군부가 이 사실을 모를 턱이 없었다. 공수부대가 전남대에 진입한 시각이 5월 17일 밤 열한시경이라는 사실은 위의 사실을 명백히 드러내고 있다. 하지만 그들이 선택한 진압 작전이 광주 시민들을 오히려 봉기의 전사로 변화시킬 줄은 까맣게 몰랐을 것이다.

예상을 벗어난 사태 앞에서 신군부가 가장 우려한 것은 무엇일까? 봉기의 확산일 것이다. 만약 서울이나 경상도의 어느 도시에서 광주와 유사한 봉기가 일어난다면 쿠데타 세력에게는 치명적이다. 철저한 언론 통제로 광주 봉기를 은폐하고 있지만, 광주는 이미 세계 주요 언론의 주목 대상이었다.

봉기 확산을 막는 유일한 방책은 군의 무력을 통한 신속한 진압이다. 그런데 문제는 현 상황에서 진압이 불가능하다는 데 있다. 자국의 수십만 시민을 적으로 하는 군사 작전은 동서고금 어디에도 없다. 진압 대상의 규모를 군사 작전이 가능한 범위 안으로 축소시켜야 하는 것은 필연이다. 그와 함께 신군부에게 절실한 것은 군사 작전의 명분이다. 쇠파이프나 각목 등 지극히 원시적 무장 상태인 시위대를 대상으로 현대식 무기를 앞세워 진압한다면 정당성을 획득할 수가 없다.

신군부의 발포 목적은 명확해지고 있었다. 그것은 시위대를 총기로 무장시키기 위함이었다. 시위대의 총기 무장이야말로 수십만 시민들 속에서 소수 강경파를 가려내는 마법의 도구일 뿐만 아니라, 그들이 국가 질서에 반역한 폭도임을 선전하는 데 대단히 유용한 모습임은 말할 나위가 없다. 미스터 황의 보고에 의하면, 계엄군의 발포 이후 무기 탈취를 위해 수많은 차량들이 광주를 벗어났으며, 대량의 총기와 탄약들이 시내로 유입되고 있다고 했다. 시위대의 총기 무장이 급속도로 진행되고 있음이 틀림없었다. 이제 곧 시가전이 벌어질 것이며, 계엄군은 적절한 시기에 도청을 비우고 퇴각할 것이다.

적이 눈앞에 있으면 광주 공동체는 붕괴되지 않는다. 붕괴는 분열을 전제로 한다. 광주 공동체를 분열시키기 위해서는 그들에게 승리의 기쁨을 안겨 주어야 한다. 축제의 시간이 지나가면 정말로 무서운 시간이 온다. 참여자와 비참여자, 강경파와 온건파, 학생과 비학생, 부르주아 계급과 프롤레타리아 계급……. 분열의 조건은 얼마든지 있다. 인간이란 존재는 분열의 능력에는 천부적이다. 혁명군은 혁명이 이루어지는 순간 분열된다. 인류사에서 이것을 극복한 집단은 어디에도 없다. 인간은 순수한 시간, 꿈의 시간을 감당하지 못한다. 이것이야말로 인간이 짊어지고 있는 존재의 조건이자 운명임을 그는 알고 있었다.

죽음의 거리에서 피 묻은 국기를 흔드는 청년들의 모습이 아련히 떠올랐다. 21년간 기자로 활동하면서 베트남과 팔레스타인, 남아프리카 공화국과 북아일랜드 등 세계의 대표적 분쟁 지역에서 자유와 독립을 위해 전쟁을 수행하고 있는 전사들을 보아 왔건만 그토록 가슴 깊이 파고드는 인간의 몸짓을 본 적이 없었다.

　인간의 불완전한 영혼은 이데올로기를 우상으로 변화시킴으로써 자신들의 열정을 광기로 전락시킨다. 그는 북아일랜드와 팔레스타인 전사들이 자신의 생명을 담보로 벌이는 테러에서 그 우울한 진실을 확인했다. 하지만 봄날의 햇살 속에서 보았던 청년들의 몸짓은 광기가 아니었다. 그것은 야만의 시간 속에서 인간의 존엄을 나타내기 위한 영혼의 퍼포먼스였으며, 죽음의 극복을 통해 영원으로 넘어가는 절대의 몸짓이었다.

　그날도 아름다운 봄날이었다. 그에게 혁명의 원초적 기억을 각인시킨 1968년 5월 6일의 생미셸 거리도. 5월의 생미셸 거리는 공화국 보안대와 학생들이 유혈 충돌을 거듭했던 전쟁터였다. 근대 합리주의와 그것이 낳은 인간 소외 구조에 대한 반역의 불꽃이었던 파리 5월 혁명의 첫 모습은 그렇게 다가왔다.

　그가 파리를 찾은 것은 베트남 평화 회담을 취재하기 위함이었다. 도착 사흘 전 학생들은 소르본 대학을 점거하고 바리케이드를 쳤다. 한국의 진보적 도시의 심장부 광주에서 화염병이 처음 등장했듯, 파리 대학가에서 바리케이드가 처음 등장하는 순간이었다. 그가 도착한 5월 6일에는 20만여 명의 학생들이 시위에 참가했다. 북베트남의 라우 대표와 미국의 번스 대표가 파리 국제회의장에서 처음으로 악수를 나눈 역사적인 5월 10일 밤, 학생들은 도로에서 떼어 낸 보도블록과 자동차들로 쌓아 올린 바리케이드를 거리 곳곳에 만들었다. 책 속에서만 보았던 1871년 파리 코뮌의 풍경을 직접 보는 것 같았다. 경찰 부대와 시위대는 격렬하게 충돌했다. 최루탄과 보도블록이 난무했고, 불길은 쉼 없이 치솟았다. 도로변의 아파트 주민들은 최루 가스로 고통받는 학생을 위해 물을 뿌렸고, 경찰들의 머리

위로는 화분을 떨어뜨렸다. 날이 밝아 오자 거리는 허물어진 바리케이드와 불에 탄 수백 대의 자동차 잔해들로 뒤덮여 있었다. 혁명은 급격히 확산되어 갔다. 5월 13일 좌익 계열 노조의 전국적인 파업은 수도권의 기능을 마비시켰으며, 일부 학생들은 엘리제 궁을 향했다. 전차 부대가 파리 근교인 랑부예에서 파리로 이동한다는 소문과 함께 유혈 참극이 벌어지리라는 공포가 확산되고 있었다.

5월 혁명은 프랑스에만 한정된 것이 아니었다. 1960년대 후반의 학생 운동은 베트남 전쟁과 긴밀한 연관을 맺고 있었다. 미군의 북베트남 폭격은 대학가를 반전 시위의 열풍 속으로 몰아넣었다. 이 열풍이 유럽 대륙으로 번지면서 독일에서는 긴급조치법에 항의하는 학생 시위로 이어졌고, 파리 대학의 학제 개혁을 위한 투쟁과 함께 이탈리아와 스페인 캠퍼스를 시위의 깃발로 물결치게 했다. 우루과이, 아르헨티나, 칠레, 에콰도르, 콜롬비아, 멕시코 등 남미에서도 대규모 학생 시위가 일어났다. 멕시코에서는 군의 집단 발포로 2백여 명의 학생들이 목숨을 잃었다.

동유럽도 예외는 아니었다. 1967년 가을 공산당이 지배하는 프라하의 거리에서 학생들은 개혁을 외쳤고, 이듬해 3월 폴란드의 학생과 지식인들은 소련 지배 체제에 항의, 경찰과 충돌했다. 대륙을 휩쓸면서 세계를 바꾸어 놓았던 68년 혁명의 원동력은 국경과 민족의 경계를 초월한 젊은이들의 열정이었다. 그 열정의 중심이었던 파리 5월 혁명의 추억을 금남로의 젊은 그들이 떠올리고 있었다. 장갑차 위에서 머리에 흰 띠를 두른 청년이 '광주 만세'를 외칠 때 머턴의 눈자위에는 이슬이 맺히고 있었다. 그 청년이 외쳤던 광주는 이미 한반도 남녘의 한 도시가 아니었다. 세계의 모든 젊은이들이 기억해야 할 순결한 혁명의 도시였다.

집단 발포 참상의 규모를 확인하기 위해 병원을 찾았을 때 혁명의 순결은 예외 없이 꽃피고 있었다. 피가 부족하자 가두방송에 나섰다. 잠시 후 병원 앞은 헌혈자로 가득 찼다. 몸이 약한 사람, 나이가 어린 학생, 노인 들은 헌혈의 대상이 아니었다. 그러나 순순히 돌아가는 이는 아무도 없었다. 일흔이 넘은 어떤 노인은 '내 몸이 늙었지 피가 늙었느냐'고 호통을 치다가 나중에는 '내 피를 나누어 줄 수 있도록 도와 달라'며 애원했다. 초등학교를 갓 졸업한 듯한 소년은 '조금이라도 좋으니 피를 뽑아 달라'고 떼를 썼다. 그런 실랑이는 병원 안에서도 벌어지고 있었다. 의사에게 자신의 상처를 감추며 '나보다 더 급한 사람에게 가보라'고 하는 이가 있는가 하면, 피를 흘리지는 않지만 내출혈이 심해 얼굴이 창백한 어떤 이는 '피 흘리는 사람을 먼저 치료하라'며 의사 앞에서 손을 저었다. 혁명의 도시가 만든 꿈의 시간은 강렬하고 아름다웠다. 도시의 울음은 투명한 울음이었고, 도시의 폐허는 신비한 폐허였다.

시계를 보았다. 미스터 황과의 약속 시간이 다가오고 있었다. 지금쯤 시가전이 벌어지고 있을지도 몰랐다. 그는 거울에서 돌아섰다. 피투성이 옷이 조금도 불편하지 않았다. 병원으로 들어서면 피투성이가 되지 않을 수가 없었다. 의사들도, 간호사들도, 부상자들을 운반해 온 이들도 모두 피투성이였다.

응급실 밖 복도를 지나가는데 그의 시선을 끌어당기는 것이 있었다. 걸음을 멈추었다. 창문 아래서 어떤 남자가 무릎 꿇은 자세로 한 여인을 안고 울고 있었다. 울음소리는 들리지 않았지만 그가 처절히 울고 있음이 한눈에 보였다. 남색에 붉은빛 무늬의 임신복을 입고 있는 여인은 만삭의 몸이었다. 그들에게로 다가간 머턴은 순간적으로 시선을 돌렸다. 여인의 뒷머리가 보이지 않았다.

M16 자동 소총은 화력이 높아 신체의 일부를 도려낸다는 것을 그는 알고 있었다. 더구나 탄환 속에는 납이 들어 있어 인체에 치명적이다. 의사의 증언에 의하면 환자들의 총상 부위가 시간에 따라 달랐다고 한다. 발포 초기에는 허벅지 아래 부위 부상자들이 대부분이었는데, 차츰차츰 총상 부위가 상체로 이동하면서 머리가 날아가 버린 사망자들이 들어왔다는 것이다. 화약가루가 이마에 연소되지 않은 채 붙어 있는 시체도 보았다고 했다. 그것은 총구를 이마에 대고 쏘았거나, 0.6미터에서 1미터 이내 거리에서 쏘았음을 의미한다. 법의학에서 말하는 확인 사살이었다.

여인은 숨을 쉬고 있지 않았다. 숨을 쉴 리가 없었다. 아마도 총을 맞는 순간 절명했을 것이다. 하지만 태아는 금방 죽지 않는다. 갑자기 변해 버린 어머니 몸 안에서 몸부림치다가 죽어 간다. 그런데 온몸이 피로 범벅이 되어 있는 저 남자는 왜 여인을 병원에 데려왔을까? 무엇 때문에 저런 부질없는 짓을 했을까? 남자의 얼굴도 피투성이였다. 그 피투성이 얼굴은 납처럼 하얬다. 깊이 파인 두 눈은 유리창을 향하고 있었다. 유리창 바깥엔 맞은편 병동과 나무 잎사귀가 있었고, 잎사귀 끝에는 벽안과 같은 하늘이 걸려 있었다. 얼핏 보면 남자는 유리창 바깥 풍경을 보고 있는 듯했다. 하지만 아니었다. 바짝 마른 그의 눈동자는 무엇을 보는 상태가 아니었다. 그는 아무것도 보고 있지 않았다. 그러나 온몸은 무엇인가를 뚫어질 듯 보는 자세를 취하고 있었다.

시간이 얼마나 흘렀을까. 남자의 눈에서 눈물이 흘러나오고 있었다. 눈물은 뼈가 드러나 보이는 듯한 얼굴을 적시면서 피와 섞였다. 머턴은 숨을 죽이며 붉게 변해 가는 눈물을 응시했다. 붉은 눈물은 여윈 턱을 타고 목 아래로 흘러내리고 있었다. 그의 입에서 낮은 신음이 새어 나왔다. 남자는 신부였다. 하얗게 빛나야 할 로만 칼라는 피에 절어 있었다.

저녁 일곱시

태양이 서녘으로 넘어가면서 시가전의 총소리가 줄어들고 있었다. 무슨 까닭인지 계엄군의 사격이 뜸해졌다. 황혼은 도청 쪽으로 총구를 겨누고 있는 시민군을 불그스레하게 물들였다. 여린 광선에 묻힌 그들의 얼굴은 윤곽이 흐려져 있었다. 이들은 시민군 특공조로서, 도청 공격의 선봉을 맡고 있었다.

오후 한시부터 시작된 계엄군의 집단 발포는 최소한 60여 명의 사망자와 5백여 명 이상의 부상자를 만들었다. 1천6백여 발에 달하는 총탄의 난사로 인한 참상은 시위대로 하여금 자신들이 갖고 있는 무기가 얼마나 쓸모없는 것인가를 깨닫게 했다. 이 깨달음은 시위대를 크게 세 그룹으로 분열시켰다. 총기로 무장하여 계엄군과 맞서 싸우려는 이들이 첫번째 그룹이라면, 집단 발포라는 계엄군의 극단적 행동이 불러일으킨 절망과 두려움을 이기지 못하고 시위 대열에서 이탈하는 이들이 두 번째 그룹이었고, 총을 들 용기는 없지만 차마 대열을 떠날 수가 없어 머뭇거리는 이들이 세 번째 그룹이었다.

첫번째 그룹의 일부는 무기 탈취를 위해 차량조를 편성, 광주를 빠져나갔다. 광주의 경찰서와 예비군 무기고는 당국의 조치로 이미 텅 빈 상태였다. 교통 통제와 검문을 위해 광주 외부 도로에 배치되던 계엄군들이 무슨 까닭인지 일절 보이지 않았다. 광주와 화순의 경계선인 너릿재 터널 부근에서는 더 이상한 일이 벌어졌다. 도로 양편에 매복한 계엄군이 시위대 차량이 지나가도 총 한 번 쏘지 않았다. 화순경찰서 무기고에서 카빈총 80여 정을 싣고 광주로 돌아올

때도 마찬가지였다. 계엄군들은 시위대 차량에 실린 총을 빤히 보고도 가만히 있었다.

　시간이 지나면서 광주를 빠져나간 시위대들이 무기를 싣고 속속 들어왔다. 무기고와 탄약고가 거의 무방비 상태인 데다가 지역민들의 적극적인 협조로 손쉽게 무기를 확보할 수가 있었다. 광주로 유입된 무기는 총기 4천9백여 정, 실탄 13만여 발, TNT 10여 상자, 수류탄 270여 발이었다. 이 무기들은 오후 세시경부터 시민들에게 분배되었다. 시민군이라는 이름의 새로운 무장 집단이 탄생하는 순간이었다.

　무장을 원하는 이들은 시민군 본부 역할을 하고 있는 광주공원으로 몰려들었다. 처음에는 주민등록증을 가진 성인에게만 지급되었다. 그러자 고등학생들은 '우리도 교련 훈련을 받았다'며 총기 지급을 강력히 요구했다. 논란 끝에 지급 대상을 고등학교 2학년 이상으로 낮추었다. 시민군 지도부는 점차 조직을 갖추어 나가면서 무장 시민군을 편성하고 총기 교육과 수류탄 투척술 교육을 실시했다.

　오후 세시 15분경 마침내 시가전이 시작되었다. 최초의 시민군은 충장로 광주우체국 앞에서 도청을 향해 나아갔다. 그 뒤를 2천여 명의 시민들이 따랐다. 시민군의 무기인 M1 소총과 카빈 소총은 2차 세계대전 때 사용된 것으로, 공수부대의 M16에 비하면 형편없는 구식 무기였다. 사격의 정확도도 비교가 되지 않았다. 비록 예비역 장교들의 지휘하에 군 복무 경력이 있는 예비군들이 시민군의 주력을 이루고 있었지만 군 경험이 없는 10대와 20대들도 적지 않았다. 시민군 사상자가 속출했다. 무기가 없는 이들은 골목에 숨어 있다가 시민군이 쓰러지면 총을 확보하기 위해 위험을 무릅쓰고 달려갔다.

　오후 네시, 개각을 단행한 정부와 계엄사는 공수여단의 작전 통제권을 31사단에서 전교사 직접 통제로 전환시키고 소준열 육군 소장을 전교사 사령관으로 임명했다. 그동안 공식 지휘 계통 뒤에서 사태를 주도했던 신군부가 전면에 나서기 위한 조치였다. 광주 지역 담당 505보안대장도 교체했다. 아울러 20사단 60연대의 광주 추가 투입을 결정한 신군부는 오후 네시 30분 광주 주둔 공수부대의 철수와 광주 외곽 재배치를 명령하는 한편, 20사단을 광주 인근 주요 지역으로 투입, 광주를 완전히 봉쇄하기로 결정했다. 이날 군은 광주 거주 미국인 2백여 명을 군용 비행기로 송정리비행장에서 서울로 대피시켰다.

총기 지급이 계속되면서 시민군의 수는 시간이 갈수록 불어났다. 그들은 금남로, 노동청, 광주천변 도로, 전남의대 방면 등 도청으로 통하는 모든 길에 포진하여 계엄군을 압박했다. 오후 네시 45분경에는 전남의대 12층 옥상에 기관총 2정을 설치하는 데 성공했다. 도청과 인근 건물 옥상에 있는 계엄군을 공격하기 위함이었다. 기관총 설치를 위해 열한 명의 시민군 특공대가 편성되었다. 게릴라의 전술을 연상케 하는 두 개의 총구는 계엄군의 무력에 대한 정면 도전이었다.

오후 다섯시 30분경 계엄군 장갑차 한 대가 빠른 속도로 도청을 나와 M60 기관총을 난사하면서 학동 쪽으로 질주했다. 장갑차는 학동과 지원동을 두 차례 왕복, 주민들을 공포로 몰아넣었다. 근처에 서 있거나 지나가던 사람들은 비명을 지르며 쓰러졌다. 도로변 건물 유리창이 깨어지고, 가로수 가지들이 우수수 떨어졌다.

장갑차의 사격이 멈춘 지 몇 분 후, 열 대의 군용 트럭이 도청에서 무섭게 질주해 나오면서 M16을 난사했다. 거리에 포진하고 있던 무장 시민군들의 총구도 일제히 불을 뿜었다. 하지만 그들은 눈앞에서 벌어지고 있는 광경이 계엄군의 도청 철수 작전의 일환임을 까맣게 모르고 있었다.

　김선욱은 총신을 약간 내려뜨린 채 아스팔트 너머 도청을 응시했다. 10여 분 전부터 계엄군의 사격이 멎어 있었다. 조금만 움직여도 어김없이 방아쇠를 당겼던 그들이었다. 그런데 몇몇 시민군이 앞으로 전진하는데도 거짓말처럼 총소리 한 번 나지 않았다. 인기척 없는 거리는 적막했다. 항쟁 이후 금남로에서 이토록 깊은 적막과 마주친 것은 처음이었다. 그것은 이해할 수 없는, 기이하기까지 한 적막이었다. 간혹 총소리가 적막을 깨뜨리곤 했는데, 시민군의 공포탄일 뿐이었다.

　거무스레한 피 속에 잠긴 시체가 눈에 들어왔다. 죽기 직전 바로 옆에 있었던 청년이었다. 그는 짧은 비명과 함께 쓰러졌다. 김선욱이 그를 일으켜 세웠을 때는 왼쪽 머리가 보이지 않았고, 턱이 떨어져 가슴에 얹혀 있었다. 삶과 죽음을 가르는 것은 한순간의 우연이었다. 트럭을 몰고 계엄군 바리케이드를 향해 돌진할 때도 그랬다. 총탄이 트럭에 박히는 것을 몸으로 느꼈다. 그 총탄 하나가 가슴을 뚫고 들어온다 해도 조금도 이상한 일이 아니었다. 불길에 휩싸인 트럭에서 뛰어내리는 순간에도, 달려드는 얼룩무늬의 가슴속으로 칼을 깊숙이 찔러 넣었을 때도 마찬가지였다. 그는 거짓이 없는 우연에 자신을 맡기고 있었다.

　화순경찰서 무기고에 들어가 카빈 소총을 어깨에 들쳐 메었을 때의 전율을 그는 잊을 수 없었다. 오랫동안 밀폐되었던 창문을 활짝 열어젖힐 때의 느낌이라고나 할까. 칼은 몸 안에 숨길 수 있지만 총은 숨길 수가 없다. 칼은 상대를 살해할 때 소리를 내지 않지만 총은 침묵이 불가능하다. 그것은 주위를 진동시키며 살해한다. 그가 총을 잡은 것은 권력을 살해하기 위함이었다. 아무도 모르게 살해하는 것이 아니라 지붕 위에서 소리치며 살해하기 위함이었다. 그것은 혁명의 창가에서 그가 발견한 가장 황홀한 지상의 척도였다. 이 운명의 각본을 그는 고통스럽게 사랑하고 있었다.

시간이 얼마나 흘렀을까. 노을이 사라지면서 먼 하늘에서 연푸른 별이 보이기 시작했다. 김선욱은 몇 명의 시민군과 함께 총을 쏘며 도청 안으로 뛰어들었다. 머릿속에서 울리는 총소리가 흡사 목구멍에서 올라오는 것 같았다. 어둠에 잠긴 도청은 텅 비어 있었다. 아무도 없었고, 어떤 소리도 들리지 않았다. 도경 본부도 마찬가지였다. 시위 진압 장비들과 갖가지 서류들이 어지럽게 널려 있을 뿐 사람의 그림자는 어디에도 보이지 않았다.

김선욱은 멍하니 서 있었다. 어떤 가공의 세계를 보고 있는 듯 눈동자는 초점을 잃고 있었고, 총을 들지 않은 손은 무엇을 반죽하듯 쉴 새 없이 움직였다. 서늘한 바람이 창백한 뺨을 훑고 지나갔다. 맞은편 책상 한 귀퉁이에서 흰 종이가 팔랑거리며 아래로 떨어졌다. 거리에서 총소리가 들려왔다. 총구를 하늘에 고정시키고 쏘아 대는 공허한 소리였다. 그들은 낯선 적막을 두려워하고 있었다.

그는 어둠 속에서 가만히 있었다. 손의 움직임도 멎었다. 흐려진 두 눈은 무엇인가를 찾고 있는 듯했다. 하지만 그것이 무엇인지 김선욱 자신도 모르고 있었다. 입은 반쯤 벌어져 있었고, 심장은 빠르게 뛰었다. 주위는 물속처럼 고요했다. 그의 입에서 희열의 소리가 터져 나온 것은 잠시 후였다.

계엄군 퇴각 소식은 화살처럼 빠르게 퍼져 나갔다. 시민들은 서로를 껴안으며 기쁨의 눈물을 흘렸다. 그들은 자신들의 기억 속에서 사위어 가는 등(燈)을 끄집어내어 새롭게 불을 밝혔다. 수많은 등은 일제히 불꽃을 피워 올리며 도시를 환하게 비추었다. 그것은 죽은 자의 영혼이었고, 죽은 자의 불꽃이었다. 산 자는 죽은 자 주위를 맴돌며 웃음과 울음을 번갈아 터뜨렸다. 거대한 망치에 못 박힌 듯 고통스럽게 숨쉬고 있던 도시는 처음으로 발랄한 움직임을 보이고 있었다. 그것은 혁명가가 존재하지 않은 혁명이었으며, 죽음을 넘어선 이들만이 맛볼 수 있는 승리의 열매였다. 그 해방의 땅이 2만여 명의 병력에 둘러싸인 절해고도의 도시임을 아는 이는 아무도 없었다.

해 방

5월 21일 밤 열한시

승리의 첫날 밤, 축제는 믿을 수 없을 정도로 짧게 끝났다. 환해야 할 시가지는 칠흑이었다. 인적도 끊겨 있었다. 시민들은 왜 불을 껐을까? 무엇 때문에 피로 쟁취한 해방의 거리를 버려둔 채 캄캄한 집안에 스스로를 가두었을까?

지난 며칠 간 그들의 영혼은 삶과 죽음의 혼융 속에 있었다. 삶은 죽음을 향해 팔을 벌렸고, 죽음은 삶의 팔을 끌어당겼다. 삶과 죽음은 등가의 세계였다. 이 등가의 세계야말로 광주를 저 놀라운 절대 공동체로 변환시킨 힘의 원천이었다. 도청 점령을 이룬 것은 광주 공동체였다. 하지만 아이러니컬하게도 도청 점령은 광주 공동체의 원천인 등가의 세계를 무너뜨리고 있었다. 승리의 희열이 삶의 무게를 증대시킨 것이다. 평형을 이루었던 저울대가 기울어지고 있었다. 등가의 세계가 무너지면서 광주 공동체의 구성원들은 우리의 세계로부터 혼자의 세계로 회귀하고 있었다. 그 회귀는 광주 공동체가 이룬 승리를 다른 눈으로 보게 만들었다.

광주 공동체의 승리는 혁명 혹은 반란을 통한 승리였다. 도청을 점령한 시민군은 혁명군이거나 반란군이었고, 광주는 혁명과 반란의 도시였다. 시민들은 혁명군과 반란군의 일부이거나 혁명과 반란의 동조자였다. 이것은 누구에 의해서도 부인될 수 없는 명확한 사실이었다. 그들은 알고 있었다. 시민군이 혁명과 반란의 도시를 지킬 수 없음을. 그들의 두려움은 여기에 있었다. 상상을 초월한 만행을 저질렀던 계엄군이 반란군 진압이라는 명분으로 광주로 쳐들어온다고 생각하면 눈앞이 캄캄했다. 어떤 이들은 저 끔찍했던 여순사건을 떠올리기도 했다.

1948년 10월 이승만 정부군은 좌파 반란 세력이 점령한 여수를 탈환하기 위해 육해공군 합동 작전을 폈다. 이틀에 걸친 정부군의 작전은 여수 시가지를 잿더미로 만들었다. 그 후에 몰아닥친 피바람은 끔찍했다. 물론 광주 시민은 좌파도, 반란 세력도 아니었다. 그들이 목숨을 걸고 싸운 것은 계엄군의 극단적인 폭력 때문이었다. 하지만 신군부는 과거 정권이 그랬던 것처럼 그들의 항쟁을 공산주의자의 음모로 몰아가고 있었다. 그 의도를 노골적으로 드러낸 것이 5월 21일 저녁 일곱시 30분 생방송을 통해 발표한 계엄사령관 담화문이었다.

이보다 아홉 시간 앞선 오전 열시 30분, 광주에 대해 전국 언론이 최초로 보도한 계엄사 발표가 있었다. 서울의 학원 소요 주동 학생 및 깡패 등 현실 불만 세력이 대거 광주로 내려가 사실무근한 유언비어를 날조해 퍼뜨림으로써 광주사태가 시작되었다고 밝힌 계엄사는, 21일 오전 일곱시 현재 군경 다섯 명과 민간인 한 명이 사망했다고 주장했다.

그런데 저녁의 계엄사령관 담화문은 사태의 원인에 대해 오전의 발표와 근본적으로 달랐다. 지난 5월 18일 수백 명의 대학생에 의해 재개된 평화적 시위가 엄청난 사태로 발전한 것은 타 지역 불순 인물 및 고정간첩들이 지역감정의 자극과 함께 공공시설의 파괴, 방화, 약탈 등을 선도했고, 이에 동조한 깡패 등 불량배들이 예비군 및 경찰의 무기와 폭약을 탈취하여 난동을 자행했기 때문이라는 것이었다. 이어 계엄군은 부득이 자위를 위해 필요한 조치를 취할 수 있는 권한을 보유하고 있다고 경고함으로써 무력 사용을 천명했다.

시민들은 전율했다. 그들의 항쟁은 5월 18일의 학생 시위에서 비롯된 것이었다. 계엄군이 짐승을 사냥하듯 그토록 무자비하게 진압하지 않았다면 전두환이 누군지조차 모르는 이들까지 몸서리치는 폭력과 맞설 턱이 없었다. 그럼에도 불구하고 시위에 앞장선 이들을 깡패, 불량배로 매도했다. 더욱 전율스러운 것은 항쟁의 배후 세력을 불순 인물과 고정간첩으로 지목했다는 사실이었다. 목숨을 걸고 싸웠던 시민들이 불순 인물과 고정간첩의 꼭두각시가 되어 있었다.

시민들의 전율은 치열한 항쟁 속에서 잊고 있었던 죽음의 공포를 되살려 냈을 뿐 아니라 승리의 축제를 불꽃처럼 짧게 끝나게 하고, 도시를 칠흑 같은 어둠으로 만들었다. 하지만 그것뿐이었을까? 아니었다. 등가의 세계가 허물어지고 있었지만 그들은 광주 공동체를 잊지 못했다. 그 희열과 충만의 세계를 잊는다는 것은 불가능했다. 두려움이 커지면 커질수록 광주 공동체를 향한 그리움은 깊어져 갔다. 그리움은 슬픔과 함께 부끄러움을 불러일으켰다. 꽃잎처럼 스러진 임들은 변함없이 아름다운 등불이건만 임들과 함께 이룩한 해방 광주는 두려움이었다. 두려움이 곧 부끄러움인 것은 당연했다. 그들로 하여금 승리의 축제를 짧게 하고, 도시를 어둠 속에 유폐시킨 것

110

은 두려움이자 부끄러움이었다.

　박태민은 걸음을 멈추었다. 그와 나란히 걷던 김선욱도 멈추어 섰다. 어둠에 잠긴 도청 광장은 적막했다. 박태민은 불빛이 희미하게 새어 나오는 도청 건물을 응시했다. 그곳은 해방 광주의 권력 공간이었다. 그 공간이 지금 놀랍게도 비어 있었다.

　박태민이 시민군의 도청 진입 소식을 들은 것은 유인물 제작 아지트에서였다. 전화를 건 이는 김선욱이었다. 계엄군 퇴각과 도청 진입 소식을 전하는 그의 목소리는 차분했다. 그들은 도청 입구에서 감격의 포옹을 했다. 박태민은 다친 데가 없느냐고 물었고, 김선욱은 몸이 너무 멀쩡해 이상할 지경이라고 쾌활한 목소리로 대답했다. 이틀만의 재회였으나 죽음이 출렁거렸던 시간의 깊이는 아득했다. 김선욱과 함께 도청의 상황을 살핀 박태민의 얼굴은 금방 어두워졌다.

　해방 광주의 권력 주체는 시민군이었다. 그러나 대부분의 시민군은 계엄군의 재진입을 막기 위해 외곽 지역으로 출동했다. 도청에 진입한 시민군은 소수였다. 문제는 그들의 자세였다. 그들은 해방 광주의 권부(權府)인 도청을 낯설어하고 어색해했다. 그들이 주인이건만 박태민의 눈에는 주인 없는 집에 들어와 불안해하는 사람처럼 보였다. 총을 앞세우고 자랑스럽게 들어왔다가 자신이 있을 곳이 아니라고 생각한 듯 황급히 나가 버리는 이들도 있었다. 해방 광주가 총의 존재성을 적과 싸우기 위한 무기에서 권력의 표징으로 확대시켰음을 그들은 모르고 있었다.

　권력은 조직에서 나온다. 조직 없는 권력은 없다. 그러나 도청에 진입한 시민군은 해방 광주라는 새로운 정치 공간을 위한 조직 활동을 전혀 하지 않았다. 그들은 자신들이 권력의 주체라는 사실조차 인식하지 못했다. 기존의 권력 집단이 도주한 도청의 권력 공간은 텅 비어 있었다. 이 공간을 채울 수 있는 유일한 세력은 광주 운동권이었다. 하지만 불행히도 그들은 처음부터 전선을 이탈했다.

5월 18일 죽음의 항쟁이 전개되고 있을 때 광주 운동권은 부재 상태였다. 전날 밤 학생회 간부를 비롯한 청년 운동 지도부와 재야 민주 인사들이 대거 검거되었고, 검거를 면한 이들은 잠적했다.

광주 운동권의 주축은 민청학련(전국민주청년학생총연맹) 세대였다. 1974년 4월 긴급조치 제4호를 선포하게 한 민청학련사건은 학생들에게 노동자와 농민 문제에 깊은 관심을 갖게 했을 뿐 아니라 조직의 중요성을 일깨움으로써 산발적이고도 자연 발생적인 학생 운동을 질적으로 비약시켰다.

1년 후 대부분 석방된 민청학련 세대들은 민주화 운동을 견인한다. 광주의 민청 세대들은 자유주의적이고 낭만적인 6·3세대의 친목적 그룹과는 달리 이론 무장과 조직을 통해 운동을 확산시켜 나갔다. 운동의 거점은 현대문화연구소와 녹두서점이었다. 사회 운동 그룹으로서 유일한 공적 단체였던 현대문화연구소는 시민 인권 운동을 비롯한 노동·농민·여성 운동의 지원 등을 통해 사회 운동권의 결집을 모색했고, 청년 운동권의 모임터 역할을 했던 녹두서점은 독서 그룹을 통해 운동가를 배출했다.

이들 민청 세대들은 전남대와 조선대의 후배 학생들을 긴밀한 조직으로 연결시켜 1980년 봄의 학생 운동을 주도했다. 5·18의 씨앗인 민주화성회도 그들의 작품이었다.

박태민은 민청 세대 그룹의 활동가였다. 그가 예비 검속을 피할수 있었던 것은 얼굴이 덜 알려져 있었기 때문이었다. 그는 다른 활동가와는 달리 운동의 제2선에서 움직였다. 지도부가 그것을 원했을 뿐만 아니라 한준오의 바람이기도 했다. 박태민은 한준오가 조직한 비밀 서클의 중앙 위원이었다. 둘의 만남은 철저한 단선으로 이루어졌다. 민청 세대 동료들조차 그와 한준오의 관계를 까맣게 몰랐다. 그러나 신군부의 예비 검속에 이은 5·18 학살은 박태민을 전선에 서지 않을 수 없도록 만들었다. 피의 전선에서 그는 유인물 제작과 배포에 주력했다. 전사의 조직은 불가능했을 뿐만 아니라 무의미했다. 민중은 자발적으로 전사가 되어 죽음과 죽임만이 있는 전선에서 치열하게 싸우고 있었다.

유인물은 항쟁 지도부가 부재하고 언론이 차단된 상태에서 민중 전사들의 전의를 결집시키는 효과적인 매체였다. '선전과 선동은 혁명의 시작이고 끝이다'라는 명제를 박태민은 씹고 또 씹었다. 하지만 해방 광주가 도래하면서 상황은 달랐다. 가장 시급하고 중요한 일은 해방 광주를 이끌 권력 주체의 조직이었다.

그 일을 수행해야 할 광주 운동권 지도부는 전선 이탈자들이었다. 그들은 죽음의 전선 앞에서 스스로 얼굴을 지웠다. 재야 민주 인사들과 6·3세대는 물론이고 학생 운동 지도부마저 은신한 상황에서 예비 검속을 피한 민청 세대는 항쟁 참여를 놓고 갈등을 거듭했다. 계엄군의 무차별 발포가 시작된 5월 21일 오후 한시 그들은 녹두서점에 모여 있었다. 항쟁 기간 동안 녹두서점은 연락 거점이자 상황실 역할을 하고 있었다. 경악과 분노 속에서 대책을 논의한 그들은 상황이 절망적이라는 것에 의견을 같이했다. 그 시각에 박태민은 선혈이 낭자한 금남로에 있었다. 그들이 선택한 것은 피신이었다. 사태가 발생하면 현장에서 빨리 피해야 한다는 의식이 그들의 몸에 배어 있었다. 유신 독재를 거치면서 터득한 일종의 생존 방식이었는데, 혹심한 탄압이 만든 피해 의식이기도 했다. 무장 투쟁의 거리에 박태민은 홀로 남았다.

「선욱아.」

어둠 속에서 박태민은 김선욱을 나직이 불렀다.

「네.」

김선욱은 눈을 빛내며 박태민의 말을 기다렸다.

「난 두려워했었다.」

「…….」

「죽음을 말이다.」

「저도 두려웠습니다.」

김선욱은 생각했다. 죽음의 두려움에 대해. 두려움은 분명 있었다. 하지만 엄숙하고 고요한 두려움이었다. 엄숙함과 고요함 앞에서 그는 기꺼이 무릎 꿇었다. 운명 앞에서 무릎 꿇듯.

「하지만 죽음들이, 내가 보았던 수많은 죽음들이 나를 정화하더구나. 내 비루한 영혼을.」

「저도 똑같은 것을 느꼈습니다.」

김선욱은 떨리는 목소리로 말했다.

「그러면 우린 똑같은 사람이구나.」

박태민은 팔을 뻗어 김선욱의 뺨을 어루만졌다. 김선욱은 가만히 있었다. 그의 손은 언제나 따뜻했다. 기억 속에만 존재하는 어머니의 손처럼. 이 따뜻함을 김선욱은 사랑하지 않을 수 없었다.

「이제 우리는…….」

박태민은 어둠에 싸인 도청을 바라보며 혼잣말하듯 중얼거렸다.

「회귀한 역사의 시간 속으로 들어가야 한다. 신화에 의해 움푹 파인 역사의 시간 속으로.」

두 사람의 어깨는 밤이슬에 축축이 젖고 있었다.

5월 22일 오전 열시

　해방 첫날의 아침은 시민들의 청소로 시작되었다. 불에 그을린 채
방치되어 있는 차량과 바리케이드, 떨어진 간판, 공중전화 부스, 핏
물에 젖은 유리 조각과 쓰러진 가로수 들……. 전쟁이 휩쓸고 간 폐
허와 황량한 잔해들을 시민들은 말끔히 치웠다. 그들에게 해방 광주
는 자랑스러움이자 두려움이었다. 전날 밤 칠흑 같은 어둠은 두려움
을 일깨웠지만 밝은 아침 햇살은 자랑스러움을 일깨우고 있었다. 시
민군이 탄 차량이 지나가면 열렬히 손을 흔들었고 주먹밥, 삶은 계
란, 빵, 음료수, 담배 등을 아낌없이 주었다. 시장 아주머니들은 근처
길가에서 아예 솥을 걸고 밥을 지었다. 물통을 들고 나와 그들의 시
커먼 얼굴을 닦아 주는 아낙네들도 있었다.

　금남로와 도청 광장 주변에는 아침부터 수많은 시민들이 모여들
었다. 뉴스에 목말라 한 그들에게 '투사회보'라는 새로운 제호의 유
인물이 배포되었다.

　항쟁이 시작된 18일부터 21일까지 거리에 뿌려진 유인물은 10여
종이었다. 광주시민민주투쟁위, 조선대학교민주투쟁위원회, 범시민
민주투쟁위원회 등 가공의 단체 명의로 나온 그 유인물들은 비체계
적이며 즉자적인 선전물에 머물고 있었다. 이 한계를 극복하기 위해
기존의 유인물들을 통합, 일원화된 조직의 시스템 속에서 만들어진
것이 투사회보였다.

　한편 도청에서는 해방 광주의 통치권을 확보하려는 첫 시도가 정
시채 부지사에 의해 이루어지고 있었다. 아침 여덟시 10분경 정 부지
사를 비롯한 기획관리실장, 내무국장 등 다섯 명의 도청 간부들과 일
부 직원들이 사태를 논의한 결과 시민수습대책위원회를 구성하기로
했다. 부지사는 광주의 유지들과 각계각층의 인물들에게 전화를 걸

어 자치 정부의 성격을 띤 시민수습위원회에 참석할 것을 요청했다.

이보다 앞선 아침 일곱시경 무장 항쟁을 적극적으로 이끌었던 박남선이 일단의 시민군과 함께 도청에 진입, 전날 밤 들어온 시민군과 합류했다. 공수부대의 재침입을 우려해 광주천 부근에서 밤을 지새웠던 그는 항쟁 기간 동안 계엄군과의 싸움을 전쟁으로 인식, 자신의 군사 지식을 바탕으로 뛰어난 능력을 발휘한 인물이었다.

도청의 시민군들은 1층에 위치한 서무과를 상황실로 정하고 조직 정비와 함께 무기 점검에 착수했다. 계엄군이 도청에 남기고 간 무기류는 카빈 소총 2,240정, M1 소총 1,225정, 38구경 권총 12정, 45구경 권총 16정, 기관총 2정을 비롯하여 실탄 4만 6,400발과 TNT 네 박스, 뇌관 1백 개, 장갑차 다섯 대였다. 무전기와 방독면도 여기 저기 뒹굴고 있었다.

계엄군의 집단 발포 이후 인근 도시로부터 유입된 무기들 중 다이너마이트가 있었다. 화순광업소에서 탈취한 그것은 8톤 트럭 분량으로, 광주 시내 중심가를 폐허로 만들 수 있는 엄청난 양이었다. 무장 시위대는 다이너마이트를 뇌관, 도화선 등과 함께 일곱 대의 트럭에 실어 도청 지하실로 옮겼다. 계엄군의 시내 진입을 저지시킬 수 있는 위협용 무기로 활용하기 위함이었다.

계엄군 퇴각 후 지역 방위에 나섰던 시민군들이 광주공원으로 속속 모여들어 아침 아홉시경에는 1천여 명에 이르렀다. 군 경험이 있는 예비군들의 참여가 두드러졌다. 도청 상황실이 시민군 사령부라면, 광주공원은 야전군 본부 역할을 하고 있었다. 당면 문제 중 가장 시급한 것은 항쟁 과정에서 큰 위력을 발휘한 차량의 정비와 통제였다. 시내 주유소의 유류 비축량이 충분하지 않은 상황에서 1백여 대에 이르는 차량들이 무질서하게 운행되고 있었다.

자생적으로 이루어진 시민군 지도부는 차량의 등록과 함께 임무를 부여했다. 소형 차량은 의료와 연락을, 대형 차량은 병력과 시민의 수송·보급·청소를 맡았고, 군용 지프는 지휘·상황 통제와 순찰을, 군용 트럭은 전투 임무를 맡았다. 계엄군 침입시 신속하게 지원할 수 있도록 무장 트럭 스무 대가 도청 앞에 배치되었으며, 대중교통의 운행 중단에 따른 시민 불편 해소를 위해 임시 노선이 만들어졌다.

시민군 지도부가 특히 신경을 쓴 것은 치안 유지였다. 총이 나도는 상황에서 범죄의 가능성은 상존했다. 더욱이 계엄사는 해방 광주를 폭도가 들끓는 무법의 도시로 매도했다. 경찰서, 은행, 관공서 등 시내 주요 건물에 시민군을 배치한 것은 계엄사의 선전이 거짓임을 보여주기 위한 시민군 지도부의 노력이었다.

계엄군은 외부에서 광주로 들어가는 진입로 7개 지점을 차단, 봉쇄했다. 철저한 광주 고립 작전이었다. 시민군은 80여 대의 차량과 6백여 명의 시민군을 분산 배치, 이중 삼중의 바리케이드를 치고 계엄군과 대치했다. 전투가 자주 벌어졌다. 특히 광주교도소 부근의 전투는 치열했다. 그곳은 담양, 곡성 등으로 향하는 지방 도로와 부산으로 향하는 국도의 분기점이었다. 언론에 의해 지역 폭동으로 매도되는 광주의 실상을 알리고 항쟁을 확산시키려는 시민군으로서는 교도소 앞을 통과하지 않을 수 없었다.

시위대가 처음 외부 진출을 시도한 것은 차량을 획득한 5월 21일 오전이었다. 고속도로를 경유하여 전주, 서울 쪽으로 가려 했으나 광주와 장성 사이의 사남 터널에서 계엄군의 강력한 제지를 받았다. 그쪽을 포기한 시위대는 화순, 나주, 영암, 목포, 함평, 해남 등 전남 일대의 도시로 진출, 계엄군의 만행과 광주 시민의 피해 상황을 알리며 투쟁을 선동했다. 지역 주민들은 적극 호응하여 시위에 나섰는데, 가장 조직적으로 이루어진 곳이 김대중의 정치적 고향인 목포였다. 계엄군의 봉쇄 작전은 광주를 철저히 고립시켜 타 지역과의 연대를 막겠다는 의도였고, 시민군의 교도소 통과는 봉쇄 작전을 돌파하려는 노력의 일환이었다.

그러나 언론은 무장 폭도들이 광주교도소에 수감된 간첩 및 좌익수 170명을 비롯한 2천7백여 명의 복역수를 해방시켜 자신들의 편으로 끌어들이기 위해 교도소를 습격한다고 보도했다. 계엄사의 주장을 앵무새처럼 되풀이하는 곳이 언론이었다.

이날 아침 계엄사는 '김대중 내란 음모 사건' 중간 수사 결과를 발표했다. 대중 선동-민중 봉기-정부 전복의 구체적 실천을 위해 복직 교수와 복학생을 사조직에 편입시켜 학원 소요 사태를 유발시킨 김대중은 해방 직후 남로당 조직원으로서 목포시 경찰지서 습격·방화 사건에 연루되었고, 1972년 유신 선포 이후에는 일본과 미국 등지에서 북괴 동조 교포를 조직한 좌익 분자라는 것이 발표문의 요지였다.

또한 미국 정부는 국방성 대변인 토머스 로스를 통해 '주한 미군 사령관이자 한미연합군 사령관인 존 위컴은 글라이스틴 주한 미국 대사와 협의한 결과 한국 정부의 요청을 받아들여 제20사단 병력의 광주 이동을 승인했다'고 발표했다. 하지만 20사단이 광주에 도착한 시각은 21일 새벽이었다.

군용 헬기와 경찰 헬기는 번갈아 시내 상공을 돌며 선무 방송과 함께 전단을 뿌렸다. 그 내용은 '선량한 대다수의 주민, 학생이 극소수의 폭도, 불순분자의 선동과 조종에 희생물이 되어서는 안 된다', '폭동 사태에 손뼉 치는 세력은 북괴뿐이다', '정부는 폭동 사태를 무한정 방관할 수 없다', '모두가 앞장서서 더 이상의 비극을 막자', '오열과 불순분자의 소행인 유언비어를 믿지 말라' 등 명령과 위협으로 일관하고 있을 뿐 수습에 대한 구체적인 해결책은 일절 없었다.

아침 열시경 한 청년이 도청을 찾았다. 그의 이름은 김창길이었고, 전남대 농대 재학생이었다. 서클 연합회 행사부장을 맡고 있었지만 학생회 활동은 거의 없었다. 목포에서 통학하고 있었던 까닭에 5월 16일 횃불 시위가 끝나자 광주를 떠났으나 심상치 않은 소식이 들려와 19일 오전 버스 편으로 돌아왔다. 동명동 사촌 누나 집으로 간 김창길은 계엄군이 퇴각한 21일까지 줄곧 집에만 있었다. 그의 말에 의하면 누나와 매형의 감시 때문에 대문 바깥으로는 한 걸음도 나가지 못했다고 한다.

22일 아침에는 웬일인지 거리가 조용했다. 궁금한 생각이 들어 도청을 향해 걸었다. 금남로에는 군인의 그림자도 없었다. 무장 청년들이 도청 정문을 지키고 있는 것을 보고 계엄군이 물러갔다는 것을 비로소 알았다.

「지금 도청에서 지도부를 구성하고 있는 사람들은 누구요?」

학생회 간부들이 활동하고 있으리라 생각한 김창길은 청년들에게 물었다.

「우리도 잘 모르겠소.」

전남대 학생 지도부를 웬만큼 알고 있었던 그는 학생증을 제시하며 들어가게 해달라고 말했고, 청년들은 선선히 허락했다. 도청 안으로 들어간 그가 지도부를 찾자 낯선 청년이 나타났다. 김창길은 청년에게 어느 학교에 다니는 누구냐고 물었다. 청년은 당황하면서 고려대에 다닌다고 했다가 잠시 후 전남대생이라고 말을 바꾸었다.

이상하게 여긴 김창길이 꼬치꼬치 캐묻자 대학생이 아니라고 실토
했다. 그 청년이 바로 21일 저녁 일단의 무장 시민군을 이끌고 도청
으로 들어온 김원갑이었다. 광주 공동체의 탁월한 전사였던 김원갑
은 도청에서 실권을 행사하고 있었다. 그때 박남선은 외곽의 방어 진
지를 순찰 중이었다. 그는 계엄군의 침입에 대비, 시민군의 전투 조
직 강화에만 관심을 쏟았을 뿐 도청의 중요성을 간과하고 있었다.

「지금의 사태는 당신이 해결할 수 있는 문제가 아니오. 대학생이
먼저 민주화 시위를 했고, 지금의 상황도 그 연장으로 볼 수가 있
소. 당신의 신분은 사태를 수습하는 책임자로서 적절하지가 않소.
학생 지도부가 정식으로 구성될 때까지 내가 맡겠소.」

계엄군과 죽음의 싸움을 벌였던 광주 공동체의 절대 세계는 너와
나를 구분하지 않았다. 산 자와 죽은 자의 경계가 허물어진 그 희귀
한 세계는 너와 나의 구분을 무의미하게 만들었다. 너는 곧 나였고,
우리였다. 아무도 '너는 누구인가?'를 묻지 않았다. 하지만 해방 광
주는 달랐다. 광주 공동체가 '우리의 시간'이었다면, 해방 광주는 '나
의 시간'이었다. 그리하여 나와 다른 너의 정체에 대해 호기심을 드
러내기 시작했다.

김창길의 '너는 누구인가'라는 물음은 지극히 당연했다. 왜냐하면
그는 광주 공동체의 절대 세계를 전혀 몰랐기 때문이었다. 하지만
김원갑은 달랐다. 그의 정신은 여전히 광주 공동체 속에 잠겨 있었
다. 그 세계의 사람들은 아무도 너는 누구인가를 묻지 않았다. 삶과
죽음을 나누어 가지고 있었건만 이름조차 알려고 하지 않았다. 그런
데 스스로 대학생임을 밝힌 낯선 청년이 느닷없이 그에게 정체를 묻
고 있었다. 당황한 김원갑은 자신의 신분을 숨기려 했지만 결국에는
실토하고 말았다.

너와 나의 차별이 다시 시작된 것은 시위대의 총기 무장이 이루어진 21일 오후부터였다. 광주로 유입된 총기는 5천4백여 정이었고, 총을 잡은 이들은 1천여 명이었다. 그날의 시위 군중은 30만여 명이었다. 그러니까 29만 9천여 명은 비무장이었다. 시가전이 벌어지자 그들 중 상당수는 집으로 돌아갔다. 모두가 우리였고 전사였던 광주 공동체에서 시민군이라는 새로운 집단이 탄생함으로써 비무장 시민들은 전사에서 평범한 시민으로 전락했다.

계급에 대한 물음이 전혀 없었던 것은 아니었다. 항쟁의 불씨를 키운 이들은 학생이었다. 그런데 항쟁이 전쟁의 상황으로 치닫던 19일부터 학생들이 보이지 않았다. 항쟁의 주체가 대학생에서 직접 노동에 종사하는 기층민으로 바뀌자 많은 사람들이 '일만 저질러 놓고 도망가 버렸다', '배운 놈들이라 제 목숨만 아깝게 여긴다'고 원망을 토로했다. 더욱이 시위에 적극 참여했던 소수의 대학생들마저 총기 무장 이후 이탈이 두드러졌다. 이 같은 현상은 재산가들에게서도 고스란히 나타났다. 항쟁 기간 중 부유층 주택가는 거의 비어 있었다.

도청이 점령되자 무장 시민과 비무장 시민의 차별은 한층 선명해졌다. 비무장 시민들은 계엄군의 총도 두려워했지만 시민군의 총도 두려워했다. 두려움은 가진 것이 많은 사람일수록 더 컸다. 그들에게 기층민은 믿을 수 없는 계급이었다. 김창길이 김원갑에게 정체를 물은 것은 믿을 수 있는 계급인가를 확인하기 위함이었다. 그런데 김원갑은 왜 대학생으로 위장하려고 했을까? 묻는 자의 신분이 대학생이었기 때문이었다. 광주 공동체에서는 모두가 똑같은 존재였다. 그 무등(無等)의 세계는 계급적 열등감으로 고통받고 있었던 이들에게 황홀이었다. 김창길이 나타났을 때 시민군의 선도적 전사 김원갑은 여전히 광주 공동체의 황홀 속에 갇혀 있었다.

정오

도청 옥상의 태극기가 검은 리본이 달린 조기로 게양되고 있었다. 나흘간의 항쟁에서 숨진 이들의 영령을 추념하기 위함이었다. 정오의 햇살은 밝고 따뜻했다. 계엄군 퇴각 후 시내 병원에 산재한 시신들이 도청으로 옮겨졌다. 시민군은 시신들을 수습하러 다녔지만 한계가 있었다. 신원이 확인된 시신들은 임시 빈소가 마련된 상무관에 안치되었다. 유족들의 오열 속에서 분향하려는 시민들의 발길이 끊이지 않았다.

조기 게양과 함께 〈애국가〉가 울려 퍼졌다. 도청 광장과 금남로를 메운 시민들은 경건한 자세로 왼쪽 가슴에 손을 올렸다. 울먹이면서 〈애국가〉를 부르는 이들도 있었다. 어제의 〈애국가〉는 그들을 향한 발포 명령이었다. 그러나 오늘의 〈애국가〉는 발포의 희생자를 위한 슬픔의 노래였다. 어제와 오늘의 시간은 그렇게 달랐다.

그들이 치렀던 전쟁에서 대한민국 군대는 적이자 불의의 무리였다. 환멸스럽고 비통한 항쟁의 전선에서 그들은 태극기를 흔들며 〈애국가〉를 불렀으며, 〈아리랑〉과 〈우리의 소원〉을 합창했다. 그들에게 조국은 지금 존재하고 있는 권력 집단이 아니라 저 먼 곳에서 희미하게 빛나고 있는 대안적 조국이었다. 그들이 불렀던 〈애국가〉와 〈아리랑〉과 〈우리의 소원〉은 대안적 조국을 향한 그리움의 노래였다.

시민들은 개각과 함께 새로이 임명된 박충훈 국무총리 서리가 오전에 광주로 내려온다는 소식에 많은 기대를 걸고 있었다. 그가 전남 도청을 방문해 지금까지의 만행을 사과하고 사태 해결 방안을 제시한다는 소문 때문이었다. 시내 전역으로 빠르게 퍼져 나간 이 소문은 아침부터 수많은 시민들의 발길을 도청으로 향하게 했다. 그들은 기대에 부풀어 있었다. 국무총리가 사망자와 부상자들의 처참한 모습을 본다면 그동안 정부의 발표가 얼마나 잘못된 것인가를 깨닫게 되리라 믿었다. 하지만 기대는 분노로 변했다. 박 총리 서리는 상무대에서 계엄분소장의 보고만 듣고 상투적인 내용의 호소문을 발표한 후 서울로 올라가 버린 것이다.

이 무렵 신부, 목사, 변호사, 관료, 사업가 등 지역 인사 15인으로 이루어진 시민수습대책위원회가 정부에 대한 7개 항목의 요구 사항을 결정했다. 사태 수습 전 계엄군 투입 금지, 계엄군의 과잉 진압 인정, 연행자 전원 석방, 부상자와 사망자에 대한 치료 및 보상, 사후 보복 금지, 전일 방송을 통한 사실 보도와 함께 이상의 요구를 받아들이면 무장 해제하겠다는 내용이었다. 토론 과정에서 계엄 해제, 전두환 퇴진, 계엄군 철수, 발포자 공개 등 강경한 의견들이 나왔는가 하면, 일부 수습 위원들이 무장 해제를 지나치게 강조함으로써 반발을 불러일으키기도 했다. 정시채 부지사는 계엄사와의 직통 전화를 통해 내용을 알린 후 협상 여부를 물었고, 계엄사가 차량에 흰색 기를 달고 오면 맞아들이겠다고 했다.

해방 광주의 시민에게 가장 큰 두려움은 시민군과 계엄군과의 전면 전쟁이었다. 공수부대의 만행을 생생히 경험했던 그들에게 전면 전쟁은 광주를 다시 피바다로 만드는 것이었다. 악마의 무리처럼 보였던 계엄군과의 협상은 불가피했다. 수습위원회의 출현은 필연이었다. 하지만 관료의 주도로 만들어진 수습위원회는 인물 선정에서 재야의 불신을 샀다. 독재 정권에 협조하여 기득권을 누린 친여 성향의 인사들이 수습위에 참여하고 있었기 때문이었다. 재야 인사 10여 명이 남동성당에 따로 모였던 것은 이런 까닭에서였다. 수습위에 참여했던 조비오 신부가 남동성당에 모인 이들에게 도청 분위기와 함께 7개 항의 수습 조건을 설명했다. 아쉬움은 있지만 그 정도면 동의할 수 있는 수준이라고 의견을 모은 그들은 협상 결과를 주시하기로 했다.

오후 한시경 수습위원회 대표 여덟 명이 상무대의 전남북 계엄분소로 떠났다. 대표단 속에는 김창길도 있었다. 그는 김원갑과의 대화 이후 도청에서 가장 중요한 인물이 되어 있었다. 그가 주창한 대학생 책임론이 해방 광주의 고뇌를 스스로 짊어지려는 언어로 해독되어졌기 때문이었다.

해방 광주가 혁명의 도시라면 시민군은 혁명군이었다. 비무장 시민들은 혁명군을 애틋이 사랑하면서도 두려워했다. 그들에게 혁명군은 광주를 다시 피의 소용돌이 속으로 몰아넣을지도 모를 재앙의 씨앗이었다. 이 두려움을 해소시키는 언어가 대학생 책임론이었다. 대학생 책임론이야말로 혁명군과 계엄군의 충돌을 막을 수 있는 유일한 대안이었다. 해방 광주는 대학생을 가장 중요한 계급으로 부상시켰고, 그 최초의 인물이 김창길이었다.

밤 아홉시

눈을 떴다. 주위가 캄캄했다. 내가 언제 잠이 들었던가? 도예섭 신부는 중얼거리며 손으로 이마를 쓸었다. 땀이 끈적하게 묻어났다. 뜨거운 열이 느껴졌다. 작은 불덩어리 하나가 몸 안을 돌아다니는 것 같았다. 맞은편 벽을 보았다. 창문 커튼 틈으로 새어 들어오는 희미한 광선이 띠 모양을 이루며 벽에 걸린 십자가를 어렴풋이 드러내고 있었다.

세상의 어떤 사물보다도 그를 고통스럽게 하는 사물이 십자가였다. 세상의 어떤 사물보다도 그를 목마르게 하는 사물이 십자가였다. 세상의 어떤 사물보다도 그를 두렵게 하는 사물이 십자가였다.

그럼에도 불구하고 십자가는 그를 설레게 하고, 그리움에 빠뜨리고, 희열에 젖게 했다. 세상에서 가장 신비한 사물이 십자가였다. 굵은 못과 창백한 손, 피로 물든 가시관과 성모 마리아의 울음소리. 십자가는 어둡고 깊은 눈물의 골짜기였다. 그 골짜기에서 피어 오르는 놀라운 향기는 그를 도취시켰다. 십자가는 그를 도취시키는 가장 강력한 사물이었다. 어떤 사물도 십자가만큼 도취시키지는 못했다. 피흘리는 사랑의 구체적 형상인 십자가는, 그 비통한 죽음은 아름다움의 근원이었다.

임종 때 행하는 종부 성사에서 그는 그리스도의 대리자로서 죽음을 슬퍼하면서도 축복했다. 슬퍼함은 하느님에게 부여받은 생명이 다했기 때문이며, 축복함은 죽음의 시간이야말로 영혼을 정결케 하는 우슬초이기 때문이다. 그는 죽음을 축복하면서 '우슬초로 나를 정결하게 하소서, 내가 깨끗해질 것입니다. 나를 씻기소서, 내가 눈보다 희게 될 것입니다' 하고 시편의 기도를 마음으로 노래했다.

그런데 농아 청년의 죽음은 달랐다. 그것은 축복을 불가능하게 하는 죽음이었을 뿐 아니라, 자신이 축복을 내릴 자격이 있는 사람인가를 묻게 하는 죽음이었다. 그리스도는 인간의 죽음을 바라보지 않았다. 스스로 죽음 속으로 들어가 죽음과 일체를 이룸으로써 인간의 죄를 걸머지셨다. 그리스도의 대리자인 사제는 바라보는 자가 아니었다. 하지만 그는 바라보고만 있었다. 어린아이처럼 무력하고 순수한 한 인간이 죽음의 고통을 겪고 있을 때 그는 바라만 보았다. 죄없는 죽음 앞에서 그리스도의 대리자는 그리스도를 잊고 있었다.

19일부터 신도들의 전화가 빗발쳤다. 죄 없는 시민들이 피 흘리며 죽어 간다고 울면서 말했다. 하느님은 지금 무엇을 하시느냐고 절규하는 이들도 있었다. 거리의 시민들도 울고 있었다. 울고 있는 모습이 또렷이 보였다. 21일 오전, 동료 신부가 전화를 했다. 그는 우리가 어둠 속에 숨어 기도만 드릴 때가 아니라고 하면서 함께 모여 사제로서 해야 할 일을 의논해 보자고 말했다. 기꺼이 승낙했다. 그는 자신이 그리스도를 어겼음을 통절히 느끼고 있었다. '너희는 내가 어두운 곳에서 너희에게 말한 것을 밝은 데서 말하고, 너희 귀에 조용히 들려준 것을 옥상에서 큰 소리로 외쳐라' 하신 그리스도의 말씀을 실천하지 않았다. 육신은 죽일 수 있지만 영혼은 죽이지 못하는 무리들을 두려워하지 말라고 하신 말씀도 지키지 못했다. 그는 홀로 진실을 지킬 자신이 없었다.

그를 포함하여 여덟 명의 신부가 호남동성당에 모였다. 그 시각 도청 앞에서는 10만이 넘는 시민들과 계엄군이 대치하고 있었다. 그들이 충돌할 경우 엄청난 유혈 사태가 나리라는 것은 불을 보듯 했다. 회의는 비장한 분위기 속에서 진행되었다. 유혈 참극을 막는 것이 무엇보다도 중요하다는 데 인식을 같이한 신부들은 논의 끝에 미사 예복인 장백의(長白衣)를 입고 시위대와 계엄군의 경계선인 도청 광장으로 나가기로 결의했다.

미사는 그리스도가 현존하는 신비로운 공간이다. 희고 긴 옷을 입은 신부는 빵과 포도주를 그리스도의 살과 피로 변화시키며, 신자들은 그리스도의 살과 피를 먹고 마신다. 이 경이로운 신비의 원천은 그리스도의 수난과 부활이다. 수난의 피흘림 속에서 부활의 광휘를 발견하는 것이야말로 성찬식의 핵심이다. 신부들이 미사 예복을 선택한 것은 피의 경계선인 도청 광장을 그리스도의 현존적인 구원 행위인 미사의 공간으로 변화시키기 위함이었다.

일행을 대표하여 호남동 본당 주임 신부가 계엄사 측에 전화를 걸었다. 그는 신부들의 뜻을 알린 후 자신들에게 발포하지 말 것을 요청했으나, 만일의 사태가 발생해도 책임질 수 없다는 대답을 들었다. 상황에 따라 발포할 수도 있다는 뜻이었다. 어둡고 무거운 분위기 속에서 의견이 오고 갔다. 회의가 정체되면서 침묵의 시간이 길어졌다. 수난의 피흘림이 요구되고 있었으나 누구의 입에서도 그 말은 나오지 않았다. 빵과 포도주를 그리스도의 살과 피로 바꾸는 데는 익숙해 있는 그들이었지만 자신의 살과 피를 그리스도의 살과 피로 바꾸는 데는 익숙하지 않았다. 그들은 두려워했다. 죽음을 두려워했고, 육신은 죽일 수 있으나 영혼은 죽이지 못하는 무리들을 두려워했다. 그리고 두려워하는 자신의 모습에 괴로워했다. 두려움은 괴로움을 찔렀고, 괴로움은 두려움을 찔렀다. 홀로 감당할 수 없는 진실을 함께 감당하고자 모였건만 어느덧 홀로되어 진실에 짓눌려 신음하고 있었다. 신부들의 침묵은 총소리에 의해 산산조각이 났다. 불길하면서도 격렬한 총소리였다. 조금 뒤 신도들이 새파랗게 질린 채 성당으로 들어와 계엄군의 사격으로 도청 주위가 아비규환이라고 말했다. 크게 놀란 신부들은 뿔뿔이 흩어져 저마다 갈 길을 재촉했다.

성당을 나온 도예섭 신부는 총소리가 나는 쪽을 향해 걷기 시작했다. 봄볕 가득한 금남로는 생명을 가차 없이 찢어발기는 죽음의 바람에 휩싸여 있었다. 시체들이 여기저기 있었고, 부상자들의 신음과 절규는 하늘을 찔렀다. 가슴이 피투성이가 된 소년도 보였다. 한 청년이 죽어 가는 소년 곁에서 오열하고 있었다. 그는 피 흘리는 이들과 울고 있는 이들에게 다가가고 싶었다. 다가가 그들의 해진 영혼을 위해 기도하고 싶었다. 하지만 완강히 가로막는 것이 있었다. 부끄러움이었다. 그는 자신이 버림받은 존재임을 통절히 느꼈다.

그리스도의 죽음은 우주적 죽음이었다. 그분의 죽음은 그분이 진실로 사랑하셨던 인간의 죽음을 우주적 죽음으로 만들었다. 죽음이란 단순한 잠이 아니다. 한 인간을 죽인다는 것은 우주를 죽이는 것이다. 그 죽임의 행위가 지상을 휩쓰는데 그리스도의 대리자인 신부는 어디에도 보이지 않았다. 문 닫히는 소리가 났다. 문은 소리 없이, 고요히 닫히고 있었다. 닫힌 문 앞에서 서성거리고 있는 자신의 모습이 보였다. 얼굴은 노인처럼 쭈글쭈글했고, 몸뚱이는 종이처럼 얇았다. 그는 이상하게 변해 버린 자신의 모습을 멍하니 보았다.

참된 기독교인은 그리스도를 향해 다가가는 사람이다. 그리스도에게 다가간다는 것은 그리스도와 닮는다는 뜻이다. 그리스도와 닮기 위해 일생을 바친 사람이 사제다. 신품 성사가 그토록 장엄하고 아름다운 것은 거룩한 존재를 닮기 위해 영혼 전체를 바치는 의식이기 때문이다. 그리스도의 몸은 청년의 몸이다. 그런데 사제인 그는 지금 노인의 몸이 되어 있었다. 그는 노인의 몸을 이끌고 정처 없이 걸었다. 황폐한 들판 위를 홀로 걷고 있는 느낌이었다. 하늘에서 검은 비가 쏟아져 내린다 해도 조금도 놀라지 않을 것 같았다. 죽음의 땅 위로 검은 비가 쏟아져 내리는데 놀랄 이유가 없었다. 눈앞의 사물들이 뿌옇게 보였다. 소리도 들리지 않았다. 영혼의 죽음 때문이었다. 그의 영혼은 까맣게 죽어 있었다. 너무나 깊은 죽음이라 빛도 소리도 닿지 않았다. 시간이 얼마나 흘렀는지 알 수 없었다. 무릎이 욱신거렸다. 어디선가 넘어졌고, 누군가 그를 일으켜 세운 기억은 났지만 꿈속의 일처럼 아득했다. 무엇인가 어렴풋이 보이기 시작했다. 처음에는 너무 흐려 커다란 얼룩처럼 보였으나 차츰차츰 또렷해지고 있었다. 여인이었다. 남색에 붉은색 무늬의 임신복을 입고 있는 여인의 둥근 배는 만삭이었다. 그의 입에서 신음 같은 탄성이 새어 나왔다. 황폐한 죽음의 들판에서 생명을 잉태한 여인을 만났다는 것은 행운이 아닐 수 없었다. 그는 생각했다. 혹시 그리스도의 은총이 아닐까 하고. 캄캄한 어둠 속에서 길을 잃고 방황하는 어린양이 가여워 보내신 빛 한줄기가 아닌가 하고.

여인은 주위를 조심스럽게 살피고 있었다. 그녀의 얼굴이 움직일 때마다 검은 머리칼이 흩날렸다. 눈처럼 흰 햇살 속에서 정적이 뒹굴고 있었다. 여인의 반짝이는 치아가 보였다. 어쩌면 햇살의 조각일지도 몰랐다. 그는 고통스럽게 숨을 쉬었다. 아름다운 대상이 불러일으키는 황홀한 고통이었다. 몸 안에서 어떤 움직임이 느껴졌다. 부드럽고 섬세한 그것은 생명의 움직임이었다. 여인의 내부처럼 자신의 내부에서도 생명이 움직이고 있었다. 까맣게 죽어 버린 영혼의 심연에서 움직이고 있는 그것은 사랑의 물결이었다. 이제 그는 홀로 있지 않았다. 누군가 그의 내부 속으로 들어와 사랑의 물결을 일으키고 있었다. 그 거룩한 물결은 그를 세계와 일치시켰다. 그는 형언하기 힘든 행복감 속으로 빠져 들었다. 이 모든 것이 허물어진 것은 낯선 소리와 함께였다. 여인의 몸이 기우뚱하더니 힘없이 쓰러졌다. 피투성이가 된 여인의 머리를 본 것은 잠시 후였다.

밤 열한시 30분

머턴은 멀어져 가는 미스터 황의 차 소리를 들으며 조심스럽게 성당 문을 밀었다. 문은 소리 없이 열렸다. 성당 안은 어두웠다. 작은 빛이 고여 있는 낮은 창문과 금박의 나무 촛대가 눈에 들어왔다.

종신 서원을 한 동생이 수도원이라는 미묘하고 비밀스러운 곳으로 사라진 후 그에게 성당은 특별한 공간이 되어 버렸다. 동생이 사라진 곳은 펜실베이니아 주의 먼 산골짜기에 있는 수도원이었다. 세상과 격절된 그곳에 딱 한 번 가보았다. 작고 초라한 역사에서 자동차로 한 시간이나 더 들어갔다. 수도원 뒤편은 울창한 산림이었고,

왼편은 거대한 계곡이었다. 조용히 닫히는 문, 어둡고 축축한 복도, 높은 천장, 맑고 높은 종소리, 수도복의 양털 냄새. 이 모든 것들이 동생의 청아한 기도 소리와 함께 기억의 한쪽에서 작은 등불처럼 깜박였다.

그가 미스터 황이 마련해 놓은 여관을 마다하고 이 성당에 거처를 정한 것은 작은 등불의 깜박임 때문인지도 몰랐다. 울음이 떠도는 도시에서 세속의 냄새가 배어 있는 여관방으로 들어간다는 것은 너무나 쓸쓸했다. 물론 그것만은 아니었다. 한 임산부 여인의 죽음 앞에서 낯선 신부가 드러낸 비탄의 자태는 그를 강하게 사로잡았다. 움직이지 않는 신부의 육신은 여인의 죽음에 대한 혼신의 저항이자 슬픔이었다. 육신의 부동(不動) 속에서 흘러나오는 눈물은 신비롭기까지 했다. 머턴은 신부에게서 시선을 뗄 수가 없었다. 여인의 시신이 영안실로 옮겨지자 흐느적거리는 걸음걸이로 병원을 나선 신부는 길 잃은 어린아이처럼 거리를 헤매었다. 걸음의 속도가 자주 바뀌었고, 길이 갈라지는 곳에서는 겁에 질린 표정으로 주위를 두리번거렸다. 때로는 무엇인가를 뚫어질 듯 보는가 하면, 같은 곳을 계속 맴돌기도 했다. 신부가 지쳐 쓰러진 곳은 성당의 제단 십자가 앞에서였다.

피로가 엄습했다. 어젯밤 잠을 거의 못 잔 데다 아침부터 늦은 밤까지 취재하느라 신경을 곤두세웠으니 컨디션이 좋을 리가 없었다. 의자에서 일어나야겠다고 생각했으나 움직이기가 싫었다. 성당 바닥에 그대로 드러눕고 싶었다.

머턴은 계엄사로 떠나는 수습위의 협상 대표단에게 동행을 요청했다. 대표단은 기꺼이 수락했지만 우려했던 대로 계엄사가 거부했다. 시민들이 애타게 기다렸던 도청 광장에서 협상결과보고대회가 개최된 것은 오후 다섯시경이었다. 수습위원들이 밝힌 협상의 주요 내용은, 시민군이 모든 무기를 자진 회수하여 계엄사로 반납하면 무력 진압을 하지 않겠다는 것과 연행자의 선별 석방이었다. 나머지 사항은 상부와 협의할 시간이 필요하다는 것이 계엄사의 입장이었다.

머턴은 대표단이 계엄사로부터 얻은 것이 아무것도 없음을 즉각 알아차렸다. 협상 테이블에서 그들이 들고 온 것은 무기 반납이라는 계엄사의 강력한 메시지였다. 광주 시민이 가장 두려워하는 것은 무력 진압이었다. 그것을 피할 수 있는 최선의 방법이 무기 반납임을 대표단을 통해 공포한 것에 불과했다. 대표단이 유일하게 얻어 왔다는 연행자의 선별 석방은 무기 반납을 원활히 이루게 하기 위한 계엄사의 당근이었다. 실제로 오후 여섯시경 연행되었던 학생 8백여 명이 풀려 나와 시민들로부터 열렬히 환영받았다.

신군부에게 가장 이상적인 시나리오는 해방 광주의 무장 해제를 통한 무혈 점령이었다. 무기를 반납한다는 것은 계엄군과 맞섰던 무장 시민군의 정당성을 스스로 부인하는 행위가 되며, 그 순간 신군부는 광주로부터 정치적 헤게모니를 빼앗게 된다. 그럼에도 불구하고 대표단은 시민들에게 무장 해제를 호소했다. 물론 그들 사이에는 입장 차이가 분명 있었다. 광주가 흘린 피에 대해 개인마다 정치적 견해와 징시가 달랐다. 친여 성향의 인사들은 무기 반납을 중요시하는 반면에 재야 쪽 인사들은 계엄사의 사과를 중요시했다. 하지만 무기 반납의 불가피성에는 인식을 같이했다. 더 이상 광주가 피를 흘려서는 안 된다는 입장에서였다.

대표단이 무기를 회수하고 질서를 유지하자고 말했을 때 대부분의 시민들은 긍정적인 반응을 보였다. 하지만 계엄군의 무력 진압을 피하기 위해서는 무기 반납이 불가피하다는 주장에는 거부감을 나타내는 이들이 많았다. 분노를 참지 못한 몇몇 이들은 단상으로 뛰어 올라와 마이크를 빼앗고 대표단을 밀쳐내기까지 했다. 조선대 학생 김종배는 대표단에게 '일방적인 무기 반납은 광주 시민의 피를 파는 행위'라고 소리쳤다. 주변에 있던 몇몇 시민군들은 허공으로 총을 쏘았다. 당황한 대표단은 황급히 자리를 떴다. 머턴은 시민의 심정을 단박에 알아차렸다. 계엄군이 사라진 시내에는 총이 무질서하게 돌아다녔다. 고등학생은 물론이고 중학생까지 총을 들고 있었다. 심지어 어떤 철부지들은 수류탄을 옷에 달고 있어 보는 이의 간담을 서늘하게 했다. 총은 적과 싸우기 위한 유용한 무기이기도 하지만 범죄의 도구이기도 하다. 무장 시민군의 주류가 상대적으로 범죄 세계와 가까운 기층민이라는 사실은 특히 중산층 이상의 시민들을 불안하게 만들었다. 게다가 계엄군은 해방 광주를 폭도의 도시로 선전하고 있었다. 해방 광주는 범죄 없는 세상이 되어야 했다. 무기 회수는 이 불안을 해소할 수 있는 방법이었다.

그러나 회수된 무기를 계엄군에게 반납해야 한다는 주장은 다른 문제였다. 그것은 투항이었다. 계엄군의 무력 진압에 따르는 피해를 두려워하면서도 광주 공동체를 잊지 못하는 이들이 많았다. 그들에게 생명을 담보로 한 투항은 치욕이었다. 물론 그들 중에서 무기 회수에 동조하는 이들도 있었다. 하지만 그들의 생각은, 시민군을 조직적으로 편성하여 강력한 방어 체제를 수립한 후 무기를 다시 지급하는 것이었다.

협상결과보고대회는 시민수습위원회의 권위를 여지없이 무너뜨렸다. 그것은 전혀 뜻밖의 사태가 아니었다. 해방 광주의 내면을 조금만 들여다보면 충분히 예측할 수 있는 일이었다. 원로와 명망가 중심으로 구성된 시민수습위원회는 해방 광주를 감당할 수 있는 조직이 아니었다. 광주 공동체의 절대 세계를 체험하지 못한 그들은 시민의 정서를 모르고 있었다. 그런 이들이 무장 시민군의 정서를 알 턱이 없었다.

광주 공동체를 가장 그리워하는 이들은 무장 시민군이었다. 일상 생활에서 계급적 차별과 편견에 시달렸던 그들에게 광주 공동체는 계급이 존재하지 않는 꿈의 세계였다. 그러나 수습위원회가 추구하는 것은 현실 세계로의 회귀였다. 무장 시민군이 수습이라는 말 자체에 혐오감을 나타내는 것은 당연했다.

그들 중 일부는 복면을 하고 시내를 질주했다. 이른바 복면 부대로 지칭되었던 그들은 계엄 철폐, 전두환 처단 등 붉은 글씨의 플래카드가 나부끼는 트럭을 타고 다니면서 투쟁을 선동했다. 나중에 안 사실이지만 계엄사는 무장 폭도의 상징으로 복면 부대를 지목했고, 텔레비전과 신문은 이를 크게 보도했다. 그들이 복면을 한 이유는 명확히 알려져 있지 않지만 기관원들에게 노출되는 것을 피하기 위함이라는 견해가 일반적이었다. 시내에는 시민으로 위장한 기관원들이 활보하고 있었다.

여기에 대해 한국의 어떤 기자는 흥미 있는 견해를 피력했다. 항쟁이 확산되고 있었던 18, 19, 20일은 물론이고 공수부대와 정면으로 대치했던 21일에도 총기 무장 전까지는 복면 시위대가 없었다. 그들이 나타난 것은 총기 무장 이후부터다. 주목해야 할 점은 복면 부대의 차량 시위가 하나같이 과격하며 선동적이라는 사실이다. 이렇게 지적한 그는 시민군의 이미지를 훼손시키기 위해 계엄사가 투입한 공작 요원일 가능성을 조심스럽게 제기했다.

머턴은 긍정도 부정도 하지 않았다. 한국 기자의 생각은 논리에 어긋남이 없었다. 복면 부대의 일부가 공작 요원일 가능성은 충분했다. 하지만 그렇다 할지라도 그들이 주류가 아니라는 게 머턴의 생각이었다.

해방 광주는 꿈과 현실 사이에서 표류하고 있는 위태로운 배였다. 그 배 위에서 꿈의 노를 움켜쥐고 있는 이들이 무장 시민군이었다. 그들은 알고 있을 것이다. 꿈의 세계로 결코 되돌아갈 수 없음을. 꿈을 그리워하는 자에게 현실이란 모래 바람 휘몰아치는 사막일 뿐이다. 그 사막에서 얼굴을 가리는 것. 그들의 복면은 이것이 아니었을까?

해방 광주의 핵심 세력은 시민군이었다. 시민군 없는 해방 광주는 존재 자체가 불가능했다. 해방 광주를 통치한다는 것은 시민군을 통치한다는 것을 의미했다. 수습도 마찬가지였다. 무기 회수는 시민군의 동의 없이는 이루어질 수 없다. 그런데 수습위원회와 시민군의 거리는 너무나 멀었다. 이런 상황 속에서 총기 회수가 시작되었다. 순순히 총을 내놓는 이들도 있었지만 거부하는 이들도 많았다. 총기 회수는 해방 광주에서 가장 민감한 문제였다.

협상결과보고대회가 규탄대회로 바뀌면서 시민들 사이에서 해방 광주를 기존의 수습위원회에 맡겨서는 안 된다는 목소리와 함께 대학생 책임론이 본격적으로 터져 나왔다. 무장 시민군이 정체가 불명확하고 감정적이며 조직력이 결여되어 있다면, 대학생은 신분이 명확하고 이성적 판단과 조직력을 갖추고 있었다. 더욱이 수습위원회보다는 대학생이 시민군과 거리가 훨씬 가까웠다. 삶과 죽음이 엇갈리는 항쟁의 전선에서 대학생들이 대거 이탈했지만 광주 공동체의 전사로서 끝까지 싸운 이들도 있었다. 그들은 시민군과 마찬가지로 꿈의 세계를 잊지 못했다. 시민군 상황실에서 활동하고 있는 대학생들 대부분이 광주 공동체의 전사 출신들이었다.

밤 열시경에 조직된 학생수습위원회는 대학생 책임론의 구체적인 결실이었다. 전남대와 조선대에서 각각 다섯 명씩 대표로 추천받은 열 명의 학생들이 송기숙, 명노근 전남대 교수의 인솔하에 도청 상황실로 들어간 것은 저녁 일곱시경이었다. 두 교수는 1978년 6월 유신 체제 이데올로기를 비판한 이른바 교육지표사건으로 해직되어 학생들의 신뢰를 받고 있었다. 명노근은 복직되었으나 송기숙은 여전히 해직 상태였다.

시위대와 계엄군의 유혈 충돌이 전면전으로 확산되고 있던 20일, 두 교수는 계엄군의 강경 진압으로 시위가 가라앉을 것이며, 그 후 배후 세력의 검거에 주력할 것이라고 판단하여 동료 교수들과 함께 광주를 빠져나갔다. 하지만 21일 서울에 도착해 보니 자신들의 판단이 틀렸음을 알게 되었다. 항쟁은 더욱 거세어졌고, 신군부는 광주를 초토화시킬지도 모를 강경 진압을 발표했다. 자신들이 비겁한 도망자가 되어 있음을 깨달은 그들은 죽더라도 고향 사람과 같이 죽자는 심정으로 22일 오전 광주로 다시 돌아와 학생수습위원회 조직에 참여했다.

그들이 대학생 대표들과 함께 시민군 사령부인 상황실로 들어간 것은 현명한 판단이었다. 해방 광주를 주도하기 위해서는 시민군의 협조가 절대 필요했다. 그러나 대학생 조직에 대한 시민군의 반발은 거셌다. 시민군은 자신들에 대한 시민의 불안을 감지하고 있었을 뿐 아니라 대학생 집단이 갖고 있는 계급적 우월성을 민감하게 의식하고 있었다.

시민군과 송기숙의 설전은 치열했다. 머턴은 그들의 설전을 주의 깊게 들었다. 한국어로 말하기에는 서투르지만 듣는 데는 어려움이 없었다. 때때로 심한 남도 사투리가 해독을 방해했으나 내용을 훼손시킬 정도는 아니었다.

송기숙의 말은 논리 정연했다. 지금 필요한 것은 수습위원회가 아니라 전투 본부라는 시민군의 주장에 송기숙은 수습위원회든 전투 본부든 조직체를 빨리 만들어 질서를 잡는 것이 급선무라고 했다. 당시 상황실의 정경은 여전히 혼란스러웠다. 시민군 전체를 통제하는 지도부의 부재 속에서 누가 누군지 모르는 사람들이 혼거하고 있었다. 계엄군 첩자도 섞여 있음은 말할 나위가 없었다. 시민군은 송기숙의 말은 수긍하면서도 항쟁에서 이탈한 학생들이 앞장서는 것에는 반대했다.

「자네 말도 맞는데, 그럼 누가 누군지 모르는 판에 어떤 사람들이 앞에 설 것인가? 총 들고 싸웠다는 이유로 앞장선다면 그가 누군지도 모르는 사람들이 믿고 따를 수 있겠는가? 지금 모든 사람들이 믿을 수 있는 건 학생밖에 없잖아?」

설전은 세 시간 이상 계속되었다. 송기숙의 논리는 흐트러짐이 없었다. 그의 논리는 비무장 시민의 내면을 정확하게 집어내고 있었다. 감정을 이기지 못한 몇몇 시민군이 수류탄으로 위협하기도 하고 총구를 목에 들이대기도 했지만, 송기숙은 자신의 주장에서 조금도 물러서지 않았다. 결국 시민군이 물러섬으로써 수습위원회의 조직 작업이 시작되었다. 위원장에 김창길이 천거되었다. 협상 대표단의 일원으로 계엄사에 다녀오는 등 활동이 누구보다 두드러졌기 때문이었다. 부위원장에는 조선대 학생 김종배가 맡았다. 장례위원장도 겸한 그는 협상보고대회 중 연단에 뛰어 올라가 인상적인 행동을 보였다. 총무 정해민, 대변인 양원식, 무기 관리 담당 허규정, 보급부장 구성주 외에 총기 회수반, 차량 통제반, 홍보반, 의료반 등을 조직하고 반장과 부반장을 선정했다. 조직 구성이 완료되었을 때는 열한

시가 다 되어 가고 있었다. 시민군 차량 통제반장은 송기숙의 귀가를 위해 차를 준비했다. 해방 광주의 실질적인 권력 기구가 이제 막 탄생했음을 깨달은 머턴은 송기숙에게 다가갔다.

「저는 〈볼티모어 선〉 기자 테리 머턴입니다. 교수님께 질문 한 가지 해도 되겠습니까?」

송기숙은 이방인의 서툰 한국말이 신기했던지 입가에 미소를 머금으며 흔쾌히 응했다. 머턴은 그가 생각하는 수습의 진정한 뜻이 무엇인가를 물었다. 송기숙은 잠깐의 침묵 끝에 이렇게 말했다.

「이천여 명이 죽었으면 운동의 차원에서도 충분한 죽음입니다. 그들은 정의감이 남다른 귀중한 인재들이었습니다. 이 인재들을 이제는 살려야 합니다. 여기서 일이천 명 더 죽어 보았자 그 의미가 죽음의 수에 비례하는 것이 아니라는 게 나의 생각입니다.」

머턴은 고개를 끄덕였다. 이날 시내에 뿌려진 유인물 중에서 내용은 같으나 사상자 수에 대해서 크게 다른 두 가지 유인물이 있었다. 하나는 사망자 2백여 명, 부상자 1천여 명으로 되어 있었고, 다른 하나는 사망자 2천여 명, 부상자 1만 2천여 명으로 되어 있었다. 전날 뿌려진 유인물은 사망자 6백여 명에 부상자는 수천 명에 달한다고 했다. 머턴도 애를 써보았지만 사상자의 수를 정확히 헤아린다는 것은 불가능했다.

그가 오늘 오후까지 확인한 시체만 해도 1백 구가 넘었다. 한국전쟁 이후 가장 큰 사망자 수였다. 시체들의 처참한 모습은 상상을 절했다. 그것은 눈물과 구토를 한꺼번에 요구했다. 그는 무신론자였다. 만약 유신론자였다면 심각한 회의에 빠졌을 것이다. 하느님과 닮은 형상으로 창조된 인간의 육신이 그토록 참혹한 모습으로 변할 수 있다는 사실에 대해. 그리고 아마 이렇게 기도하지 않았을까? 무엇을 드러내기 위한 참혹인지 가르쳐 주소서 하고. 그는 정말 궁금했다. 인류가 겪는 이 끊임없는 참혹의 진정한 뜻을.

문제는 확인할 수 없는 시체들이었다. 군인들이 시체를 얼마나 은닉했는지 추적한다는 것은 불가능했다. 그렇다 할지라도 2백 명과 2천 명의 차이는 지나치게 컸다. 전자가 객관성에 초점을 맞추었다면 후자는 선동에 초점을 맞추었을 것이다.

머턴은 그들의 선동에서 애절함을 느꼈다. 광주 공동체를 기억하는 이들에게 죽은 자는 먼 존재가 아니었다. 죽은 자는 산 자에게 계엄군과 싸워야 하는 절대적 근거였고, 산 자는 스스로 절대적 근거가 되기 위해 죽음 속으로 뛰어들었다. 산 자와 죽은 자의 거리는 그토록 가까웠다. 이 절대 세계의 공간을 확대시키려는 열망의 표현이 2천 명이라는 수였다.

계엄군의 학살은 인류의 보편적 개념을 깡그리 허물어뜨릴 만큼 잔인했다. 그 폐허 속에서 일상의 수 개념은 큰 의미가 없었다. 2천이란 숫자가 머턴에게 수의 개념이 아니라 상징으로 다가온 것은 그런 이유에서였다. 그것은 애절한 상징이었다. 해직 교수의 입에서 애절한 상징의 숫자가 나왔을 때 머턴은 저항감을 전혀 느끼지 않았다. 2천 명을 2백 명으로 바꾸고 1, 2천 명을 1, 2백 명으로 바꾼다고 해서 말의 뜻이 달라지는 것은 아니었다. 어쩌면 실제로 그렇게 믿었을지도 몰랐다.

그런데 송기숙의 말은 광주 공동체의 절대 세계에서는 통용될 수 없는 말이었다. 산 자와 죽은 자를 구분하고, 죽은 자의 영혼보다 산 자의 생명을 더 중요시하는 것은 일상의 가치였다. 이것을 거부하는 광주 공동체 전사들과의 갈등은 불가피했다. 비극적인 것은 일상 세계와 절대 세계를 연결하는 다리가 없다는 사실이다. 어떤 언어로도 두 세계를 연결시키지 못한다. 이 근원적 단절이야말로 해방 광주의 비극임을 머턴은 뼈저리게 느꼈다.

그는 힘겹게 몸을 일으켰다. 성당이 마련해 준 방은 2층에 있었다. 방은 작았으나 혼자 있기에는 딱 좋았다. 2층으로 통하는 문을 막 나가려다 걸음을 멈추었다. 제단 근처에 누군가 있는 것 같았다. 아무 소리도 듣지 못했지만 느낌이 얇은 빛처럼 몸에 닿았다. 그는 조심스럽게 제단으로 다가갔다. 느낌은 틀리지 않았다. 피에타 상 앞에 사람의 형체가 있었다. 마리아의 품에 안겨 팔을 축 늘어뜨리고 있는 그리스도의 시신 앞에서 괴석처럼 웅크리고 있는 사람은 도예섭 신부였다. 그의 뒷모습은 누군가가 살짝 건드리기만 해도 넘어질 것 같은 위태로움과, 등짝을 후려친다 해도 움직이지 않을 것 같은 완강함을 동시에 품고 있었다. 머턴은 소리 없이 문 바깥으로 나갔다. 나가기 직전 그가 본 것은 뻥 뚫린 그리스도의 얇은 손바닥 위에 창백하게 놓여 있는 신부의 손이었다.

5월 23일 오전 아홉시

새벽빛이 어스레히 비치는 이른 아침, 남녀 중고생 7백여 명이 거리 청소를 시작했다. 시민들도 호응하여 시내의 거의 모든 거리가 깨끗해졌다. 시장 주변의 길가에는 아주머니들이 가마솥을 걸어 놓고 아침을 준비했다. 광주 외곽에서 밤새 경계 근무한 시민군을 위한 밥이었다. 그들은 아무 곳에나 주저앉아 맛있게 밥을 먹었다. 전투는 밤새 곳곳에서 벌어졌다. 조선대 뒷산 숙실부락과 송정리 삼양타이어 공장, 녹동마을에서의 총격전은 특히 치열했다. 아침 여덟시에는 담양으로 나가려던 시민군이 광주교도소 앞길에서 저지당하면서 세 명이 숨지고 20여 명이 부상했다.

도청 앞 광장은 아침부터 시민들이 모여들었다. 도청을 중심으로 근처 빌딩에는 어제보다 더 많은 대자보가 붙어 있었다. 그중에서도 가장 눈길을 끈 것은 청년 운동권 그룹이 붙인 '민주시민강령'이었다. '1. 시민은 시민군을 믿고 적극 협조합시다. 2. 시민군은 위장된 계엄군 및 불순분자를 주의합시다. 3. 평소 생활로 복귀합시다.'

공식 매체에 시민군이라는 용어를 처음 사용한 이 대자보에서 주목할 만한 것은 평소 생활로 복귀하자는 내용이었다. 그것은 지금까지의 시간이 특별한 시간이었음을 알리는 동시에 해방 광주라는 독특한 정치 공동체가 장기화될 수 있다는 암시이기도 했다.

도시가 고립되자 생활필수품 부족 현상이 나타나기 시작했다. 쌀은 물론이고 라면, 담배 등도 품귀였다. 배추 한 포기가 1천2백 원까지 치솟았다. 5월 18일 이전에는 1, 2백 원 하던 것들이었다. 생활의 불편이 피부에 닿고 있었다. 그런데도 동요는 별로 보이지 않았다. 매점 매석도 없었다. 가게들은 자기들끼리 약정해 쌀은 두 되 이상, 라면은 다섯 개 이상, 담배는 한 갑 이상 팔지 않았다. 주부들은 시민군과 학생들을 위해 동네별로 쌀을 모아 밥을 지었고, 식품점과 약국에서는 음료수, 빵 등을 무상으로 내놓았다. 시민들의 얼굴에는 어떤 고통에도 놀라지 않을 것 같은 묘한 평온이 서려 있었다.

창가에 선 박태민은 바깥을 물끄러미 내려다보았다. 햇살이 유난히 화사했다. 거리도 깨끗했다. 격렬했던 전쟁의 흔적을 찾기가 힘들었다. 전쟁이 할퀴고 간 폐허의 거리를 정화하는 작은 손들이 눈에 보이는 듯했다. 눈물이 핑 돌았다. 도청을 향해 진격하는 시민군 속에는 중학생 특공대도 있었다. 어린 학생들에게는 무기를 주지 않으려 했지만 눈물로 호소하는 그들을 뿌리치기가 어려웠을 것이다.

형의 원수를 갚겠다면서 총을 달라고 애원하는 초등학생도 있었다. 눈앞에서 벌어졌던 참극을 어린 영혼들은 어떻게 감당하고 있을까? 눈을 감았다. 어둠의 군단이 보였다. 핏빛 깃발을 앞세우고 산하를 유린하는 그들의 말발굽 소리는 날카롭고 음산했다. 빛이 사라졌고, 새들은 달아났다. 해방 광주는, 이 유일한 빛의 나라는 어린 영혼들에게 무엇이 되어야 하는가? 칠흑 같은 어둠을 헤치고 나아가야 할 그들에게. 눈을 떴다. 화사한 햇살이 눈부셨다. 절해고도이기에 더욱 눈부신 해방 광주의 햇살이었다.

그동안 박태민은 도청의 움직임을 면밀히 주시했다. 그가 가장 관심을 기울인 것은 상황실이었다. 그곳이야말로 해방 광주를 존재케 한 무장 세력의 중심이었다. 그럼에도 불구하고 그것에 대한 인식이 결여되어 있었고, 정치적 힘의 원천인 조직화 속도가 더뎠다. 박남선의 활동이 두드러지긴 했으나 시민군 지도자로 단정하기에는 일렀다. 조직이 결여되어 있는 집단일수록 변화가 크게 마련이다. 조직화 과정에서 새로운 인물이 출현할 가능성은 얼마든지 있었다. 박남선의 지도력에 대한 회의를 불식시킨 것이 계엄군 포로 사건이었다.

어제 오후 시민군이 무등산 증심사 부근에서 낙오한 공수부대원 두 명을 붙잡아 상황실로 데려왔다. 소문을 듣고 몰려온 시민들이 분노의 목소리를 터뜨렸다.

「저런 나쁜 놈은 목을 비틀어 죽여야 해.」

「트럭 뒤에 끌고 다니면서 돌로 쳐죽이는 것이 더 마땅해.」

「분수대로 끌고 가 공개 총살을 시킵시다.」

무릎을 꿇고 있는 공수부대원들의 얼굴이 백지장처럼 하얗게 변했다. 분위기가 험악해지자 박남선은 권총을 치켜들었다. 주위가 일순 조용해졌다. 대부분의 사람들은 즉석 처형을 위한 동작으로 생각하는 것 같았다. 하지만 박남선의 말은 전혀 달랐다.

「우리들이 분노한 것은 우리의 형제들이 공수부대의 만행에 처참히 죽어갔기 때문입니다. 하지만 생각해 보십시오. 우리가 분노 때문에 포로들을 절차도 없이 죽인다면 우리도 그들과 똑같이 되는 것입니다. 이들의 처리는 나에게 맡겨 두고 모두 제자리로 돌아가십시오.」

그의 말은 대단히 이성적이었으나 상황실의 분위기를 거스르는 내용이었다. 희생자들의 시신이 도청으로 들어오면서 계엄군의 만행에 대한 분노가 높아지고 있었다. 시체들은 병원에서만 오는 것이 아니었다. 야산이나 우물, 복개천, 하수도 등지에서도 발견되었다. 그중에는 화염 방사기에 그을린 시체들도 있었다. 특히 전남대 뒷산에서 매장된 교련복 차림의 학생이 발견되어 상황실을 격앙시켰다. 어제저녁 광주를 폭도와 불순분자들의 난동으로 매도한 계엄사령관의 담화문에 치를 떨었던 그들이었다. 계엄군과 대치하고 있는 시외곽의 전투에서 시민군의 희생자가 속출했고, 시민과 대화하겠다던 신임 총리는 계엄분소장에게 '폭도들에게 공수부대의 성격을 이해시키고 설득하라'는 말을 남긴 채 황급히 서울로 떠났다. 이런 분위기 속에서 박남선은 주위 사람들의 감정과 배치되는 말을 하고 있었다.

그에게 총을 겨누어야 한다면 이때였다. 무장 시민군과 학생, 계엄군 첩자 들이 혼거하고 있는 상황실의 분위기는 살벌했다. 저마다 총을 갖고 있었고, 신경전이 치열하게 벌어졌다. 수상한 자에게는 거침없이 총을 들이댔다. 공포를 쏘기까지 했다. 박남선의 자리를 노리는 자에게는 절호의 기회였다.

누군가가 박남선을 향해 총을 겨눈다. 박남선의 총구도 그에게로 천천히 내려온다. 두 개의 총구는 동시에 상대방을 향하고 있다. 하지만 총구가 겨냥하는 것은 사람이 아니라 권력이다. 따라서 총을 먼저 쏘는 자가 패자로 전락한다. 그들의 진정한 무기는 총이 아니다. 그는 포로에 대한 박남선의 조치가 부당하다는 것을 밝혀야 하며, 박남선은 자신의 조치가 옳다는 것을 역설해야 한다. 승패의 판정은 군중이 한다. 승리자가 상황실의 주인이 됨은 물론이다. 하지만 박남선에게 총구를 겨눈 이는 아무도 없었다. 상황실의 권력자는 박남선이었다.

후속 조치도 인상적이었다. 상황실에서 활동하고 있는 김선욱의 보고에 의하면 포로들을 환자로 가장시켜 적십자병원에 입원시키도록 했다. 그냥 풀어 주면 시민들에게 붙잡힐까 우려했기 때문이었다. 박남선은 수습위원회를 의식적으로 무시하고 시민군의 재편성에만 몰두했다. 협상 자체에 대해 회의를 갖고 있었던 그는 굳이 해야 한다면 시민군의 조직을 제대로 갖춘 후 협상하는 것이 올바른 순서라고 믿었다. 무기 회수와 반납에 힘을 쏟는 수습위원회의 활동은 그의 믿음과는 어긋났다.

박남선과 대척점에 서 있는 이가 학생수습위원장 김창길이었다. 어제 오후부터 시작된 무기 회수 작업은 학생수습위원회가 조직되면서 빠르게 진행되고 있었다. 김창길은 시민수습위원회의 전폭적인 지원 아래 총기 회수반을 적극 가동했다. 대학생이라는 휘장을 두른 총기 회수반은 물론이고 수습위원들이 도청 순찰차를 타고 직접 무기 회수에 나섰다. 어젯밤 조직된 학생수습위원회가 위력을 발휘하고 있었다. 회수된 무기들이 도청에 쌓였다.

김창길의 출현은 뜻밖이었다. 운동가로서의 경력은 전무했다. 항쟁 참가자도 아니었다. 그의 몸속에는 피의 기억이 없었다. 참혹하면서도 아름다운, 고통스러우면서도 행복한 피의 기억을 그는 소유하고 있지 않았다. 항쟁의 숨결 속에 있었던 이들은 알 것이다. 삶과 죽음을 새의 양 날개처럼 너울거리게 했던 자유의 물결이 곧 피의 기억임을. 보지 않은 자는 느낄 수가 없었고, 느낄 수 없는 자는 가질 수도 없었다.

그러나 김창길은 진지하고 성실했다. 더 이상의 죽음은 없어야 한다는 그의 생각은 옳았다. 광주가 다시 피를 흘리지 않기 위해서는 굴욕을 느낄지라도 무기를 회수하여 계엄군에게 반납해야 한다는 그의 주장은 틀리지 않았다. 그는 진정으로 광주 시민을 걱정했고, 박태민은 그의 진정을 아프게 느끼고 있었다. 생명의 소중함은 어떤 명분으로도 거부해서는 안 되는 보편적인 진실이다. 이 진실을 위해 굴욕을 감수하려는 이가 김창길을 비롯한 수습위원회의 어른들이었다. 그럼에도 박태민은 그들과 싸워야 했다.

식물은 태양을 향해 나뭇잎을 내민다. 이 생명 운동은 흙 속에서도 이루어진다. 지상의 잎들이 태양을 향하듯 흙 속의 뿌리는 지하의 심연을 향한다. 무기 반납을 외치는 그룹의 운동이 잎의 운동이라면 새로운 항쟁을 준비하는 그룹의 운동은 뿌리의 운동이다. 두 그룹이 만난다는 것은 숙명적으로 불가능하다. 싸움은 필연이었다. 하지만 승자와 패자가 나누어지지 않는 싸움이었다. 모두가 승자이거나 아니면 패자다. 박태민은 알고 있었다. 모두 승자가 되는 길을.

오후 두시

버스 안으로 들어서자 피비린내가 확 풍겼다. 강선우는 어금니를 깨물었다. 시신들의 모습은 참혹했다. 내장이 쏟아져 나온 시신도 있었다. 사망자는 모두 열다섯 명이었다. 세 명은 젊은 여자였는데,

144

스무 살도 채 안 되어 보였다. 생존자가 세 명 있었다. 나이 어린 여자는 상처가 경미했지만 청년 두 명은 중상이었다. 한 청년은 눈의 출혈이 심했고, 다른 청년은 허리에서부터 무릎까지 피투성이였다. 대원들은 그들을 버스에서 끌어내렸다.

도청에서 철수하여 숙영지인 조선대에 도착하자마자 긴급 퇴각 명령이 떨어졌다. 최소한의 장비만 갖추고 조선대 뒷산을 넘었다. 오후 일곱시쯤이었다. 실탄은 60발 지급받았다. 날은 곧 어두워졌다. 어디로 가는지도 모르고 앞사람만 좇았다. 골짜기는 갈수록 깊어졌다. 밤새 걸어 도착한 곳이 광주 남쪽 외곽의 산악 지대였다. 가파른 봉우리로 에워싸인 산 중턱에 임시 여단 본부가 있었다. 헬기 두 대가 이착륙을 거듭하며 장비와 물자를 쉴 새 없이 내려놓았다. 산 아래에는 30호 정도의 작은 마을이 있었다. 광주에서 화순으로 가는 길목인 주남마을이었다. 마을 앞 도로는 시 외곽 7개 주요 차단 지점 중의 하나였다.

5월 21일 저녁 여덟시 30분경 여단 본부는 육군 본부로부터 자위권 발동을 정식으로 통고받았다. 육본의 공식 발포 명령은 도청에서의 발포에 대한 사후 조치인 동시에 광주 봉쇄 작전을 뒷받침하는 조치이기도 했다. 즉 '폭도의 봉쇄선 이탈 절대 불허'라는 자위권 발동의 지침은 사살을 하더라도 봉쇄선 이탈을 막으라는 명령이었다. 병사들은 수류탄, 가스탄 등과 함께 실탄 580발을 지급받았다. 그런데 조금 전 어이없게도 미니버스 한 대가 나타났다. 무장 시위대 진지가 이곳과 멀지 않은 곳에 있었다. 그들이 왜 버스를 통과시켰는지 알 수가 없었다.

정지 신호에 버스가 멈칫하더니 곧 속력을 냈다. 매복 부대원들의 사격이 시작되었다. 급정거한 버스는 되돌아가려는 듯 후진을 하면서 방향을 틀었다. 여기서 사격을 멈췄어야 했다. 봉쇄선 이탈을 막았기 때문이다. 하지만 사격은 계속되었고, 버스는 방향을 잡기도 전에 덜컹 멎었다. 몇 초나 지났을까? 버스에서 대응 사격을 시작했다. 그것은 부대원들의 집중 사격을 초래했다. 작은 버스가 벌집이 되고 있었다. 차창에서 손을 흔드는 모습이 보였다. 투항 의사가 분명했건만 대위의 사격 정지 명령은 없었다.

「몇 살이지?」

강선우는 응급 처치를 받은 소녀에게 물었다.

「열여, 여섯 살이에요.」

겁에 질린 목소리였다.

「학교에 다니겠구먼.」

「춘태여고 일학년입니다.」

강선우의 부드러운 표정 때문인지 목소리가 처음보다 또렷했다.

「왜 저 차에 탔어?」

「집에 가려구요.」

「집이 어딘데?」

「나주 쪽이에요.」

「광주는 왜 왔어?」

「오빠를 찾으러…….」

「혼자?」

「엄마와 같이 왔어요.」

「어머니는?」

「헤어졌어요.」

「그럼 저 차는…….」

「화순으로 관을 구하러 간다기에 탔어요.」

146

「관이라니?」

그녀는 대답을 머뭇거리며 강선우의 표정을 살폈다.

「듣는 사람이 없으니 괜찮아.」

「관이 모자라거든요. 죽은 분들이 많아서. 광주 시내에 있는 관이
동났다고 들었어요.」

그녀의 재빠른 말에 강선우는 고개를 끄덕였다. 그래, 충분히 그럴
것이다. 그렇게 미친 듯이 무기를 휘둘렀으니.

「버스에 탔던 다른 여자들도 집으로 가는 길이었나?」

「네.」

「그랬군.」

강선우는 혼잣말하듯 중얼거렸다. 어두운 밤, 산골짜기에 가만히
서 있으면 도시가 어렴풋이 떠올랐다. 푸르스름한 빛을 발하고 있는
도시는 무덤으로 가득 차 있었다.

「여기가 위험한 곳인 줄 몰랐나?」

「아저씨들이 많이 망설였어요.」

「그런데 왜 돌아가지 않았어?」

「저희들을 집에 데려다 주겠다고 약속했고, 또…… 빈손으로 가
기가…….」

「그래서 죽을 각오를 했단 말이야?」

「아니에요. 사람들이 지나다니기에 괜찮을 줄 알았어요. 총을 쏘
지 않을 것으로 생각했단 말이에요.」

그녀는 고개를 세차게 흔들며 울먹이기 시작했다. 차량 통행이 금
지된 도로에 민간인들이 심심찮게 나타났다. 광주를 빠져나가는 사
람도 있었고, 광주로 들어가는 사람도 있었다. 나가는 이들은 주로
피난민이었고, 들어가는 이들은 광주에 자식을 둔 부모들이 많았다.

모두가 검문 대상이었으나 들어가는 이들에 대한 검문이 상대적으로 느슨했다.

「강 하사!」

대위의 부르는 소리에 강선우는 몸을 돌렸다.

「자네가 폭도 두 놈을 책임지고 본부로 이송해.」

그의 얼굴이 잔뜩 찌푸려져 있었다. 아마 사살된 이들의 시신을 보고 온 모양이었다.

「이 아인 어떡할까요?」

「자넨 폭도 두 놈만 책임져.」

「알았습니다.」

강선우는 차려 자세로 대답했다. 부상이 심한 청년을 들것에 실었다. 병원 이송이 시급했다. 본부에 자세한 보고가 들어갔으니 적절한 조치가 내려지겠지만 그들의 호주머니에서 나온 30여 발의 카빈 실탄이 마음에 걸렸다.

「학생인가?」

강선우의 물음에 눈을 다친 청년이 전남대생이라고 말했다. 들것에 실린 청년은 농사를 짓는다고 했다. 온몸에 총탄을 맞았음에도 정신은 분명했다.

포로들을 묵묵히 내려다보고 있던 유근수 소령이 고개를 들었다. 검게 탄 그의 얼굴에는 표정이 없었다.

「저자들을 왜 여기까지 데리고 왔나?」

소령은 턱짓으로 그들을 가리키며 강선우에게 물었다.

「박 대위님의 명령이었습니다.」

「쓸데없는 고생을 했군.」

148

「무슨 말씀인지⋯⋯.」

「이제부터는 자네가 알아서 처리해.」

「헬기 후송이 필요하지 않겠습니까?」

「무엇 때문에?」

「빠른 치료가⋯⋯.」

「아, 치료가 필요하겠지. 하지만 한 놈은 치료를 해도 힘들 것 같고, 또 한 놈은 살긴 하겠지만 애꾸눈이 될 것 같군. 근데 자네 눈에는 저자들이 어떻게 보이나?」

「폭도로 보입니다.」

「자넨 폭도들을 대단히 인간적으로 대한 모양이군.」

「아닙니다.」

「그럼 뭐야, 이 새끼야!」

소령의 목소리가 날카롭게 튀어 올랐다.

「판단은 내가 해. 지금 즉시 시행하도록.」

골짜기 위쪽에서 프로펠러 소리가 났다. 헬기가 뜨는 모양이었다. 병사들의 외침이 헬기 소리에 뒤섞여 메아리처럼 멀어지고 있었다.

숲 속은 고요했다. 봄의 햇살은 투명했고, 풀들은 소리 없이 흔들렸다. 강선우는 M16 자물쇠를 풀었다. 어디선가 짐승의 울음소리가 들렸다. 외부에서 들려오는 것인지 환청인지 알 수가 없었다. 먼 곳에서 아득히 들려오는 그 소리는 들판을 가로지르는 바람 소리와 흡사했다. 눈을 다친 청년의 머리에 세 발 쏘았다. 청년은 비명도 없이 쓰러졌다. 꿈틀거리지도 않았다. 총구를 들것에 누워 있는 청년에게로 돌렸다. 운신이 부자연스러운 그는 눈을 크게 뜬 채 떨고 있었다. 검은 눈동자가 또렷이 보였다. 방아쇠를 당겼다. 세 번째 총탄이 청년의 머리에 박힐 때는 아무런 소리가 들리지 않았다.

오후 세시

제1차 민주수호시민궐기대회가 시작되고 있는 도청 광장에는 수많은 시민들이 모여 있었다. 어제의 궐기대회가 자연 발생적이었다면 오늘의 대회는 조직적이었다. 박태민이 조직에 의한 궐기대회 개최를 결심한 것은 어젯밤이었다. 도청 지도부의 유화주의자들과 어떻게 싸울 것인가를 골몰하다가 이끌어 낸 결론이었다.

시민수습위원회의 권위를 결정적으로 무너뜨린 것은 시민의 힘이었다. 그것은 수습위원 다섯 명의 사퇴를 불러왔을 뿐 아니라, 오늘 아침 전남대와 조선대 학생 각각 열 명을 포함시켜 수습위원을 서른 명으로 확대 개편하도록 만들었다. 새로이 조직된 시민수습대책위원회 위원장에 윤공희 대주교가 추대되었다.

이러한 시민의 힘을 조직화하여 도청 지도부를 압박하는 전술이 민주수호시민궐기대회였다. 그룹 리더들은 박태민의 생각을 전폭 지지했다. 궐기대회 준비는 전남대 출신의 민중문화패 극단 광대가 맡았다. 여기에 광주 최초의 노동자 학교이자 투사회보의 주축 그룹인 들불야학, 여성 사회 운동의 산실인 YWCA, 정치범 수감자를 위한 여성 단체 송백회가 적극 참여했다.

대자보와 현수막, 문안 작성, 대회 과정 등 수많은 준비 사안들이 믿기 어려울 정도로 빠르게 진행되었다. 평상시라면 며칠이 소요되는 일이었다. 투사회보 5호로 명명한 홍보 전단 3만여 장이 밤새워 만들어졌다. 가두 홍보 팀은 아침 일찍부터 시내 전역을 누비며 대회 참여를 호소했다.

투사회보 제작 장소를 광천동 들불야학에서 도청과 가까운 YWCA

회관으로 옮긴 것도 의미 있는 일이었다. 도청의 움직임을 신속히 파악해야 할 뿐 아니라 궐기대회 등 선전 활동을 보다 체계적이며 조직적으로 수행하기 위해서는 도청과 가까운 장소가 절대적으로 필요했다. 재야 단체의 공회당 역할을 하고 있었던 YWCA 회관은 최적의 장소였다.

한편 학생수습위원회는 무기 반납을 둘러싸고 오전부터 진통을 겪고 있었다. 비극적인 충돌을 막기 위해서는 무기를 서둘러 계엄사에 반납해야 한다는 김창길파와, 광주 시민이 납득할 수 있는 최소한의 요구 조건이 관철된 후 반납해야 한다는 김종배파와의 대립이 격화되자 회수 무기 중 일부를 가져가 계엄군의 반응을 살펴본 뒤 결정하자는 타협안이 나왔다. 이에 따라 무기 2백여 정을 갖고 계엄사로 떠난 김창길 일행은 오후 한시경 연행자 서른네 명과 함께 도청 광장에 도착, 시민들로부터 큰 박수를 받았다. 이것을 계기로 수습위의 분위기가 무기 반납 쪽으로 쏠리게 됨으로써 시민군은 전의를 급격히 상실했다. 고립감과 함께 계엄군의 재진입에 대한 두려움으로 무기를 반납하는 시민군이 늘고 있었다.

오후 세시, 극단 광대의 단원 김태종의 사회로 궐기대회가 시작되었다. 희생자에 대한 묵념과 함께 〈애국가〉가 울려 퍼지자 주위가 숙연해졌다. 울음소리도 흘러나왔다. 빈민 운동가 김영철과 기독교농민회의 윤기현의 연설에 이어 시민들이 자발적으로 연단에 나와 자신들의 주장을 펼쳤다. 마이크를 잡은 채 엉엉 울다가 실신해 버린 아주머니도 있었다. 시민들은 연사들의 발언에 열렬히 반응했다. 특히 '민주주의는 그냥 주어지는 것이 아니라 피로써 쟁취하는 것'이라는 말이 나왔을 때 큰 함성과 함께 뜨거운 박수가 터져 나왔다.

시민들이 두려워하는 말 중의 하나가 혁명이었다. 분단의 상황에서 혁명은 마르크시즘을 연상시켰다. 신군부가 시민군을 폭도 혹은 불순분자로 규정한 것은 이 연상 작용을 겨냥한 것이었다. 계엄사의 선전 용어 중 시민이 가장 노여워한 것은 폭도와 불순분자라는 말이었다. 폭도는 계엄군이었다. 그들은 계엄군의 가공스러운 폭력으로부터 자신과 가족, 이웃을 지키기 위해 싸웠을 뿐이었다. 그럼에도 불구하고 해방 광주는 분명 혁명의 나라였다. 왜냐하면 계엄군은 적국의 군대였기 때문이었다. 그들의 만행은 조국의 군인이 저지른 짓이라고 생각하기에는 너무 참혹했다. 한국전쟁 때 공산군도 이렇게는 하지 않았다는 노인들의 절규는 계엄군을 같은 민족으로조차 볼 수 없게 만들었다.

분노로부터 시작된 항쟁이 계엄군을 적국의 군대로 만듦으로써 광주 공동체는 거룩한 국가가 되었고, 그것의 완성이 해방 광주였다. 그러나 국내 언론을 장악하고 있는 계엄사는, 해방 광주의 혁명군을 무직자, 전과자, 구두닦이, 넝마주이, 날품팔이, 노동자 등 현실 불만 세력들이 불순분자의 사주에 의해 국가 질서를 뒤엎은 폭도로 선전했다. 그것은 광주 바깥에서 언론을 통해 광주를 들여다보는 다수의 국민들과 해방 광주를 분열시키기 위한 목적으로 한 것이었다.

분열은 해방 광주 안에서도 시작되고 있었다. 삶과 죽음이 분열되었고, 너와 내가 분열되었다. 그것은 빛처럼 빨리 왔다. 하나의 분열이 수많은 분열의 스펙트럼을 만들어 냄으로써 해방 광주는 분열의 혼돈 속으로 빠져 들어갔다. 이 혼돈의 중심에 혁명이란 두 글자가 있었다. 해방 광주는 분명 혁명의 결과였다. 혁명이라는 아름다운 꽃에서 피어 오르는 짙은 피냄새는 그들을 전율시켰다. 혁명은 숨겨야 할 꽃이었다. 그 숨김의 자리가 바로 민주주의였다. 5월 16일 광주의 밤을 아름답게 수놓았던 대학생들의 횃불 시위는 다름 아닌 민주화성회였다. 민주주의는 광주의 무장 봉기에서 피어 오르는 혁명의 피냄새를 차단시키는 희망의 언어였다. 대학생 책임론이 비무장 시민들에게 열렬히 환영받은 이유가 여기에 있었다.

오후 여섯시

조금 있으면 도착하겠군. 주한 미국 대사 윌리엄 글라이스틴은 시계를 보며 중얼거렸다. 그가 기다리는 이는 CIA 한국 지부장 로버트 브루스터였다. 브루스터의 대외적 직함은 대사 특별 보좌관이다. 역대 지부장들이 CIA의 관례에 따라 갖는 직함이었다. 하지만 말 그대로 대외적 직함에 불과했다. CIA는 대사관의 접근이 허용되지 않는 영역을 갖고 있었다. 그것은 곧 브루스터가 글라이스틴에게는 허용되지 않는 권력을 갖고 있음을 의미했다.

박정희 대통령 장례식 조문 사절단의 한 사람이었던 하원외교위원회 위원장 클리멘트 재블로키 의원은 브리핑 도중 이렇게 물었다.

「미국인의 손에 피가 묻었는가?」

대단히 직설적인 그의 질문 앞에서 밴스 국무 장관과 위컴 주한 미군 사령관은 침묵을 지켰다. 브루스터도 마찬가지였다. 글라이스틴은 단호히 아니라고 대답했다. 재블로키 의원은 미국 측의 공모가 있었을 것이라고 판단한다면서, CIA가 대사에게 보고하지 않았을 가능성에 대해서는 생각해 보았느냐고 다시 물었다. 글라이스틴은 자신이 한국에서의 미국 정부 활동을 전부 알고 있음을 확신한다는 말로 대응했다. 그가 할 수 있는 최선의 대답이자 유일한 대답이었다. 재블로키 의원이 고개를 흔들며 냉소적인 목소리로 믿을 수 없다고 하자 밴스 국무 장관을 비롯한 주위 사람들이 비로소 글라이스틴을 거들기 시작했다.

동북아시아의 작은 나라 한국은 지정학적으로 대단히 중요한 나라였다. 소련의 팽창주의를 억제하고 중국을 견제하기 위해서는 한반도의 미군 주둔은 불가피했다. 미군이 주둔함으로써 이루어지는 동북아시아의 군사력 균형은 일본 안보의 울타리이기도 했다. 그뿐 아니었다. 주한 미군은 소련의 극동 군사력을 붙박아 놓았다. 그것은 곧 극동의 소련군 대부대가 서유럽으로 이동하여 나토군과 대치하는 상황을 주한 미군이 차단하고 있음을 의미했다. 더욱이 군수산업과 원자력 발전소, 식량 등의 부문에서 한국은 미국 자본의 큰 시장이었다. 이토록 중요한 나라가 유감스럽게도 정치적 격동에 자주 휩쓸렸다. CIA 한국 지부의 역할이 어느 나라보다 큰 까닭은 여기에 있었다.

브리핑이 끝난 후 글라이스틴은 재블로키 의원의 질문을 곰곰이 생각했다. 박정희의 죽음 속에는 미국의 보이지 않는 손이 분명 있었다. 하지만 그것은 박정희가 자초한 일이었다.

닉슨 독트린에서 천명된 대소 데탕트 정책이 점차 약화되어 1979년에 이르러서는 제2의 냉전기로 접어들고 있었다. 외교 정책의 주도권이 대소 온건론자인 밴스 국무 장관에게서 강경파인 브레진스키 안보 보좌관에게로 옮겨 간 것은 신냉전의 반영이었다.

냉전의 첫째 기능은 소련의 봉쇄다. 소련 봉쇄는 제3세계에 대한 지배와 함께 자본주의 경쟁국인 일본과 서유럽에 대한 견제를 요구한다. 1979년 2월의 이란 회교혁명은 미국의 신냉전 질서 구도에 치명적인 타격을 가한 사건이었다. 이란 군사 기지 상실로 대소 봉쇄선에 구멍이 뚫렸고, 중동 지역의 제3세계 지배에 문제가 생겼을 뿐만 아니라, 석유값 폭등이 불러온 제2차 오일 위기는 일본과 유럽에 대한 미국의 견제력을 현저히 약화시켰다.

이러한 시기에 박정희는 지극히 위험한 두 가지 일을 진행하고 있었다. 핵 개발과 소련 접근 정책이 그것이었다. 1975년 초 박정희는 미국의 강력한 요구에 못 이겨 핵 개발 철회를 약속했었다. 그런데 1978년 10월 국군의 날에 미국 미사일 어네스트 존과 나이키 허큘리스를 개량한 미사일을 선보였다. 군사 전문가들은 이 미사일이 핵 탄두 운반용으로 쓰일 수 있다고 분석했다. 1979년 봄에는 영국 페란티 사로부터 미사일 성능을 획기적으로 높이는 관성 유도 장치 제조 기술을 비밀리에 도입했고, 이듬해 7월에는 한국의 과학자들이 인광석에서 우라늄을 빼내는 데 성공했다. 박정희가 미국과의 약속을 이행하지 않았음을 증명하는 구체적인 사례들이었다.

군사 전문가들은 한국의 핵 개발이 동북아시아에서 결정적인 불안 요인으로 작용할 것으로 판단하고 있었다. 북한의 동반 핵 무장 가능성은 물론이고 일본의 핵 무장을 촉진시킬 것이며, 중국과 소련으로 하여금 자국 영토에 대한 잠재적인 위협으로 간주하게 함으로써 동북아시아의 군사적 긴장의 파고를 높일 것이었다. 미국의 전력용 원자로 판매를 어렵게 만드는 것 역시 간과할 수 없는 사안이었다.

워싱턴을 긴장시킨 소련 접근 정책은 서울대학교의 몇몇 정치 지향적 교수들이 박정희에게 건의한 것이었다. 글라이스틴의 놀라움은 무척 컸다. 그것은 냉전의 제일 기능인 대소 봉쇄 정책에 대한 정면 도전일 뿐 아니라, 미국이 구축한 동북아시아의 질서를 근원적으로 무너뜨리는 행위이기도 했다.

물론 그것은 논의의 수준에 불과했다. 박정희 측근들조차 눈치 채지 못할 정도로 비밀스러운 논의였다. 사실 그 논의가 정책화될 가능성은 지극히 희박했다. 국제 정치의 역학 관계를 꿰뚫고 있는 노회한 독재자가 논의 속에 내재된 뇌관을 모를 턱이 없었다. 그럼에도 워싱턴은 대단히 민감하게 반응했다. 미국의 이익과 직결되는 한반도에서 어떤 조그만 사태의 진전도 용납하지 않겠다는 태도였다. 이란에서의 뼈아픈 경험이 워싱턴의 가슴에 결벽증을 심어 준 탓이었다.

워싱턴의 결벽증을 더욱 자극한 것은 박정희의 국내 통치 행태였다. 1979년 8월 YH 노동자의 과격 시위 이후 반정부 인사에 대한 강경 조치는 정치 상황을 급속히 악화시킴으로써 미합중국 대통령이 독재자와의 정상 회담에서 얻은 성과를 3개월이 채 못 돼 말소시켜 버리는 불행한 결과를 초래했다. 개탄스럽게도 박정희는 자유를 허용할수록 자신의 권력이 위축되리라고 믿고 있는 것 같았다. 그것은 독재자에게 나타나는 전형적인 피해망상이었다. 키 작은 극동의 독재자는 길을 잃은 채 망상의 숲 속을 헤매고 있었다. 망상이 무서운 것은 예측이 불가능하다는 사실에 있다. 미국이 가장 우려한 것은 한반도에서의 예측 불가능성이었다.

10월 26일 밤 궁정동에서 총소리가 나기 전까지 글라이스틴이 한 일은 박정희에 대한 미국의 시각을 한국의 고위 권력자들에게 전하는 일이었다. 그 내용물은 정중하고 품위 있는 외교적 언사로 포장되었다. 상대의 성향에 따라 포장의 두께와 색깔이 달랐음은 물론이다.

글라이스틴이 가장 정성을 기울인 인물은 중앙정보부장 김재규였다. 박정희가 형성해 놓은 한국의 독특한 정치 구조는 중앙정보부를 국가 속의 국가로 만들어 놓았다. 이 작은 왕국의 수장에 대해 워싱턴이 특별한 노력을 기울이기 시작한 것은 1977년부터였다.

당시 건설부 장관이었던 신형식은 박정희에게 미국의 입장으로서는 대단히 유감스러운 건의를 했다. 중동의 어떤 나라가 보유하고 있는 핵탄두 운반용 미사일을 공해상에서 받으면 미국의 정보망을 피할 수 있다는 것이었다. 박정희가 깊은 관심을 보였음에도 불구하고 그 기발한 건의가 무산된 것은 중앙정보부장의 강력한 반대 때문이었다. 그가 바로 김재규였다. 핵미사일 비밀 도입의 위험성에 대한 합리적 판단과 자신의 주장을 관철시키는 김재규의 모습은 미국에 강렬한 인상을 주기에 충분했다.

흥미롭게도 김재규에 대한 평가는 복합적이었다. 소심한 성격에 거시적 안목이 결여된 인물이라는 평가가 있는가 하면, 자존심이 강하며 사리가 분명하다는 평가도 있었다. 한 가지 분명한 것은 박정희 측근 중에서 유신 체제에 가장 강한 회의를 품고 있던 인물이라는 점이었다. 물론 그것은 미국 정보기관의 분석이었다.

김재규는 사적으로도 호감이 갔다. 한국의 권력자들이 은연중 드러내는 특유의 위세가 그에게서는 보이지 않았다. 그가 예의가 바르고 정중한 사람이라는 인상을 주는 것은 위세가 없었기 때문이었다. 옷차림도 마음에 들었다. 주름 없는 옷을 즐겨 입는 그는 언제나 단정하고 깔끔했다. 이런 풍모들이 김재규를 '숨은 자유주의자'로 간주하고 싶어하는 마음을 불러일으켰다. 차지철 청와대 경호실장이 미국인의 나약한 자유주의 사상에 중앙정보부장이 지나치게 경도되어 있다면서 각료들 앞에서 김재규를 비난했다는 보고에, 글라이스틴은 빙긋 웃었다.

박정희 대통령이 암살된 10월 26일 밤, 글라이스틴은 자신이 역사적 사건의 한 당사자로서 증인이 되리라는 사실을 깨달았다. 자신을 역사의 증인으로 만든 이가 김재규라는 사실은 충격이었다. 그는 박정희에 대한 미국의 우려를 김재규에게 비교적 자주 시사했었다. 그러한 발언들이 김재규로 하여금 미국이 박정희 통치의 종결을 원하고 있다고 생각하게끔 했다 해도 전혀 놀랄 일은 아니었다.

10월 26일 밤, 주한 미군 부사령관 로젠크랜스 중장이 청와대 안에서 심상치 않은 사태가 발생했다는 첩보를 글라이스틴에게 전했다. 공교롭게도 위컴 사령관은 워싱턴 출장 중이었다. 곧 브루스터로부터 한국군의 움직임으로 보아 계엄령이 선포될 것 같다는 연락이 왔다. 그가 대사관 간부들을 소집하는 동안 한미연합사 부사령관 유병현 장군이 로젠크랜스와 함께 관저를 방문, 박정희 피살이라는 놀라운 소식을 전했다.

워싱턴의 반응은 신속했다. 백악관 상황실에서 긴급 회의가 소집되었다. 브라운 국방 장관, 존스 육군 대장, 브레진스키 국가 안보 보좌관을 비롯하여 국무부 대표와 CIA 참모들이 백악관 상황실에 모였다. 워싱턴에 막 도착한 위컴 주한 미군 사령관도 합류했다.

긴급 회의는 대한 방위 공약을 확인하는 강력한 성명서 발표와 함께 항공모함 키티호크 호와 공중 조기경보 통제기를 한국에 파견하는 결정을 내렸다. 남한 상공으로 신속한 이동이 가능한 공중 조기경보 통제기는 북한군의 움직임 탐지는 물론이고 적의 전투기를 식별할 수 있으며, 아군 전투기의 진로를 전파로 인도할 수 있는 첨단 전자정보 시스템이다.

새벽이 되자 상황은 명료해졌다. 암살범은 김재규였고 쿠데타 동원 병력은 없었다. 글라이스틴은 놀라움과 함께 의구심에 사로잡혔다. 박정희에 대한 미국의 부정적 시각을 김재규에게 알리긴 했으나 함께 암살 음모를 꾸민 적은 없었다. 그가 아는 한 어떤 미국인도 음모에 가담하지 않았다. 그럼에도 의구심을 떨쳐 버릴 수 없었던 것은 전날 밤의 사태가 미국이 원했던 시나리오에 대단히 근접해 있다는 사실 때문이었다.

미국은 박정희 통치의 종결을 원했지만 그 수단으로 쿠데타를 원치는 않았다. 군부 쿠데타는 박정희를 권좌에서 끌어내릴 수는 있겠지만 미국의 개입을 불식시키는 데는 대단히 어려운 형태의 반란이었다. 더욱이 쿠데타가 계획에서 벗어나 유혈 사태로 치달을 경우 안보에 치명적이었다. 한반도에서의 전쟁 억제가 미국의 당면 과제임을 염두에 둔다면 쿠데타를 통한 박정희 제거는 지극히 위험한 도박이었다. 설령 쿠데타가 성공하더라도 정치적으로 불확실한 상황에 직면할 가능성이 컸다.

쿠데타 수뇌부들이 대가 없이 목숨을 걸 리 만무하다. 그들이 정권을 장악할 경우 한국 정치는 혼돈의 늪 속으로 빠져 들 가능성이 높다. 확실한 지지 기반을 갖고 있는 야당 지도자들이 버티고 있고 지식인, 학생, 노동자 등 무섭게 성장한 반유신 세력이 울타리를 치고 있기 때문이다. 한국 사회는 고통스러운 유신 체제를 거치면서 비정상적인 정치 형태를 거부하는 힘을 축적하고 있었다.

이런 미국의 딜레마를 절묘하게 해결해 준 이가 김재규였다. 박정희는 제거되었고, 반란군은 없었다. 비상계엄으로 실질적인 권력자가 된 계엄사령관 정승화는 온건하고 합리적인 성향의 소유자로서 미국이 선호하는 인물이었다. 하루아침에 청와대 주인이 된 최규하도 마찬가지였다. 미국은 아주 자연스럽게 한국 정치를 막후에서 프로그래밍할 수가 있었다.

워싱턴이 박정희 암살에 개입했다면 CIA를 움직였을 것이다. 코리아 게이트가 미국을 시끄럽게 하고 있었던 1976년 10월, 서울에서 3년간 CIA 한국 지부장을 역임했던 도널드 그레그는 텍사스 대학 강연에서 '한국의 정권이 지금과 같은 정치를 해나간다면 몇 년 안에 쿠데타로 타도될 것'이라고 주장했다.

글라이스틴은 박정희 피살 전의 브루스터 행적을 짚어 나갔다.

10월 16일과 18일에 터진 부산과 마산의 격렬 시위는 브루스터를 몹시 바쁘게 만들었다. 현장에 요원을 파견한 그는 정보 수집과 분석에 동분서주했다. 부마사태가 진압되고 다른 도시로 확산될 기미가 없자 10월 21일부터 24일까지 설악산, 동해안, 경주 등지를 가족과 함께 여행했다. 궁정동에서 총소리가 울린 것은 브루스터가 서울로 돌아온 지 이틀 후였다. 그 시기에 여행을 떠났다는 사실은 관찰자로 하여금 박정희 피살에 브루스터가 관여하지 않았다는 생각을 갖도록 한다. 동시에 그것은 관여하지 않았음을 보여주기 위한 연극이 아닐까 하는 의심도 불러일으킨다.

전화기가 울렸다. 비서가 교통 정체로 도착 시간이 조금 늦어지겠다는 브루스터의 메시지를 전했다. 글라이스틴은 수화기를 가만히 놓고 소파에 몸을 묻었다.

오늘도 바쁜 일정을 보냈다. 박충훈 신임 총리와의 면담도 있었다. 그는 신임 총리가 전두환 그룹에게 자신의 소신을 피력할 수 있는 인물이기를 바랐다. 물론 큰 기대는 하지 않았다. 대통령조차 군인들에게 둘러싸여 그림자 역할만 하고 있는 상황이었다. 그렇다고 해서 새로운 인물에 대한 기대가 전혀 없었던 것은 아니었다. 대사관의 입장에서는 미국의 메시지를 전두환 그룹에게 효과적으로 능숙하게 전달할 수 있는 인물이 필요했다. 하지만 결과는 실망이었다. 면담 후 그는 신임 총리가 대단히 조심스러운 성품의 소유자라는 결론을 내리지 않을 수 없었다. 배석했던 존 몬조 부대사의 견해도 그와 같았다.

오늘 그가 받은 여러 보고들 가운데 특히 중요한 것은 두 가지였다. 하나는 반가운 소식이었고, 다른 하나는 우울한 것이었다. 반가운 소식이란 광주의 상황이 호전되고 있다는 것이었다. 수습위원회의 무기 회수 작업이 원활히 이루어져 이날 오후에는 3천5백여 정 이상의 총기가 회수되었다고 했다. 시위대가 소지하고 있는 총기의 절반을 상회하는 양으로, 온건파가 득세하고 있다는 뚜렷한 증거였 다. 운동권 청년들을 주축으로 한 강경파가 전면에 나선 시점에서 대단히 고무적인 보고였다.

김재규의 처형 시간이 내일 아침 일곱시로 확정되었다는 보고는 그를 우울하게 했다. 대법원 확정 판결이 난 지 불과 나흘 후였다. 너무나 빠른 집행 날짜가 그를 적이 놀라게 했지만, 재판 과정을 돌 이켜 보면 놀랄 이유가 없었다.

김재규 재판은 절차의 적법성을 상실한 채 진행되었다. 12월 4일 의 첫 공판 이후 14일 동안 무려 아홉 차례의 공판이 있었다. 재정 신청으로 사흘 쉬고 12·12반란으로 하루 쉬고 일요일도 쉬었으니, 매일 공판을 진행한 셈이었다. 변호인들은 수사 기록을 열람할 틈도 갖지 못한 채 변론해야 했다. 선고는 결심 이틀 만에 내려졌다. 국가 원수 살해라는 엄청난 사건을 그토록 빨리 진행시킨다는 것은 누가 보아도 비정상이었다. 거대한 자석에 이끌려 가는 쇠붙이의 모습을 보는 듯했다.

심리가 진행되는 동안 심판관석 뒤쪽 문을 통해 외부로부터 연락 쪽지가 공공연히 전달되었다. 재판의 독립성과 정면으로 위배되는 행위였다. 재판의 비공개도 문제였다. 재판정은 국가 원수의 암살 동기를 국민에게 알리는 유일한 자리였다. 대통령을 잃은 한국 국민 은 암살자의 진술을 들을 권리가 있었다. 그러나 피고인이 거사의 동기와 목적을 밝힐 때는 물론이고 최후 진술도 비공개로 진행했다.

박정희 죽음 이후 한국 정치에 대한 미국의 영향력은 가파른 상승 곡선을 긋고 있었다. 군부와 유신 관료 집단은 물론이거니와 정권 장악의 호기로 생각하는 3김씨와 반유신 세력들도 미국의 움직임에 신경을 썼다. 그들은 한결같이 자신들의 목적을 추구하는 데 있어서 미국의 도움이 절대 필요하다는 것을 인식하고 있었다. 김재규의 운명은 이 테두리 속에서 결정될 것임이 분명했다.

한국의 새로운 정치 공간은 그를 긴장시켰지만 즐거운 긴장이었다. 서울에 온 이래 가장 즐거웠다. 새로운 게임이기 때문이었다. 박정희가 사라진 무대 위에는 야심에 찬 인물들이 새로운 극의 주인공이 되기 위해 저마다 노력하고 있었다. 글라이스틴은 그들에게 공손하면서도 은밀하게 미국이 마련한 연기의 규칙을 제시했다. 다양한 채널이 가동되었고, 다양한 만남이 이루어졌다. 이 즐거운 긴장을 깨뜨린 이가 전두환이었다.

12월 12일 저녁, 어둠이 밀려올 무렵 위컴 장군의 전화를 받았다. 위컴은 대단히 민감한 상황이 전개되고 있으니 용산의 미8군 사령부로 급히 와달라고 했다. 글라이스틴이 미8군 지하 벙커에 도착한 시각은 일곱시 30분경이었다. 브루스터는 이미 와 있었다. 통상을 벗어난 군대 이동과 발포가 있었다는 위컴의 말에 쿠데타임을 직감했다. 주모자가 전두환 보안사령관인 것만 확인되었을 뿐 모든 것이 장막에 싸여 있었다.

12월 초 위컴은 육사 11기와 12기 출신 장성들 사이에 수상한 움직임이 있다는 보고를 받았다. 거의 동시에 미국의 정보기관은 전두환를 비롯한 몇몇 장성들이 모종의 행동을 모의하고 있음을 포착했다. 현재 전두환을 한국에서 가장 중요한 인물로 평가하고 있다는 국무부의 메시지가 대사관에 이미 전달된 상태였다. 이 정보의 일부를 정승화 계엄사령관과 노재현 국방 장관에게 알렸다. 그 후 그들은 전두환 그룹을 조용히 군에서 축출하는 조치를 취해 나갔다. 하지만 불행히도 전두환의 반격이 더 빨랐다.

전두환과 접촉을 시도했지만 이루어지지 않았다. 고의적으로 피하고 있음이 분명했다. 최규하 대통령과의 전화 연결도 헛일이었다. 밤 아홉시경 노재현 국방 장관이 김종환 합참 의장과 함께 벙커에 나타났다. 사복 차림에 머리는 헝클어져 있었고, 창백한 얼굴은 몹시 불안해 보였다. 벙커에 와서야 쿠데타의 배후 세력과 상황을 파악한 노 장관은 한국군 1군단의 수도기계화사단과 26사단에 서울 시내 진입 준비를 명령했다. 벙커 안은 긴장이 감돌았다. 반란군 진압 병력이 서울 시내로 들어온다는 것은 내전을 뜻했다. 서울에서의 내전은 안보에 치명적이었다. 최악의 경우 북한의 기습 공격까지 불러올 수도 있었다.

위컴은 날이 밝을 때까지 병력을 이동시키지 말 것을 강력히 요청했다. 침묵을 지키던 노 장관은 위컴의 거듭되는 요청에 마지못한 듯 동의했다. 그사이 전두환 그룹은 수도경비사령부 병력을 무력화시키고 모든 터널과 한강 다리를 봉쇄하는 한편, 전방의 9사단 1개 연대와 제2기갑여단, 30사단 1개 연대를 서울로 끌어들였다.

쿠데타군의 병력 출동을 막지 못한 상황에서 진압군 출동을 막았던 위컴의 조치는 전두환의 도박이 승리로 막을 내리는 데 결정적인 역할을 했다. 하지만 그것은 불가피한 선택이었다. 영악한 전두환은 미군의 선택 범위를 잘 알고 있었다. 쿠데타를 시작하면서 미국 측과 일절 접촉을 피했던 이유가 여기에 있었다. 치욕스럽게도 그날 밤 미국은 전두환의 도구로 전락해 있었다.

글라이스틴의 분노도 컸지만 위컴의 분노는 더 컸다. 전두환이 서울로 진입시킨 9사단과 제2기갑여단은 서부 전선 방어의 핵심 부대로, 한미연합사령관의 작전 명령에 의하지 않고서는 움직일 수 없는 병력이었다. 그런 부대를 무단으로 차출했다는 것은 연합사령부 권한에 대한 심각한 침해임은 물론이고 국가 안보를 위태롭게 하는 행위였다. 31년간의 신생 공화국 역사에서 가장 충격적인 군율 위반 사건이기도 했다.

보안사령부의 존립 목적은 쿠데타 방지에 있다. 하지만 전두환의 보안사는 쿠데타를 스스로 주도했다. 그 과정에서 수많은 장성들이 부하들에게 당하는 처절한 하극상이 연출되었다. 12·12는 권력욕 때문에 국방 군인의 원칙과 임무를 포기한 추악한 쿠데타였다.

사태의 와중에서 가장 냉철했던 이는 브루스터였다. 그는 군 통치권자가 되어 버린 전두환을 제거할 수 있는 효과적인 수단이 미국에게는 없음을 지적하고, 워싱턴은 한국의 민주주의보다 안보에 더 큰 비중을 두고 있음을 상기시켰다. 정확한 말이었다. 한국군 내부와 최규하 정부, 그리고 한국 국민들이 별다른 저항을 하지 않는 상황에서 미국의 행동은 또 다른 위험을 초래할 수도 있었다.

글라이스틴이 놀란 것은 자신도 모르는 사이에 전두환 그룹의 입장과 요구 사항이 워싱턴에 전달되었다는 사실이었다. 쿠데타 다음 날인 12월 13일의 일이었다. 그 채널이 브루스터임은 짐작하기 어렵지 않았다. 전두환과의 공식 접촉이 불가피했다. 만남은 12월 14일에 이루어졌다. 브루스터의 주선이었다. 야전군 차림의 전두환은 몇 명의 보좌관들과 마흔 명가량의 무장 군인들을 이끌고 대사관저로 왔다. 그는 무뚝뚝했고 자신감에 차 있었다.

글라이스틴은 한국의 안보상에 가장 중요한 것이 정치적 안정이며, 정치적 안정을 위해서는 민간 정부를 유지해야 하며, 그런 점에서 이번 사태를 대단히 우려하면서 분노하고 있다고 말했다. 전두환은 12·12에 대해 박 대통령 암살 수사 과정에서 일어난 우발적 사건이기 때문에 쿠데타나 혁명으로 평가하는 것을 거부한다고 했다. 그의 말은 이랬다.

「박 대통령 사망 전까지는 내가 세상에서 제일 행복한 군인인 줄
알았다. 하지만 예기치 않은 사건들이 나를 불행의 구렁텅이로 밀
어 넣었다. 나는 정치적 야심이 전혀 없는 사람이다. 모든 상황이
끝나면 과거의 삶으로 돌아갈 것이다.」

그러면서 박 대통령 암살에 미국이 개입하지 않았느냐고 불쑥 물
었다. 글라이스틴은 전두환이 자신과 거의 비슷한 관점에서 미국을
의심하고 있다는 것을 깨닫고 내심 당황했으나 근거 없는 주장이라
고 딱 잘라 말했다.

시간이 지남에 따라 워싱턴은 전두환을 수용하는 쪽으로 방향을
잡았다. 이 과정에서 브루스터의 역할이 컸다. 흥미롭게도 1961년
5월 16일의 군부 반란 이후의 과정과 대단히 흡사했다. 박정희가 주
도한 쿠데타의 승패는 미국의 태도에 달려 있었다. 그린 대리 대사
와 맥그루더 미8군 사령관은 장면 정권 지지를 확고히 밝혔다. 특히
맥그루더는 자신의 지휘하에 있는 한국군이 반란을 일으켰다는 사
실에 분노했다. 그러나 5월 18일 미국 정부는 쿠데타 세력을 인정하
는 성명을 발표했다. 반란 핵심 세력에 대한 CIA 한국 지부의 보고
서가 워싱턴을 움직인 결과였다.

12·12쿠데타는 시기적으로도 운이 좋았다. 쿠데타 2주 후인 12
월 26일 소련이 아프가니스탄을 침공함으로써 희미하게 남아 있던
데탕트가 완전히 사라져 버렸다. 더욱이 워싱턴의 보수주의자들은
니카라과 혁명, 소련군의 쿠바 주둔에 대한 우려, 2차 전략 무기 협
정에서 소련에 대한 지나친 양보를 비난하면서 선거를 앞둔 카터의
민주당 정부를 압박하고 있었다. 카터의 대응은 1980년 1월 4일 연

두 교서에서 나타났다. 그는 페르시아 만 지역의 지배권을 얻기 위한 어떤 외부 세력의 공격도 미국에 대한 공격으로 간주하여 군사력을 포함한 모든 수단을 동원해 적을 축출하겠다고 밝힘으로써 신냉전 정책을 천명했다. 이른바 카터 독트린이었다. 글라이스틴은 쓰게 웃었다.

인권 외교를 표방한 카터는 취임 초기 주한 미군 철수를 고집스럽게 주장했다. 주한 미군 철수 후의 군사적 불균형에 대한 전문가들의 한결같은 우려에도 불구하고 카터는 요지부동이었다. 결국 국가안보국(NSA)의 전자 기술이 북한군의 새로운 부대를 발견함으로써 카터의 고집을 꺾긴 했지만, 당시 글라이스틴은 주한 미군 철수에 따르는 한반도의 군사적 불균형에 대통령이 어떻게 대처할 것인지 몹시 궁금했다. 이상하게도 카터는 그것에 대한 자신의 구상을 털어놓지 않음으로써 그를 비롯한 한반도 관계자들을 걱정스럽게 만들었다. 그가 카터의 비밀스러운 구상을 확연히 알게 된 것은 카터·박정희 정상 회담을 앞둔 1979년 5월 하순이었다.

정상 회담 준비에 눈코 뜰 사이가 없었던 그에게 로버트 리치 국무부 한국과장이 전화를 걸었다. 카터 대통령이 박정희 대통령과의 서울 회담에 북한의 김일성을 동참시키고 싶어한다는 것이었다. 그는 자신의 귀를 의심했다. 그동안 뒤틀릴 대로 뒤틀린 미국과 한국의 관계가 정상 회담을 계기로 복원이 기대되고 있었다. 그런데 박 대통령이 가장 두려워하는 적에게 세계의 스포트라이트가 집중되는 무대를 미합중국 대통령이 꾸미려 하고 있었다.

북한의 김일성은 주한 미군 철수를 공약한 카터가 1976년 11월 대통령 선거에서 당선되자 대화 제의 메시지를 보냈었다. 미국의 동북아 전문가들은 남한이 대화에 참여한다면 응할 가치가 있다는 결

166

론을 내렸다. 하지만 그 후 가시적인 성과가 나타나지 않는 가운데 주한 미군 철수가 지연되자 메시지의 효력이 절로 소진되었다.

주한 미군 철수 후 직면하게 될 군사적 불균형을 남북 화해를 통해 해소시킨다는 것이 카터의 복안임이 3자 회담 제안을 통해 확연히 드러났다. 하지만 그것은 현실을 무시한, 이상에 경도된 정책이었다.

북한과의 긴장 상황을 정권 유지의 무기로 사용하고 있는 박 대통령이 3자 회담을 달가워할 리가 없었다. 그나마 성사 직전에 있던 카터·박 회담도 무산될 가능성이 높았다. 글라이스틴은 밴스 국무장관에게 즉시 전화를 걸어 3자 회담 제안은 한국과의 관계 증진에 진력해 온 그간의 노력을 물거품으로 만들어 버릴 것이며, 미국이 추구해 온 동북아 이익과도 정면 배치된다는 점을 지적했다. 다행스럽게도 3자 회담은 곧 폐기되었지만 7개월 후 카터가 그의 정치적 이상과 상반되는 신냉전 정책을 세계를 향해 공식 선언하리라고는 까맣게 몰랐다.

아무튼 카터 독트린은 동북아시아 안정의 열쇠인 한국의 중요성을 한층 부각시켰다. 글라이스틴의 직속상관인 동아시아태평양 국무 차관보 홀브룩은 남한 안에서 북한을 자극할 수 있는 어떤 일도 일어나서는 안 된다고 거듭 강조했다. 전두환의 반란이 워싱턴을 얼마나 놀라게 했는지 능히 짐작할 수 있었다. 워싱턴은 그런 막돼먹은 아이를 응징할 수 있는 기회를 가졌었다.

1980년 1월의 마지막 주였다. 약 30여 명의 장성급 장교들이 전두환 제거를 모의한다는 정보가 입수되었다. 며칠 후 고위 전투 지휘관을 지낸 한 장성이 은밀히 위컴 사령관을 찾아왔다. 전두환의 당초 계획은 군을 장악한 후 민간 정부를 탈취하는 것이었으나 미국의 완강한 태도로 계획을 잠시 미루고 있다고 말한 그는 비육사 출신 장교의 90퍼센트와 육사 출신 장교 50퍼센트가 전두환에 반대하고 있다면서 미국의 역쿠데타 지지를 요청했다.

글라이스틴으로서는 역쿠데타에 대한 도덕적 거부감이 조금도 없었다. 위컴도 마찬가지였다. 하지만 현실적으로 많은 제약이 따랐다. 우선 쿠데타 주모자들의 정체가 명확히 파악되지 않았다. 미국의 입장을 적극 지지한다고는 했으나 또 다른 전두환이 아니라는 결정적인 정보가 없었다. 더욱이 역쿠데타 동원 병력이 얼마나 되며, 유혈 사태 없이 전두환 그룹을 몰아낼 수 있을지, 누구도 확신하지 못했다. 결국 워싱턴은 막돼먹은 아이를 응징함으로써 얻는 만족을 포기했다. 역쿠데타 과정에서 일어날 수도 있는 혼란을 심각하게 받아들인 것이다. 미국은 역쿠데타 세력에 반대 의사를 표명하는 한편, 전두환 그룹에도 그 사실을 알린 후 향후 민간 정부를 넘보는 일을 기도한다면 불행한 결과가 초래될 것임을 경고했다. 하지만 전두환은 워싱턴의 딜레마를 정확히 파악하고 있었다.

그가 워싱턴의 딜레마를 대담하게 시험한 것은 중앙정보부장 서리가 된 1980년 4월 14일이었다. 한국 정부는 그 사실을 임명 30분 전 미국 대사관에 통보했다. 그것은 정치적 야심이 전혀 없다고 미국을 향해 틈만 나면 소리쳐 온 전두환의 주장을 뒤집는 행위였다. 그가 비록 군부의 실력자이기는 하나 서열로는 육군 중장의 보안사령관으로, 국방 장관과 계엄사령관 겸 육군 참모총장의 직속 부하였다. 중정부장 서리는 전두환을 서열의 굴레로부터 해방시킬 뿐 아니라 그에게 각료 회의에 참석하는 권한까지 부여했다. 더욱이 중앙정보부의 정치적 기능과 함께 막대한 예산을 움켜쥘 수가 있었다. 가면을 벗어던진 전두환은 언론을 통해 스스로 서부 개척 시대의 영웅처럼 행동하기 시작했다.

워싱턴은 전두환의 행동에 제동을 걸어야 한다는 글라이스틴의 주장에 공감했다. 하지만 전두환을 공개적으로 비난한다면 군부 내에 불안을 조성, 안보에 위태로운 결과를 초래할 것이라는 우려가 제기되었다. 결국 워싱턴이 취한 것은 안보협의회 연기라는 상징적인 조치였다. 전두환의 입가에 회심의 미소가 흘렀음이 분명했다. 그가 5월 17일 밤 미국과 사전 협의 없이 비상계엄 확대를 선포하고 정권 찬탈 행위에 나선 것은 워싱턴의 딜레마를 꿰뚫고 있었기 때문이었다.

오후 여섯시 30분
「광주의 상황이 좋아지고 있다고 들었습니다.」
글라이스틴은, 두 손을 마주 잡고 어깨를 약간 구부린 채 앉아 있는 브루스터를 보며 운을 뗐다. 브루스터는 미소를 지었다. 하지만 얼굴은 무표정했고, 유달리 큰 눈이 흐려 보였다.
「정보원의 보고에 의하면 육십 퍼센트 이상의 무기가 회수되었다고 합니다.」
브루스터는 입술을 약간 달싹이며 쉰 듯한 목소리로 말했다. CIA 요원은 물론이고 미 국방정보국 소속 요원들도 광주에서 첩보 활동을 하고 있었다.
「대단히 고무적이군요.」
「반드시 그렇지만은 않습니다.」
「무슨 뜻인가요?」
「회수 무기 중 계엄군에 반납된 무기는 극히 일부에 불과합니다. 이런 상태에서 강경파 그룹의 조직 활동이 급속히 강화되고 있습니다.」

「무기 회수가 잘된다는 것은 온건파가 득세하고 있다는 증거가 아닌가요?」

「일시적인 현상일 뿐입니다. 무기 회수가 빨리 이루어진 것은 학생수습위원회가 비무장을 결정했기 때문입니다. 온건파의 리더인 김창길이라는 청년이 회의를 주도했습니다.」

「도청에서 무척 신뢰를 받고 있다고 들었습니다.」

「그런 모양입니다만…….」

브루스터는 말끝을 흐리며 손으로 이마를 짚었다. 그는 어두운 표정으로 말을 계속했다.

「오늘 오후 다섯시경에 일어난 일입니다. 계엄군의 한 부대가 대치선 안으로 일시 진입한 적이 있었습니다. 진압 작전이 시작된 걸로 판단한 도청 지도부는 황급히 대책 회의를 열었습니다. 그 시각 온건파의 리더는 구속자 석방 협상을 위해 계엄사에 들어가 있었습니다. 비무장론자와 무장론자 사이에 격렬한 토론이 벌어졌지요. 결과는 무장론자의 승리였습니다. 그들이 승리한 것은 온건파 리더의 불참 때문이기도 하지만 더 큰 이유는 강경파 그룹의 리더가 직접 개입했기 때문입니다.」

「그가 누구지요?」

「박태민이라는 반유신 그룹의 활동가입니다. 온건파를 위협하고 있는 시민궐기대회도 그의 작품입니다. 봉기 기간 중 강경한 선동을 담은 팸플릿 제작 역시 그의 지휘하에 이루어졌습니다.」

「예비 검속 때 그 사람은 왜 체포되지 않았습니까?」

「숨은 활동가였습니다. 그는 이미 봉기군 리더와 접촉을 시작했습니다. 그가 봉기군의 무력을 장악하는 것은 시간 문제입니다. 다음 수순은 무력을 바탕으로 온건론자들을 축출하는 것이겠지요.」

170

「군의 광주 진입이 불가피하다는 뜻입니까?」

글라이스틴은 이마를 찡그리며 물었다.

「전두환은 대단히 초조해 있습니다. 조속히 진압하지 않으면 자신의 권력이 위협받을 테니까요. 제가 뵙자고 한 것은…….」

브루스터의 눈은 여전히 흐릿했다.

「지금 광주에는 적지 않은 본국인이 있습니다. 밀러 문화원장도 그곳에 머물고 있지요?」

글라이스틴은 고개를 끄덕였다. 5월 18일 밤 밀러의 전화를 받았다. 광주에는 대사관 직원도 주둔 미군도 없었다. 유일한 미국 정부 관리가 밀러 문화원장이었다. 그는, 광주에 격렬한 시위가 발생했고 특전사가 시위 군중에게 끔찍한 폭력을 자행하고 있다고 말했다. 무척 격앙된 목소리였다.

한국군 특전사 여단은 한미연합사의 작전 통제권에서 벗어나 있다. 물론 특전사 부대의 경계 상태가 높은 단계로 올라가면 연합사 작전 통제권으로 들어오지만 지금까지 그런 상황은 발생하지 않았다. 한국군은 특전사 병력 이동시 비공식적으로 위컴 한미연합사령관에게 통보했다. 펜타곤의 국방정보국은 특전사의 기구와 구성, 주요 인물, 병력 이동 및 배치 상황에 관한 면밀한 보고서를 정기적으로 올리고 있었다.

5월 7일 한국군은 당시 한미야전군 산하에 있던 의정부 주둔 제13공수여단이 5월 8일 서울 남동쪽의 특전사령부로, 원주 주둔의 제11공수여단이 5월 10일 김포반도로 이동해 제1공수여단과 함께 주둔할 것임을 미군 사령부에 알려 왔다. 글라이스틴은 즉각 이 사실을 워싱턴에 보고했다. 아울러 특전사 2개 여단 병력 2천5백 명의 서울 외곽 이동은 학생 데모에 대처하기 위함이라는 것과, 계엄령 해제가 이루어지지 않으면 가두시위를 하겠다는 학생들의 선언을 전두환 그룹이 심각하게 받아들이고 있음이 명백하다는 내용을 덧붙였다.

인천 주둔의 5공수여단을 수도권 병력으로 간주할 경우, 서울 지역에서 유일하게 떨어져 있는 병력이 7공수여단이었다. 이 여단은 유사시 전주 및 광주 지역 대학에 투입될 예정이었다. 글라이스틴은 특전사의 모든 단위 부대들이 소요 사태 진압 훈련을 집중적으로 해왔음을 알고 있었다. 보고에 의하면 병사들이 훈련에 점차 싫증을 느끼고 있으며, 학생 시위 진압에 적극적인 자세가 아니라고 했다. 이 내용을 5월 9일 워싱턴으로 타전한 글라이스틴은 그렇다고 해서 특전사가 학생들에 대한 발포 명령을 거부할 것으로는 예상되지 않는다는 자신의 견해를 밝혔다.

「밀러 원장을 비롯한 본국인들을 광주에서 시급히 철수시켜야 합니다.」

브루스터는 낮은 목소리로 속삭이듯 말했다. 흐린 눈에서 처음으로 광채가 보이기 시작했다.

「이해가 안 되는군요. 밀러 원장이 있는 곳은 광주 시내가 아니라 송정리 미군 기지입니다. 광주 시내에 있는 본국인들의 안전에도 문제가 없는 걸로 아는데요.」

사태가 심각해지자 밀러의 안전을 우려한 대사관은 5월 22일 광주 근교에 있는 송정리 미군 기지로 거처를 옮기도록 조처했다. 하루 전인 5월 21일에는 군용 비행기를 동원, 본국인을 비롯한 2백여 명의 광주 거주 외국인들을 서울로 이송했다. 지금 광주 시내에 남아 있는 본국인과 외국인들은 탈출을 원치 않는 이들이었다. 무장봉기군들이 이들에게 대단히 호의적이라는 보고를 받고 있었다.

「밀러 원장이 송정리 기지에만 머물고 있으면 걱정할 까닭이 없습니다. 봉기군이 외국인들을 친절히 대한다는 것도 사실입니다. 하지만 그렇기 때문에 밀러 원장이 광주 시내로 나들이할 가능성이 있는 거지요.」

「그건 그렇습니다만······.」

「광주 코뮌은 두 가지 소망을 갖고 있습니다. 하나는 다른 지역, 특히 서울에서 봉기가 일어나는 것이며, 다른 하나는 미국의 도움입니다.」

「워싱턴과는 대립되는 소망이군요.」

워싱턴이 전두환의 권력 장악을 원했던 적은 한 번도 없었다. 박정희 피살 이후 워싱턴이 한결같이 원했던 것은 온건한 민간 정부의 탄생이었다. 그렇다고 해서 전두환이 권력 장악을 기도한다 해도 적극적으로 막을 의사도 없었다. 다만 국가 안보를 위태롭게 하지 않는 합법적인 방법으로 이루어져야 한다는 것이 워싱턴의 바람이었다. 워싱턴이 가장 우려하는 것은 반유신 그룹과 전두환 그룹의 정면 충돌이었다. 반유신 그룹의 저항군은 학생이었다. 3월 초 대학이 문을 열자 워싱턴은 예민해질 수밖에 없었다.

상황은 좋지 않았다. 정치 개혁은 물론이고 헌법 개정도 지지부진했다. 전두환 그룹의 반란 때 자신의 미래만을 걱정했던 최규하 대통령이 유신 관료와 재계, 군의 이익에 영합해 과도 체제 연장을 꾀한다는 의심을 받았다. 근거 있는 의심이었다. 신현확 총리의 태도도 석연치 않았다.

2월 어느 날 글라이스틴은 이 노회한 총리를 시험했다. 전두환의 권력 집중에 우려를 나타낸 그는 제3자의 대두 가능성에 대해 불쑥 물었다. 대사관저의 오찬장에서였다. 신현확은 야당을 이롭게 하고 보수 세력을 분할시킬 수 있는 계획에는 관여하고 있지 않다고 대답했다. 그러면서 앞으로 닥쳐올 정치적 혼란의 해소를 위해 자신의 역할이 필요하다면 기꺼이 맡겠다고 넌지시 말했다.

한국의 정치적 상황은 복잡하고 미묘했다. 반유신 그룹과 전두환 그룹, 그 사이에서 어부지리를 노리는 정부 관료층과 기득권 세력들이 팽팽한 긴장 속에서 상대의 움직임을 탐색하고 있었다. 먼저 행동을 취한 쪽은 전두환 그룹이었다. 4월 14일, 전두환의 중정부장 서리 겸직이 그것이었다. 대단히 노골적인 도발이었다. 전두환을 응징할 수 없었던 워싱턴은 학생들의 동향에 신경을 곤두세웠다. 5월이 되자 긴장이 고조되고 있었다. 총학생회장단은 항간에 유포되고 있는 5월 봉기설을 쿠데타의 명분을 찾으려는 전두환 그룹의 조작으로 규정하고 당분간 교내 시위만 전개하기로 했다. 현명한 결정이었다.

괴이한 것은 전두환 그룹의 움직임이었다. 소요 사태 진압 훈련을 집중적으로 받아 왔던 특전사 병력 중 7공수여단을 제외한 병력 전부를 서울 근처로 이동시켰다. 그뿐 아니었다. 연합사 작전 통제하에 있는 한국군 해병대 1사단에 대해 대구와 부산 지역 투입 가능성을 위컴 사령관에게 알려 왔다. 시위가 일어난다는 확신 없이는 그런 조치를 취할 수가 없었다. 그런데 거꾸로 5월 10일 최규하 대통령의 중동 방문 이후 신군부가 쿠데타를 일으킬 것이란 소문이 떠돌았다. 긴장이 높아지는 가운데 5월 12일 학생들은 가두시위 진출 여부 문제로 치열한 논쟁을 벌였다. 그 결과 강경파들의 비판에도 불구하고 교내 시위 원칙을 재확인했다. 전두환 그룹이 서울에 병력 배치를 시작하고 있을 때였다.

군인들이 돌연 서울 시내에 나타나자 쿠데타라고 판단한 학생회 간부들은 농성 학생들을 귀가시키고 자신들은 피신했다. 다음날 신군부의 움직임이 구체적으로 드러나지 않자 강경파 학생들은 학생회 간부들의 패배주의적 태도를 신랄하게 비판했다. 일반 학생들도 가두시위 자제를 나약함과 비겁함으로 인식하기 시작했다. 힘을 얻은 강경파는 학생 2천5백여 명을 이끌고 광화문 일대에서 야간 시위를 감행했다. 워싱턴이 우려한 정면 충돌 조짐이 나타나고 있었다.

워싱턴은 버릇없는 전두환을 싫어했다. 직무상 전두환과 여러 차례 접촉했던 글라이스틴은 그를 경멸하고 있었다. 전두환은 위컴의 표현대로 약삭빠르고 교활했다. 그가 저지른 일련의 행동들은 비도덕적이었다. 한국의 국익에도 유해했음은 물론이었다. 특히 12·12 반란은 연합사의 지휘 체계를 손상시켰을 뿐만 아니라 자칫 전쟁을 불러들였을지도 모를 위험한 짓이었다. 전두환은 글라이스틴에게 정치권력에 욕심이 없다는 것을 틈만 있으면 강조했다. 그러면서도 한편으로는 워싱턴을 향해 끊임없이 구애를 보냈다. 그의 태도가 너무나 진지해 글라이스틴은 잠시 현혹된 적도 있었다.

12·12반란 후 글라이스틴과 위컴의 냉담한 태도에 초조해진 전두환은 과거 한국에 근무했던 미군 장성들을 대상으로 '편지 정치'를 시작했다. 정승화 계엄사령관을 체포할 수밖에 없었던 상황 설명과 함께 자신에 대한 지지를 호소하는 내용의 편지를 보내는 한편, 개인 밀사를 미국에 파견하여 적극적으로 반란을 변호하도록 했다. 위컴의 전임자였던 베시 장군에게는 백서 사본을 전달하면서 자신을 미국에 초청해 12·12의 동기에 대해 설명할 수 있는 기회를 달라고 부탁하고, 그것이 불가능하면 베시 장군이 같은 목적으로 한국에 와줄 것을 간청했다.

전두환의 지칠 줄 모르는 구애는 워싱턴의 고위층들에게 그가 한국의 통치자가 되더라도 최소한 미국의 이익에 반하는 행동은 하지 않을 것이라는 믿음을 심어주기에 이르렀다. 워싱턴이 그를 싫어하면서도 내치지 않은 이유가 여기에 있었다.

반유신 그룹과 전두환 그룹의 전쟁에서 워싱턴의 선택은 분명했다. 홀브룩은 반유신 그룹을 '상대적으로 한줌밖에 안 되는 극단주의자들'이라고 빈정거렸다. 그의 빈정거림은 워싱턴의 심기이기도 했다. 워싱턴은 반유신 그룹의 좌파적 성향을 우려했다. 전두환 그룹과의 전쟁에서 그들이 승리할 경우 남한의 정치는 대단히 불확실한 상황으로 빠져 들 것이다. 불행히도 그것은 12·12반란이 불러일으킨 불확실성보다 훨씬 깊을 것이 분명했다. 워싱턴이 가장 끔찍하게 생각하는 시나리오였다. 이것이 바로 글라이스틴과 위컴이 광주 진압을 위한 전두환 그룹의 병력 동원에 반대할 수 없었던 이유였다. 그들이 할 수 있었던 유일한 일은 과잉 진압과 병력 투입의 위험을 심각하게 우려하고 있다는 미국의 입장을 전하는 것뿐이었다.

「지금 백악관의 가장 큰 골칫거리는 테헤란의 인질 사건입니다.」

브루스터의 말에 글라이스틴은 고개를 끄덕였다. 카터 행정부에 깊은 상처를 준 이란 회교혁명 후 워싱턴은 1979년 10월 22일 신병 치료라는 인도적 이유로 팔레비 이란 전(前) 국왕의 미국 입국을 허용했다. 이에 분노한 이란의 과격파 학생들은 테헤란의 미국 대사관을 점거, 다수의 미국인을 인질로 삼았다.

1980년 11월의 대통령 선거를 앞두고 백악관은 인질 석방을 위해 갖은 노력을 기울이다가 급기야는 그해 4월 26일 특공 작전을 감행했다. 하지만 여덟 명의 희생자만 내고 실패함으로써 카터의 재선 전략은 큰 타격을 받았다. 그렇다고 해서 희망이 아주 사라진 것은 아니었다. 선거 전까지 협상을 타결시켜 인질들을 구해 낸다면 재선에 청신호로 작용할 가능성이 컸다.

「만약 한국에서 그와 유사한 인질 사건이 벌어지면 백악관은 경악할 것입니다.」

「광주에서 인질 사건이 일어날 가능성이 있다는 뜻입니까?」

「그렇습니다.」

브루스터는 고개를 끄덕였다.

「대사께서도 아시겠지만 박충훈 신임 총리가 어제 광주의 현장을 직접 둘러보고 당사자들과 대화를 통해 사태 수습을 강구하겠다고 공식 발표했습니다. 광주 시민들이 총리를 애타게 기다린 것은 그 발표 때문이었습니다. 하지만 총리는 약속과 달리 계엄분소만 방문했을 뿐 시민들이 기다리고 있는 사태의 현장에는 가지 않았습니다. 총리 신변에 관한 위험한 정보가 입수되었기 때문입니다. 봉기군의 일부 과격파들이 협상 결렬시 총리를 인질로 잡을 계획을 세웠습니다. 제가 걱정하는 것은 밀러 문화원장이 한국의 총리보다 봉기군에게 더 유용한 인질이 될 수가 있다는 사실입니다.」

「광주 코뮌은 미국의 도움을 기대하고 있다면서요?」

「그 기대가 언제까지 갈 것 같습니까?」

「곧 무너지겠지요.」

글라이스틴은 한숨을 쉬며 말했다.

「기대가 크면 실망도 큰 법입니다. 유감스럽게도 전두환은 미국이 자신의 입장을 지지하고 있다고 한국 언론을 통해 교묘하게 흘리고 있습니다. 이런 보고를 드리게 되어 죄송스럽습니다만 전두환 그룹이 우리와 약속한 전단 살포는 이루어지지 않았습니다. 저의 판단으로는 약속을 지킬 가능성이 거의 없습니다.」

「아니, 그게 무슨 말입니까?」

글라이스틴의 목소리가 날카롭게 올라갔다. 5월 21일 특전사 병력이 광주 외곽으로 철수했을 무렵, 한국군 수뇌부는 미국 정부가 평양에 경고해 줄 것을 요청했다. 북한이 광주의 혼란을 이용하지 않을까 하는 우려 때문이었다. 글라이스틴과 위컴은 북한을 크게 걱정하지는 않았지만 우려가 전혀 없었던 것은 아니어서 그들의 요청을 받아들였다. 위컴은 전쟁 경계 태세인 데프콘3을 비공식적으로 발령하고 공중 조기경보 통제기의 증파와 항모 기동 타격대의 파견을 요청했다.

다음날 글라이스틴은 한국군 수뇌부와 최광수 청와대 비서실장을 만난 자리에서 북한에 대한 미국의 반복 경고 조건으로, 광주와 한국 정부 양쪽 당사자들에게 최대한 자제와 함께 대화를 촉구하는 내용을 워싱턴의 성명서에 포함시킬 것과, 그 성명서를 한국 전역에 방송하는 한편, 성명서 전단을 광주 상공에서 살포할 것을 요구했다. 미국의 입장을 광주 시민들에게 정확히 알리는 것이 매우 중요하다고 판단했기 때문이었다.

전두환 그룹을 비롯한 한국 정부 관계자들은 광주와 자신들을 동등하게 대하고 조기 진압에 제동을 거는 성명서의 내용에 불만스러워했지만 결국은 받아들였다. 5월 23일의 광주 탈환 작전이 취소된 이유는 이 합의 때문이었다. 하지만 전두환 그룹은 정직하지 못했다. 광주 시민이 방송을 통해 들은 것은 워싱턴의 성명서가 아니라, 위컴 장군이 20사단의 광주 투입을 승인했으며 더 나아가 공공질서 유지를 위해 병력 동원을 권장했다는 내용이었다. 비열한 속임수였다. 그런데 브루스터는 지금 전단 살포도 하지 않을 것이라고 말하고 있었다.

「전두환의 거짓말이 새삼 놀라운 일은 아닙니다. 하지만 이번의 경

178

우는 다릅니다. 특전사 군인들이 얼마나 야만적으로 행동했는지 브루스터 씨가 더 잘 알 것입니다. 나는 한 인간으로서 전두환 그룹이 저지른 짓을 결코 용서할 수 없습니다. 평생 그럴 것입니다.」

글라이스틴의 목소리는 단호했다. 브루스터는 눈을 약간 내리뜬 채 그의 말을 묵묵히 듣고 있었다. 창을 등진 브루스터의 얼굴은 어둡고 창백했다. 그가 암 환자라는 사실이 상기되었다.

공군 장교 출신인 브루스터는 1970년 초반 한국에서 CIA 부지부장으로 활동했었다. 1978년 말 지부장으로 승진하여 서울에 오기 직전 본국에서 췌장암 수술을 받았다. 공교롭게도 그의 부임 이후 한국 정치는 격랑의 연속이었다. 일에 대한 그의 집념은 놀라웠다. 격무에도 불구하고 병색을 전혀 내비치지 않았다.

CIA 본부는 브루스터의 능력을 높이 평가했다. 그의 건강을 걱정하는 목소리가 있었으나 본인은 귀국을 원치 않았다. 전두환도 그를 붙들어 두고 싶어했다. 아마도 그는 일에 몰두함으로써 치명적 병이 불러일으키는 고통을 이겨 내고 있는 모양이었다.

「아무튼 지금 우리가 걱정해야 할 것은 광주 코뮌의 인질 가능성이군요.」

글라이스틴의 부드러운 어조에 브루스터는 살짝 웃었다. 큰 눈도 웃고 있었다. 그는 미워하기 힘든 사람이었다.

「반유신 그룹의 활동가들이 도청 지도부를 장악하면 미국인 인질의 가능성은 대단히 커집니다. 그들은 실천가이자 냉정한 분석가입니다. 그들의 궁극적 목적은 전두환 그룹의 붕괴입니다. 이 목적을 이룰 수 있는 유일한 길은 광주 코뮌의 장기화입니다. 다른 지역의 봉기를 유발시킬 뿐 아니라 군부 내 반전두환 그룹의 반격을 이끌어 낼 수도 있기 때문입니다. 이 사실을 누구보다도 잘 알고 있는 전두환으로서는 진압 작전을 서두를 수밖에 없습니다. 광주 코뮌의 시름은 여기에 있습니다. 코뮌의 군사력으로는 계엄군을 도저히 막아 낼 수 없으니까요. 그렇다면 길은 하나뿐이지요. 진압 작전 자체를 못하게 하는 것입니다.」

「그게 가능한가요?」

「방법은 두 가지입니다. 하나는 다이너마이트를 이용하는 것입니다. 봉기군은 도청을 접수하면서 다량의 다이너마이트를 은닉했습니다. 제가 듣기로는 광주 시내 중심가를 폐허로 만들 수 있는 양이라고 합니다. 계엄사는 다이너마이트를 무력화시킬 수 있는 작전을 이미 시작했습니다. 다행스럽게도 도청 출입이 까다롭지 않아 특수 요원들을 침투시키기가 용이합니다. 두 번째 방법이 인질입니다. 그들에게 미국인만큼 좋은 인질은 없습니다. 그들이 원했던 미국의 개입을 유도할 뿐 아니라, 테헤란 인질 사건과 맞물려 세계의 이목을 집중시킴으로써 전두환 그룹의 폭력성을 부각시킬 수 있을 테니까요.」

「조치가 필요하겠군요.」

글라이스틴은 무거운 목소리로 말했다. 침묵이 흘렀다. 창 너머 하늘은 거무스레했다. 어둠이 빠르게 오고 있었다. 이제 곧 텅 빈 집으로 돌아가겠군. 그는 쓸쓸히 웃으며 두 손으로 얼굴을 쓸었다. 전국 계엄령이 내려졌던 5월 17일 아내와 막내아들이 미국으로 떠남으로써 부자연스럽게 지탱해 왔던 결혼 생활은 파탄을 맞았다. 떠나는 그들의 뒷모습을 보면서 아내와의 재결합이 불가능하다는 것을 뼈저리게 느꼈다.

「보고드릴 것이 있습니다.」

브루스터의 목소리는 그를 상념에서 끌어내었다. 마지막 저녁 빛이 창가에서 툭툭 떨어지고 있었다.

「북한 남침설에 관한 것입니다.」

글라이스틴은 자세를 고쳐 앉았다. 그전부터 궁금했던 내용이었다. 지난 5월 10일 북한이 남침할지도 모른다는 정보가 일본 내각 조사실에서 흘러나왔다. 제보원은 중국 베이징의 고위 관계자였다. 작금의 한국 사태가 남침의 호기를 조성했다고 판단한 북한은 5월 15일에서 20일 사이 남침을 결정했으며, 당시 유고슬라비아를 방문 중이던 김일성이 소련의 브레즈네프 서기장을 만나 남침 계획을 의논했다는 것이 제보의 내용이었다. 이틀 후인 5월 12일 비상국무회의를 소집한 전두환은 중앙정보부 간부를 출석시켰다. 그 간부는 북한의 특수 8군단이 자취를 감추었다는 일본 방위청의 정보를 공개했다. 전두환은 각료들에게 남침 가능성을 경고하면서 정국 안정을 위한 특단의 조치가 필요하다는 것을 역설했다.

다음날 위컴과의 만남에서도 전두환은 북한이 1953년 휴전 협정 이후 참을성 있게 기다려 왔던 결정적인 순간을 지금 맞이한 것으로 판단하고 있다고 하면서, 학생들의 배후에 북한의 숨은 손이 있는데도 경찰은 감히 체포하려 하지 않는다고 말했다.

위컴은 미국 정보기관이 북한의 남침설을 분석하고 있지만 어떤 징후도 탐지하지 못했으며, 정보의 출처인 중국 역시 근거 없는 정보임을 확인시켜 주었다고 전두환의 주장을 일축했다. 전두환은 중국이 미국과 가까워지려는 욕심에 눈이 멀어 북한의 움직임을 왜곡하고 있다면서 중국에 대해 강한 불쾌감을 드러냈다. 전두환이 5월 17일 밤에 단행한 비상계엄령 확대 명분을 북한의 남침 가능성에서 찾았음은 물론이다.

12·12 이후 북한 남침설이 무려 여섯 차례나 흘러나왔다. 이상한

것은 미국 정보기관이 남침설의 신빙성에 대해 예외 없이 의문을 제기했다는 점이었다. 정보의 제보자가 전부 일본이며, 제보원은 한결같이 중국이라는 점도 의문을 불러일으켰다.

「전두환과 일본 정부와의 커넥션이 아닐까 의심하는 요원들이 있습니다.」

브루스터의 큰 눈이 가늘어지면서 목소리가 낮아졌다.

「일본 정부와의 커넥션?」

박정희 죽음 이후 일본은 한반도를 걱정스럽게 주시해 왔다. 일본 안보의 보호막 역할을 해왔던 동북아삼각안보동맹 체제가 균열되지 않을까 하는 우려 때문이었다. 이런 이유로 일본 정부가 박정희 체제와 가장 흡사한 전두환 그룹의 집권을 원하고 있다는 보고를 이미 받았었다. 강력한 군사 정부야말로 삼각안보동맹체제의 튼튼한 기틀이라고 그들은 믿고 있었다.

「우리 요원들은 북한 남침설의 진원지로 일본 첩보 기관을 지목하고 있습니다. 그들이 중국에 정보를 슬쩍 흘렸다는 거죠. 그 정보가 일본으로 되돌아오면서 신뢰성 높은 중국 정보로 포장되는 것입니다. 흥미로운 것은 전두환과 스노베 일본 대사가 만난 날짜입니다. 그들이 일본 대사관 근처에 있는 보안사 안가에서 비밀리에 만난 것은 천구백칠십구년 십일월 말입니다.」

「전두환이 군권을 장악한 십이월 십이일 이전이군요.」

「더 놀라운 일은 전두환이 스노베 대사에게 쿠데타 계획을 알리며 일본의 지원을 요청했다는 것입니다. 전두환은 머지않아 정승화 계엄사령관을 체포할 계획이라고 말했고, 스노베는 소란스러운 일만 없었으면 좋겠다고 대답했다더군요.」

「그런 말까지 할 정도라면 상대에 대한 신뢰감이 대단했겠군요.」

182

「일본의 입장이 그만큼 분명했다는 증거겠지요. 도쿄는 광주의 혼란이 조속히 수습되기를 간절히 바라고 있을 겁니다. 워싱턴의 입장과 일치하지요.」

브루스터의 마지막 말이 마음에 들지 않았다. 틀린 말은 아니었으나 뭔가 목에 걸렸다.

「물론 우리는 특전사 병력 동원에는 반대하지 않았습니다. 하지만 자국민에게 그토록 무자비하게 폭력을 쓸 줄은 전혀 예상치 못했습니다. 전두환이란 작자는……」

글라이스틴은 잠시 말을 끊었다. 워싱턴과 전두환을 밀접하게 연결시킨 장본인 앞에서 감정 섞인 비난은 현명한 태도가 아니었다.

「아시다시피 오월 십칠일 밤에는 한미 양국 관계에 필수적인 상호주의가 완전히 실종되어 있었습니다. 경찰과 군인들이 반유신 그룹 지도자들을 체포하기 시작한 시각에도 대사관은 까맣게 몰랐습니다. 사태가 심상치 않아 청와대로 수차례 전화한 끝에 겨우 알게 되었습니다. 나는 미합중국 대통령을 대리하는 대사입니다. 그럼에도 불구하고 한국군의 일개 소장에 불과했던 전두환과 여러 차례 대좌해 왔습니다. 그런데 개탄스럽게도 전두환은 나에게 한 번도 솔직한 적이 없었습니다.」

브루스터는 고개를 약간 기울인 채 눈을 깜박거렸다. 글라이스틴의 말이 품고 있는 이중적 의미를 그가 못 알아들을 리 없었다.

「저 역시 전두환의 태도에 문제가 있다는 것을 알고 있습니다. 하지만 이해가 가능한 측면도 있는 것이 사실입니다. 오월 십이일 한국의 의회 세력인 공화당과 신민당은 임시 국회 소집에 합의했습니다. 국회가 열리면 계엄 해제를 결의할 예정이었습니다. 전두환으로서는 무장 해제나 다름없는 조치지요. 거기에다 진보적 언론인들이 이끌고 있는 기자협회가 오월 이십일 자정부터 검열을 거부한다고 선언했습니다. 동양의 속담에 호랑이 등에 탔으면 가만히 있으라는 말이 있습니다. 떨어지면 잡아먹히니까요. 전두환은 호랑이 등에 올라탄 사람입니다. 그의 유일한 목적은 호랑이 등에서 떨어지지 않는 것이지요.」

「그래서 호랑이를 쿠데타에 반대하는 국민들 속으로 몰고 갔군요.」

5·17 이후 글라이스틴이 걱정한 것은 서울이었지 광주가 아니었다. 서울 중심가를 휩쓴 대규모 학생 시위를 목격했던 그는 전두환의 파국적 강경책에 항의하는 시위가 다시 일어날 것으로 예상했다. 하지만 분위기가 어둡고 침울했을 뿐 어떤 시위도 없었다. 시위는 서울과 멀리 떨어진 광주에서 일어났고, 특전사의 폭력적 진압은 상상을 초월했다.

그가 사태의 심각성을 깨닫게 된 것은 5월 20일부터였다. 18일과 19일 워싱턴으로 보낸 그의 보고서는 특전사의 폭력에 초점을 맞춘 것이었다. 하지만 20일이 되자 보고서의 초점이 시위대로 옮겨져야 한다는 것을 깨달았다. 시위의 확산은 워싱턴이 바라는 바가 아니었다. 광주로부터 자극받은 학생들이 서울에서 궐기한다면 전두환에게는 치명적이었다. 워싱턴의 입장에서도 최악의 시나리오였다.

5월 21일 워싱턴으로 보내는 보고서에 '최소한 15만 명의 시민들이 폭력 시위에 나서고 있으며, 일부 폭도들이 무기고에 난입해 무기와 탄약, 폭발물 들을 탈취했음. 12·12 장군들은 이 모든 사태에 위협을 느끼고 있음'이라고 쓴 것은 시위대에 초점을 맞춘 결과였다. 그날 외신 기자들과의 회견에서 질서 유지를 위한 병력 동원에 미국이 반대할 수 없음을 밝힌 것도 같은 맥락이었다.

홀브룩은 글라이스틴에게 전화를 걸어 광주의 혼란이 국내 전체로 확산될 가능성에 대해 물었다. 그는 한국 국민들이 비록 계엄령을 마지못해 받아들이고 있지만 광주를 불안한 시선으로 바라보며 사태가 하루속히 진정되기를 원하고 있기 때문에, 확산될 가능성은 거의 없다고 대답했다. 홀브룩은 안심하는 것 같았다.

다음날 긴급 소집된 백악관의 국가안보회의는 차후 혼란의 씨가 되지 않도록 계엄군이 최소한의 무력 행사로 광주의 질서를 회복하는 것이 최우선 과제이며, 질서 회복 후에는 전두환 그룹에게 정치적 자유의 확대를 위한 압력을 행사해야 한다고 합의했다.

「미합중국 대사라는 나의 신분이 최근처럼 불편하게 느껴진 적은 없습니다. 한마디만 더 하자면, 미합중국 대사로서뿐만 아니라 미합중국 국민으로서도 미국의 얼굴이 전두환과 별로 다를 바 없는 악마의 모습으로 비치지 않을까 걱정스럽습니다.」

어젯밤의 꿈이 생각났다. 작은 보트 모양의 신발이 보였다. 한국인은 그것을 고무신이라고 불렀다. 희고 작은 그 신발을 처음 보았을 때 눈(雪)으로 빚은 것이 아닌가 생각될 정도로 아름다웠다. 그 아름다움은 묘하게도 어린 시절의 추억을 불러일으켰다.

그가 태어나고 자랐던 1930년대 중국 거리는 잊혀지지 않는 추억이었다. 술꾼들의 왁자지껄한 소리가 새어 나오는 레스토랑, 이끼 긴 사당의 벽에 등을 기댄 채 졸고 있는 남루한 노동자들, 장뇌의 독특한 향기가 피어 오르는 골동품 가게, 납작한 나무 위에 새겨진 아름다운 형태의 글자들. 시간의 흐름에 씻겨 음화처럼 바랜 그것들은 희미한 램프 불에 잠긴 벽화가 되어 아련히 떠오르곤 했다. 이상스럽게도 고무신은 그 사물들과 잘 어울렸다. 소리가 사라진 음화의 거리에 고무신을 내려놓아도 조금도 낯설지 않았다.

꿈은 저녁 빛으로 시작되었다. 저녁 빛은 비에 젖은 거리를 비추고 있었다. 웅덩이처럼 고인 빗물은 사금파리처럼 반짝였다. 그의 입가에서 미소가 피어 올랐다. 그는 알고 있었다. 저녁 빛 고인 거리를 내려다보고 있는 한 아이의 얼굴을.

어느 날 아이는 어머니를 따라 골동품 가게로 들어갔다. 2층으로 오르는 나무 계단이 유달리 삐꺽거렸다. 어머니의 물건 고르는 시간이 길어지자 무료해진 아이는 창가에 서서 바깥을 내려다보았다. 갈색 양복을 입은 중국인 신사가 물웅덩이를 피해 가며 조심조심 걷고 있었다. 아이는 저녁 빛 속으로 사라지는 중국인 신사를 보면서, 모자가 기우뚱하며 한쪽 팔이 부자연스럽게 흔들린다고 생각했다.

그가 사라진 후로는 행인이 좀처럼 나타나지 않았다. 거리는 적요했다. 움직이는 것이라고는 저녁 빛에 떠도는 먼지뿐이었다. 얼마나 시간이 흘렀을까? 텅 빈 거리 속으로 제금 소리가 흘러 들어왔다. 느리디느린 그 소리는 거리를 푸르스름하게 만들고 있었다. 소리에서 푸른빛이 새어 나오는 것 같았다. 아이는 눈을 깜박였다. 푸르스름한 빛 속에서 기다랗고 부드러운 명주옷이 너울거렸다. 아이의 입에서 탄성이 새어 나왔다. 음악이 눈에 보인다는 사실이 너무나 놀라웠다.

어젯밤 꿈에서도 제금 소리가 들렸다. 거리가 푸르스름하게 변해 가는 것도 똑같았다. 하지만 그 푸름 속에서 떠오른 것은 명주옷이 아니었다. 고무신이었다. 고무신은 푸름 속에서 넘실거리며 떠올랐다. 고무신이 작은 배라면 푸른빛은 물이었다. 제금 소리가 낮아지더니 뚝 끊겼다. 보이지 않는 시간이 적막과 뒤섞이고 있었다. 푸름 속에 잠긴 외등이 고적했다. 먼 곳에서 노랫소리가 들려왔다. 그는 숨을 죽이며 귀를 기울였다. 가슴을 쥐어뜯는 듯한 비통한 소리였다. 노래라기보다는 울음에 가까웠다. 울음 같은 노랫소리는 제금 소리가 만들어 놓은 푸른빛을 붉은빛으로 변화시키고 있었다. 붉은 빛이 피라는 것을 깨닫기까지 시간이 얼마 걸리지 않았다. 거리는 온통 피였다. 고무신은 핏물 위에 둥둥 떠 있었다.

5월 24일 오전 일곱시

서울 서대문구 현저동에 위치한 서울구치소에 아침 햇살이 스며 들고 있었다. 군 교도소에 수감되었던 사형수 김재규가 서울구치소 보안청사 지하실 독방으로 이감 수용된 시각은 새벽 네시였다. 그로 부터 세 시간 후인 아침 일곱시, 교도관 세 명이 구치소 독방을 찾았 다. 두 교도관이 양쪽에서 사형수의 팔뚝을 붙들었고, 나머지 교도관 은 사형수 뒤에 섰다. 한복 흰 저고리에 잿빛 바지를 입은 사형수는 시선을 정면에 두고 말없이 걸어 나갔다. 그들은 운동장과 9사(舍) 사이의 길로 들어섰다. 골목처럼 좁은 길이었다. 그들이 걸음을 멈춘 곳은 흰 담으로 둘러싸인 목조 건물 앞이었다. 지붕은 기와였다.

사형수는 계호를 받으며 건물 옆문으로 들어갔다. 낡은 마루에서 냉기가 올라왔다. 집행관인 교도소장을 중심으로 스님과 목사, 검찰 관계자와 관계 공무원들이 단상에 자리 잡고 있었다. 사형수는 단하 의 돗자리 위에 앉혀졌다. 교도소 계호 담당 교도관 세 명이 사형수 뒤에 섰다. 양쪽 측문을 지키는 계호 교도관은 여섯 명이었다. 인정 신문이 시작되었다. 집행관은 죄수 번호, 성명, 생년월일, 본적, 주소 를 물었다. 사형수는 비교적 또렷한 목소리로 대답했다. 범죄 사항 과 재판 과정을 건조한 목소리로 나열한 집행관은 숨을 고르듯 잠시 침묵하다가 입을 열었다.

「오늘 법무부 장관의 사형 집행 명령에 의해 그 형을 집행합니다.」

사형수의 입가에 가느다란 주름이 잡혔다.

「유언이 있으면 하십시오.」

사형수를 내려다보는 집행관의 표정은 딱딱했다.

「할 말이 없습니다.」

짧게 끊는 듯한 목소리였다.

「스님을 모셨습니다. 집례를 받으시겠습니까?」

집행관은 사형수의 손을 응시하며 부드럽게 물었다. 그 손은 쉼 없이 염주를 돌리고 있었다. 사형수는 독실한 불교 신자였다. 사형수의 노모가 마지막 면회에서 아들에게 청한 것은 독경이었다. 사형수는 노모 앞에서 목멘 소리로 반야심경을 노래했다. 이 모든 것을 잘 알고 있는 집행관은 자신의 집례 요청이 거절되리라고는 추호도 생각지 않았다. 사형수가 말없이 고개를 젓자 집행관이 잠시 당황한 것은 그런 까닭에서였다. 표정을 재빨리 수습한 집행관은 자신에게 익숙한, 그러나 늘 이상한 기분에 사로잡히는 동작을 취했다. 집행 시작 사인이었다.

사형수 뒤에서 돌처럼 서 있던 계호 교도관들이 빠르게 움직였다. 한 교도관이 가슴까지 내려오는 용수를 사형수의 머리에 씌우는 동안 두 교도관은 상체와 두 다리를 포승으로 묶었다. 안대도 씌웠다. 목이 졸릴 때 눈알이 튀어나오는 것을 방지하기 위함이었다. 작업이 끝나자 뒤에 섰던 교도관이 사형수의 겨드랑이 속으로 두 팔을 끼어넣고 끌어당겼다. 사형수는 비스듬한 자세로 끌려갔다. 집행 장소를 가리고 있던 흰 커튼이 걷혔다. 커튼에서 3미터쯤 떨어진 곳에 집행 장소가 있었다. 도르래에 달린 밧줄이 보였다. 마닐라삼으로 만든 것이었다. 교도관은 사형수를 앉힌 후 올가미 형태의 밧줄을 목에 걸었다.

「준비 완료, 포인트 젖혀!」

건물 바깥에서 대기하고 있던 교도관이 포인트라고 불리는 손잡이를 젖혔다. 마루 판자의 받침대가 빠지면서 아래로 꺾였다. 아무도 비명 소리를 듣지 못했다. 지하 벽을 때리는 마루 판자의 소리만 들었을 뿐이었다. 25분 후 의무관이 지하실로 내려갔다. 가슴에 청진기를 댄 그는 죽음을 확인했다. 사형수는 죽은 뒤에도 복숭아씨로 만든 염주를 놓지 않고 있었다.

5분 후 사형수의 몸이 바닥에 눕혀졌다. 이 모든 과정이 사진기에 담겼다. 사형수의 시신을 실은 군 앰뷸런스가 국군통합병원에 도착한 시각은 오전 아홉시 30분경이었다. 그로부터 30여 분 후 시신은 가족에게 인도되었다. 잠자는 듯한 모습이었다. 목에 나 있는 밧줄 자국은 깊고 선명했다.

오후 한시

봄의 신록은 싱그러웠다. 공기는 청명했고, 바람은 따뜻했다. 엷은 우윳빛 햇살에 잠긴 산하는 고요히 숨쉬고 있었다. 그것은 평온한 고요였다. 이 고요를 깨뜨리는 소리가 있었다. 날카롭고 메마르며, 차갑고 딱딱한 그 소리는 거대한 괴물이 울부짖듯 산하를 뒤흔들었다. 놀란 새들이 하늘로 치솟아 오르고, 식물의 가지와 잎들은 파르르 떨었다.

소리의 진원지는 11공수여단의 차량 행렬이었다. 장갑차를 선두로 지휘관이 탄 지프 다섯 대와 쉰네 대의 군용 트럭이 거대한 뱀처럼 꿈틀거리며 이동하고 있었다. 오늘 새벽, 광주와 화순 간 도로봉쇄 작전 임무를 보병 제20사단에 인계하고 송정리비행장으로 이동하라는 명령이 떨어졌다. 날이 밝자 헬기들이 특수 화기와 탄약 상자, 통신 기기 등 부피가 크고 무거운 장비들을 실어 날랐다. 열두시

30분경, 1천여 명의 병사들이 마을 앞 도로를 새까맣게 덮었고, 30여 분 후 차량 탑승을 완료했다.

　강선우는 엄청난 흙먼지 속에서 뿌옇게 흐려져 가는 하늘을 보았다. 붉게 충혈된 그의 눈은 공허했다. 트럭은 심하게 흔들렸다. 다리를 벌리고 힘을 주지 않으면 몸을 지탱할 수가 없었다. 그는 생각했다. 몸이 왜 이렇게 나무토막처럼 뻣뻣할까? 물론 그것은 느낌일 뿐이었다. 멀쩡히 살아 있는 몸이 나무토막처럼 뻣뻣할 리가 없었다. 그런데도 이 느낌에서 벗어나기가 힘들었다. 팔과 다리 부분이 특히 심했다. 툭 부러진다고 해도 조금도 이상할 것 같지 않았다.

　증세가 처음 나타난 것은 광주 진압 작전 명령이 떨어진 어제 오후였다. 부상 포로들을 사살한 지 한 시간도 채 못 된 시각이었다. 작전은 저녁 여덟시에 시작되며, 개인당 실탄 560발과 수류탄 한 발이 지급된다고 했다. 지역대별로 담당 구역이 정해졌다. 그의 지역대가 점령해야 할 구역은 충장로 사거리였다. 그곳 지리에 밝은 병사로부터 상세한 설명을 들었다.

　광주 재탈환 명령에 병사들은 들떠 있었다. 시위대에 둘러싸여 생명의 위협과 굶주림에 허덕이다가 긴급 철수 명령으로 새로운 숙영지에 도착했을 때는 어느 정도 기대감에 차 있었다. 하지만 이곳 상황도 광주 시내보다 나은 것이 별반 없었다. 굶지는 않았지만 취사 시설이 부족해 제대로 된 밥을 먹기가 힘들었다. 물이 없어 세수는커녕 손조차 제대로 씻지 못했고, 과중한 경계 임무로 늘 잠이 모자랐다. 생명의 위협은 줄어들었으나 누적되는 피로와 수면 부족, 그에 따르는 스트레스는 한계 상황에 도달해 있었다.

　고통은 분노를 불러일으켰다. 분노의 대상은 광주였다. 광주 재탈환 명령에 병사들이 기뻐하는 것은 당연했다. 총기를 손질하는 병사들의 동작은 활기 찼다. 눈에 보이는 대로 쏘아 죽이겠다는 말이 거침없이 나왔다. 전우의 원수를 갚아야 한다는 비장한 말에 분위기가 숙연해지기까지 했다.

첫 증세는 이때 나타났다. 몸이 떨리면서 땀이 났다. 손도 굳어지고 있었다. 다행스럽게도 주위의 병사들은 눈치 채지 못했다. 증세가 심하지 않았고 오래 지속되지도 않았기 때문이다. 그것이 다시 나타난 것은 재교육장에서였다. 마을 근처 공터였는데, 대대 단위로 탱크 한 대씩 지원받았다. 병사들은 탱크의 뒤를 따랐다. 절대로 물러서지 말라는 장교들의 외침이 반복되었다. 가슴속에서 무엇인가가 부풀어 오르면서 숨쉬기가 힘들었다. 공기가 희박한 곳으로 들어온 것 같았다. 총을 쥔 손바닥에 땀이 배었고, 머리가 죄이듯 아팠다. 처음과는 달리 증세는 좀처럼 사라지지 않았다. 그것이 사라진 것은 작전이 돌연 취소된 저녁 여섯시 이후였다. 병사들이 허탈해하는 가운데 증세는 빠르게 사라지고 있었다.

철수 명령이 떨어진 것은 아침 식사 직후였다. 산속 비트 속에 숨겨 놓은 배낭과 장비를 다 가지고 간다고 했다. 시위대의 기습에 대비하여 실탄을 장전했다. 송정리비행장까지는 30여 킬로미터였다. 시내를 통과하면 훨씬 단축되지만 우회 도로로 갈 수밖에 없었다. 선두 차량이 소태동 삼거리에 이르렀을 때 사격 명령이 떨어졌다. 표적은 폭도들이 바리케이드를 치고 있던 콘크리트 교량 주변이었다. 하지만 그곳에는 아무도 없었다. 미리 대피한 것이 분명했다. 그런데도 사격은 좀처럼 멈추지 않았다. 교량 주변은 물론이고 인근 주택가로도 총알이 날아들었다.

총성은 차량이 마을을 완전히 벗어난 후에야 멎었다. 사격의 쾌감에 젖은 병사들은 총구를 쉽게 내리지 못했다. 차가 들판을 지나 야산 골짜기로 진입하자 짐승 사냥이 시작되었다. 산기슭에 드문드문 집들이 있어 가축들이 더러 보였다. 밭둑에서 어슬렁거리고 있는 염소들과 축사 안의 소들이 풀썩풀썩 쓰러졌다.

어제와 흡사한 증세가 나타난 것은 총소리가 시작되면서부터였다. 공기에 굶주린 듯한 느낌과 함께 사지가 뻣뻣해지고 있었다. 입을 꽉 다물지 않으면 신음 소리가 새어 나왔다. 짐승의 울음소리가 들렸다. 먼 곳에서 아득히 들려오는 그 소리는 언젠가 들은 듯한 느낌을 불러일으켰다. 그랬다. 분명 낯익은 소리였다. 아, 그곳에는 무엇이 있었는데……. 그래, 햇살이 있었지. 하얀 물처럼 투명한 햇살이. 그 햇살 속에서 나는 M16 자물쇠를 풀었어. 살인 명령을 집행하기 위해. 그때 짐승의 울음소리가 들려왔지. 그 소린 들판을 할퀴는 바람 소리와 흡사했어. 눈을 다친 청년은 비명도 없이 쓰러졌지. 꿈틀거리지도 않았어. 들것에 누워 있는 청년의 검은 눈은 새의 눈 같았어. 떨림과 슬픔으로 가득 찬. 그때 난 기이한 체험을 했어. 총탄이 머리에 박힐 때의 둔탁한 소리와 경련이 내 몸 안에서 일어나고 있었거든. 나는 청년의 몸이 되어 총탄이 박히는 순간의 감각을 느끼고 있었던 거야. 그때 그림자처럼 희미하게 떠오르는 얼굴이 있었어. 핏물 질펀한 땅 위에 나무처럼 서 있던 그 사내였지. 칼이 뺨을 긋고 있음에도 그의 시선은 먼 곳에 있었어. 그 사내는 무엇을 보고 있었을까?

천지가 진동하는 폭발음과 함께 트럭이 격렬하게 흔들렸다. 눈을 번쩍 떴다. 선두의 장갑차가 불길에 싸여 있었다. 고막을 찢는 듯한 폭발음이 다시 들렸다. 앞서 가던 트럭에서 화염이 피어 올랐다.

「로켓포다!」

한 병사가 비명과 같은 소리를 지르며 벌떡 일어섰다. 다급한 외침이 연이어 터져 나오면서 병사들은 앞을 다투며 트럭에서 뛰어내렸다. 강선우는 우두커니 앉아 있었다. 누군가 그의 팔을 잡아당겼으나 몸을 움직일 수가 없었다. 보이지 않는 손이 어깨를 짓누르는 것 같았다. 몸이 갈기갈기 찢긴 채 죽어 가고 있는 자신의 모습이 보였다. 그는 조금도 놀라지 않았다. 눈을 감지도 않았고, 시선을 돌리지도 않았다. 다만 목이 마를 뿐이었다. 죽음이란 목을 마르게 하는 무엇이 아닐까 하는 생각이 들었다. 고개를 흔들었다. 죽음은 그런 즉물적 세계가 아닐 것이다. 죽음이 그런 것이라면, 내 몸 깊숙이 박혀 있는 이 상처들은 무엇인가? 내가 보았던 죽음 하나하나가 파편처럼 박혀 있는 이 상처들은.

그의 시선은 여전히 죽음에 사로잡혀 있었다. 죽음은 그로 하여금 두리번거리게 하지 않았다. 시야를 흐리게 하는 구불구불한 미로도 없었다. 죽음은 그의 눈빛을 직선으로 끌어당겼다. 그것은 친근하지도 않았지만 끔찍하지도 않았다. 그렇다고 고통이 없는 것은 아니었다. 죽음의 모습이 너무나 깊은 현실이어서 살아 있는 자신이 오히려 비현실적으로 느껴지는 데서 오는 고통이었다. 한 가닥 웃음소리가 고통 속으로 흘러 들어왔다. 조롱하는 듯한 그 웃음소리는 고통의 내부에서 작은 공처럼 튀고 있었다. 그는 벌떡 일어났다. 이 부딪치는 소리가 귓속에 가득했다. 트럭에서 뛰어내리는 순간 폭발음과 함께 등에 둔탁한 충격을 느꼈다. 그는 거센 바람에 휩쓸리듯 아스팔트 위로 굴러 떨어졌다. 오른쪽 팔꿈치에서 예리한 통증을 느꼈다. 왼쪽 겨드랑이도 아팠다. 가까스로 일어났다. 다리가 멀쩡했다. 크게 다친 것 같지 않았다. 앞으로 걸어갔다. 수류탄이 터졌고, 총탄이 날아왔다. 조금도 개의치 않았다. 도로변에 산개한 병사들은 보이지 않는 적을 향해 난사하고 있었다. 시체들이 여기저기 뒹굴었다. 몸이 두 동강 난 시체도 있었고, 머리가 통째로 날아가 버린 시체도 있었다. 부상당한 병사들은 짐승처럼 울부짖었다. 로켓탄에 파괴된 차량은 선두 트럭과 세 번째 트럭, 다섯 번째 트럭, 일곱 번째 트럭 순이었다. 정확한 사격이었다. 그가 걸음을 멈춘 곳은 선두 트럭 앞에서였다. 직격탄을 맞은 트럭은 화염 속에 있었다. 주위를 살폈다. 피비린내가 코를 찔렀다.

유근수 소령은 트럭에서 조금 떨어진 곳에 있었다. 팔 하나가 보이지 않았고, 머리와 복부는 피투성이였다. 강선우는 무릎을 꿇고 소령을 내려다보았다. 그는 숨을 몰아쉬며 살려 달라고 말했다. 벗겨진 철모는 피로 가득했다. 파란 옷의 청년이 보였다. 하늘의 푸름 속에서 파란 옷은 경쾌하게 출렁였다. 경련이 일었다. 청년의 옆구리 속으로 대검이 파고들었을 때의 경련이었다. 회오리치는 경련은 청년의 몸과 그의 몸에서 동시에 일어나고 있었다. 두 개의 똑같은 경련은 그와 청년의 몸을 구분할 수 없게 했다. 그때 내가 찌른 것은 두 겹의 몸이었어. 청년의 몸이기도 하면서 나의 몸이기도 한.

강선우는 총구를 천천히 내렸다. 총구가 닿은 곳은 소령의 머리였다. 소령은 눈을 크게 떴다. 피와 눈물에 짓무른 그의 눈은 공포와 의혹에 싸여 있었다. 강선우는 알고 있었다. 그와 소령을 잇는 유일한 끈이 죽음임을. 이 끈을 자르는 것은 그의 몫이었다. 이 혹독한 진실 앞에서 숨을 곳은 어디에도 없었다. 그가 원한 것은 해방이었다. 모든 죽음, 그 죽음의 기억으로부터의 해방이었고, 그 첫걸음이 소령의 죽음이었다. 방아쇠를 당겼다. 소령의 몸이 튕겨 올랐다. 세 번째 방아쇠를 당겼을 때 햇빛이 서리처럼 눈꺼풀을 덮고 있었다.

오후 세시

제2차 민주수호시민궐기대회는 전날과 마찬가지로 희생자에 대한 묵념으로 시작되었다. 짙은 구름이 하늘을 덮고 있어 대낮인데도 어둑했다. 1차 궐기대회가 성공적으로 이루어짐에 따라 고무된 준비팀들은 방송 홍보, 대자보 작성, 투사회보 제작, 대학생 집결소 운영, 시민 성금 접수 등 업무를 분담하여 보다 철저히 준비했다.

날이 밝자 투사회보 7호 배포와 함께 대자보를 부착했다. 방송 홍보조는 시 전역을 돌며 궐기대회 참여를 호소했다. 투사회보 7호는 전두환의 모든 공직 사퇴, 불법 비상계엄 즉각 해제, 최규하 과도 정부 퇴진, 민주 인사 구국내각 구성을 주장했다.

궐기대회는 식어 가는 시민의 투쟁 의식을 고취시키고, 무장 해제에 힘을 쏟는 수습위원회를 압박하기 위한 청년 운동권 지도부의 전술적 프로그램이었다. 시민수습위원회와 김창길을 중심으로 한 학생수습위원회 주류들이 궐기대회 중지를 요청한 것은 당연했다. 대회가 강행되자 앰프 장치의 전원을 끄는 등 수습위 측의 방해가 노골화되었고, 이에 격분한 청년들은 수습위의 투항주의적 태도를 격렬히 비난했다.

연단으로 쓰이는 분수대 아래 앞줄에는 30여 명의 시민수습위원들이 앉아 있었다. 그들 중 신부복 차림의 두 사람이 시민의 눈길을 끌었다. 남동성당의 김성용 신부와 계림동성당의 조비오 신부였다.

남동성당은 재야 인사들의 모임 장소였다. 남동성당파로 불리는 재야 인사들은 5월 22일 정시채 부지사의 주도로 만들어진 시민수습대책위원회와 거리를 두었다. 유신 때 민주화 투쟁을 했던 그들로서는 시민수습위의 일부 위원들과 성향의 차이를 느낄 수밖에 없었다. 시민수습위에 참여했던 조비오 신부를 통해 도청의 움직임을 지켜보면서 활동 공간을 모색하던 중 무기 회수가 가속화되는 등 상황이 급변하자 김성용 신부 등 일부 인사들이 도청으로 들어갔다.

이날 오전 시민수습위는 '계엄분소 방문 협의 결과 보고'라는 16절지 전단을 배포했다. 5·18사태수습위원회 일동 명의로 된 이 전단에서 눈길을 끈 것은 '과잉 진압임을 인정한다'는 것과 '사태 수습 후 절대 보복하지 않겠다'는 계엄사의 답변 내용이었다.

시민수습위 위원장 이종기 변호사가 궐기대회 단상에 올라간 것은 이 협의 결과를 보고하기 위함이었다. 그러나 수습위에 대한 시민의 불신은 깊었다. 야유와 함께 분노의 목소리가 여기저기서 터져나왔다. 이종기 변호사가 보고를 제대로 하지 못하고 하단하자 조비오 신부가 올라갔다. '비록 성직자의 신분이지만 총이 있으면 살상 만행을 저지른 군인들을 쏴버리고 싶은 심정이었다'는 그의 고백에 시민들은 열렬히 박수를 쳤다. 하지만 그가 시민군을 상대로 무기 회수에 진력하고 있다는 사실을 아는 이는 거의 없었다.

수습 협상을 위해 여러 차례 상무대 계엄분소에 다녀왔던 조 신부는 군인들의 냉랭하고 고압적인 자세에 절망했다. 신군부의 입장은, '무장 헬기와 탱크가 준비되어 있어 광주 진압 작전은 몇 분 안에 끝난다. 그럼에도 군이 작전을 늦추는 것은 인명 살상을 피하기 위함이다. 하지만 군의 인내에는 한계가 있으니 빨리 무기를 회수하여 반납하라'는 계엄군 협상 대표 김기석 계엄분소 부사령관의 말속에 요약되어 있었다. 실제로 상무대 연병장에는 수많은 탱크와 장갑차, 수송 병력 트럭과 헬리콥터들이 도열해 있었다.

계엄군이 광주로 진입할 경우의 참상은 생각만 해도 전율스러웠다. 군과 시민군의 무력 충돌만은 막아야 했다. 하지만 몇 차례 협상을 통해 군인들을 설득한다는 것은 나무에서 고기를 구하는 행위임을 절실히 깨달았다. 그의 느낌으로는 사후 보복 금지라는 최소한의 약속조차 신뢰할 수 없었다.

조 신부는 김기석 부사령관이 고뇌하고 있음을 알고 있었다. 군이 처참하게 유린한 인륜에 대한 고뇌였을 것이다. 학생수습위원장 김창길이 계엄사에 대해 실오라기 같은 희망의 끈을 놓지 않고 있는 것은 김 부사령관의 고뇌를 느꼈기 때문이다. 하지만 그것은 무력한 고뇌였다. 김 부사령관이 협상 대표라고는 하나 그에게는 실권이 없었다. 그는 신군부의 실세가 아니라 광주 지역의 일개 군관일 뿐이었다. 오늘 아침 계엄분소 부사령관실에서 일어난 사건은 그 사실을 여실히 드러내었다.

5월 23일의 협상에서 수습위 대표단은 예비 검속자 및 연행자 전원 석방을 요구했고, 김 부사령관은 자신의 권한 밖의 일로 중앙의 지시에 의해서만 가능하다고 대답했다. 이 문제가 해결되지 않으면 무장 학생들을 설득할 명분이 없다는 대표단의 말에, 그는 예비 검속자들을 풀어 준다면 무장 해제가 완전히 이루어질 수 있느냐고 물었다. 확신할 수는 없지만 최선을 다하겠다고 대표단이 말하자, 김 부사령관은 내일 오전 열시에 다시 논의할 것을 제의했다.

오늘 아침, 전날의 약속대로 수습위 대표단은 부사령관실을 방문했다. 그런데 논의가 시작되기도 전에 전투복 차림의 준장 세 명이 들이닥쳤다. 서울에서 내려온 공수부대 장교들이었다. 그들은 김기석 부사령관에게 항의하듯 언성을 높였다. 말이 오고 갈수록 분위기가 험악해지고 있었다. 대표단은 한쪽에서 그들을 지켜볼 수밖에 없었다. 공수부대 장교 한 명이 돌연 권총을 뽑아 들더니 김 부사령관을 향해 쏠 듯이 달려들었다. 김 부사령관도 권총을 들이댔다. 양쪽 부관이 겨우 말려 위기를 넘기긴 했으나 준장이 소장에게 총을 겨눈다는 것은 예삿일이 아니었다. 대표단은 논의조차 하지 못한 채 계엄분소를 나와야 했다.

참으로 슬프고 분하지만 참상을 피할 수 있는 길은 무기 반납밖에 없었다. 조비오 신부는 오늘도 장세균 목사, 이종기 변호사, 남재희 신부와 함께 무기 회수를 위해 시민군이 포진하고 있는 외곽 지역을 돌았다.

「당신들은 어떤 권리로 무기를 달라고 하는가?」

「우리는 시민대표 수습위원들이다.」

「무기를 반납하면 광주 시민의 피와 생명의 대가를 보장받을 수 있는가?」

「솔직히 말하면 우리는 모른다. 한 가지 분명한 것은 계엄군이 시한을 정해 놓고 무력 진압을 계획하고 있다는 사실이다. 광주를 지키려는 여러분의 충정과 의기에 우리는 뜨겁게 공감하고 있다. 하지만 계엄군이 쳐들어올 경우 여러분은 물론이거니와 일반 시민들까지 엄청난 인명 피해를 입을 것이다. 우리는 이 비극을 막기 위해 죽음을 무릅쓰고 여러분에게 호소하러 왔다.」

조비오 신부의 목소리는 간절했다. 목이 메어 말을 잇지 못하는 경우가 잦았다. 형제들이 그렇게 많이 죽었는데 우리만 살아 뭐 하겠느냐면서 총기 회수에 격렬히 반발하던 시민군들도 조 신부의 진심 앞에서 고개를 떨구었다. 시민군 주력 부대인 지역 방위대는 그렇게 무너지고 있었다.

무기 회수가 처음 시작되었을 때의 명분은 질서 회복이었다. 정체성이 불분명한 기층민과 중고등학생 등 미성년의 무장이 시민의 불안을 야기시켰고, 그 해소책이 무기 회수였다. 그러나 무기 반납이라는 또 다른 문제에 부딪치자 도청 지도부는 갈등의 질곡 속으로 빠져 들었다. 광주가 다시 피로 물드는 것을 막기 위해서는 무기 반납이 불가피하다는 비항쟁파와, 그동안 흘렸던 피의 값을 얻기 전에는 무기를 반납할 수 없다는 항쟁파의 헤게모니 싸움은 치열했다. 그것은 일상 세계와 절대 세계의 충돌이었고, 삶과 꿈의 충돌이었다. 이 충돌을 융화시키는 공간은 불행히도 존재하지 않았다. 그들이 회의장에서 상대를 향해 빈번히 소리 지르고, 총을 들이대는 이유가 여기에 있었다. 하지만 절대는 일상의 무게를 견디지 못했다. 꿈이 삶을 이길 수 없는 법이다. 무기 회수가 질서 회복의 차원을 넘어서서 무장 해제로 나아간 것은 필연이었다.

한편 수습위에 대한 시민의 불신에 충격을 받은 김성용 신부는 궐기대회가 끝난 후 도청으로 들어가 '의인이 흘린 피의 대가를 요구하는 것이 사태를 근본적으로 수습하는 방법'이라고 역설했다. 그러나 무기 회수를 지지하고 있는 수습위원들 사이에서 그의 주장은 힘을 얻을 수가 없었다.

이날의 궐기대회에서 시민들의 마음을 사로잡은 두 개의 프로그램이 있었다. 하나는 전두환 화형식이었고, 다른 하나는 낭송시 〈민주화여〉였다.

화형식은 빗줄기 속에서 진행되었다. 비가 내리기 시작한 것은 오후 네시 반 조금 넘어서였다. 우산을 준비하지 못한 시민들이 동요하면서 분위기가 흐트러지고 있었다. 그러나 사회자가 '이 비는 원통하게 죽은 민주 영령들이 눈을 감지 못하고 흘리는 눈물'이라고 말하자 주위는 곧 숙연해졌다. 우산을 폈던 이들은 다시 접었다.

전두환 허수아비가 불타오르자 시민들은 열광했다. 그것은 애처로운 열광이었다. 도시가 순식간에 피투성이로 변한 5월 18일, 시위대가 가장 많이 외쳤던 구호 중의 하나가 '전두환 물러가라'였다. 하지만 광주 시내가 전쟁터로 변하면서 구호는 어느덧 '전두환 찢어 죽여라'로 바뀌고 있었다. 그것은 폭력의 주체를 향한 적개심의 표출인 동시에 시민 전사들을 독려하는 외침이기도 했다. 이 외침이 '우리 아들 살려 내라', '다 같이 죽읍시다'라는 절규로 변한 것은 5월 20일 부터였다. 피가 거꾸로 솟고 숨이 막혀, 아무런 말을 할 수 없는 상황에서 언어는 외침과 절규가 될 수밖에 없었다.

민주화여, 영원한 우리 민족의 소망이여!
피와 땀이 아니곤 거둘 수 없는 거룩한 열매여!
그 이름 부르기에 목마른 젊은이였기에
우리는 총칼에 부닥치며 여기 왔노라.
우리는 끝까지 싸우노라.

단발머리 여고생이 애띤 목소리로 낭송한 시 〈민주화여〉는 이렇게 시작되었다. 처음에는 일부 시민들이 따라 읽기 시작하더니 곧 모든 시민들의 합창이 되어 도청 광장을 가득 채웠다. 죽음의 그림자에 둘러싸인 유폐의 도시는 오랜만에 작은 미소를 지으며 시민들의 노랫소리에 귀를 기울였다.

오후 여섯시
비는 쉼 없이 내렸다. 바람이 버드나무 잎들을 훑고 지나갈 때 빗방울이 후드득 떨어졌다. 바람 속에서 미지근한 물 냄새가 났다.
건물 처마 밑에 우두커니 선 김선욱은 텅 빈 도청 광장을 보고 있었다. 움푹 파인 그의 눈은 초점이 없었다. 오후 다섯시경 계엄군이 시내로 진입한다는 소문에 궐기대회장은 한동안 술렁거렸다. 당황과 공포에 휩싸인 그들의 얼굴을 보는 것은 고통이었다. 하마터면 눈물을 쏟을 뻔했다.

아침 여덟시 KBS 라디오는 총기 소지자에 대해 오늘 오전까지 광주 시내는 국군통합병원, 다른 지역은 경찰서와 지서에 무기를 반납하면 일절 책임을 묻지 않겠다는 내용을 반복했다. 이 방송은 시민들에게 계엄군의 진압 작전이 임박한 것이 아닌가 하는 불안을 심어 주기에 충분했다. 그럼에도 불구하고 거리는 환했다. 그동안 문을 굳게 닫고 있었던 가게들은 대부분 문을 열었고, 사람들의 얼굴은 희망으로 빛났다. 식당들이 몰려 있는 충장로 뒷골목은 그전의 흥청대는 분위기가 되살아나는 듯했다. 어제 오후부터 나돌기 시작한 미국의 광주 구출설 때문이었다.

미국 항공모함 미드웨이 호가 전남 해안으로 들어오고 있을 뿐 아니라 다른 항모들도 한국 근해로 항진해 오고 있다는 대자보가 시내 곳곳에 붙어 있었다. 미국의 항모 출동은 신군부의 살육 만행을 저지하기 위함이라는 것이 대자보의 골자였다.

많은 시민들은 미국을 일본 제국주의를 패배시킨 해방군으로, 한국전쟁이 일어나자 공산화를 막아 준 은혜의 나라로 인식하고 있었다. 더욱이 인권을 중시하여 박정희 유신 체제를 적극적으로 비판해 왔던 카터 미국 대통령이 신군부의 야만적 살육 행위를 결코 방관하지 않을 것이라는 기대가 가세했다.

그것에 대해 박태민은 입을 다물었다. 표정도 밝지 않았다. 김선욱은 시민들이 거짓 희망에 사로잡혀 있음을 박태민의 표정을 보고 알았다. 거짓 희망을 깨뜨리지 않는 이유도 짐작할 수 있었다. 물론 모든 시민이 거짓 희망에 사로잡힌 것은 아니었다. 미국의 광주 구출설에 냉소하는 이들도 꽤 있었다. 하지만 그들조차 혹시나 하는 기대감을 마음 한구석에 품고 있는 것 같았다.

상황은 날로 악화되고 있었다. 지역 방위대의 식사와 물품들은 지역 주민들이 자발적으로 맡아 왔었다. 하지만 어제부터 도청에서 식사 보급을 해야 했다. 주민들이 공동체 생활에서 속속 이탈하고 있었기 때문이었다.

종교 단체들과 동네 단위로 모은 성금이 도청으로 계속 들어오고 있었다. 식량과 반찬거리도 꾸준히 들어왔다. 도청 안에 있는 시민군과 지도부 3, 4백 명의 식사는 자원 봉사자들이 맡았다. 하지만 지역 방위대의 식사 보급 체제까지 갖추기에는 도청 상황실의 조직이 너무 취약했다. 제때에 밥을 먹지 못하는 시민군이 속출했다. 수습위원회의 총기 회수반은 이 취약점을 파고들었다. 배고픈 시민군들에게 빵과 음료수를 제공하면서 무기 회수를 설득했다. 필요하면 무릎도 꿇었고, 큰절도 했다. 그들에게는 총 한 정의 회수가 광주 시민 한 명의 생명을 구하는 것이었다.

해방 광주를 위해 목숨을 포기한 시민군들도 그들의 정성에 고개를 떨구었다. 특히 연로한 수습위원들이 눈물을 글썽이며 애원할 때 거절할 방도가 없었다. 무기 반납은 너무나 억울하지만 광주 시민의 생명을 살리기 위해서는 불가피한 선택이라는 그들의 주장은 큰 설득력을 얻고 있었다.

무장 해제가 총기 회수반에 의해서만 이루어지는 것은 아니었다. 가족 생각을 떨치지 못해 총을 놓는 이들이 있는가 하면, 찾아온 가족들에게 끌려 나가는 이들도 있었다. 가족은 광주 공동체에 위협적인 권력체였다. 총을 가장 굳게 잡고 있는 이들은 돌아가고 싶은 집이 없거나 자신의 안위를 걱정해 주는 가족이 없는 이들이었다. 시민군 조직은 급속히 와해되고 있었다.

빗줄기가 가늘어지면서 안개비로 변하고 있었다. 어디선가 도랑물 흐르는 소리가 들렸다. 김선욱은 귀를 세웠다. 그것은 울음소리처럼 처연했다. 인적이 끊어진 금남로는 뿌연 안개비에 싸여 있었다. 손수레에 죽은 아들을 싣고 금남로를 울며 떠돌던 노인의 모습이 떠올랐다. 노인의 옷과 수염은 눈처럼 희었다. 그 늙은 아버지는 아들을 어디에 묻었을까? 찔레꽃 하얗게 피어 있는 양지바른 언덕에 묻었을까?

고향 언덕에는 찔레꽃이 많이 피었다. 9월이면 빨갛게 익는 열매를 따 먹었다. 어머니를 땅에 묻고 고향을 떠난 이후 찔레꽃을 보지 못했다. 어머니의 나무 관에 꽂힌 찔레꽃 한 송이가 마지막이었다. 아버지가 꺾어 꽂은 것이었다. 갓 꺾은 찔레꽃은 싱싱했다.

도시는 고향과 달랐다. 그곳은 죄와 거짓, 상처와 증오가 넘쳐흘렀다. 도시가 강요하는 노동은 죄이자 거짓이었고, 상처이자 증오였다. 어두운 밤, 눈물과 구토 속에서 몸을 웅크리고 있으면 찔레꽃 한 송이가 떠올랐다. 그는 알고 있었다. 한 송이 새하얀 찔레꽃은 그의 손이 닿는 세계가 아님을. 그것은 넋의 세계였다. 어머니의 넋은 찔레꽃이 되어 그렇게 나타났다. 어두운 밤, 푸르스름한 밤, 고통과 무서움이 눈물과 뒤섞여 버리는 밤에.

어제 해 질 무렵이었다. 상황실에서 나온 김선욱은 도청 뜰로 느릿느릿 걸었다. 피로에 전 몸은 한없이 무거웠다. 5월 18일 이후 잠을 제대로 잔 날은 하루도 없었다. 뜬눈으로 지새운 날이 더 많았다.

혁명의 시간은 빠르게 스러지고 있었다. 깊고 뜨겁게 밀착되었던 몸들이, 죽음조차 희열로 껴안았던 아름다운 생명들이 허물어지면서 남루하고 비루한 존재를 드러내고 있었다. 그는 알고 있었다. 거짓의 시간이, 다시는 마주치고 싶지 않았던 굴욕의 시간이 지옥의 불길처럼 날름거리며 다가오고 있음을.

도청 뜰을 서성거리다가 들어간 곳이 시체 안치실인 상무관이었다. 무엇이 발길을 그곳으로 이끌었는지 알 수 없었다. 죽음의 공간에서 흘러나오는 울음일 수도 있었고, 향내일 수도 있었다. 상무관 안은 어둑했다. 유족들의 오열 속에서 〈애국가〉가 나직이 들려왔다. 그들의 처참한 죽음이 애국의 죽음임을 알림으로써 가족들을 위무하려는 노래였다. 눈물이 맺히고 있었다. 산 자와 죽은 자가 하나였던 시간이 있었다. 너의 죽음이 나의 죽음이었고, 우리의 죽음이었던 시간이.

자욱한 향연(香煙) 속에서 흰빛이 어른거렸다. 흰빛은 그를 강하게 끌어당겼다. 눈을 감았다 떴다. 죽음의 냄새 속에서 하얗게 빛나고 있는 그것은 고통을 불러일으켰다. 하지만 냉혹한 고통은 아니었다. 불안과 두려움이 없는, 정다움까지 불러일으키는 고통이었다. 그는 한 걸음 한 걸음 다가갔다. 그것은 찔레꽃이었다. 한 송이 찔레꽃이 흰 무명천에 싸인 나무 관에 꽂혀 있었다.

찔레꽃은 그곳에만 있는 게 아니었다. 이 관에도 있고 저 관에도 있었다. 물론 찔레꽃이 없는 관도 보였다. 하지만 그 관은 어김없이 가족의 손길을 받고 있었다. 그는 고개를 끄덕였다. 한 송이 찔레꽃은 잊혀진 죽음, 외로운 죽음 곁에 있었다.

찔레꽃을 관에 꽂은 이는 젊은 여인이었다. 상무관을 지키는 시민군을 통해 알아낸 사실이었다. 그녀는 거의 하루 종일 시체실을 지키다시피 하면서 들어오는 시체마다 자신이 마련한 흰 양말과 속옷을 신겨 주고 입혀 준다고 했다. 여인이 누구인지 아는 이는 아무도 없었다. 다만 황금동의 술집 아가씨라는 확실치 않은 말만 떠돌 뿐이었다.

바람이 불면서 비가 비스듬히 내리고 있었다. 건물 처마 밑에서 나온 김선욱은 하늘을 올려다보았다. 빗방울이 얼굴에 서늘히 닿았다. 이상하게도 몸은 감각에 탐욕을 부리기 시작했다. 그전에는 무심히 지나쳐 버렸을 것들 앞에서 몸의 눈은 세밀히 관찰하고 있었다. 그뿐 아니었다. 손을 내밀어 더듬기도 하고, 귀를 기울이며, 냄새를 맡기도 했다. 그는 생각했다. 몸은 자신의 죽음을 그렇게 준비하고 있나 보다 하고.

밤 열한시

비 내리는 도시는 쓸쓸했다. 도시 전체가 텅 빈 듯했다. 간헐적으로 들려오는 총소리도 빗소리에 곧 묻혔다. 도청 앞 상무관에서 새어 나오는 죽음의 냄새는 안개와 뒤섞여 가로등의 흐린 불빛을 헤치며 빗물에 잠긴 거리를 떠돌았다. 죽음에 휩쓸렸던 거리는 그렇게 젖고 있었다. 어둠 속에서 좀처럼 잠을 이루지 못하는 이들은 도시의 신음을 듣기라도 하듯 빗소리에 귀를 기울였다. 그들이 보았던 죽음들이 거리를 떠도는 안개처럼 그들의 머릿속을 떠돌고 있었다. 무겁고 축축한 밤이었다. 이 습기 찬 밤에 해방 광주는 의미심장한 변화를 맞고 있었다.

해방 광주의 중심적 권력체는 학생수습위원회와 시민군이었다. 전자가 정치 조직이라면, 후자는 군사 조직이었다. 권력을 추구하는 정치 조직은 군사 조직을 견인한다. 하지만 해방 광주의 정치 조직은 군사 조직을 해체시키고 있었다. 군사 조직의 해체는 곧 해방 광주의 해체였다.

해방 광주는 광주 시민이 세운 또 하나의 나라였다. 그것은 꿈의 나라이자 반역의 나라였다. 꿈과 반역은 분리될 수 없는 것이었다.

학생수습위가 추구한 것은 꿈과 반역의 소멸이었고, 소멸의 대가는 생명의 안전이었다. 생명의 소중함은 누구에 의해서도 부인될 수 없는 보편적 가치였다. 이 보편적 가치 앞에서 무장의 논리는 무력했다. 해방 광주는 무너질 수밖에 없었다. 무너지는 꿈 앞에서 시민군 지도부는 속수무책이었다.

시민군은 조직으로 이루어진 집단이 아니었다. 그들은 한결같이 스스로 전사가 된 이들이었다. 계엄군과 목숨을 건 싸움에서 어떤 강제도, 어떤 사회적 계약도 개입되지 않았다. 해방 광주는 철저한 자유 의지의 산물이었다. 자유 의지야말로 대한민국 최정예 부대인 특전사 3개 여단을 물리쳤던 힘의 원천이었다. 전선을 이탈하는 전사들에게 시민군 지도부가 권위를 행사할 수 없었던 이유가 여기에 있었다.

위기의식 속에서 시민군 지도부가 계획한 것은 두 가지였다. 시민군 명단 작성과 예비군 동원이 그것이었다. 해방 광주의 시민군은 전사들의 명단조차 없는 희귀한 조직체였다. 전사의 유일한 표징은 총이었다. 총을 가진 자는 전사였고, 총이 없는 자는 전사가 아니었다. 전사에서 비전사로 되는 길은 동작 하나면 충분했다.

시민군의 비조직성은 계엄군과 경찰, 보안사의 정보 요원과 공작 요원의 침투를 용이하게 했다. 서로 얼굴을 모르는 데다가 신원을 확인할 수 있는 방법이 없어 첩자를 색출한다는 것은 불가능했다. 시민군은 도청 안에서조차 경계의 대상이었다. 항쟁파 리더들은 경호원들의 보호를 받았다. 잠잘 때도 총기를 휴대했다. 신변의 위협은 비항쟁파에게도 예외가 아니었다.

무장 해제 조치에 분노를 느끼고 있는 일부 청년들이 비항쟁파 수습위원들에게 총을 들이대곤 했다. 어떤 수습위원은 협박 전화 때문에 집에 들어가지 못하고 여관에서 잠을 잤다. 가족들도 거처를 옮겼다. 회의 석상에서 반대파에게 권총을 들이대는 광경이 심심찮게 벌어졌다. 공포를 쏘는 이도 있었다. 도청은 내란 상태였다.

시민군 지도부가 명단 작성을 계획한 것은 비조직성이 야기하는 혼란을 뼈저리게 느끼고 있었기 때문이었다. 하지만 그 계획은 실행되지 않았다. 시민군 명단이란 곧 반란군 명단이었다. 훗날 당사자들에게 큰 화를 미칠지도 모르는 물적 증거를 차마 만들 수 없었다.

예비군 동원령은 시민군 지도부에게 가장 매혹적인 꿈이었다. 도청을 점령할 수 있었던 것은 군사 지식을 갖춘 예비군이 대거 시민군에 가담했기 때문이었다. 계엄군의 집단 발포로 시작된 시민들의 무장은 예비군들의 적극적인 참여가 없었다면 불가능했다. 무기 탈취를 주도했던 그들은 군 경험이 없는 무장 시민들에게 기초적인 군사 기술을 가르쳤다. 지역 방위대 지휘자들도 예비군들이 주축이었다. 하지만 그들의 참여는 개인적으로 이루어졌을 뿐 조직적인 차원이 아니었다.

예비군은 국가 군사 조직이다. 해방 광주가 예비군 동원령을 내리기 위해서는 국가의 권위를 갖추어야 했다. 그러나 다수의 시민들은 해방 광주가 반란 국가가 되는 것을 두려워하고 있었다. 예비군 동원령은 실현이 불가능한 꿈일 뿐이었다.

지역 방위대는 5월 24일 오후에 이르러 거의 해체되었다. 화순으로 통하는 학운동 다리와 화정동 공단 사거리의 지역 방위대가 총을 놓지 않았으나 그들의 해체도 시간 문제였다. 시민군의 명맥은 도청 경비대와 기동 순찰대에 의해 유지되고 있었다. 하지만 그곳에서도 이탈자가 속출했다. 무장 해제를 당한 지역 방위대 일부는 귀가하지 않고 도청으로 들어왔다. 광주 공동체의 꿈을 잊지 못하는 그들은 시신 관리 등 도청 일을 도우면서 다시 무장할 때를 기다렸다.

　상황이 이러함에도 불구하고 시민군 지도부가 할 수 있는 일은 아무것도 없었다. 무장 시민군을 이끌고 있는 상황실장 박남선은 길을 잃고 있었다.

　5월 22일 아침 도청 진입 후 박남선이 몰두한 것은 시민군 지휘 체계 확립이었다. 하지만 그는 승리의 첫날 밤 해방의 축제가 왜 그렇게 빨리 끝났는지 모르고 있었다. 따라서 해방 광주가 이룩된 순간 무너짐이 시작되었음을 알 길이 없었다. 해방 첫날 오전에 출현한 수습위원회의 의미를 해독할 수 없었던 것은 당연했다. 그날 밤 학생수습위원회가 구성되었을 때도 마찬가지였다. 다만 총을 회수하여 계엄사에 바치려 하는 그들에 대한 분노와, 싸움을 시작해 놓고 생명의 위협을 느끼자 슬며시 빠져나간 학생들에 대한 경멸의 감정이 강화되었을 뿐이었다.

　시민군과 수습위를 성격이 다른 별개의 조직이라고 생각했던 박남선은 수습위를 애써 외면함으로써 분노와 경멸을 다스려 나갔다. 틀린 생각은 아니었다. 하지만 정치 조직인 수습위가 군사 조직인 시민군을 해체할 수 있는 힘을 갖고 있음에 대해서는 간과했다. 그 힘에 의해 시민군이 궤멸 상태에 이르렀는데도 그가 할 수 있는 일은 아무것도 없었다. 무력을 동원하여 수습위를 치고 싶은 마음이 간절했다. 하지만 그것은 불가능한 일이었다.

　무장 시민군은 해방 광주를 이룩한 중심 세력이었다. 환호와 열광의 꽃다발이 그들에게 바쳐져야 마땅했다. 꽃다발이 없었던 것은 아니었다. 봄날의 햇빛 속에서 꽃다발은 신기루처럼 떠 있었다. 꽃의 향기도 감미로웠다. 축제가 시작될 법도 했다. 해방 광주는 축제의 기쁨을 누릴 자격이 충분히 있었다. 하지만 꽃다발은 금방 사라졌다. 허공을 떠도는 희미한 향기만이 꿈같은 추억을 불러일으킬 뿐이었다. 너무나 짧은 시간이었다. 돌이켜 보면 진정한 축제는 해방 광주 이전에 있었다. 계급의 사슬에서 해방되고, 삶과 죽음을 초월했던 피의 전선에서.

비통하게도 해방 광주의 시민들은 무장군을 불신하고 두려워했다. 중산층들의 깊은 계급적 불신과, 무장이 초래할지도 모를 피의 재앙에 대한 두려움이었다. 이런 상황에서 도청의 정치 조직을 무력으로 몰아낼 경우 그 후의 사태를 감당할 수 있는 힘이 시민군에게는 없었다.

박태민이 나타난 것은 이때였다. 그는 박남선에게 전선을 이탈했던 청년 운동권 지도부의 행위를 마음에서 우러나는 말로 사과했다. 상대의 진심을 느낀 박남선은 사과를 기꺼이 받아들였다. 해방 광주를 계기로 청년 운동권 지도부가 어느 정도 복원되었다고 밝힌 박태민은 그에게 놀라운 제안을 했다. 무력으로 도청 수습위를 몰아낸 후 항쟁 지도부를 세우자는 것이었다. 이를 위해 무장 대학생을 조직하고 있으며, 필요시 도청에 진입시킬 준비가 되어 있다고 했다. 박남선은 즉각 동의했다. 그가 갈망했던 일이었으니 숙고해야 할 이유가 없었다.

시민군의 최대 약점은 이념과 계급의 열세였다. 반면에, 대학생은 이념과 계급에서 가장 우월한 집단이었다. 따라서 무장 대학생이야말로 시민군의 약점을 훌륭하게 보완해 주는 꿈의 군대였다. 더욱이 명단조차 만들 수 없는 시민군에 비해 대학생의 정체성은 뚜렷했다.

5월 24일 밤 아홉시에 시작된 시민·학생수습위 전체 회의는 열한시까지 이어졌다. 소수의 항쟁파는 무장 해제의 부당성을 주장했으나 대세를 돌이키기에는 역부족이었다. 회의가 끝나자 대부분의 시민수습위원들은 귀가를 서둘렀다. 그들은 도청에서 밤을 지새우는 것을 꺼려 했다. 계엄군의 기습 공격에 대한 두려움 때문이었다. 그 시각 조비오 신부 등 네 명의 수습위원들은 광주시 외곽에서 무기 회수 작업을 하고 있었다. 새벽 세시부터 시작된 이들의 활동은 밤이 깊도록 계속되고 있었다.

밤 열한시 학생수습위원회 회의가 열렸다. 수습위원들은 물론이고 시민군 측과 운동권 청년들이 참석했다. 박태민과 박남선도 있었다. 비항쟁파 그룹은 박태민의 존재에 특히 긴장했다.

전날 오후 다섯시경 광주 외곽 동운동 방향에서 계엄군이 진입하고 있다는 보고가 들어왔다. 궐기대회가 거의 끝나 갈 무렵이었다. 도청은 발칵 뒤집혔다. 협상차 계엄사에 들어가 있었던 김창길의 부재 속에서 긴급 회의가 열렸다. 신속한 행동을 요구하는 급박한 상황이었다. 하지만 비항쟁파는 여전히 무장 해제를 고집했다. 그날 오전 김창길이 주도한 회의에서 무장 해제가 결정되다시피 했던 까닭이었다. 소수의 항쟁파들이 저항했으나 역부족이었다. 묵묵히 듣고만 있던 박태민이 조용히 일어섰다. 모든 시선이 그에게로 집중되었다.

「지금 밖에 나가 보십시오. 영령들을 잊지 못하는 수많은 시민들이 그분들을 추억하고 있습니다. 누더기처럼 찢어지고 해어진 그분들의 육신을 추억하며, 죽음이 드리워진 얼굴에서 흘러내리는 피를 추억합니다. 총검이 박힌 강인한 가슴을 추억하며, 그 가슴을 흰 무명천으로 싸면서 흘렸던 눈물을 추억합니다. 우리 모두는 이 추억을 공유하고 있습니다. 그것은 피와 눈물의 추억입니다. 그렇습니다. 해방 광주는 피와 눈물 속에서 세워진 나라입니다. 피와 눈물에 닿지 않고는 한 발자국도 움직일 수 없는 나라가 해방 광주입니다. 그런데 지금 우리는 무엇을 하고 있습니까? 탁자에 앉아 피와 눈물의 추억을 지우려고 합니다. 결코 지울 수 없는 추억을 지우기 위해 안간힘을 쓰고 있습니다. 이래서는 안 됩니다. 우리는 우리의 추억을 지켜야 합니다. 장엄하고 아름다운, 너무나 장엄하고 너무나 아름다워 거룩하기까지 한 추억을 지켜 우리의 동생과 누이, 우리의 아들딸들에게 물려주어야 합니다. 해방 광주는 어둠에 덮인 조국의 땅에서 유일하게 빛나고 있는 등불입니다. 그것을 보았던 우리의 어린 동생과 누이들이 먼 훗날 우리에게 물을 것입니다. 그 등불을 어떻게 했느냐고 말입니다. 총을 듭시다. 우리가 총을 들면 도청 밖의 시민들이 우리를 지켜 줄 것입니다. 이 자랑스러운 바리케이드를, 피와 눈물이 이룩한 자유와 민주의 바리케이드를 계엄군은 감히 뚫고 들어오지 못할 것입니다. 우리 모두 총을 들고 나갑시다. 총을 불끈 쥐고 시민들과 함께 〈애국가〉를 부릅시다. 죽음의 전선에서 영령들이 부르셨던 그 노래, 해방 광주의 노래를 부릅시다.」

그것은 가슴을 헤집는 선동이었다. 반대자들을 침묵하게 하고, 전투의 열정을 불러일으키는 뜨거운 선동이었다. 순식간에 주도권을 장악한 항쟁파들은 무장 결의를 이끌어 낸 후 회수된 총과 실탄을 풀었다. 무기를 빼앗기고 텅 빈 손으로 도청을 배회하던 지역 방위대원들은 총을 굳게 잡았다. 하지만 계엄군 진입은 없었고, 김창길의 주도로 무기 회수가 다시 시작되었다. 그날의 사건을 생생히 기억하고 있는 비항쟁파들은 박태민의 심야 회의 참석에 긴장할 수밖에 없었다. 그들을 긴장시키고 있는 또 다른 인물이 있었다. 박남선이었다.

어제 오후 박남선은 무기고를 지키는 시민군에게 무기 반출 금지 명령을 내렸다. 회수된 무기가 계엄군에게 반납되는 것을 막기 위함이었다. 무기 반납을 지속적으로 추진하고 있었던 비항쟁파들로서는 박남선의 협조가 절대적으로 필요했다. 어제저녁 그에게 수습위원회의 참석을 요구한 것은 그런 까닭에서였다. 시민군 지도자 박남선은 도청에 들어온 이후 처음으로 수습위원들과 상견례를 했다. 회의가 시작된 지 얼마 후 그동안 입을 꾹 다물고만 있었던 그는 문제를 근원적으로 풀 수 있는 결론이 내려진다면 함께할 것이라고 말한 후 회의실을 나가 버렸다. 그런데 오늘은 도중에 나가기는커녕 심야 회의에까지 참석하고 있었다. 더욱이 어둡고 지쳐 보였던 전날의 표정과는 달리 눈빛이 강렬했고, 목소리가 힘찼다.

비항쟁파를 대표하는 김창길은 '만약 우리가 무기를 자진 반납하지 않으면 무력 진압을 시작하겠다고 계엄군 협상 대표가 공식적으로 이야기했다. 계엄군이 시내로 들어오면 대참사가 일어난다. 우리는 총 들고 끝까지 싸울 수는 있다. 하지만 광주 시민이 다 죽은 후에 민주주의가 된들 무슨 의미가 있는가? 치욕을 느낄지라도 총을 내리는 것이 진정한 용기다. 빠른 무기 반납이 절실하다'고 간절한 목소리로 말했다.

항쟁파인 김종배는 총기 반납의 조건으로 광주 시민이 폭도가 아니라는 사실을 매스컴을 통해 공개적으로 인정하고, 구속된 학생 시민을 전원 석방하고, 사망자와 부상자에 대한 충분한 피해 보상 및 치료를 약속하고, 장례식은 시민장으로 할 수 있도록 조치할 것 등 네 가지 요구 사항을 제시하면서, 이 조건이 관철되지 않는 한 결코 총을 놓을 수 없다고 김창길과 맞섰다. 항쟁파와 비항쟁파의 논쟁이 재연되고 있었다.

「나 역시 정치적 요구를 관철하고 싶고 투쟁을 외치고 싶다. 하지

만 현재의 상황에서 광주 시민을 위한 진정한 길이 무엇인가를 심
사숙고해야 한다. 명분이 아무리 숭고하다 해도 시민의 생명을 담
보로 하는 정치 투쟁은 옳지 않다.」

「이 자리에 있는 어느 누구도 광주 시민이 희생되는 것을 원치 않
을 것이다. 또한 이 자리의 어느 누구도 영령들의 희생이 불순분
자의 폭동에 대한 군의 정당한 진압으로 귀결되는 것을 원치 않을
것이다. 한 가지 분명한 것은 우리가 조건 없이 총을 놓는다면 영
령들은 물론이고 광주 시민 전체가 폭도가 되고 죄인이 된다는 사
실이다. 영령들이 숨을 거두는 순간 살아남은 우리들에게 무엇을
바랐을까 생각하면 가슴이 멘다.」

「무기를 반납한다고 해서 싸움이 끝나는 것은 아니다. 무기 반납은
계엄군의 일관된 요구 사항이었다. 그러니까 무기를 반납한다는
것은 공을 계엄군으로 넘기는 행위다. 무기 반납을 투항으로만 생
각해서는 안 되는 이유가 여기에 있다. 계엄군이 어떻게 할 것인가
에 대해 예단은 하지 말자. 우리가 무기를 반납했음에도 여전히 광
주 시민들을 폭도로, 죄인으로 몰아간다면 맨손으로 단호히 싸우
자. 그때야말로 우리가 뭉쳐 싸울 때다.」

「예단이라고 했는가? 누가 예단을 하는가? 계엄군이 우리에게 한
짓을 생각해 보라. 얼마나 많은 분들이 희생되었는가! 얼마나 많
은 분들이 병상에서 신음하고 있는가! 끌려간 분들이 어떤 고초를
당하고 있는지 아무도 모른다. 우리가 총을 든 것은 이 야만적 폭
력으로부터 우리들을 지키기 위함이었다. 그런데 계엄군은 우리
들을 폭도라고 불렀고, 광주는 폭동의 도시가 되었다. 우리가 총
을 놓고 투항하면 폭도에서 선량한 시민이 되는가? 천만에! 대한
민국 군인이 어떻게 선량한 시민들을 찔러 죽이고, 쏘아 죽일 수

있는가? 신군부는 광주를 폭동의 도시로 만들 수밖에 없다. 우리가 무장 해제를 반대하는 것은 그들과 싸우기 위함이 아니라 그들의 잘못을 공개적으로 받아내기 위함이다.」

「참으로 답답하다. 우리들이 분노할 줄 몰라서 무기 반납을 주장하는가? 영령들이 흘린 피의 뜻을 몰라서 무기를 놓자고 하는가? 분노와 당위만으로는 접근할 수 없는 것이 지금의 상황이다. 우리가 도청으로 들어온 것은 광주 시민을 위해서였다. 현실을 직시하자.」

「그렇다. 우리는 광주 시민을 위해 이 자리에 앉아 있다. 당신들은 궐기대회에서 시민들의 소리를 듣지 못했는가?」

「궐기대회 참가 시민은 소수임을 알아야 한다. 다수의 말없는 시민들은 강경주의자들에 의해 조종되는 궐기대회를 불안한 마음으로 보고 있다.」

「무슨 말을 그렇게 하는가? 시민의 진정한 목소리를 겸허하게 받아들이지는 못할망정 왜곡을 하다니!」

「궐기대회를 개최하고 시민들을 조직적으로 동원하는 이들이 누구인가? 당신들이야말로 궐기대회를 통해 시민의 목소리를 왜곡하고 있다.」

「광주 시민을 모독하지 마라. 시위대를 누가 조직했는가? 총탄이 쏟아지는 금남로에서 죽음을 두려워하지 않고 싸웠던 전사들을 누가 조직했는가? 아무도 조직하지 않았다. 스스로 싸웠고, 스스로 총을 들었다. 이런 시민들을 누가 조종할 수 있단 말인가? 유일하게 광주 시민을 꼭두각시라고 떠드는 자들이 있다. 전두환 일파들이다. 그들은 광주 시민의 투쟁 뒤에는 불순분자가 있다고 외친다. 혹시 당신들은 전두환 프락치가 아닌가?」

「승산이 없는 전쟁을 기어코 벌이겠다고 작심하는 당신들이야말로 정말 수상한 집단이다. 당신들 혹시 빨갱이 아냐?」

「그 말 취소 못해!」

「당신 말부터 먼저 취소해!」

「이 자식이!」

한 청년이 벌떡 일어났다. 마주 앉은 청년 역시 같이 일어났다. 먼저 일어난 청년이 권총을 들이대자 다른 청년도 권총을 뽑아 들었다. 그들은 서로에게 총구를 겨눈 채 노려보고 있었다.

박태민은 그들을 물끄러미 보았다. 삶과 죽음을 분리하고자 하는 이와 삶과 죽음을 융합하고자 하는 이가 만난다는 것은 불가능하다. 그것은 선택의 문제지 논리의 문제가 아니었다. 그들은 싸울 수밖에 없었다. 그는 일어서기 위해 상체를 앞으로 숙였다. 박태민이 일어서자 회의장은 일순 조용해졌다. 한 청년이 얼른 총구를 내리자 다른 청년도 총을 거두었다.

「방금 어떤 분이 승산 없는 전쟁이라고 했습니다. 옳은 말입니다. 시민군이 최신 무기로 무장한 계엄군을 이기리라고 생각하는 이는 한 사람도 없을 것입니다. 계엄군과의 전투는 백전백패입니다.」

「그런데 왜 무장론을 주장하십니까?」

조금 전 권총을 들이댔던 청년이 퉁명스럽게 물었다.

「적절한 질문입니다. 우리의 무장론은 계엄군과의 전투가 목적이 아닙니다. 계란으로 바위를 치는 무모한 짓을 왜 합니까? 그런데 안타깝게도 적지 않은 분들이 우리의 무장론을 계엄군과 전투하는 것으로 오해하고 있습니다. 이 오해를 풀기에 앞서 무엇 때문에 무장 해제를 반대하는지, 먼저 밝히는 것이 순서일 것 같습니다. 무장 해제라는 것은 해방 광주를 계엄군에게 넘기는 것을 의미합니다. 조금 전 어떤 분은 이것을 투항으로만 생각해서는 안 된다고 했습니다. 조건 없이 무기를 반납했는데도 신군부가 광주 시민들을 여전히 폭도로, 죄인으로 몰아간다면 그때 다시 싸우자고 했습니다. 과연 이분의 주장이 옳은지 헤아려 봅시다.」

박태민의 말은 조용하고 차분했다. 전날의 격렬한 선동의 목소리와는 대조적이었다.

「무기를 반납한다는 것은 광주 시민들의 무장이 잘못임을 대외적으로 인정하는 행위입니다. 동시에 광주 시민들이 겪었던 참사가 계엄군의 잘못이 아님을 인정하는 행위이기도 합니다. 물론 마음속으로는 그렇게 생각하지 않겠지만 말입니다. 만약 계엄군이, 우리가 너희들에게 지나치게 한 점이 있으니 이제 무기를 내려놓고 좋은 방향으로 해결해 보자고 했다면 이 주장은 맞지 않습니다. 무기 반납을 반대하지도 않았을 것입니다. 하지만 신군부는 언론과 전단을 통해 일관되게 무장 시민을 폭도라고 주장했습니다. 왜 그랬겠습니까? 만약 무장 시민이 폭도가 아니라면 계엄군이 폭도가 되어야 합니다. 그렇지 않으면 참사에 대해 설명할 길이 없습니다. 계엄군이 폭도가 되면, 그들의 실질적인 수령인 전두환이 폭도의 수괴가 됩니다. 이것이 과연 가능한 일일까요? 여러분도 잘 아시다시피 신군부의 목적은 집권입니다. 청와대를 향해 움직이고 있는 전두환이, 나는 폭도들의 수괴라고 스스로 외칠 수 있을까요? 천지가 개벽하지 않는 한 절대 불가능합니다. 어떤 분의 말처럼 광주 시민은 다시 싸워야겠지요. 하지만 그것은 늦은 싸움입니다. 시간을 놓친 싸움입니다. 명분을 잃은 싸움입니다. 첫째는 싸움의 상대가 지금보다 엄청나게 강해졌을 것이며, 둘째는 광주 시민 모두가 죄인이 되었기 때문입니다. 스스로 죄인이 된 이가 어떤 힘으로, 어떤 명분으로 싸울 수 있습니까? 신군부가 우리에게 뒤집어씌운 죄는 감당하기 쉬울 것입니다. 진실이 아니기 때문입니다. 진실을 아는 이들끼리는 서로를 위로할 수도 있을 것입니다. 하지만 우리가 정말로 감당하기 힘든 죄가 있습니다. 오월의 봄날 속으로 고통 없이는 들어갈 수 없는 죄가 있습니다. 해방 광주의 등불을 우리 스스로 끈 죄입니다.」

인간은 타인을 변화시킬 수 있는 부분만큼만 소유할 수 있다는 말이 떠올랐다. 누구의 말인지는 생각나지 않지만 박태민을 고통스럽게 했다. 지금 그가 하고 있는 말의 대상이 타인이 아니라 바로 자신이라는 생각이 들었기 때문이었다.

「비유적인 이야기를 하나 하겠습니다. 이런 땅이 있다고 합시다. 노래를 부르면 죽음이 찾아오는 땅 말입니다. 그럼에도 천지 사방으로 노래가 울려 퍼졌습니다. 죽음이 땅을 휩쓸었습니다. 천지가 죽음이었습니다. 그런데 이해하기 힘든 일이 일어났습니다. 노래가 사라지지 않는 것이었습니다. 노래는 작은 빛이 되어 모여들고 있었습니다. 그렇게 모인 빛이 등불이 되어 죽음의 땅을 비추고 있었습니다. 살아 있는 사람들은 비로소 노래의 의미를 깨달았습니다. 그것은 사랑의 노래였습니다. 그렇습니다. 해방 광주의 등불은 사랑의 노래를 불렀던 분들이 이룩한 것입니다. 왜 그것이 사랑의 노래였을까요? 」

총소리가 들렸다. 소리는 둔중하고 희미했다. 외로움에 못 이긴 시민군이 캄캄한 하늘을 향해 절규하듯 쏜 총소리 같았다.

「계엄군이 들이닥친 오월 십팔일부터 해방 광주가 이룩된 이십일일까지 우리는 이상한 세계 속에 갇혀 있었습니다. 이상하다는 것은, 계엄군과 광주 시민 어느 한쪽은 반드시 짐승이 되어야 했기 때문입니다. 그렇지 않으면 납득이 되지 않는 세계였습니다. 계엄군이 인간이었다면 우리는 짐승이었습니다. 우리가 인간이었다면 계엄군이 짐승이었습니다. 계엄군 역시 우리와 똑같이 느꼈을지도 모르겠습니다. 그렇다면 스스로 인간이 되기 위해 광주 시민들을 악착같이 짐승으로 생각했겠지요. 먼저 가신 분들은 누구보다도 이것을 깊이 느끼신 분들입니다. 그분들이 죽음의 두려움을 떨쳤던 것은 스스로 짐승으로 전락하지 않기 위함이었습니다. 그분들이 죽음 속으로 뛰어들었던 것은 더불어 살아왔던 형제와 이웃들이 짐승으로 전락하는 것을 참을 수 없었기 때문이었습니다. 그분들이 죽음을 초월했던 것은 인간의 존엄성을 부정하는 세계를 용서할 수 없었기 때문이었습니다. 그분들의 희생이 없었다면 우리는 지금도 짐승의 치욕에 갇혀 괴로워하고 있을 것입니다. 우리 모두는 사랑의 수혜자입니다. 희생의 실체가 사랑이기 때문입니다. 그런데 지금 우리는 그 사랑의 등불을 끄려고 하고 있습니다.」
등불이라고 말할 때 박태민의 그늘진 눈가에서 무엇이 반짝거렸다.
「등불은 주위가 어두울수록 빛납니다. 해방 광주가 우리들만의 등불이 아닌 이유가 여기에 있습니다. 신군부의 쿠데타는 온 나라를 암흑 천지로 만들었습니다. 독재의 진창에 빠진 역사의 수레바퀴를 민주의 들판으로 끌어올리고 있는 국민의 가슴에 권력에 눈먼 무리들이 총검을 꽂았습니다. 산하는 순식간에 암흑이 되었습니다. 천지가 암흑이었습니다. 이 암흑 속에서 해방 광주는 홀로 빛을 발하고 있습니다. 총검에 굴하지 않았던 전라도의 낮은 땅이 역사의 정점에서 스스로 빛을 발하고 있습니다. 이토록 소중한 역사의 불씨를 지금 우리는 덮으려 합니다.」
회의장은 침묵에 싸여 있었다. 빗소리와 뒤섞이는 침묵은 깊고 어두웠다. 어떤 이도 침묵을 깨뜨리지 않았다. 고개를 푹 숙이고 있는 이도 있었고, 눈을 감고 있는 이도 있었고, 허공을 응시하는 이도 있었다.

「우리가 왜 무장 해제를 반대하는지 충분히 설명되었을 줄 압니다. 앞서 나는 무장론에 대해 오해가 있다고 밝힌 바 있습니다. 해방 광주와 신군부의 싸움을 시민군과 계엄군의 전투로 생각하시는 분들에게 무장론은 터무니없는 전략으로 보일 것입니다. 맞습니다. 말 그대로 계란으로 바위를 치는 행위입니다. 나는 해방 광주와 신군부의 싸움을 시간의 싸움으로 보고 있습니다. 우리의 무장론이 터무니없는 전략이 아닌 까닭은 여기에 있습니다.」

박태민은 말을 멈추고 숨을 깊이 들이켰다. 빗소리가 가늘게 들려왔다. 부드러우면서도 규칙적인 소리였다.

「영령들의 희생을 통해 드러난 것은 신군부의 정체입니다. 쿠데타에 반대하는 국민을 가차 없이 학살하는 신군부의 행위는 세계를 경악시켰습니다. 그들의 행위는 독재의 반인륜성과 함께 민주주의의 가치를 일깨움으로써 인류가 오랜 세월에 걸쳐 획득한 보편적 진실의 소중함을 새삼스럽게 생각하도록 만들었습니다. 세계의 언론이 해방 광주의 불빛을 주시하는 까닭은 여기에 있습니다. 신군부가 왜 수만의 군대를 풀어 해방 광주를 봉쇄할까요? 두려움 때문입니다. 우리가 계엄군을 두려워하듯 신군부는 해방 광주를 두려워합니다. 우리의 두려움의 실체는 무력이며, 그들의 두려움의 실체는 진실입니다. 해방 광주는 서로 다른 두려움이 대치하고 있는 전선입니다. 무력과 무력이 대치하는 전선이 아니라 무력과 진실이 대치하는 전선입니다. 시민군의 전투 능력은 계엄군에 비하면 참으로 왜소합니다. 그럼에도 불구하고 우리가 두려움을 견뎌야 하는 것은 진실이라는 무기가 있기 때문입니다. 진실에는 구원의 군대가 있기 마련입니다. 해방 광주를 구원할 주력군은 민주를 갈망하는 국민들입니다. 우리 모두는 민주 학생 전사들의 서울역 진군을 생생히 기억하고 있습니다. 불과 열흘 전인 오월 십오일의 일이었습니다. 전두환의 군부 세력에 맞선 그들의 장엄한 진군이 쿠데타의 빌미가 되지 않기 위해 회군을 단행했음을 우리는 기억하고 있습니다. 그 전사들은 다 어디로 사라졌을까요? 그들은 사라지지 않았습니다. 다만 어둠 속에서 길을 잃고 있을 뿐입니다. 어둠 속에서는 빛이 곧 길입니다. 해방 광주의 불빛이 그들의 눈에 닿을 때 그들은 다시 진군할 것입니다. 민주의 전사들이 서울에만 있는 것이 아닙니다. 부산에도 있고, 대구에도 있습니다. 그 전사들이 일어설 때 어둠의 군대가 직면하는 것은 궤멸입니다.」

한 청년이 기침을 시작했다. 메마르고 고통스러운 기침 소리가 한동안 계속되었다.

「박정희 피살 이후 미국의 한반도 프로그램 작업은 착실히 진척되고 있었습니다. 친미 온건주의자인 계엄사령관 정승화와 대통령 최규하는 유신 독재에 심기가 뒤틀어져 있었던 미국에 대단히 적합한 인물이었습니다. 이 프로그램을 일그러뜨린 것이 십이십이 쿠데타였습니다. 미국이 쿠데타를 받아들일 수 없었던 것은 당연했지요. 쿠데타의 목적은 정권 장악입니다. 어떤 쿠데타도 정권 장악이 목적이 아닌 쿠데타는 없습니다. 신군부가 쿠데타를 성공시켰음에도 정권을 장악하지 못했다는 사실은 미국의 지지를 얻지 못했다는 명백한 증거입니다. 오일칠 쿠데타는 미완성의 쿠데타를 완성시키기 위한 최후의 승부수였습니다. 아시다시피 신군부의 집권 기반은 대단히 불안정합니다. 비록 군을 장악했다고는 하나 다수의 반전두환 세력들이 군부에 포진하고 있습니다. 신군부의 쿠데타를 지지하는 국민들은 거의 없다고 해도 과언이 아닙니다. 세계의 언론은 전두환의 반인륜적 학살에 초점을 맞추고 있습니다. 이렇듯 신군부는 적으로 둘러싸여 있습니다. 하지만 그들에게도 보루가 있습니다. 미국입니다. 미국은 신군부의 유일한 보루입니다. 우리가 다 알고 있듯 미국의 최우선 관심사는 안보입니다. 신군부 세력이 안보에 위해 요소가 된다고 판단하면 미국은 제거를 위해 지체 없이 움직일 것입니다.」

「그날이 언제인지 알고 있습니까?」

누군가 낮은 목소리로 침울하게 물었다.

「그날이 언제인지는 모릅니다. 한 가지 분명한 것은 해방 광주가 민주 혁명의 유일한 보루라는 사실입니다. 해방 광주의 빛이 꺼진다는 것은 민주 혁명의 빛이 꺼지는 것을 의미합니다. 길을 찾지 못한 전사들은 화석이 될 것이며, 빛을 빛이라고 부르고 어둠을 어둠이라고 부를 수 있는 자유의 날은 영원히 사라질 것입니다. 그리고 역사는 우리들을 죄인으로 만들 것입니다. 우리는 두려움을 견뎌야 합니다. 무릎 꿇지 말아야 합니다. 해방 광주의 시간은 일상의 시간과 다릅니다. 그것은 역사의 시간, 혁명의 시간입니다. 어둠을 무찌르는 해방 광주의 불빛은 시간이 갈수록 밝아질 것입니다. 전사들을 향해 달리는 해방 광주의 불빛은 시간이 갈수록 빨라질 것입니다. 이 소중한 시간을 우리는 지켜야 합니다. 그렇습니다. 무장론의 핵심은 바리케이드입니다. 계엄군과 맞서 전투를 하자는 것이 아니라 해방 광주를 바리케이드로 만들자는 것입니다. 사랑과 민주의 등불을 지키는 바리케이드 말입니다.」

「제가 한마디 하겠습니다.」

김창길이었다.

「박태민 선배의 말씀은 대단히 감동적입니다. 나 역시 해방 광주를 지키고 싶은 마음 간절합니다. 이 자리에 계신 모든 분들이 한마음일 것입니다. 하지만 현실은 냉엄합니다. 앞서 말씀드렸듯이 계엄사의 진압 작전이 곧 시작됩니다. 그동안 수차례 그들과 협상하면서 위협을 적잖게 받았습니다만 오늘은 위협하지 않았습니다. 위협 대신 공식 통보를 했습니다. 눈에 보이지도 않는 전사들의 궐기를 기다리기에는 상황이 너무 급박합니다. 박 선배는 해방 광주를 바리케이드로 만들자고 했습니다. 그것이 어떤 바리케이드인지 나는 묻고 싶습니다. 어떤 바리케이드이기에 계엄군의 탱크와 무장 헬기의 공격을 막을 수 있는지, 정말 궁금합니다. 광주 시민의 생명을 담보로 하는 바리케이드라면 단호히 반대합니다. 어떤 진실도 광주를 다시 피투성이로 만들 권리는 없습니다. 지금 나에게 가장 소중한 진실은 광주 시민의 안전입니다. 나는 눈에 보이지도 않는 진실보다 눈에 보이는 진실을 선택하겠습니다.」

결연한 목소리였다. 박태민이 다시 일어서고 있었다. 두 사람의 눈길이 부딪쳤다가 엇갈렸다.

「김창길 위원장의 발언을 무척 반갑게 들었습니다. 우리가 함께 만날 수 있는 지점이 있음을 발견했기 때문입니다. 김 위원장은 해방 광주를 지키고 싶은 마음 간절하다고 했습니다. 모두가 한마음일 것이라고 했습니다. 광주가 다시 피투성이로 되는 것. 이 자리의 어느 누구도 그것을 원하지 않습니다. 지금까지 수습위원회는 광주가 피투성이가 되지 않는 방법에만 골몰해 왔습니다. 하지만 이제부터는 피투성이가 되지 않으면서 해방 광주를 지키는 방법을 찾아야 할 때입니다. 그러기 위해서는 새로운 지도부가 필요합니다.」

「새로운 지도부라뇨?」

비항쟁파의 한 청년이 의구심이 실린 목소리로 물었다.

「시민군은 해방 광주를 이룬 중심 세력입니다. 이 중심 세력이 수습위원회와 단절된 채 활동해 왔습니다. 두 세력의 단절은 해방 광주의 분열을 촉진시키는 데 큰 역할을 했습니다. 한쪽에서는 무기를 내놓으라고 하고, 다른 쪽에서는 안 된다고 하면서 서로를 적대시해 왔습니다. 이런 분열은 더 이상 방치할 수 없습니다.」

「잠깐, 지도부 개편을 거론하기 전에 확실히 할 것이 있습니다.」

김창길은 손을 들며 박태민의 말을 가로막았다.

「지금 하시는 말씀은 광주 시민의 안전과 해방 광주를 동시에 지키자는 것인데, 그게 가능하다고 생각합니까?」

「가능합니다.」

「어떻게 가능한지 설명해 주시겠습니까?」

「오일칠 쿠데타의 목적이 집권이라는 사실을 먼저 환기하고 싶습니다. 전두환은 쿠데타를 준비하면서 아마도 부마사태를 생각하지 않았을까요? 경찰력을 마비시켰던 부산과 마산에서의 격렬 시위는 공수부대가 투입되면서 단숨에 진압되었습니다. 전두환은 자신의 쿠데타에 저항하는 반역의 무리들을 단숨에 진압하기를 원했을 것입니다. 학생들의 오월 투쟁을 목격했던 그로서는 비장한 결심이 필요했으리라고 봅니다. 그렇다면 광주에서의 진압이 부마항쟁의 경우보다 한층 극악했던 이유를 짐작하기란 어렵지 않습니다. 공수대원들을 굶주린 짐승처럼 만들었던 이유도 같은 맥락일 것입니다. 하지만 팔십년 오월의 광주는 칠십구년 시월의 부산, 마산과 다릅니다. 광주 시민의 죽음에 이르는 항쟁은 계엄군의 학살을 인류의 양심 앞에 드러냈습니다. 집권을 꿈꾸고 있는 자가 이런 상황 속에서 다시 그와 같은 학살을 저지를 수 있을까요? 적을 두려워할 필요는 있지만 지나친 두려움은 현실을 인식하는 데 장애가 될 수 있습니다.」

「생명의 문제는 아무리 조심해도 지나치지 않습니다.」

「옳은 말씀입니다. 그렇기 때문에 지도부의 개편이 필요하다는 것입니다. 계엄군 진입 저지 전략을 논의할 지도부 말입니다.」

「도대체 그런 기막힌 전략이 어디 있습니까? 설마 다이너마이트를 무기로 삼자는 건 아니시겠죠.」

「그것도 하나의 전략이 될 수 있겠지요.」

박태민의 목소리는 차분했다.

「광주 시민을 인질로 삼아 계엄군을 위협하겠다는 겁니까?」

「생각의 속도가 너무 빠르군요. 내 말은 그렇게 하겠다는 것이 아니라 그런 문제들을 냉철하게 검토하고 결정할 지도부를 만들자는 것입니다.」

「나는 반대합니다. 이 시점에서 새로운 지도부란 대단히 위험한 발상입니다. 어떤 전략도 시민의 생명보다 우선할 수 없습니다.」

「그게 무슨 소리요?」

항쟁파 청년이 눈을 부릅뜨며 소리쳤다.

「우리는 지금 전쟁 중이오. 전쟁을 효과적으로 수행하기 위해서는 전략이 필요하다는 것은 상식이오. 그런데 뭐, 어떤 전략도 시민의 생명보다 우선할 수 없다고? 그럼 우린 시민의 생명은 안중에도 없다고 생각한단 말이오? 위원장의 말을 들어 보면 무조건 항복하자는 것인데, 부끄럽지도 않소? 목숨이 아까우면 혼자서 항복하시오.」

「말조심해!」

「당신들부터 말조심해!」

비항쟁파 청년의 고함 소리에 항쟁파 청년이 맞받아 쳤다. 거친 목소리들이 여기저기서 터져 나왔고, 몇몇 청년들은 흥분에 못 이겨 자리를 박차고 일어났다.

「모두 앉아!」

박남선의 벽력같은 외침이 모든 소리를 순식간에 잠재웠다. 일어섰던 청년들이 소리 없이 앉았다.

「단도직입적으로 말하겠다. 무조건 총을 놓고 투항하자는 놈들, 광주 시민들의 피를 팔아 목숨을 지키겠다는 놈들, 이제부터는 너희 놈들의 말을 더 이상 듣지 않겠다. 지금 당장 나가!」

권총을 뽑아 든 박남선은 버럭 고함을 질렀다. 하얗게 질린 비항쟁파 청년들은 하나 둘 회의장을 나갔다. 박남선의 총구가 그들에게 향했다는 것은 도청 시민군의 총구가 그들에게 향했다는 것을 의미했다. 눈치 빠른 이들은 깨닫고 있었다. 박태민에 의한 쿠데타가 시작되었음을.

회의장에 남은 다수의 항쟁파와 소수의 비항쟁파 청년들은 학생 수습위원회를 해체하고 시민군 지도부가 합세한 새로운 조직을 만들었다. 지금까지 분리되어 있었던 정치 조직과 군사 조직의 통합이었다. 위원장은 여전히 김창길이었다. 항쟁파인 김종배는 부위원장 겸 장례 담당이 되었다. 일반 시민으로서 도청 지도부에서 일해 왔던 황금선은 부위원장 겸 총무가 되었다. 상황실장은 물론 박남선이었다. 시민군으로 두드러진 활약을 했던 김화성은 경비실장을 맡았다. 홍보부장은 항쟁파인 허규정, 기획실장은 김종필이 되었다. 무기 담당은 강경섭이 맡았다.

비가 쉼 없이 내리는 5월 25일 새벽 한시의 일이었다.

5월 25일 오전 여덟시

비가 내리고 있었다. 새벽에 그쳤던 비가 다시 내리면서 좀처럼 그치지 않았다. 일요일이었다. 도시가 순식간에 피로 물든 5월 18일도 일요일이었다. 그날의 날씨는 참으로 화창했었다. 천지가 봄의 기운으로 약동했다. 피의 카니발은 천지의 약동 속에서 시작되었다. 그리고 다시 일요일이었다. 비 내리는 오늘의 일요일은 예수 부활 50일째 되는 제7요일, 마가의 다락방에 모였던 제자들에게 성령이 임해 교회의 초석을 이루었다는 성령 강림 대축일이었다. 시간은 그렇게 흘렀다.

도청 지도부 장악을 위한 박태민의 쿠데타는 어젯밤 첫 모습을 드러내었다. 하지만 그것은 미완의 쿠데타였다. 정치 조직과 군사 조직을 통합시킨 새로운 지도부를 만드는 데는 성공했으나 위원장은 여전히 김창길이었다. 도청 지도부에서 절대다수를 차지하고 있는 비항쟁파의 반격을 의식한 고육책이었다. 여기에 대한 계엄사의 대응은 신속했다.

아침 여덟시경 시민군 정보반의 한 청년이 독침에 찔렸다고 다급하게 소리치면서 쓰러졌다. 근처에 있던 다른 청년이 독을 제거하려고 상처 부위를 빨다가 또 쓰러졌다.

5월 22일, 상황실장 박남선은 무전기를 능숙하게 다루는 여섯 명의 시민군을 차출하여 정보반을 비밀리에 조직했다. 그들의 임무는 계엄군의 동태 파악이었다. 시 외곽에서 산발적인 전투가 계속되고 있었기 때문에 계엄군의 동태 파악은 대단히 중요했다. 임무의 중요성을 감안해 도청 3층의 사무실 한 칸을 정보반실로 만들고 관계자 외에는 출입을 금지시켰다. 독침에 찔렸다는 이와 독침을 빤 이 모두 정보반원이었다.

보고를 받고 현장에 달려간 박남선은 이상한 느낌을 받았다. 간첩들이 쓰는 독은 혈관에 들어가면 몇 초 안에 즉사한다고 알고 있었다. 그런데 시간이 꽤 지났음에도 쓰러진 채 신음만 하고 있었다. 어제저녁 북한 간첩 한 명을 서울에서 검거했다는 라디오 보도가 머리를 스치고 지나갔다.

서울 시경은, 24일 광주시에 들어가 반정부 선전 및 선동 임무와 함께 학생·시민들의 시위를 무장 폭동으로 유도하기 위해 남파된 북괴 간첩 이창룡(46세, 평양시 중구 역경림동 36)을 23일 서울 시내에서 검거하고 통신 장비와 난수표 등 20여 종을 압수했다고 발표했다.
간첩 이창룡은 체포당하는 순간 소지하고 있던 독침으로 자살을 기도했으나 경찰관에게 저지당하자 다시 혀를 깨물어 1.5센티미터가량의 자해상을 입었다. 이창룡은 북괴 노동당 연락부 소속으로 종전의 남파 간첩과는 달리 국내 소요 지역을 대상으로 침투했고, 발각시 자살을 원칙으로 했으며, 시위 군중 속으로 들어가 살인, 방화 등을 조장하도록 시위 군중에게 줄 환각제를 소지하고 있는 점이 특이하다고 경찰은 밝혔다.
경찰은 이창룡이 전대에 넣어 허리에 차고 있던 공작금 193만 5천 원과 난수표, 무전기, 독침, 위조 주민증, 은단형 환각제 등 22종 339점을 압수했다고 밝혔다.

아찔했다. 그러잖아도 시민군은 불신을 받고 있었다. 시민군으로 위장한 계엄군 첩자가 도청 안에서 활동하고 있음은 다 아는 사실이었다. 문제는 그들을 가려낼 방법이 없다는 점이었다. 시민군은 경원당할 수밖에 없었다. 그런데 이제는 독침을 소지한 간첩이라니…….

전남대 의대 부속 병원의 검사 결과, 두 사람에게 독극물 중독 반응이 나타나지 않았다. 혈압과 맥박은 정상에 가까웠다. 독침에 찔렸다는 부위도 찔린 상처가 아니라 찢어진 상처로 판명이 났다. 사실이 확인될 때까지 외부에 절대 알리지 않기로 했는데도 가족들은 물론이고 기자들까지 병원 응급실로 들이닥친 것도 수상했다. 시민군 지도부는 두 사람을 응급실에서 11층 병실로 옮겨 격리시키고 감시병을 네 명으로 늘렸다. 하지만 얼마 후 그들은 사라졌다. 감시병 네 명도 보이지 않았다.

오전 열시

독침 사건의 위력은 대단했다. 간첩이 침투했다는 두려움 때문에 도청을 빠져나가는 이들이 줄을 이었다. 다급해진 박남선은 방송을 통해 '독침 사건을 거론하거나 누가 수상하다고 말하는 자는 우리를 분열시키기 위한 계엄군의 첩자로 간주하여 무조건 사살하겠다'고 발표했다. 라디오에서는 독침 사건이 긴급 뉴스로 흘러나왔다. 거리에는 사람들이 삼삼오오 모여 불안한 표정으로 수군거렸다. 눈에는 보이지 않는, 그러나 몸으로는 느껴지는 불길한 그림자가 유폐의 도시에 드리워지고 있었다. 이 그림자 속에서 비항쟁파의 반격이 시작되었다.

오전 열시 긴급 회의가 김창길에 의해 소집되었다. 박남선은 독침 사실 여부를 확인하기 위해 병원에 가 있었고, 박태민은 재야 인사들과의 만남 때문에 YWCA에 있었다.

김창길은 현재의 사태를 수습이 불가능한 상황이라고 선언했다. 탄약고와 무기고의 관리 통제도 불가능하다고 했다. 그는 탄약고에 있는 다이너마이트가 폭발하는 최악의 상황이 올 수도 있다고 하면서 지금 즉시 완전한 무장 해제를 주장했다. 다수의 온건파들은 그를 적극 지지했다. 항쟁파들이 대세를 돌이키기에는 독침 사건이 휘몰고 온 파고가 너무 높았다.

그 시각에 남동성당 김성용 신부는 성령 강림 대축일을 맞아 강론을 하고 있었다.

「지금 우리는 네발로 기어 다녀야 하며, 개나 돼지와 같이 입을 먹이 그릇에 처박고 먹어야 하며, 짐승과 같이 살아가야만 합니다. 폭력과 살인을 일상 밥 먹기처럼 하는 유신 잔당이 우리를 개를 죽이듯이 때리고 찌르고 쏘았기 때문입니다. 두 다리로 걷고 인간답게 살려고 하면 생명을 걸고 민주화 투쟁에 몸을 던져야 합니다. 과거의 침묵, 비굴했던 침묵의 대가를 지금 우리는 지불하고 있습니다. 부산·마산사건에서 죽은 사람들은 유신 괴수의 죽음으로 보상되었습니다. 유신 괴수도 김재규 일당의 죽음으로 보상된 이때에 자유와 인격을 위하여 죽어 간 많은 시민들의 피도 보상되어야 합니다. 이제야말로 우리는 결단의 때를 맞이했습니다. 비굴해져서 짐승같이 천한 생명을 유지할 것인가, 그렇지 않으면 인간다운 민주 시민으로서 살기 위해 생명을 걸고 싸워야 할 것인가에 대해.」

오전 열한시

재야 인사들과의 회의가 시작된 시각은 오전 열한시였다. 박태민과 함께한 이는 운동권 선배이자 동지인 정상용이었다. 1971년 김희택, 이양현 등과 전남대 최초의 사회과학 연구 모임인 민족사회연구회를 조직, 학생 운동에 뛰어든 정상용은 그 후 민청학련 세대의 주류 그룹으로 부상했다.

계엄군의 전면 발포가 시작된 5월 21일 오후 한시, 녹두서점에서 상황을 점검하고 있던 정상용, 이양현, 윤강옥, 정해직 등은, 시민들과 계엄군 사이가 격렬한 전면전으로 접어들었으며 전력상 계엄군을 도저히 이길 수 없다는 점에 의견을 같이함으로써 피신을 선택했다. 이양현의 함평 집으로 피신한 정상용은 라디오를 통해 계엄군의 광주 철수 소식을 들었다. 그는 비로소 피해 의식에 사로잡힌 나머지 혁명적 항쟁의 현장을 외면해 버렸다는 사실을 깨달았다. 깨달음이 몰고 온 깊은 자책과 반성은 그를 해방된 광주로 내몰았다. 정상용과 이양현이 박태민 그룹과 합류한 것은 5월 23일 오후였다.

5월 24일 저녁 일곱시의 비밀 회의에서 박태민은 도청 수습위 제거와 새로운 항쟁 지도부 조직을 제안했다. 그의 제안이 채택됨에 따라 대학생 병력을 도청에 진입시켜 시민군과 함께 도청 지도부를 장악한다는 것과, 5월 25일 오전 YWCA에서 재야 인사들과 만나 항쟁 지도부 결성 계획을 미리 알린 후 지지와 참여를 호소한다는 것을 결정했다.

재야 인사 참석자는 홍남순·이기홍 변호사, 이성학 장로, 송기숙·명노근 교수, 장두석 신협 이사, 윤영규 장로, 조아라 YWCA 회장, 이애신 YWCA 총무, 박석무·윤광장 교사 등이었다.

정상용은 이렇게 말했다.

「저희 청년들은 피 흘려 싸운 광주 시민의 뜻이 무엇인지, 이 나라 민주주의를 위해 어떻게 해야 할 것인지 숙고를 거듭했습니다. 저희들이 내린 결론은 도청 수습위의 협상 자세가 옳지 않다는 것입니다. 계엄사가 우리의 요구 조건을 한 가지도 제대로 들어주지 않는 것은 수습위의 투항주의적 자세 때문입니다. 저희들은 올바른 협상을 위해 궐기대회를 계속 추진하고, 무기 회수를 거부하기로 했습니다. 싸움은 저희들이 할 터이니 항쟁 지도부에 참여하셔서 저희들의 뒤를 밀어주십시오.」

이성학 장로가 지지 의사를 명확히 밝혔을 뿐, 나머지 인사들은 소극적으로 지지하거나 완곡하면서도 조심스럽게 거절했다. 재야의 원로 조아라 YWCA 회장은 '민주화는 총을 들고 하는 것이 아니라 목소리로, 맨몸으로 하는 것'이라고 눈물을 흘리며 말했다.

오후의 궐기대회에서 항쟁 지도부의 필요성을 알리는 성명서 발표 요청에 재야 인사들은 한결같이 침묵을 지켰다. 회의는 무겁고 괴로운 분위기 속에서 진행되었다. 청년 운동권의 결정에 적극적으로 찬성하는 이도 없었지만 적극적으로 반대하는 이도 없었다. 회의장을 떠나는 재야 인사들의 뒷모습은 쓸쓸했다.

오후 두시

도청 상황실로 황급히 들어오는 청년이 있었다. 박태민이었다. 그는 박남선에게 뭐라고 말한 후 곧 나갔다. 자리를 박차고 일어난 박남선은 무장 병력 20여 명을 이끌고 2층으로 올라갔다. 복도와 부지사실 문 앞에 병력을 배치시킨 그는 지시가 있으면 전부 사살하라고 명령한 후 부지사실 문을 군홧발로 차고 들어갔다. 그곳에는 최한영 시민수습위원장과 정시채 부지사 등 시민수습위원들이 모여 있었다. 하지만 남동성당파 인사들은 보이지 않았다. 그 시간에 그들은 남동성당에서 진로를 논의하고 있었다.

「누가 무기 반환을 결의했소? 누가 도청 광장에서 무기 반납식을 거행하기로 결정했소? 그곳은 민주의 광장이오. 민주의 광장을 되찾기 위해 얼마나 많은 시민들이 피를 흘렸는지 당신들도 알 것이오. 그런 곳에서 무기 반납식을 거행한다고? 내 분명히 경고하는 데, 이제부터 그따위 소리를 지껄이면 가차 없이 죽여 버리겠소.」

그러면서 허리에 찬 권총을 빼어 들고 수습위원 중 한 사람에게 총구를 정면으로 겨누었다. 하얗게 질린 그는 자리에서 일어났다.

「이제 더 이상 피를 흘리지 말고 이대로 끝내 버리세. 방법이 없지 않은가? 우리도……」

말이 채 끝나기도 전에 박남선의 권총 손잡이가 수습위원의 등을 찍었다. 그는 짧은 비명을 지르며 푹 쓰러졌다.

「시민의 전체 의사를 무시하고 계엄 당국과 내통하여 무조건 무기를 반환하자거나 반환하는 놈들은 모조리 죽여 버릴 테니 지금 당장 도청을 떠나시오!」

서슬 퍼런 박남선의 목소리에 수습위원들은 참담한 표정으로 부지사실을 빠져나갔다.

오후 네시

바람이 차가웠다. 머턴은 옷깃을 여미며 하늘을 올려다보았다. 빗방울이 곧 떨어질 듯 어두웠다. 그가 광주로 들어왔던 21일 이후 비 오는 날이 잦았다. 하루 걸러 비가 왔다. 해방 광주의 통금 시간은 오후 여섯시부터 다음날 오전 여섯시까지였다. 어둠이 내리면 사위가 고요했다. 그 시각이면 으레 듣게 마련인 일상의 소리들이 끊어져 있었다. 비가 오는 날이면 더했다. 너무나 고요해 텅 빈 도시 같았다.

머턴은 시선을 하늘에서 떨구었다. 도청 정문을 지키는 시민군이 보였다. 광주 시민들은 그들을 이순신 장군으로 불렀다. 그들이 쓰고 있는 전투 경찰 헬멧 때문이었다. 철망을 뒤로 돌려 쓰고 있는 모습이 서울 광화문에 세워진 이순신 장군의 동상 모습과 흡사했다.

키만 한 총을 질질 끌듯이 메고 다니는 소년 시민군을 보고 있노라면 웃음이 나오기도 하고, 애처롭기도 했다.

피터슨 목사의 말이 다시 떠올랐다. 1975년부터 광주에서 선교사로 활동하고 있는 피터슨은 광주 거주 미국인의 안전을 위한 미 대사관의 일에 적극 관여하고 있었다. 서울 대사관과의 통화는 송정리 미군 기지 전화선을 통해 이루어졌다. 광주의 시외 전화선이 전면 두절된 것은 5월 21일 새벽이었다. 송정리 미군 기지는 광주 외곽에 위치하고는 있으나 전화 시스템은 광주 지역에 속해 있었다.

피터슨은 광주의 모든 미국인이 철수해야 한다는 대사관의 경고를 받았다고 했다. 한국군의 군사 작전이 임박했음을 암시하는 조치였다. 그에 의하면 송정리 공군 기지에 머물고 있던 밀러 문화원장이 어제 서울로 떠났으며, 미 공군은 헬리콥터를 이용한 탈출 작전을 준비하고 있다고 했다.

「우리가 무엇 때문에 총을 들었겠습니까? 이유는 명확합니다. 계엄군의 만행을 차마 견딜 수 없었기 때문입니다. 그들의 만행은, 그 끔찍한 폭력은…….」

궐기대회 연단에 처음으로 시민군 대표가 올라와 그들이 총을 든 이유를 밝히고 있었다.

도청 수습위가 계획했던 무기 반납식을 무력으로 백지화시킨 항쟁파는 제3차 민주수호시민궐기대회를 예정대로 오후 세시에 열었다. 하지만 광장의 분위기는 어제와 판이했다. 시민들의 수가 눈에 띄게 줄었고, 숙연함과 열기가 사라져 있었다. 머턴이 느낄 수 있는 건 어두운 분노와 절망에 침잠된 불안이었다. 거리의 분위기도 마찬가지였다. 독침 사건 때문이었다.

독침 사건은 유치한 해프닝이었다. 한 청년이 독침에 맞았다고 소리치며 쓰러졌고, 다른 청년이 상처 부위를 빨다가 쓰러졌다. 이것뿐이었다. 독침이라는 것을 보니 볼펜을 잘라 한쪽에 나무를 끼운 후 그 가운데 바늘을 꽂은 것이었다. 무장간첩의 무기라는 것이 어린아이들의 전쟁놀이 도구보다도 못했다. 두 청년이 멀쩡한 것은 지극히 당연했다. 이 유치한 해프닝이 도청 내부는 물론이고 도시 전체를 혼란의 도가니로 몰아넣을 줄 머턴은 꿈에도 몰랐다.

도시가 봉쇄됨으로써 일어나는 생활의 불편은 한두 가지가 아니었다. 버스와 택시의 운행은 전면 중단되었다. 유용한 교통수단이었던 시민군의 차량들도 연료 부족과 고장으로 24일부터는 현저히 줄었다. 생활필수품의 부족도 심각했다. 쌀과 밀가루, 라면, 설탕 등을 사기가 무척 힘들었다. 프로판 가스마저 떨어져 식생활에 큰 고통을 주었다.

이런 상황 속에서 시민들이 보여 주는 인내와 질서 의식은 놀라웠다. 필요한 것을 조금씩 사고 조금씩 팔았다. 여유 있는 것은 빌려 주고 급한 것은 꾸었다. 민란은 파괴와 약탈을 수반한다. 더욱이 경찰과 군대 철수 이후 다량의 총기가 통제 없이 나돌고 있었다. 그럼에도 파괴와 약탈은 일절 없었다. 은행과 보석상은 멀쩡했고, 주인의 피난으로 텅 빈 부르주아의 저택도 훼손되지 않았다. 그렇게 많은 피를 흘렸는데도 전란의 흔적들을 치워 나가는 시민들의 표정은 맑기까지 했다.

이런 시민들이 독침 사건이라는 유아적 해프닝 앞에서 공포에 질려 허둥거리고 있었다. 공포는 부르주아 계층에서 특히 심하게 나타났다. 그들은 해방 광주를 무조건 끝내야 한다고 공공연히 주장했다. 훌륭했던 시민들의 인내가 순식간에 허물어지고 있었다. 한국인의 정신을 지배하는 레드 콤플렉스의 위력은 그토록 컸다.

인간은 권력의 네트워크로부터 해방을 지향한다. 해방의 욕망이야말로 역사적 진보의 근원이었다. 인류를 샤머니즘의 미망에서, 왕권신수설의 감옥에서, 종교의 도그마에서 깨어나게 한 것이 해방의 욕망이었다. 머턴이 기자 생활을 통해 얻은 것이 있다면 인간을 감금시키는 권력의 네트워크와, 감금으로부터 벗어나려는 인간의 치열한 욕망을 들여다보고자 하는 열정이었다.

한국 사회에서 가장 강력한 권력의 네트워크가 반공 이데올로기임을 알게 되기까지는 시간이 별로 걸리지 않았다. 그런데 이 권력은 참으로 이상한 모습을 하고 있었다.

오늘날의 권력은 자신의 네트워크를 교묘히 숨긴다. 해방의 욕망을 자극시키지 않기 위함이다. 권력이 추구하는 궁극의 존재 양식은 피권력자로 하여금 자신이 감금되어 있다는 사실조차 모르도록 하는 것이다. 이것이야말로 역사의 무상 속에서 권력이라는 생명이 터득한 지혜로운 생존술로서, 인류는 그것을 민주주의라고 부른다. 그런데 기이하게도 한국의 반공 이데올로기는 자신의 존재를 노골적으로 드러내고 있었다. 자신이 얼마나 위압적인 존재인가를 알리기 위해 안간힘을 쓰는 형국이었다. 이 기이한 존재성을 체득하기 위해서는 한국 현대사에 대한 천착이 필요했다.

냉전 질서에 의한 분단이 반공 이데올로기의 씨앗이라면, 한국전쟁은 그 개화였다. 전쟁의 참상은 가공스러웠다. 인명 피해는 사망과 실종, 부상을 포함해서 5백만 명에 달했다. 거듭되는 전세의 반전 속에서 상호 보복적인 학살이 한반도 도처에서 행해졌다. 세계의 여론이 이 학살을 외면함으로써 인간의 잔인성은 자유롭게 날개를 쳤다. 미군의 무차별 공습은 참상을 가중시켰다. 당시 미국 태평양 지역 사령관 르 메이 대장은 미 공군의 북한 융단 폭격에 대해 '서 있는 것은 남김없이 쓰러졌다. 탈 수 있는 것은 남김없이 타버렸다. 남은 것은 바위와 돌뿐이다. 초가집 한 채 남지 않았다. 북한은 석기 시대로 돌아갔다'고 증언했다. 어떤 연구자의 말처럼 이토록 짧은 기간에, 이토록 좁은 영토에서, 이처럼 집중적으로 많은 인명이 손실된 전쟁은 근대 이후 거의 없었다. 이 참혹이 만들어 낸 증오는 반공과 반미를 강화시켰다.

그랬다. 증오야말로 반공 이데올로기의 자양이었다. 대안적 이념의 추구는 철저히 봉쇄되었다. 국가의 기본 이념인 민주주의조차 반공 이데올로기 앞에서는 숨을 쉬지 못했다. 북한에 비해 상대적으로 체제가 불안정했던 남한의 경우 이념 갈등이 빠르게 사라짐으로써 국가 기구는 안정 속에서 급속한 팽창을 이루었다. 특히 군의 팽창이 두드러져 전쟁 전 10여만 명이었던 정규군이 전쟁 후에는 60만 명을 넘어섰다. 사회 경제적 발전 단계에 비추어 볼 때 기형적인 성장이었다. 이것이 1961년의 쿠데타와 그 뒤를 이은 군부 권위주의 통치의 싹이었음은 물론이다. 전두환은 분단과 전쟁이 만든 기형아였다.

반공 이데올로기가 자신의 존재를 표 나게 내세우는 것은 증오의 이데올로기이기 때문이다. 증오의 대상이 구체적으로 존재하는 한 증오의 형태는 구체적일 수밖에 없다. 권력의 네트워크를 숨기려 하는 민주주의와의 충돌은 불가피했다.

민주주의는 사상과 양심의 자유를 지향한다. 이 자유야말로 훼손된 세계 속에 숨어 있는 진실을 찾아내는 사유의 원천이다. 사회라는 유기체는 사유의 역동 속에서 숨 쉰다. 사유가 역동적이지 못하면 사회의 생명력은 시든다. 반공 이데올로기는 사상과 양심의 자유를 엄격히 제한함으로써 사유의 역동성을 감금해 왔다. 머턴이 놀란 것은 사상범과 양심범이 흉악범보다 더 가혹하게 단죄되고 있다는 사실이었다. 이 단죄를 완성시키는 것이 언론과 법원이었다.

사상의 자유를 허용하지 않는 국가는 민주주의 국가가 아니다. 1919년 공산주의자들의 파업 촉구 전단살포사건 재판에서 '사상의 자유는 우리가 동의하는 사상의 자유뿐 아니라 우리가 증오하는 사상의 자유까지 보장하는 것'이라는 홈스 미 대법관의 견해는 자유의 본질을 꿰뚫고 있다. 머턴이 미합중국 국민임을 자랑스럽게 생각한다면 이런 이유에서였다.

도그마가 무서운 것은 진실을 억압하기 때문이다. 중세의 도그마는 그들의 세계관과 어긋나는 진실을 화형의 대상으로 만들었다. 남한과 북한을 폐쇄 사회로 만든 것은 반공과 반미라는 증오의 도그마였다.

도그마는 어느 시대, 어느 정부에서나 나타날 수 있다. 미국이라고 예외가 될 수 없다. 1950년대를 휩쓴 매카시즘을 머턴은 또렷이 기억하고 있었다.

위스콘신 주 출신의 공화당 상원의원 매카시는 1950년 2월 '국무성 안에는 205명의 공산주의자가 있다'고 폭탄적인 발언을 했다. 미국 자본의 큰 시장이었던 중국이 적화되는 등 공산주의 팽창에 불안과 위협을 느끼고 있었던 국민들이 그의 발언에 열광함으로써 미국은 반공산주의 선풍 속으로 휩쓸려 들어갔다.

매카시즘의 첫 공격 대상은 중국 정책에 관여했던 국무성 관리와 외교관 및 학자들이었다. 국무 장관 덜레스를 비롯한 수많은 이들이 공포에 떨었다. 반공주의에 조금이라도 의심을 나타내는 책들은 불태워졌고 수많은 학자, 작가, 교수, 기자 들이 추방되거나 침묵을 강요당했다. 심지어 검찰 총장이 전 대통령 트루먼을 소련 간첩 은닉

혐의로 정식 고발하는 사태까지 벌어졌다.

당시 예일대 법대에 재학 중이었던 머턴은 그가 존경하고 있었던 라네트 핸드 판사의 말을 잊을 수 없었다. 그는 '시민으로 하여금 그 이웃을 적이나 간첩이 아닐까 생각하면서 살피도록 명령하는 사회는 이미 분해의 과정을 걷고 있는 사회'라고 매카시즘에 사로잡힌 미국 사회에 준엄하게 경고했다. 매카시즘의 해독이 치명적으로 나타난 것은 베트남 전쟁이었다.

프랑스 식민지였던 베트남의 독립운동이 본격화된 것은 일본군의 베트남 진주가 시작되었던 1941년부터였다. 공산주의자 호치민이 지도하는 베트남 독립동맹(베트민)은 프랑스 식민 정권과 일본 점령군을 상대로 무장 독립 투쟁을 전개, 북부 베트남 6개 성을 점령했다. 1945년 일본이 패망하자 베트민은 베트남 민주공화국을 세웠다. 하지만 옛 지배권을 되찾으려는 프랑스가 1949년 남부에 바오다이 정권을 세움으로써 새로운 전쟁이 시작되었다. 1954년 5월 디엔 비엔 푸에서 프랑스군을 궤멸시킨 북베트남이 승리함에 따라 2년 후 전국 총선거 실시를 규정한 제네바 휴전협정이 성립되었다. 총선거가 실시되면 민족 해방 투쟁의 정통 세력인 베트남 민주공화국의 집권이 확실시되었다. 인도차이나의 공산화를 두려워한 미국이 프랑스를 답습해 반공주의자 고 딘 디엠을 대통령으로 한 베트남 공화국을 세운 것은 1955년 10월이었다. 매카시즘의 광풍이 미국의 외교 정책을 경색된 반공 노선으로 몰아가고 있을 때였다.

미국의 거부로 총선거가 무산되자 남베트남의 통일 세력과 공산주의자, 디엠 정권의 부패와 폭정에 분노한 세력들이 정부에 반기를 듦으로써 남베트남의 내란이 시작되었다. 내란 세력들은 효과적인 투쟁을 위해 1960년 12월 20일 베트콩으로 지칭되는 베트남 민족해방전선을 결성했다. 지도부를 구성하는 중앙위원회 위원 서른한 명은 학자, 교수, 의사, 건축가, 신부, 승려 등 남부 출신의 항불 민족 운동가들이었다. 북베트남은 민족해방전선을 공식적으로 지지하고 무기 공급을 시작했다.

미국의 전면적인 지원에도 불구하고 남베트남의 디엠 정권은 부패와 폭정의 심화로 민중의 지지를 잃어 갔다. 디엠 정권과 민중의 연대감이 거의 상실된 상태에서 일어난 것이 불교도들의 비폭력 반정부 투쟁이었다. 1963년 미국 정부가 파견한 남베트남 현지 조사단의 결론은 '남베트남의 패배가 미국의 패배로 직결되는 것이라면, 그리고 그 지역을 미국이 지켜야 할 책임이 있다면 미국은 다른 인물을 찾아야 한다'는 것이었다. 그해 11월 디엠은 군부 쿠데타에 의해 살해되었다. 강력한 군부 통치가 시작되었지만 민심은 점점 민족해방전선으로 기울고 있었다. 이 국면을 타개하기 위한 미국의 책략이 통킹 만 사건이었다.

1964년 8월 4일 존슨 미국 대통령은 '북베트남의 통킹 만 밖 공해상에서 순찰 중인 미국 구축함 매독스 호가 북베트남 어뢰정 세 척의 공격을 받았다. 미 공군은 즉시 반격을 가해 북베트남의 군사 기지와 석유 저장소 등을 폭격했다'고 발표했다. 미국의 북폭은 유엔 헌장 제51조의 집단자위권에 의거한 것이라고 주장한 존슨은 전쟁 수행을 위한 법적 뒷받침을 미 의회에 요구했고, 미 의회는 압도적인 다수결로 대통령에게 전쟁권을 부여하는 결의안을 통과시켰다. 미국 주도에 의한 전면전의 시작이었다.

남베트남의 군사력은 미국의 지원으로 급속히 팽창했다. 1972년 5월 레어드 미 국방 장관은 남베트남 정부의 군사력에 대해 전투기 1천 대, 대형 병력 수송용 헬리콥터 5백 대를 비롯하여 무제한의 탄

약과 완벽한 제공권을 갖추고 있는 세계 4위의 수준이라고 평가했다. 남베트남 정부군의 병력은 최고 118만 명을 웃돌았다. 그뿐 아니었다. 미국은 세계 1위의 군사력과 경제력, 과학 기술을 베트남전에 전면적으로 동원했다. 남베트남 주둔 미군은 54만 9천5백 명까지 이르렀다. 한국을 비롯한 미국 외 참전국 병력은 6만 명을 넘어섰다. 이에 비해 북베트남과 남베트남의 민족해방전선의 병력은 가장 많았을 때가 31만 명이었다. 무기의 질적 수준도 열악했다. 누가보아도 승패의 결과는 명백했다.

1973년 1월 27일 '베트남에서의 전쟁 종결과 평화 회복을 위한 파리 협정'에서 미국은 베트남 땅에서 자국의 군대를 철수하기로 결정했다. 후진 약소 민족을 상대로 한 전쟁에서 세계 최강국 미국이 패배했음을 뜻하는 협정이었다. 그로부터 2년 3개월 후인 1975년 5월 1일 남베트남 대통령이 민족해방전선 대표에게 무조건 항복을 선언함으로써 전쟁은 막을 내렸다.

전쟁사에 길이 남을 이 놀라운 결과를 납득하려면, 근대 이후 수많은 전쟁이 있었음에도 베트남 전쟁을 스페인 전쟁과 함께 '인류의 양심에 그어진 상처'라고 했던 이유를 알기 위해서는, 베트남 전쟁이 1960년대 후반 세계 학생 운동의 기폭제가 되었던 이유를 알기 위해서는, 전몰 장병들에게 전쟁이 끝난 즉시 위령 기념 건조물을 지어바치는 것을 엄숙한 의무로 생각해 왔던 미국 국민이 베트남 전몰 장병에 대해서만은 10년 동안 기념비조차 세우는 것을 꺼려 했던 이유를 알기 위해서는 전쟁의 내면을 들여다보아야 한다.

미국의 베트남전 개입 근거는 1947년에 선언된 트루먼 독트린으로 거슬러 올라간다. 공산주의 세력의 확대 저지를 미국 외교 정책의 원칙으로 정한 트루먼 독트린은 미국 정부로 하여금 베트남 인의

240

반식민지 항쟁을 사회주의와 자유 민주주의의 전쟁으로 간주하게
했다. 그 후 1950년대의 매카시즘을 거치면서 강화된 냉전 의식과
군사적 대국주의는 미국을 베트남 전쟁의 수렁 속으로 몰아넣었다.
이 과정에서 도덕성은 물론이거니와 국가 이익에 대한 냉철한 분석
조차 용납되지 않았다. 반공 이데올로기에 사로잡힌 맹신적 의식이
저지른 거짓의 광기가 세계인의 양심 앞에 드러난 것은 1971년 6월
이었다.

베트남 정책 수립에 깊숙이 관여했던 대니얼 엘즈버그가 국방성
기밀문서(Pentagon papers)를 〈뉴욕 타임스〉에 제공했고, 〈뉴욕 타임
스〉는 기밀문서의 개요를 특종 보도했다. 미국 정부가 국가 이익과
안보를 앞세워 게재 중지를 요청하자 〈뉴욕 타임스〉는 법정 투쟁으
로 들어갔다.

전 세계의 정부와 언론인, 지식인 들은 이 역사적 사건을 주시했
다. 머턴이 종군 기자로 베트남 전쟁의 중심에 있을 때였다. 죽음이
드러내는 두려운 허망과 엄혹한 고통 속에서, 살인 중독에 사로잡힌
인간에 대한 낯설음과 혐오 속에서 머턴은 숨을 죽이며 재판 과정을
응시했다. 그는 인간에게만 절망한 것이 아니었다. 조국 아메리카에
도 절망하고 있었다.

북베트남과 인민해방전선 지도부의 대부분이 항불 민족 운동가였
던 반면에 남베트남의 정부, 군대, 종교, 사회, 문화의 지도자들 대부
분은 프랑스 식민 정권의 관리거나 군 장교, 하사관 출신 들이었다.
미국 정부는 이 사실을 잘 알고 있었다. 이른바 '베트남 평정 계획'의
수석 고문관이었던 존 폴 밴은 '남베트남 정부가 대중적 정치 기반
을 갖지 못한 이유는 프랑스 식민 정부 체제를 계승했기 때문'이라고
서슴지 않고 말했다. 미국이 북베트남과 인민해방전선을 박멸시키

려 하는 것은 공산주의자이기 때문이었다. 문제는 베트남의 대다수 국민들이 인민해방전선과 북베트남의 노선을 지지한다는 사실이었다. 그들이 공산주의자이기 때문이 아니라 민족 해방을 염원했기 때문이었다. 남베트남의 공산화를 막기 위해서는 제네바 협정이 규정한 총선거를 거부할 수밖에 없었다. 그러니까 미국과 남베트남은 북베트남과 인민해방전선을 상대로 싸우는 것이 아니라 대다수의 베트남 인들과 싸워야 했다. 그들에게는 비무장 민간인조차 적이었다. 전쟁이 참혹할 수밖에 없었던 이유가 여기에 있었다. 1967년 한 미국 해병 소위가 윌리엄 풀브라이트 상원의원에게 다음과 같은 편지를 보냈다.

'내가 베트남에 온 것은 공산주의 침략에 맞서 싸우는 이들을 돕기 위해서였습니다. 하지만 베트남에 온 지 2주일 만에 우리들의 군사 작전 90퍼센트가 남베트남 주민들을 상대하고 있음을 알았습니다. 충격적인 것은 그들이 사이공 정부에 대해 조금도 호감을 갖고 있지 않다는 사실이었습니다. 지금 우리는 진정한 국민들로부터 아무런 지지를 얻지 못하고 있는 정부를 위해 전쟁에 몰두하고 있는 것입니다.'

국민의 지지를 얻지 못하는 사이공 정권은 군부와 경찰에 의해 지탱되고 있었다. 미국은 군부와 경찰을 조직하고 자금을 지원했다.

1969년부터 2년여 간, 파리 평화회담에서 미국 측 수석 대표를 맡았던 에이브릴 해리먼은 대표직 사임 직후 기자 회견에서 베트남 전쟁의 이런 성격을 거론하면서 '미국은 전쟁에서 패배할 것'이라고 예언했다. 그것은 해리먼의 독창적인 예언이 아니었다. 베트남 전쟁의 내면을 들여다보면 충분히 나올 수 있는 예언이었다.

승리에만 집착한 미국 정부는, 특히 군부는 해리먼의 예언을 믿지 않았다. 그들이 믿었던 것은 미국의 기술 문명이 만들어 낸 첨단 병기였다. 기술 문명에 대한 그들의 맹신은 베트남 전역에서 무차별적인 화력전을 전개하도록 만들었다. 전과(戰果) 기록 작성에서 민간인 사상자들을 베트콩으로 만드는 일은 필수였다. 그 속에 노인과 어린이, 여자 들이 얼마나 섞여 있는지 알아낸다는 것은 불가능했다. 1969년 여름 머턴이 취재했던 키엔 호아 지방은 한 예에 불과했다.

메콩 강 삼각 지역에 있는 키엔 호아는 인민해방전선이 장악하고 있는 마을이었다. 인민해방전선은 학교와 병원은 물론이고 협동 농장도 운영했다. 미군 제9보병사단이 마을로 진입하기 전 공군의 대대적인 폭격이 있었다. 폭격에서 목숨을 부지할 수 있는 곳은 깊은 참호나 벙커였다. 그러나 몸이 작은 어린아이들은 폭격의 진동을 견디지 못하고 죽어 갔다. 9사단의 무장 헬리콥터들은 밤낮을 가리지 않고 마을을 샅샅이 뒤졌다. 사격의 목표는 눈에 보이는 모든 사람이었다. 일본 〈아사히 신문〉 특파원 혼다 가쓰이치는 그것을 '아시아 인 사냥'이라고 표현했다. 공식 기록에 의하면 적의 사망자 수가 1만 899명인 데 비해 포획된 무기는 748정에 불과했다. 〈뉴스위크〉 지의 케빈 P. 버클리는 사망자의 거의 절반이 비전투원이라고 단언했다.

미 해병이 개인 병기로 1백 명에 가까운 민간인을 학살했던 밀라이 사건은 키엔 호이의 학살에 비하면 아무것도 아니었다. 인간성의 차이가 아니라 무기의 차이 때문이었다. 미 육군은 이 학살을 지휘한 9사단 사령관을 '신과 조국에 대해 직업 군인으로서 헌신적인 봉사를 했다'고 칭송했다. 머턴은 조국 아메리카에 절망할 수밖에 없었다. 이 캄캄한 절망 속으로 스며든 한줄기 빛이 있었다. '국방성 기밀문서' 공개 여부에 대한 미국 연방최고재판소의 판결이 그것이었다.

판결문은 '군사적, 외교적 비밀을 지키기 위해 국민의 알 권리를 희생시킨다면 참다운 안보가 될 수 없다'면서 '국가 안보를 위해서는 언론의 자유도 제약될 수 있다'고 주장한 정부를 준엄히 비판했다. 세계의 지식인들은 갈채를 보냈다. 자유 언론의 승리에 대한 갈채이자 사법부의 독립성에 대한 갈채였다. 〈뉴욕 타임스〉가 공개한 기밀 문서의 내용은 경악스러웠다.

남베트남에서 인민해방전선의 세력이 급격히 확대되어 가자 불안을 느낀 미국은 북베트남 공격으로 돌파구를 찾으려 했다. 그 중심 인물이 백악관 국가 안보 특별 보좌관 월트 로스토우였다.

'어느 사회든지 내부의 혁명은 외부로부터의 지원과 보급으로 이루어진다. 따라서 이 연결 고리를 단절시키면 혁명의 에너지를 고갈시킬 수 있다. 남베트남 사태는 북베트남의 지원과 교사에 의한 것이다. 하노이 정권은 항불전쟁 후의 황폐 속에서 공업 건설에 힘을 쏟고 있다. 우리가 공업 단지를 폭격하여 잿더미로 만들어 버리겠다고 위협하면 하노이 지도자들이 깜짝 놀라 베트콩에게 활동 중지 명령을 내릴 것이다.'

'남베트남 공산주의 세력의 득세 원인은 남베트남 안에 있다'는 CIA의 종합 보고서를 기꺼이 무시한 냉전주의자들은 통킹 만 사건 7개월 전부터 북폭을 정당화시킬 수 있는 상황 조작을 치밀하게 추진해 나갔다. 통킹 만 조작 사건과 미 공군의 북폭은 냉전주의자들이 추구했던 팍스 아메리카나의 도덕적 파탄이었다. 그 도덕적 파탄이 전쟁을 확장시키면서 베트남은 물론이고 라오스와 캄보디아까지 파멸 속으로 몰아넣는 과정을 국방성 기밀문서는 소름 끼치도록 생생히 드러내고 있었다. 세계는 비로소 미국 의회와 미국 국민이 냉전이라는 반이성적 권력 철학의 도구로 전락되어 있었음을 알게 되었다. 미국의 외교 정책이 냉전에서 데탕트로 변화된 까닭은 여기에 있었고, 그것의 구체적 결실이 닉슨의 중국 방문이었다.

공산군이 사이공을 함락하던 날, 머턴은 워싱턴의 한 컴컴한 주점에서 통음하고 있었다. 그를 통음케 한 것은 국방성 기밀문서에 관한 연방최고재판소의 판결이었다. 베트남 전쟁을 들여다보며 자신이 미국인이라는 사실에 처음으로 수치를 느꼈던 머턴에게 〈뉴욕 타임스〉의 승소는 형언할 수 없는 기쁨이었다. 아마도 그것은 수치심에 시달리고 있던 수많은 미국인들을 구원했을 것이다. 하지만 이 구원이 베트남 인에게는 어떤 의미가 있을까 하는 의문이 그를 집요하게 괴롭혔다.

미 공군의 폭격으로 부인과 세 아들을 잃은 늙은 농부에게 머턴은 물었다. 당신을 위해 내가 할 수 있는 일이 무엇인가? 하고. 한동안 머턴을 바라보던 농부는 이렇게 대답했다. 죽은 내 가족을 살려 주시오.

아시아 인에 대한 미국인의 인종 우월의식도 머턴을 괴롭혀 왔었다. 사이공 주재 미국 공보원 존 매클린의 발언은 인종 우월의식이 베트남 전쟁에서 어떤 역할을 했는지 극명히 드러내고 있었다.

'인간은 죽음과 고통을 두려워한다. 미국의 전략은 베트남 공산주의자들이 죽음과 고통을 두려워하도록 만드는 것이었다. 하지만 불행히도 베트남 인들은 죽음과 고통에 둔감한 종족이었다. 이것이 전쟁을 대량 학살로 나아가게 한 이유였다.'

미국의 대량 학살 전략은 백인처럼 죽음과 고통을 예민하게 느끼지 못하는 베트남 인의 하등 동물적 속성 때문이라는 것이 발언의 요지다. 존 매클린의 견해에 기대면 미군에 의해 번번이 자행되었던 민간인 학살은 인종 우월의식의 산물이었다. 여기에서 머턴을 혼란스럽게 한 것은 한국군의 잔인성이었다.

베트남 어에 능통한 미국인 퀘이커 교도 다이안과 존스는 5년간 한국군 작전 지역에서 집중 조사를 한 결과, 밀라이 사건과 비슷한 규모의 학살 사건을 열두 건 밝혀 냈다. 소규모 학살 사건은 이보다 훨씬 많았으며, 학살의 희생자는 대부분 여자와 어린이, 노인이었다.

머턴은 그들과 함께 학살 현장 취재에 나섰다. 현지 베트남 인의 증언은 그들의 조사와 크게 어긋나지 않았다. 어떤 한국군 장교는 물을 퍼내어 고기를 잡는 것이 자신들의 전술이라고 진지하게 말했다. 물이란 민간인이며 고기는 공산주의자였다.

한국군 학살에 대한 머턴의 리포트는 한동안 주목을 끌었으나 오래가지는 못했다. 〈뉴욕 타임스〉도 마찬가지였다. 〈뉴욕 타임스〉의 로버트 M. 스미스 기자는 '동맹군에게 맡겨진 베트남 살인'이라는 제목의 기사에서 한국군은 자신들이 점령한 마을에서 무조건 10분의 1의 민간인을 사살한다고 썼다. 반향이 큰 듯했으나 곧 잠잠해졌다. 세계의 눈이 베트남 전쟁에 집중되고 있었으나 미국의 용병으로 간주되는 한국군의 뉴스 가치는 대단히 낮았다.

머턴의 혼란은 베트남 인과 한국인이 같은 아시아 인이라는 사실에 있었다. 인종 우월의식이라는 도그마에 사로잡힐 이유가 없는데도 한국군의 잔인성은 대단히 강렬했다. 어떤 학살이든 증오가 개입되기 마련이지만, 한국군의 경우 증오가 표 나게 드러났다. 그것에 비하면 미군의 증오는 상대적으로 약했다. 그렇다고 미군이 덜 잔인한 것은 아니었다. 인종 우월의식이 만들어 내는 경멸의 감정이 증오의 농도를 희석시킨 것뿐이었다. 한국군이 드러내는 잔인성의 원천이 반공 이데올로기임을 깨닫게 된 것은 한국 현대사를 천착하면서부터였다.

매카시즘과 베트남 전쟁으로 표상되는 미국의 냉전 이데올로기는 팍스 아메리카나 추구의 사상적 근거였다. 그것이 최초로 적용된 곳이 한반도였다. 미·소의 패권주의적 대립 속에서 남과 북은 한국전쟁이라는 미증유의 참사를 겪으면서 반공과 반미라는 증오의 이데올로기로 무장했다. 베트남 인에 대한 한국군의 잔인성은 반공 이데올로기가 품고 있는 증오의 발현이었다.

이데올로기란 삶의 질을 높이기 위한 인간의 사상이다. 즉 인간의 삶을 풍요롭게 하기 위한 도구다. 이 도구가 목적이 될 때 인간은 도구로 전락한다. 언론과 법원이 실현시킨 국방성 기밀문서 보도가 조국에 대한 수치심에 시달리고 있던 수많은 미국인들을 구원했던 이유는 여기에 있었다. 그것은 국가 권력 이데올로기에 대한 비판의 자유야말로 자유 민주주의가 품고 있는 소중한 본질임을 극적으로 보여 준 역사적 사건이었다.

한반도의 비극은 이 소중한 본질을 품을 수 없게 만드는 분단 체제에 있었다. 남한의 체제는 자유 민주주의였다. 그런데 반공 이데올로기가 민주주의 이념보다 우위였다. 북한 체제와 사활을 건 싸움을 치러야 했던 남한 정부로서는 불가피한 선택이었을 것이다. 이념의 혼란을 단기간에 수습한 반공 이데올로기는 국가 체제를 안정시킴으로써 경제 발전의 토대를 구축했다.

반공 이데올로기의 근거는 공산주의의 악마성이었고, 북한은 악마성의 구체적 모습이었다. 여기에 어긋나는 모든 정보와 지식은 차단되고 왜곡되었다. 언론과 지식인은 선택된 정보와 선택된 지식만을 전달함으로써 진실을 불구화시켰다. 불구화된 진실은 세계를 온전히 드러내지 못한다. 그것은 세계를 기이하게 뒤틀며 굴절시킨다. 머턴이 놀란 것은 1950년대와 60년대에 걸쳐 초등 교육을 받은 대부분의 한국인들이 북한 사람을 몸이 빨갛고 머리에 뿔이 난 괴물로 생각했던 어린 시절의 경험들을 갖고 있다는 사실이었다.

교육의 궁극적 목적은 인간에 대한 사랑이다. 이 목적을 위해 교육 이념이 지향하는 것은 보편성과 긍정성이다. 그런데 반공 이데올로기가 강요해 왔던 교육은 특수성과 부정성이었다. 그 결과 한국의 교육은 인간을 괴물로 바꾸어 버리는 기괴한 마술이 되어 버렸다. 괴물 앞에서 인간이 드러내는 감정은 공포다. 반공 이데올로기가 만들어 낸 레드 콤플렉스, 즉 적색 공포증은 마술이 만든 환상의 괴물에 대한 공포에 다름 아니다. 광주 시민들이 유아적 연극놀이에 불과한 독침 사건 앞에서 비이성적 공포를 드러낸 것은 레드 콤플렉스 작동의 결과였다.

레드 콤플렉스는 환상을 현실로 만들어 버림으로써 이성과 논리를 무력화시킨다. 환상이란 미신의 세계이다. 미신은 인간의 정신을 편안하게 한다. 진리의 고통을 모르기 때문이다. 교육의 본질이 진리의 고통을 견디는 힘을 길러 주는 것에 있음은 이런 까닭이다. 하지만 반공 이데올로기가 조형하는 한국의 교육은 국민의 정신을 오히려 미신의 늪 속으로 밀어 넣고 있었다. 미신의 정신은 진보를 가로막는다. 진보를 상실한 사회는 고인 물처럼 썩는다. 한국 사회는 반공 이데올로기라는 완강한 항아리에 갇힌 고인 물이었다.

반공 이데올로기의 폐해는 이토록 깊고 혹독했다. 아이러니컬한 것은 이 폐해가 축적됨으로써 반공을 오히려 해치고 있다는 사실이었다. 싸움에서 이기기 위해서는 적의 실체를 정확하게 알아야 한다. 그런데 반공 이데올로기는 적의 실체를 끊임없이 왜곡시키고 있었다. 적에 대한 증오심이 강할수록 전투 역량이 강화된다는 사고방식은 오래전에 폐기된 개념이다. 첨단 무기로 무장한 오늘날의 전쟁은 냉정한 이성을 요구한다. 증오는 오히려 이성적 판단을 흐리게

함으로써 전쟁 수행력을 해친다.

공산주의를 반대하는 근거는 '진실을 아는 국민만이 국가를 사랑할 줄 안다'는 자유 민주주의의 본질에 있다. 이 본질이야말로 공산주의를 뿌리칠 수 있는 가장 강력한 힘이다. 하지만 남한의 권력자들은 진정한 반공에는 관심이 없었다.

미신은 우상을 요구한다. 우상 앞에서 부복하는 것이 미신의 정신이다. 미신이라는 이 불구의 정신은 권력의 우상 앞에서 신민을 복종시키는 가장 효과적인 무기다. 한국의 권력자들이 반공 이데올로기를 강화시킨 것은 자신의 권력을 우상화하기 위함이었다. 이승만과 박정희로 이어지는 권력의 파행적 역정은 국민의 정신을 끊임없이 불구화시키는 반공 이데올로기의 산물이었다.

전두환이 5·17 쿠데타를 일으키면서 내세운 명분이 북한의 남침 위협이었다. 계엄군의 광주 학살을 정당화하기 위한 논리 역시 북한 세력 침투였다. 베트남전에서 노출되었던 한국군의 잔인성이 광주에서 고스란히 재현된 것은 우연이 아니었다.

「시민 여러분! 우리 시민군은 온갖 방해를 무릅쓰고 여러분의 안전을 끝까지 지킬 것입니다. 또한 협상이 올바로 진행되면 우리는 즉각 총을 놓겠습니다. 민주 시민 여러분! 우리 시민군을 절대적으로 믿고 적극 협조해 주시기 바랍니다.」

시민군의 목멘 호소는 독침 사건이 몰고 온 극심한 분열 현상을 타개하기 위한 안간힘이었다. 하지만 분위기를 돌이키기에는 레드 콤플렉스가 일으킨 분열은 너무 깊었다. 반공 이데올로기라는 우상 앞에서 허둥거리는 그들의 모습은 불안 신경증에 빠진 환자를 연상케 했다. 그것은 머턴을 복잡한 감정 속으로 빠뜨렸다. 안쓰럽기도 하고 슬프기도 했다. 우습기도 하고 당황스럽기도 했다. 노여움과 절망의 감정도 일었다.

베트남 전쟁에서 발원된 1968년 혁명 사상은 냉전 이데올로기 국가 철학에 대한 정면 거부였다. 그것은 곧 미국과 소련에 의한 이데올로기적 이분법에서 벗어나 파시즘과 자본주의, 공산주의에 대한 동시적 비판을 가능하게 한 사유의 혁명이었다. 머턴이 보았던 68년 5월의 파리 생미셸 거리는 혁명의 동심원이었다. 어스레한 저녁 빛 속에서 희고 큰 새의 날개처럼 파닥거리고 있었던 혁명의 물결은 머턴의 기억 속에서 강렬하고 아름다운 추억으로 아로새겨져 있었다. 그 추억을 떠올린 광주의 5월 혁명이 허망하게도 냉전 이데올로기 앞에서 분열하고 있었다.

저녁 일곱시

「차렷, 열중쉬어, 차렷!」

박태민의 구령은 YWCA 강당을 쩌렁쩌렁 울렸다. 70여 명의 대학생 전사들은 구령에 따라 일사불란하게 움직였다. 30여 명의 무장 대학생은 이미 도청으로 들어가 활동하고 있었다.

「우리는 우리가 원했던 것을 한시도 잊지 않았습니다. 우리는 우리가 보았던 것을 한시도 잊지 않았습니다. 우리는 우리가 흘렸던 눈물을 한시도 잊지 않았습니다. 이것이 지금 우리가 도청으로 들어가야 하는 이유이며, 여러분들이 무장하는 이유입니다.」

독침 사건이 터지자 박태민은 대학생의 도청 진입을 서둘렀다. 더이상 머뭇거릴 시간이 없었다. 역사의 전환기에서 시간의 중요성은 엄청나다. 백 년의 시간을 하루에 인식해야 할 때가 있고, 하루의 시간을 백 년 동안 인식해야 할 때가 있다. 하루가 백 년이 되며, 백 년이 하루가 되는 것이 역사다. 이 요동하는 시간의 세계 속에서 인간은 꿈을 꾸고, 피를 흘리며, 춤을 춘다.

「여러분도 아시다시피 독침 사건 이후 도청의 분위기는 대단히 혼란스럽습니다. 여러분들이 시민군으로서 강철 같은 신념으로 흐트러짐 없이 행동할 때 혼란은 극복됩니다. 오월의 햇살 속에서 우리들은 날카로운 얼음에 찔리었습니다. 우리 모두는 지금도 몸속에 박혀 있는 차갑고 예리한 얼음을 느끼고 있습니다. 하지만 이것은 얼음일 뿐입니다. 뜨거운 피로써 녹일 수 있는.」

대학생의 도청 진입 목적은 기존의 수습위 해체와 새로운 지도부의 조직이었다. 문제는 계엄사와의 관계였다. 지금까지 계엄사는 힘의 우위 속에서 일방적인 요구만을 해왔고, 도청의 수습위원회는 그들의 요구를 만족시키는 데만 급급했다. 항쟁 지도부는 이런 불균형한 관계를 깨뜨려야 했고, 그 방법으로 떠오른 것이 광주 거주 미국인들의 도청 억류였다.

계엄사의 작전권은 미국이 쥐고 있다. 따라서 미국인 인질은 계엄사의 힘을 약화시키는 동시에 항쟁 지도부의 힘을 강화하는 가장 효과적인 방법이다. 여기에다 5천 명 이상의 시민들을 조직, 도청 주변에서 철야 농성을 하게 한다면 해방 광주를 위한 훌륭한 바리케이드가 될 것이다. 이 계획들을 일거에 허물어뜨린 것이 독침 사건이었다.

미국인 인질과 철야 농성 계획의 성공 여부는 시민의 지지에 달려 있다. 그것은 곧 항쟁 지도부의 진실이 시민의 진실과 일치해야 함을 뜻한다. 시민의 진실과 어긋나는 어떤 진실도 무의미하다는 것을 박태민은 잘 알고 있었다.

역사는 기억과의 투쟁이다. 해방 광주가 분열에 시달렸지만 승리의 기억은 잊지 않았다. 인간의 존엄성을 부정하는 세력에 맞서 죽음으로 쟁취한 승리의 기억을 시민들은 소중히 품고 있었다. 승리의 기억이야말로 시민의 가슴을 뜨겁게 하는 해방 광주의 심장이었다. 그런데 독침 사건이 촉발시킨 레드 콤플렉스는 적지 않은 시민들로 하여금 승리에 대한 기억을 거부하도록 했다. 비통하게도 해방 광주의 등불이 레드 콤플렉스에 의해 위태롭게 흔들리고 있었다.

이런 상황에서 레드 콤플렉스를 거듭 자극시킬 것이 분명한 미국인 인질 계획은 위험했다. 독침 사건은 치명적이었다. 그나마 유일한 위안은 남동성당과 재야 인사들의 적극적인 행보였다. 그들은 오후 다섯시경 도청으로 들어와 박남선이 총기로 위협하여 쫓아낸 시민수습위원회의 공백을 메웠다. 조직을 재편한 그들은 김성용 신부를 시민수습위원회 대변인으로 선출했다.

「무장군이 된다는 것은 조직의 일원이 된다는 것을 뜻합니다. 조직의 생명은 지휘 체계입니다. 따라서 이제부터는 존칭을 생략합니다. 차렷, 열중쉬어, 차렷! 지금부터 대열을 지어 도청으로 들어간다. 청년 학생으로서, 동시에 무장군으로서 흐트러진 자세를 보이지 말라. 도청으로 행군하는 동안 발을 맞추고 투사의 노래를 부른다!」

박태민은 저문 하늘을 보았다. 짙은 구름 사이로 희미한 빛이 흐르고 있었다. 별은 보이지 않았다. 두려웠다. 손을 꽉 쥐었다. 두려움은 늘 따라다녔다. 정치적 행위 속으로 빠져 들면 들수록 두려움은 깊어졌다. 그는 두려움 앞에서 정직해지려고 애를 썼다. 정직하다는 것은 무엇일까? 비애에 찬 단조(短調)의 군가를 부르면서 행군하고 있는 학생들을 보았다. 나는 지금 저들에게 어떤 존재인가? 내 절망적 의지가 저들의 절망적 의지와 어떤 관계를 맺고 있는가? 우리들의 절망적 의지가 세계를 얼마나 깊이 파악하고 있는가?

의문이 거듭될수록 짙은 안개 속으로 빠져 들어가는 느낌이었다. 도청 건물이 보였다. 죽음의 냄새가 피어 오르는 곳이었다. 수많은 죽음들이 저마다의 자세로 누워 살아 있는 이들을 낯설게 만들어 버리는 곳이었다. 죽음의 냄새를 견딘다는 것은, 쉬운 일이 아니었다. 하지만 어려운 일도 아니었다. 삶과 죽음의 경계가 그토록 불투명했다. 꿈과 실재가 불투명했고, 역사와 일상이 불투명했다. 박태민이 젊은 생명들을 이끌고 가는 곳은 그런 불투명한 세계였다.

저녁 일곱시 30분

한미연합사령관 존 위컴은 거울 앞에 서서 옷매무시를 고쳤다. 곧 도착할 손님을 맞기 위함이었다. 손님은 12·12 반란 이후 그와 전두환 사이에서 메신저 역할을 하고 있는 유병현 합참 의장이었다. 그는 광주사태로 위기감에 휩싸인 전두환에게 신중한 계획과 행동의 자제를 건의하는 온건주의자였다.

전두환은 어제 신문사 편집국장들과 만난 자리에서 광주의 법과 질서, 정부의 권위 회복을 위해 군은 맡은 바 역할을 다할 것이라고 역설했다. 광주 진압 단행을 우회적으로 나타낸 발언이었다.

그리고 오늘 낮 한국의 군부 실력자들이 육군회관에 모여 광주 진압 작전을 최종 결정했다. 진입 시각은 5월 27일 영시 1분이었다. 참석자는 전두환을 비롯하여, 이희성 계엄사령관, 주영복 국방부 장관, 황영시 참모 차장, 노태우 수경사령관 등이었다. 합참 의장의 방문 목적이 눈에 환히 보였다.

위컴은 네 개의 직책을 갖고 있다. 첫번째 직책은 유엔사령부 총사령관으로서 한반도의 휴전 상태를 공고히 하는 데 책임을 진다. 비무장 지대에서 일어나는 모든 문제는 그의 책임이다. 두 번째 직책은 미8군 총사령관으로서 주한 미군을 책임지며, 세 번째는 주한 미군 총사령관으로서 하와이에 본부를 둔 태평양연합사령부 산하에 소속된 직책이다. 마지막 직책인 한미연합군 총사령관은 유일하게 이중 보고 채널을 두고 있다. 대부분의 한국 군대가 한미연합사령부의 작전 통제를 받고 있기 때문이다. 12·12반란 후 그가 한국군 당국에, 전두환과 노태우 등 전방 병력의 무단 이탈에 책임 있는 장성들을 군법회의에 회부할 것을 요구한 것은 한미연합사령관으로서였다.

유병현 합참 의장이 도착했다는 비서의 연락에 위컴은 책상 위에 펼쳐 놓은 성경을 서가에 꽂았다. 독실한 기독교 신자인 그는 술과 담배를 멀리했다. 그가 한국에 와서 가장 기뻐했던 일은 통행금지 제도였다. 사교적 용무를 일찍 끝내도록 하기 때문이었다. 합참 의장이 들어서자 위컴은 반갑게 맞았다.

1979년 10월 27일 새벽, 미8군 사령부 벙커로 찾아와 박정희 대통령의 유고를 알린 이가 당시 한미연합사 부사령관이었던 유병현이었다. 위컴이 워싱턴 출장 중일 때였다. 위컴의 특별 보좌관이자 한국통인 하우스먼은 '유고'라는 말의 영어 단어를 찾는 데 고심했다. 유병현은 유고를 '정신적으로 육체적으로 기능을 발휘할 수 없는 상태'라고 설명했고, 하우스먼은 여러 단어를 대면서 유병현에게 뜻을 묻다가 'uncapacitated'로 결정했다.

하우스먼이 박정희를 처음 만난 곳은 전남 광주였다. 1948년 여순반란사건이 났을 때 미 군사 고문단 한국군 조직 책임자였던 하우스먼은 광주에 급히 설치된 여순반란사건 진압 사령부에 파견되었고, 육군사관학교 중대장이었던 박정희는 육군 본부 정보 담당관 김점곤 소령의 추천으로 광주에 왔다. 반란 진압 후 숙군 작업이 시작되었다. 당시 육군 본부 정보국장이자 숙군을 지휘했던 백선엽 대령은 어느 날 적색 침투자 명단을 하우스먼에게 가져왔다. 그 명단 속에 박정희 소령도 있었다. 체포된 공산주의자들은 군사 재판을 거쳐 수색의 육군 형장에서 총살형에 처해졌다. 여기에서 유일하게 살아남은 이가 박정희였다. 한국군 내부의 거의 모든 적색 조직을 샅샅이 폭로한 공로 때문이었다. 하우스먼에 의하면 생명을 충분히 보장해 줄 만한 대단히 가치 있는 정보였다고 했다. 그 후 박정희는 미군들 사이에서 '스네이크 박'으로 불리었다.

「유감스럽지만 나쁜 소식을 먼저 전해야겠습니다.」

유병현은 자리에 앉으면서 침울한 목소리로 말했다. 그의 영어는 유창했다. 위컴의 전임자 베시 장군은 유병현의 능력을 높이 평가했는데, 의례적인 찬사가 아니었음을 나중에 알았다.

「조금 전 과격 세력들이 도청을 장악했습니다.」

위컴은 업무 시간 30분 전인 아침 일곱시 30분에 정보 보고를 받는다. 미8군 산하의 501육군정보여단, 미 공군의 전자보안사령부, 한국의 여러 곳에 통신 감청 기지를 두고 있는 국가안보국, 미 합참본부 산하의 국방정보국 등 다양한 정보기관에서 수집한 한반도 관련 정보들이 한미연합사로 들어온다. 연합사의 정보 분석 전문가들에 의해 정밀 판독, 분석, 평가된 정보 자료들은 다시 하우스먼을 비롯한 특별 보좌관 팀에 의해 걸러진 후 연합사령관에게 보고된다. 이 정보의 일부가 미 대사관과 CIA 한국 지부의 정보들과 교환된다. 위컴은 과격 세력의 도청 장악을 이미 알고 있었다.

「과격 세력의 규모는 어느 정도지요?」

「핵심적인 과격 세력은 오백여 명으로 추산됩니다. 총격전을 벌일 만반의 채비를 갖추고 있는 자들입니다. 서울에서 내려온 대학생 극렬분자, 더 이상 잃을 것이 없는 범법자와 극빈자들이 포함되어 있습니다.」

위컴의 머릿속에서 전두환의 목소리가 맴돌았다. 광주사태가 터지기 닷새 전인 5월 13일 중앙정보부 집무실에서 그를 만났다. 세번째 만남이었다. 전두환은 군복 대신 꽤 비싸 보이는 민간복을 입고 있었다. 중앙정보부 서리라는 새로운 위치에 상당히 만족하고 있는 듯했다. 한국의 외교 의례에 따라 좌석이 배치되었다. 전두환은 상석에 앉아 있었다. 대화가 시작되기 전 몇 분 동안 사진사들이 셔터를 눌렀다. 한국의 정부 각료들과 여러 차례 모임을 가졌지만 그처럼 카메라가 사용된 적은 한 번도 없었다. 청와대에서 대통령과 면담하는 듯한 느낌이었다. 그것은 전두환과의 첫번째 만남을 상기시켰다.

12·12반란 후 전두환은 위컴에게 면담을 요청했다. 지휘권 훼손이 불러일으킨 한미연합사령관의 노여움을 풀어야 했기 때문이었다. 위컴은 거부했다. 글라이스틴이 쿠데타 이틀 후인 1979년 12월 14일 전두환과 만난 것과는 대조적인 결정이었다. 위컴의 거부는 군명령 체계 위반과 사회 불안을 야기할 수 있는 위험한 군사 행동에 대해 미국 정부가 얼마나 심각하게 받아들이고 있는지 확인시켜 줄 필요성과 함께, 전두환을 공식적으로 인정하지 않겠다는 뜻을 내포하고 있었다. 전두환을 거부하는 대신 위컴은 국방 장관, 합참 의장, 육참 총장, 연합사 부사령관 등을 차례로 만났다. 공식적인 지휘 체계를 존중하고 있다는 것을 쿠데타 세력에게 보여주기 위함이었다.

위컴의 강경 자세로 서울 외교 가에서는 전두환에 대한 미국의 압력설이 나돌았다. 79년 12월 23일자 일본의 〈산케이 신문〉은 '전두환 보안사령관은 미국의 강력한 요청으로 머지않아 사단장으로 전출될 것이며, 부임과 동시에 예편될 예정'이라고까지 보도했다. 다음날 〈아사히 신문〉도 '미국은 지휘 체계 훼손의 책임을 명확히 하기 위해 전두환 소장의 실질적인 퇴진을 요구하고 있다'고 썼다. 이 듬해 1월 11일 국방부 대변인은 주한 외신 기자와의 회견에서 '전두환 장군의 퇴역 소문은 낭설'이라면서 '박 대통령 시해사건 진상 조사로 가장 신망받고 있는 전 장군이 퇴역할 아무런 이유가 없다'고 퇴진설을 일축했다.

위컴이 전두환을 만난 것은 12·12반란 두 달 후인 1980년 2월 14일이었다. 한국의 군부 실력자와 관계 단절이 계속될 경우 한미 안보 체제에 문제가 생길 수밖에 없는 현실 때문이었다. 장소는 용산의 한미연합사령관실이었다.

전두환이 연합사에 도착하자 한국군 장교들이 그를 영접했다. 그러나 위컴은 집무실 책상에서 꿈적도 안 했다. 통역관과 함께 집무실로 들어오는 전두환을 앉은 자세로 맞았다. 책상 위에는 그가 벗어 놓은 군화와 펼쳐진 성경이 있었다. 전두환이 그것을 보면서 무슨 생각을 했는지 위컴으로서는 알 수 없었다. 그가 어떤 생각을 하든 그에게 보여 주고 싶었던 것이 군화와 성경이었다.

전두환의 인내는 대단했다. 그는 침착성을 잃지 않고 12·12사태로 걱정을 끼친 데 대해 깊은 유감을 표명하면서 오만한 국방 장관과 파렴치한 육참 총장에 의해 그동안 자신의 의견이 번번이 무시당해 왔으며, 언론 매체도 자신을 부당하게 매도함으로써 미국 정부의 오해를 불러들인 것 같다고 말했다. 그러면서 자신은 정치에 전혀 관심이 없으며, 앞으로 행동을 통해 증명해 보이겠다고 했다.

이에 위컴은 '군인의 임무는 국가 체제와 합법적인 정부를 지원하고 지키는 것'이라고 설교 조로 말한 후 '우리처럼 군복 입은 사람들이 지금과 같은 위태로운 시기에 정치에 관여하지 않고 국방에만 시선을 고정시킬 수 있도록 하기 위해서는 어떻게 하면 좋겠느냐'고 물었다. 웨스트포인트 출신으로 미국 육군의 전형적인 엘리트 장성인 위컴은 전두환을 전선 방어를 미군에게 맡겨 놓고 정치에나 기웃거리는 한심한 군인의 표본으로 보고 있었다.

전두환은 진지한 표정으로 '내가 정치에 관여한다는 것은 잘못된 정보'라면서 '나는 정치적 야망을 가진 적이 없으며, 한 사람의 군인으로서 바른길을 갈 뿐'이라고 말했다. 바른길이 무엇이냐는 위컴의 물음에, '사회 정의를 해치는 부정부패를 일소하고 병영으로 복귀하는 것'이라고 대답했다. 그것은 전임 총사령관 맥그루더와 5·16 배후 주동자 김종필의 대화록을 연상시켰다. 기록에 따르면 김종필은 한미연합사령관의 승인도 없이 한국군 병력을 이동함으로써 지휘체계를 무너뜨린 것에 대해 정중히 사과하면서, 늙고 부패한 군 지도자와 정치인에 대한 정화 작업이 끝나면 즉각 병영으로 복귀할 것이라고 했다. 맥그루더의 기록을 날짜만 바꾸면 전두환과의 대화록이 되겠다는 생각이 들 정도였다.

위컴은 '군부에 의한 부정부패 일소는 단기적으로는 가능하다. 그러나 군이 정치를 하게 되면 반드시 새로운 부패가 형성된다'고 경고했다. 전두환이 나갈 때도 위컴은 일어서지 않았다. 그날 저녁 위컴은 워싱턴의 상관에게 다음과 같은 짤막한 보고서를 썼다.

'전두환은 대단한 야심가다. 그는 자신의 운명이 최고 권력자의 자리에 오르는 것이라고 믿고 있다. 그러나 미국에 대한 지식이나 한국 정치의 불안이 국제적으로 미치게 될 중요성에 대해서는 걸음마 수준이었다. 국수주의적이고 보수적인 그에게서 반미적인 태도마저 엿보였다.'

보고서를 쓰는 도중 한 동양인의 얼굴이 불쑥 떠올랐다. 처음에는 누구인지 몰랐다. 몇 초 후 자신에게 미국의 역쿠데타 지지를 요청한 한국군 장성임을 깨달은 순간, 그가 전두환이 보낸 위장 인물이 아닐까 하는 의심이 고개를 치켜들었다. 연합사령관의 냉담에 초조해진 전두환이 역쿠데타 음모라는 위장극을 연출하여 본심을 알아내려고 했을지도 모른다는 생각은 그 후에도 오랫동안 위컴을 사로잡았다. 전두환이 군의 반대 세력을 제거했을 때 문제의 장성이 포함되지 않았다는 것은 그가 역쿠데타 모의의 주인공을 몰랐거나, 아니면 위장극이었음을 증명한다.

위컴은 경고의 목적으로 문제의 인물을 숨기고 역쿠데타 모의 사실만 전두환에게 알렸다. 위장극이 아니었다면 전두환은 자신의 목에 칼을 들이대려고 한 문제의 인물을 찾기 위해 보안사의 거미줄 같은 정보망을 총동원했을 것이다. 그런데 왜 실패했을까? 12·12가 한 편의 정교한 위장극이었음을 볼 때 그런 일을 충분히 꾸밀 수 있는 위인이었다.

아무튼 세 번째 만남에서 상석에 앉은 전두환은 위컴 앞에서 자신의 권력을 유감없이 과시하고 있었다. 아마도 첫번째 만남에서 겪었던 모멸의 되갚음이었는지도 몰랐다. 만약 그렇다면 잘못된 생각이었다. 모멸을 먼저 받은 이는 위컴이었다. 작년 12월 12일 밤 위컴의 지휘권은 전두환에게 유린되었다. 지휘권이 유린된다는 것이 직업 군인에게 얼마나 큰 좌절과 분노를 불러일으키는지 전두환은 몰랐을까?

중앙정보부 집무실에서 최고 권력자 행세를 하고 있었던 전두환은 '학원 불안 외에도 서울에 살고 있는 3백만 명 이상의 범법자가 큰 걱정거리'라고 하면서 '그들은 한국전쟁 이후 계속되는 차별의 고통 속에서 살아왔다. 그들 중 상당수가 직업 없이 하층민 생활을 하고 있어 정부에 대해 큰 불만을 품고 있다. 만약 그들이 학생들과 손을 잡는다면 엄청난 민중 반란을 몰고 올 수 있다'고 말했다.

「도청을 점령한 과격 세력은 오천칠백여 정 이상의 총기와 삼십오만 발 이상의 총탄을 확보하고 있습니다. 도청의 고위 공직자들은 목숨을 부지하기 위해 모두 피신했으며, 경찰력은 그들을 당해 내기에는 터무니없이 부족합니다. 중요한 사실은 광주 시민들이 법과 질서의 회복을 위해 병력 투입을 강력하게 요구하고 있다는 것입니다.」

그러면서 유병현은 전두환 그룹이 온건주의 노선을 고수하는 데 지친 상태이며, 광주사태로 인한 사회 불안이 증폭되고 있다고 말했다. 전두환이 정말 두려워하는 것은 광주가 아니라 서울이라고 위컴은 생각했다. 그가 광주를 두려워하는 것은 서울을 자극하기 때문이다. 만약 서울에서 대규모 시위가 일어난다면 전두환의 권력은 위태로워진다. 전두환을 제거하려는 또 다른 쿠데타가 일어날 가능성도 있다. 광주가 오래 버티면 전두환 그룹으로서는 수습하기 힘든 사태에 직면할 것이 분명했다.

권력 투쟁의 승패는 근소한 차이에서 결정된다. 전두환의 권력은 일부의 권력일 뿐이었다. 그는 박정희 친위대 잔당의 수령이었다. 중요한 것은 유신 지지 세력이 한국민의 10퍼센트에 불과하다는 점이다. 그러니까 전두환의 권력은 10퍼센트의 권력일 뿐이었다. 5·17 비상계엄령 확대 조치에 유일하게 저항한 광주 시민들을 야만적인 방법으로 진압한 것은 10퍼센트 권력이 불러일으키는 불안의 소산이 아니었을까?

12·12 반란 후 한국민이 가시적인 분노를 나타내지 않았던 것에 대해 위컴은 대단히 의아스러워했다. 이듬해 5월 대규모 학생 시위

가 일어나긴 했으나 일반 시민들의 태도는 대단히 수동적이었다. 위컴의 눈에는 그들이 정치 군인들의 불법적인 권력 탈취와 비상계엄 실시를 통한 자유의 상실을 받아들이는 것 같았다. 자유가 훼손되었다는 사실을 알면서도 꼼짝도 하지 않는 국민은 민주주의를 향유할 자격이 없다. 광주가 한국 민주주의의 거점인 까닭은 여기에 있었다. 이런 사실들을 익히 알고 있는 전두환은 모든 수단을 강구할 것이다. 정권을 찬탈하려는 전두환에게도 광주는 빼앗겨서는 안 될 중요한 거점이었다.

「최 대통령이 광주로 내려갔다지요?」

그가 주영복 국방 장관, 김종환 내무 장관, 진의종 보사부 장관, 이광표 문공부 장관을 비롯하여 이희성 계엄사령관, 윤자중 공군 참모총장, 최광수 비서실장, 서기원 청와대 공보 수석, 이원홍 민원 수석 비서관을 대동하고 경비행기로 광주 상무대에 도착한 시각은 오후 여섯시 조금 넘어서였다.

「주영복 국방 장관과 이희성 계엄사령관이 광주 진압 작전을 보고하면서 방문을 건의했다고 들었습니다.」

1979년 10월 27일 새벽 세시경 대통령 대행으로 추대된 최규하에게 첫 거수경례를 한 장성이 당시 한미연합사 부사령관이었던 유병현이었다.

「작전을 앞둔 선무 활동이군요.」

「그렇다고 보아야겠지요.」

소준열 전교사 사령관은 '평화적 해결을 위해 계속 노력하고 있으나 시민 대표와의 대화와 협상이 진전되지 않고 있으며, 5백여 명 내외의 강경파 무장 시위대 때문에 80만 광주 시민이 괴로움을 당하고 있으므로 진압 작전이 불가피하다'고 대통령에게 보고했다.

「진압 작전시 상당한 희생이 예상된다는 보고를 받자 최 대통령이 직접 전남 도청에 가겠다고 했나 봅니다.」

「그래요?」

위컴으로서는 뜻밖의 소식이었다. 전두환 그룹이 광주 코뮌의 훌륭한 인질감인 대통령을 적진 속으로 보낼 리가 만무했다. 하지만 그 사실은, 그가 국가 원수로서 괴로워하고 있었구나 하는 생각을 불러일으켰다. 사실 위컴은 최 대통령을 전두환의 꼭두각시가 아닌 척함으로써 한국 국민의 존경을 잃지 않으려는 위선자로 보고 있었다.

「수행한 국무 위원들과 군 장성들의 만류로 고집을 꺾으셨다고 합니다. 광주 시민에게 보내는 담화문을 녹음한 후 곧바로 상경하실 것입니다.」

광주는 군사적 문제라기보다는 정치적 문제였다. 정치적 문제에 군사적으로 대응한다는 것은 올바른 해결 방법이 아니다. 사태를 일시적으로 진정시킬지는 모르나 문제의 본질은 더 깊숙이 잠복한다. 하지만 위컴의 위치는 이런 생각의 표출을 허용치 않았다. 12·12 이후 전두환을 한결같이 혐오하고 있었던 카터 정부가 광주사태라는 혁명적 사건에 직면하자 전두환의 보호자가 되어 버린 것이다.

미국의 한반도 정책은 기본적으로 군사 정책이었다. 외교(정치) 영역이 큰 비중을 차지하는 것처럼 보일지는 모르나 외교의 목표를 설정하고 방향을 좌우하는 것은 군사 정책이었다. 한반도를 실질적으로 움직이는 곳은 국무부가 아니라 국방성이었다. 한국에서의 정치 문제가 군사 문제인 까닭은 여기에 있었다.

5월의 학생 시위와 광주사태를 생각할 때 자주 떠오르는 것은 1980년 3월 신군부 핵심들이 모인 자리에서 나온 발언이었다. 모 장성은 군부의 집권 조건을 다음과 같이 들었다. 북한의 남침 위협이

있어야 하고 미국이 이를 인정해야 하며, 국내 질서가 무너져 4·19
나 5·16 직전과 같은 혼란상이 나타나야 하고 최 대통령이 경찰력
으로 막을 수 없다는 판단을 해야 한다는 것이었다.

「제가 사령관님을 찾은 것은 요청 사항이 있기 때문입니다.」

「말씀하십시오.」

「광주 진압 작전을 승인해 주시면 감사하겠습니다. 아울러 작전시
　북한의 도발을 견제하기 위한 미 해공군의 전진 배치를 요청하고
　자 합니다.」

　미 해공군이란 구체적으로 항공모함 코럴시 호와 공중 조기경보
통제기를 뜻했다. 5월 22일 백악관 고위정책회의의 결정에 따라 필
리핀 수빅 만에서 한국 해역으로 급파된 5만 톤급 코럴시 호는 50기
이상의 전투기와 폭격기를 탑재하고 있다.

「인구 밀집 지역에서의 전투가 양측 모두에게 얼마나 위험한지,
　유 장군도 잘 아실 것입니다. 광주의 과격 세력들이 어떤 전투 형
　태를 선택할지 모르겠습니다만, 특히 저격병과 위장 폭탄은 막을 길
　이 없으므로 엄청난 참사를 불러일으킬 수 있습니다. 군의 적이
　민간인이라는 사실은 어떤 이유에서든 비극입니다. 작전 사령부
　는 이 비극을 줄이는 데 전심전력을 기울여야 할 것입니다.」

「이번 작전의 첫째 원칙은 희생의 최소화입니다. 불필요한 유혈
　충돌을 피하기 위해 최대한 노력할 것입니다. 공격의 주요 부대를
　이십사단 소속 보병 부대로 선정하고 특전사의 역할을 지원병으
　로 격하시킨 것은 이 노력의 일환입니다.」

　서울 근교에 주둔하는 20사단은 박정희 대통령 때부터 시위 진압
훈련을 받아 왔던 부대였다.

「과격 세력들이 다량의 다이너마이트를 보유하고 있다고 들었습

니다만…….」

위컴의 말에 유병현은 여유롭게 미소지었다.

「다이너마이트가 은닉되어 있는 도청 지하실에 공작 요원을 이미 침투시켰습니다. 군의 진압 작전이 시작되기 전에 쓸모없는 무기가 될 것이 확실합니다.」

「다행이군요. 유 장군이 오시기 전에 문형태 국방위원장으로부터 전화를 받았습니다.」

퇴역 장성이자 국회 국방위원장인 문형태는 전두환과 위컴의 또 다른 메신저였다. 육사 동기생인 박정희 대통령과 줄곧 친분을 유지해 왔던 그가 위컴을 찾아온 것은 12·12반란 이후였다. 전두환에 관한 유익한 정보를 갖고 오는 그를 피할 이유가 없었다. 문형태는 학생과 야당 인사 등 한국의 중요 계층의 관심사는 물론이고 미국의 관심사까지 정통했다. 한국과 미국의 훌륭한 중재자가 될 수 있는 자질을 갖춘 인물이었다.

「문형태 위원장은 자신의 선거구와 근접한 광주에서 막 올라왔다고 하면서 광주의 과격파 주동자들이 공산주의자들의 지령을 받아 움직이는 것이 확실하다고 말했습니다. 지난 팔 일 동안 한반도의 한 주요 도시가 공산주의자와 그의 지지자들에 의해 완전히 점령당했다고 개탄하면서, 한국군의 광주 진압 작전은 불행을 가장한 축복이 될 것이라고 했습니다. 그러면서 군 작전 후 피해자에 대한 보상과 반란자에 대한 관용 등 정부의 위무 조치가 뒤따라야 할 것이라고 말하더군요. 전두환 씨도 그렇게 생각하겠지요?」

「제가 알기로는 그렇습니다.」

「한국 군부가 지금까지 보여 준 온건 대응 방침에 워싱턴이 만족하고 있는 것은 사실입니다. 앞으로도 그런 방침을 고수해 줄 것을 강력히 요청합니다. 물론 워싱턴은 군을 동원하지 않고서는 문제가 해결되지 않을 경우가 있음을 인식하고 있습니다. 유 대장의 요청을 미국 정부에 진지하게 건의하겠습니다.」

그러면서 위컴은 서가를 힐끗 보았다. 검은색 표지의 성경이 시선 안으로 들어왔다. 짙은 음영 속에서 삐쭉이 튀어나온 그것은 딱딱한 돌처럼 보였다.

밤 열시

김창길이 수습위원장에서 물러난 시각은 무장 대학생의 도청 장악 두 시간 후인 밤 아홉시경이었다. 수습위가 해체되자 김창길 지지 세력들이 도청을 대거 빠져나갔다. 그로부터 한 시간 후인 열시, 항쟁 지도부가 새롭게 탄생했다. 조직의 명칭은 민주시민투쟁위원회였다.

지도부의 총괄적인 업무를 관할하는 위원장은 김종배가 맡았다. 도청 내부 문제와 대민 장례 문제를 관할하는 내무 담당 부위원장은 허규정, 시민수습위와 함께 계엄사와의 협상을 관할하는 외무 담당 부위원장은 정상용이 맡았다. 시민군 군사 업무를 담당하는 상황실장은 박남선, 지도부의 제반 업무 및 기획을 담당하는 기획실장은 빈민 운동가 김영철이 맡았다. 기획위원으로는 노동 운동가 이양현과 전남대 사학과 4학년 윤강옥이 맡았다. 궐기대회 및 홍보 업무를 담당하는 홍보부장은 문화패 '광대' 회장 박효선이 맡았다. 장례와 대인 업무를 담당하는 민원부장은 교사인 정해직, 수상한 자와 공중 질서 위배자를 조사하는 조사부장은 고려 시멘트 직원인 김준봉, 식량 조달 및 식사 공급을 책임지는 보급부장은 건재상을 운영하는 구성주가 맡았다. 박태민의 직책은 기자 회견 및 집행부의 대외 공식 발표를 전담하는 대변인이었다.

광주시 현황을 종합적으로 검토한 항쟁 지도부는 투쟁의 장기화에 대비, 시민 생활 정상화 방안을 다음과 같이 마련했다.

첫째, 시내버스를 정상 운행한다. 둘째, 공무원 및 경찰을 비무장으로 근무하도록 하여 일상 업무를 정상화한다. 셋째, 상가와 시장의 문을 열어 거래가 이루어지도록 시민들을 설득한다. 넷째, 각 동별로 피해 상황을 집계한다. 다섯째, 식량 공급에 차질이 없도록 시청 비축미를 공급한다. 여섯째, 전일 방송과 전남매일·전남일보사 등 언론 기관을 가동시킨다. 일곱째, 유류 사용을 철저히 통제한다. 여덟째, 시외 전화를 개통한다. 아홉째, 시내 치안 유지 및 유사시를 대비하여 기존 순찰대를 재편, 강화하고 기동 타격대를 운용한다.

이와 함께 궐기대회에서 계속 제기되었던 예비군 동원령을 심도 있게 검토하기로 하는 한편, 계엄사에 다이너마이트를 무기로 한 위협적인 협상 조건을 제시하여 진압 작전을 늦추는 계획도 세웠다. 계엄군의 다이너마이트 뇌관 제거 작업이 이미 시작되었음을 그들은 까맣게 모르고 있었다.

이날 밤 아홉시 최규하 대통령은 KBS 라디오와 텔레비전을 통해 광주 지역권에 한정된 특별 담화를 발표했다. 5월 21일부터 방송이 중단되었던 광주의 텔레비전이 돌연 소리를 내기 시작한 것은 24일 저녁이었다. 하지만 제대로 된 화면이 나오지 않았고, 목소리도 알아들을 수 없었다. 대통령 특별 담화를 위한 시험 전파였음을 알게 된 것은 다음날 대통령의 광주 방문 소식을 접한 후였다.

독침 사건으로 불안에 사로잡힌 광주 시민들은 대통령의 방문에 큰 기대를 걸고 라디오와 텔레비전 앞에 모였다. '친애하는 광주 시민 여러분, 내가 우리나라의 대통령 최규하올시다'로 시작된 담화에서 대통령은 '나라의 최고 책임자로서 엄청난 사태에 책임을 통감한다'면서 다음과 같이 말했다.

「그동안 사태로 인해서 희생을 당하신 분은 말할 것도 없고 그 가족의 슬픔은 얼마나 크겠습니까. 절대다수의 광주 시민 여러분은 치안 부재의 상황 속에서 나날을 불안하게 보내고 계시리라고 생각됩니다. 원인이야 어쨌든 이것이 오래 계속되면 대한민국의 국기에 관계되는 중대 사태가 될 위험마저 있는 것이 사실입니다. 어떠한 문제 때문에 일시적인 감정과 흥분으로 난동에 가담한 사람들, 특히 청소년들은 그 결과가 어떻게 될지 이성을 되찾고 냉정히 생각해 주셔야겠습니다. 어떠한 문제가 있다면 대결을 통해서가 아니라 대화를 통해서 해결해야 합니다. 우리가 항상 잊어서는 안 될 일은 우리들의 대결 상황을 북한 공산 집단이 악용할 것이라는 사실입니다. 일시적인 감정에 의해 잘못된 일이 있었다 하더라도 정부는 최대의 관용을 베풀고 불문에 부칠 것을 말씀드립니다. 지금 정부와 전 국민은 광주 시민 여러분들을 염려하고 있습니다. 어떻게 해서든 여러분의 고생을 덜어 드리고 싶으나 치안이 잡히지 않아 준비하고 있는 식량, 의류, 의약품, 기타 구호품 들을 진달힐 길이 없습니다. 이러한 상황이 장기간 계속될 때 국가의 안위와 직결된다는 것을 깊이 생각하시고, 이 불행한 사태를 수습해 나가도록 간곡히 당부드리는 바입니다.」

대통령은 눈을 내리깔고 원고를 읽었다. 한 번도 고개를 들지 않았다. 30분가량 계속된 담화가 끝나자 텔레비전 화면도 툭 끊겼다. 밖에는 비가 주룩주룩 내리고 있었다.

밤 열한시경 남동성당파로 구성된 시민수습위원회는 대통령의 특별 담화문에 대한 답신 형식으로 '대통령에게 드리는 호소문'을 만들고 스물다섯 명의 수습위원 전원이 서명했다.

최규하 대통령 각하

역사에 찾아볼 수 없는 민족적 비극인 광주사태로 심려하시며 몸소 광주까지 오셨고 대단한 관용도 베푸시겠다는 담화까지 내려 주신 데 대하여 진심으로 감사드리며 호소합니다.

저희들의 피 맺힌 한과 응어리진 80만 광주 시민의 마음의 상처를 씻어 주실 분은 오직 한 분 최규하 대통령 각하이심을 믿고 근원적인 수습을 위해 저희들의 충성 어린 호소를 받아주시기를 간절히 소망합니다.

1. 이번 사태는 정부의 잘못임을 시인해 주시고,

2. 사과와 용서를 청해 주시옵고,

3. 이미 약속하셨지만(다시 한 번), 모든 피해에 대하여 정부가 보상하고,

4. 어떤 보복 조치도 있을 수 없다는 것을 말씀해 주시옵기 피눈물을 삼키면서 간곡히 간언드립니다.

저희는 이것만이 광주 시민의 응어리진 마음의 상처를 치유할 수 있는 길이며 피의 값으로(전 국민과 함께) 받아들일 수 있으리라고 확신합니다.

1980년 5월 25일.

광주사태수습대책위원회 일동 올림(대변인 김성용 신부).

광 야

5월 26일 새벽 네시

  기도실은 어두웠다. 성체식에 쓰이는 희미한 램프가 십자가를 간신히 밝히고 있었다. 무릎을 꿇었다. 입 안은 바짝 말라 있었다. 눈을 감았다. 어둠이 그를 감쌌다. 그에겐 어둠이 필요했다. 빛은 두려움을 불러일으켰다. 별들의 빛조차 그에겐 두려움이었다. 그가 바란 것은 완전한 어둠이었다. 완전한 어둠이야말로 죄인의 집이었다.

  황폐한 죽음의 들판에서 만삭의 여인을 만났을 때 그는 생각했었다. 그리스도의 은총이 아닐까 하고. 여인이 생명을 품고 있듯 그 역시 생명을 품고 있었다. 은총이라는 생명이었다. 그 생명이 일으키는 사랑의 물결은 황홀했다. 그는 그리스도의 어린양이었다. 아흔아홉 마리의 양보다 더 소중한. 그것보다 더한 행복을 그는 알지 못했다. 그 행복이 여인의 죽음과 함께 산산조각이 났다. 그는 어린양이 아니었다. 어린양이 아닌 그는 바람 속의 나뭇잎처럼 와들와들 떨었다. 그를 와들와들 떨게 한 것은 공포였다. 자신이 버려진 존재라는 것, 텅 빈 세계 속에 홀로 있다는 것. 이 생각은 그를 무서운 공포 속으로 몰아넣었다.

그리스도를 만난 이래 그는 홀로 존재하지 않았다. 홀로 존재할수가 없었다. 그의 존재는 그리스도의 숨결 안에 있었다. 성스러운 숨결 안에서 이루어지는 그리스도와의 만남은 지상에서 체험할 수 있는 어떤 기쁨보다도 더 깊은 기쁨이었다. 이 기쁨을 잃는다는 것은 상상조차 할 수 없었다. 그는 알고 있었다. 그가 그리스도를 선택한 것이 아니라 그리스도가 그를 선택했음을. 이 은총이야말로 그로 하여금 지상의 꿈과 욕망을 가차 없이 버리게 한 근원적 힘이었다. 그가 공포에 사로잡힌 것은 은총이 사라졌음을 깨달았기 때문이었다. 검은 바람이 몸을 휘감았다. 죽음의 바람이었다. 그는 부들부들 떨면서 무릎 꿇었다. 피가 무릎을 적셨다. 여인의 피였다. 선홍빛 피는 깨어진 여인의 머리에서 쉼 없이 흘러나왔다. 숨 쉬는 것 자체가 고통이었다. 숨을 쉴 때마다 뜨거운 공기가 가슴을 헤집었다.

여인의 죽음을 드러내는 세계는 침묵했다. 죽음의 바람에 휘감긴 세계의 침묵은 소름 끼치도록 깊고 어두웠다. 먼 곳에서 꽃잎 지는 소리가 들려왔다. 꽃잎은 하나 둘 지고 있었다. 오오, 내가 저 꽃잎이라면, 죽음과 마주 보지 않고 절멸을 향해 춤추듯 날아가는 꽃잎이라면……. 누구인가, 나를 저 죽음의 침묵과 마주 보도록 돌려세운 존재가?

생명을 잉태할 수 있는 여인의 몸은 성모의 몸이었다. 모든 여인들은 성모의 꿈을 꾸면서 하느님이 내려 주신 생명의 탄생을 설레며 기다리나니, 죽음의 들판에 홀연히 나타난 그대의 몸은 천상의 꽃이었다. 그는 울면서 여인의 몸을 안았다. 얼굴은 푸르스름했고, 이마는 싸늘했다. 여인이 겪었던 고통을 느끼고 싶었다. 그녀를 후려친 죽음의 고통을 온몸으로 느끼고 싶었다.

여인의 몸이 움직이고 있었다. 그는 흠칫 놀랐다. 환각이 아니었다. 그것은 분명 생명의 움직임이었다. 움직이는 소리까지 들렸다. 가쁜 숨소리였다. 모습도 보였다. 여인의 둥근 배가 세차게 뛰어오르고 있었다. 아이였다. 아이는 캄캄한 어둠 속에서 몸부림치고 있었다. 살려 달라는 외침 소리가 들리는 듯했다. 죽은 여인의 몸속에 죄의 티끌조차 없는 순결한 생명이 숨 쉬고 있다는 사실은 날카로운 고통이었다. 모든 것이 조용해졌을 때, 성모의 꿈이 죽음의 나무에 걸려 고요히 날개를 접었을 때, 눈꺼풀에 어떤 시선이 닿았다. 희미한 램프 불빛이 닿는 느낌이었다.

「이 죽음들이 무슨 뜻인지 저에게 가르쳐 주소서!」

그는 보이지 않는 존재를 향해 나지막이 부르짖었다. 언제 병원을 나왔는지 몰랐다. 자신이 한 줌의 재처럼 느껴졌다. 작은 바람에도 흩어져 흔적도 없이 사라져 버리는.

진실은 홀로 지키는 것이다. 홀로 지키지 못하는 진실은 여럿에 의해서도 지켜지지 않는다. 진실의 궁극은 십자가다. 이 십자가를 홀로 지키신 분이 그리스도였다. 하지만 그는 지키기는커녕 오히려 피했다. 그러니까 그가 피한 것은 그리스도였다. 그는 알고 있었다. 자신의 죄가 그분에게 상처를 주었음을 세상에서 가장 무서운 죄였다. 그는 불타는 벽의 좁은 구멍에 갇혀 있는 자신을 보았다. 그것은 성녀 테레사가 직관한 지옥의 모습이었다. 산다는 것은 무엇인가를 보는 것이다. 그에게 보이는 건 지옥의 모습이었다. 죽음의 혼령들이 쉼 없이 그의 육신을 꿰뚫고 지나갔다. 먹을 수도 없고 잘 수도 없었다. 살 수도 없고 죽을 수도 없었다. 성당의 차가운 마룻바닥에서, 독방의 들창 밑에서, 성체등조차 없는 어둠 속에서, 피에타 상 아래서 그는 자신의 죄를 응시했다.

죄는 영혼과 분리되지 않는다. 그것은 영혼의 심연에서 영혼의 일부를 이룬다. 그러므로 죄를 응시한다는 것은 영혼의 심연을 응시하는 것이다. 응시한다는 것은 견딘다는 것을 뜻한다. 그 깊은 밤의 폐허와 폭풍의 내부를 견디지 못할 때 두 눈은 닫힌다. 두 눈이 닫히면 죄가 눈을 뜬다. 죄의 눈은 모든 것을 보지만 그리스도만은 보지 못한다. 눈부심을 견디지 못하기 때문이다. 그 눈이 보는 것은 죄가 만들어 낸 그리스도다. 죄는 자신이 볼 수 있도록 그리스도를 가공한다. 한 분뿐인 그리스도가 세상에서 온갖 모습으로 떠도는 이유가 여기에 있다. 그가 죄를 응시하는 것은 그리스도를 되찾기 위함이었다.

눈꺼풀에서 뭐라고 말할 수 없는 어떤 움직임이 일고 있었다. 바람에 미세하게 흔들리는 잎사귀처럼 부드럽고 고요하고 정밀했다.

'이는 내 몸이니라.'

보이지 않는 입술에서 흘러나오는 목소리는 영혼을 육신으로부터 찢어 내듯 끌어당기고 있었다.

'이는 내 피니라.'

곧이어 흘러나온 목소리는 날카로운 창이 되어 가슴을 찔렀다. 그는 신음과 함께 눈을 떴다. 새벽의 광선이 기도실 창으로 어렴풋이 스며들고 있었다.

아침 일곱시

계엄군 탱크가 봉쇄 지역 3개소에서 시민군 바리케이드를 무너뜨리고 시내로 진입한 것은 새벽 네시부터 여섯시 사이였다. 통합병원 부근에 있던 계엄군은 탱크 다섯 대를 앞세우고 1킬로미터 전진했다. 백운동 쪽도 대동고교까지 전진했으며, 운암동 고속도로에 있던 계엄군은 무등경기장까지 들어왔다. 정부는 서울과 목포 간 고속도로 개통을 위해 계엄군을 진입시켰다고 발표했다.

새벽 다섯시경 계엄군이 통합병원 부근에서 탱크를 앞세우고 시내로 진입하고 있다는 급보가 도청 상황실에 보고되었다. 항쟁 지도부는 총비상령을 내렸고, 시민군은 긴장 속에서 숨 가쁘게 움직였다.

항쟁 지도부는 계엄군의 진격에 대해, 고속도로 진입로인 외곽 도로를 장악함으로써 병력과 보급품 수송 루트를 확보하는 한편, 시민군 차량과 기름 공급처인 아세아자동차 공장을 차단하여 시민군의 기동력을 약화시키려는 것으로 분석했다.

상황실장 박남선은 계엄사령부에 전화를 걸어 자신의 신분을 밝히고 소준열 전교사 사령관을 찾았다. 통화자는 사령관이 부재중이라면서 자신이 사령관 참모이니 용건을 이야기하라고 말했다. 박남선은 경계선 너머로 진입한 계엄군 병력이 본래의 위치로 돌아가지 않으면 회수된 무기를 다시 풀어 재무장시킨 후 죽을 때까지 싸울 것이며, 그래도 불리하면 다이너마이트와 수류탄을 전부 폭파시켜 자폭할 것이니, 이 뜻을 사령관에게 전하라고 했다.

계엄군 탱크 진입 소식은 도청의 젊은이들을 극도로 흥분시켰다. 그들은 '자폭히자'는 말을 서슴지 않았다. 도청 2층 부지사실에서 철야를 했던 열일곱 명의 시민수습위원들은 긴급 회의를 가졌다. 수면 부족에다 끊임없는 긴장과 불안으로 심신이 피폐한 젊은이들이 다이너마이트에 불을 붙이면 모든 것이 끝난다. 그들을 진정시켜야 했으나 수습위원들로서는 속수무책이었다. 무거운 침묵이 계속되었다. 누구도 입을 여는 이가 없었다.

「나의 말을 들어주시오!」

부르짖는 듯한 목소리에 모든 시선이 집중되었다. 김성용 신부였다.
「지금은 우리 어른들이 광주의 방패가 되어야 할 때입니다. 전차가 진을 치고 있는 곳으로 우리 모두 나갑시다. 우리는 여기 있어도 죽을 것이며, 전차 앞에 나가도 죽을 것입니다. 그러니 우리의 몸으로 전차를 막읍시다. 젊은이들은 안 됩니다. 그들은 이곳을 지켜야 합니다. 계엄군과 대화를 이룰 수 있다면 우선 항의합시다. 왜 약속을 어겼는지 따져 해명하도록 하고, 사죄하라고 합시다. 그리고 다음 사항을 이 자리에서 결의합시다. 군은 한 시간 안에 본래의 위치로 철수할 것과, 그렇지 않으면 전 시민의 무장화를 호소하고 게릴라전을 전개할 것이며, 최후의 순간이 오면 다이너마이트로 자폭할 것이라고 말입니다.」

재야의 수습위원들은 광주의 어른들이었다. 어른들의 목숨을 건 용기가 흥분에 사로잡힌 젊은이들이 사태를 냉철히 판단하는 데 큰 역할을 할 것이라는 믿음에서 나온 결단이었다. 이 결단을 반대하는 이는 아무도 없었다.

수습위원들은 안개비가 흩뿌리는 금남로로 나와 일렬횡대로 섰다. 행진이 시작된 것은 아침 일곱시경이었다. 어떤 이는 그것을 '죽음의 행진'으로 불렀다. 보도진이 수습위원들의 뒤를 따랐다. 외신 기자들이 눈에 많이 띄었다. 탱크 진입 소식을 듣고 밖으로 나온 시민들이 대열에 합류했다. 금남로를 벗어날 무렵에는 시민들의 수가 수백 명으로 불어나 있었다. 행진은 침묵 속에서 이루어졌다. 입을 굳게 다문 그들의 얼굴은 비장하면서도 침통했다. 손으로 눈물을 훔치는 이들도 있었다.

금남로에서 수창초등학교, 광주대교, 양동, 서광주경찰서와 돌고개를 거쳐 계엄군의 이중 바리케이드가 있는 농성동의 농촌진흥청 앞에 이르렀을 때는 아홉시가 다 되어 있었다. 4킬로미터의 거리였다.

바리케이드 너머에는 두 대의 탱크가 시내를 향해 포문을 열고 있었다. 미제 가죽끈이 달린 전투복 차림의 계엄군들은 사격 자세를 취했다. 길 양쪽 건물 2층과 옥상의 기관총 사수들도 마찬가지였다. 소령 한 명이 굳은 표정으로 수습위원들을 맞이하면서, 부사령관이 곧 올 것이니 기다리라고 말했다. 얼마 후 나타난 검은 세단에서 장군이 내렸다. 두 개의 별이 빛났다. 협상 책임자인 김기석 전교사 부사령관이었다. 그는 김성용 신부에게 계엄사령부로 가서 이야기할 것을 제의했다. 김 신부는, 계엄군이 어젯밤 위치로 물러서지 않으면 갈 수 없다고 단호하게 말했다. 부사령관은 고개를 끄덕이더니 탱크병에게 후퇴를 명령했다. 탱크가 물러서자 시민들은 일제히 박수를 쳤다. 김성용 신부를 포함한 협상 대표 11인이 상무대로 향했다. 김창길도 뽑혔다. 그는 전날 밤 학생수습위원장 사퇴 후에도 도청을 떠나지 않고 있었다. 재야의 시민수습위원들은 항쟁 지도부와는 달리 소신을 지키며 성실하게 일해 온 그를 배척하지 않았다.

새벽에 계엄군 진입 소식을 들은 김창길은 계엄사로 전화했다. 김기석 장군은 자신도 모르는 사이에 벌어진 일이라면서 '내 고향도 전라도다. 그동안 최선을 다했으나 내 힘으로는 더 이상 작전을 미룰 수가 없다. 광주가 마무리되면 나는 옷을 벗어야 한다'고 침통한 목소리로 말했다.

협상 대표들이 상무대 회의실에서 계엄사 대표단과 마주한 것은 오전 열시경이었다. 김기석 부사령관을 비롯하여 소장과 준장 각각 두 명과 소령 계급의 헌병대장이 협상 테이블에 앉았다.

하느님이 주신 귀중한 인간의 피를 더 이상 흘리게 해서는 안 된다는 일념에서 사제의 신분임에도 불구하고 수습위원회에 참여했다고 밝힌 김성용 신부는 '계엄군의 병력 이동이 시민군들을 격앙시켰다. 그들을 설득하기 위해서는 시간이 더 필요하다'고 말했다. 그러나 계엄사 측은 오늘 자정까지 무기 회수와 반납이 이루어지지 않으면 작전 수행이 불가피하다는 것을 분명히 했다.

「오늘 밤 열두시까지는 불과 열두세 시간밖에 남지 않았다. 그동안 무기를 전량 회수한다는 것은 불가능하다. 당신들이 약속을 어기고 탱크를 진입시키는 바람에 시민군들의 무장이 다시 시작되었다. 며칠만 더 시간을 달라.」

「우리는 군인이다. 군인은 정치는 모른다. 오직 명령에 따를 뿐이다. 오늘 자정까지 무기를 회수하여 군에 반납하면 치안을 경찰에 맡기겠다. 우리가 할 수 있는 말은 이것뿐이다.」

「당신들은 지금 불가능한 일을 요구하고 있다. 그것은 곧 군을 광주로 진입시키겠다는 뜻이 아닌가? 그래서는 안 된다. 총구를 국민에게 겨누는 이들을 누가 대한민국 군인으로 생각할 것인가.」

「군의 목적은 이기는 것이다. 그런데도 시민들의 피해를 막기 위해 후퇴까지 했다. 게다가 무기 반납을 실현시키기 위해, 군의 사기가 심히 저하되고 있음에도 지금까지 인내해 왔다. 하지만 기다리는 것에도 한계가 있다.」

「지난번 수많은 광주 시민들이 군의 살상 행위를 목격했다. 가족을 잃은 시민들의 아픔은 참으로 깊다. 이런 상황에서 군이 다시 살상 행위를 한다면 돌이킬 수 없는 비극이 벌어질 것이다.」

「젊은 군인들도 전우가 살상당하는 모습을 보았다. 그들이 참을 수 있었던 것은 애국 애족의 교육이 잘되어 있었기 때문이다.」

그들의 말은 그렇게 어긋났다. 어긋난 말들은 고립된 채 허공을 떠돌다 어디론가 사라졌다.

정오

계엄군 진입 이후 항쟁 지도부가 가장 먼저 결정한 것은 시민궐기대
회의 오전 개최였다. 지금까지 궐기대회는 오후 세시에 시작했었다.

도청 홍보 팀과 YWCA의 시민궐기대회 홍보 팀, 투사회보 제작
팀이 빠르게 움직였다. 곧 방송 차량이 시가지를 돌면서 계엄군 진
입 소식과 함께 궐기대회의 오전 개최를 알리면서 시민의 힘으로 광
주를 지키자고 호소했다. 대자보도 시내 요소요소에 부착했다. 죽음
의 행진에 나선 시민수습위원회가 계엄사와 협상에 들어가자 시민
들을 안심시키는 방송을 했다. 계엄군 진입 소식이 시민들에게 두려
움을 불러일으켜 집 안에 묶어 두거나 피난을 재촉할 수 있다는 우
려 때문이었다. 이와 비슷한 목적으로 부착한 것이 미국 항공모함
코럴시 호의 한국 해역 도착을 알리는 대자보였다. 그것은 시민들에
게 미국이 광주를 돕기 위해 항공모함을 출동시켰다는 기대를 불러
일으켰다.

제4차 민주수호시민궐기대회는 오전 열한시가 넘어서야 시작되
었다. 방송 차량과 대자보를 통해 개최 시각이 아홉시임을 알렸으나
도청 광장에 모여드는 시민들의 수는 극히 적었다. 항쟁 지도부의
우려가 현실로 나타나고 있었다. 독침 사건이 불러일으킨 것이 심리
적 공포라면 계엄군외 진입 소식은 현실적 공포였다. 심리적 공포가
현실적 공포를 자극하고, 현실적 공포가 심리적 공포를 자극하는 공
포의 가속화가 심화되고 있었다.

어제 최규하 대통령의 광주 방문은 진압 작전을 알리는 시그널이
었다. 대통령의 특별 담화는 사태의 핵심과 근본 대책의 제시 없이
치안 회복과 정부의 관용 조치만을 강조하고 있었다. 전쟁 시작 전
에 취하는 일종의 평화 공세였다. 오늘 새벽의 계엄군 진입은 신군

부의 의도를 보다 뚜렷이 드러낸 것으로, 작전을 위한 수송로 확보라는 군사적 필요뿐만 아니라 심리적 효과도 노렸다. 말하자면 전쟁이 곧 벌어질 터이니 생명이 아까운 자는 전쟁터를 떠나라는 위협이었다. 전쟁터란 도청을 중심으로 한 항쟁 지도부의 행동반경임은 말할 나위가 없다.

계엄군의 이러한 움직임은 위력을 발휘하고 있었다. 시민들의 참여 열기가 항쟁 지도부를 실망시키기에 충분했다. 어제까지만 해도 영업을 했던 도청 주변의 식당과 가게들의 문은 거의 닫혀 있었다. 통행인도 현저히 줄어 거리가 스산했다. 광장이나 골목에서 뛰놀던 어린아이들도 보이지 않았다. 해방 광주의 중심인 도청은 또 하나의 섬으로 변하고 있었다.

이런 상황에서 주목을 요하는 사건이 일어났다. 거리가 전쟁터로 변했던 5월 20일 밤 혜성처럼 나타나 시민들의 가슴을 뒤흔들었던 탁월한 선동가 전옥주가 이날 오전 도청 부근에서 계엄군 첩자들에게 끌려간 것이다.

전옥주는 동료 차명숙과 함께 가두방송차를 타고 시내를 순회하고 있었다. 도청 부근에 이르렀을 때 소총을 든 남자가 차를 가로막으며 소리쳤다.

「저 여자는 남파 간첩이다. 간첩이 아니라면 어떻게 말을 그토록 잘할 수 있겠는가? 저 여자가 독침 사건을 일으켰다.」

「맞아! 간첩이 아니고서야 그토록 말을 잘할 수가 없어.」

주위로 몰려든 시민들 속에서 스포츠머리에 감색 점퍼 차림의 30대 남자가 튀어나와 맞장구치면서 전옥주를 끌어내렸다. 그 역시 총을 들고 있었다. 자신들이 시민군이라고 주장한 두 남자는 대기 중인 차에 전옥주를 태웠다. 주위의 시민들은 의아해하면서도 간첩과 독침 사건이라는 말에 짓눌려 적극적으로 제지하지 못했다. 군의 진압 작전시 위험인물로 지목된 전옥주 체포 작전은 이렇게 이루어졌다.

국기에 대한 경례로 시작된 궐기대회는 영령을 위한 묵념과 5·18 경과 보고, 5·18 수습 결과 보고에 이어 '대한민국 국군에게 보내는 글'과 '언론인에게 보내는 글'이 낭독되었다. '광주 시민의 적은 국군이 아니라 국군을 정치권력의 사병으로 전락시킨 전두환 일파'라고 밝히는 한편, 계엄사의 주장을 일방적으로 대변하고 있는 언론에 대해서는 이렇게 호소했다.

「만약 당신들의 자녀가 정의를 부르짖다 불의의 총탄에 맞아 눈도 감지 못한 채 죽어 갈 때도 당신들은 펜을 꺾고 무사 안일의 방석 위에 앉아만 계실 것입니까? 이번 광주의거를 몇십 년 뒤의 '사건 비화'나 '남기고 싶은 이야기'들로 만들지 않기 위해, 목숨을 걸고 사실 그대로 보도하여 주시기를 육백여 사망자들의 피 맺힌 원혼과 팔십만 광주 시민의 이름으로 간절히 간절히 촉구하는 바입니다. 여러분의 투쟁에 우리 팔십만 시민은 있는 목청을 다 모아 힘껏 성원하겠습니다.」

해방 광주를 고립시키는 가장 큰 울타리는 도시를 둘러싸고 있는 계엄군이 아니라 언론이었다. 신군부의 철저한 통제 속에서 계엄사의 도구로 전락한 방송과 신문은 해방 광주를 신군부의 의도대로 조형하고 있었다. 진실을 알리기 위한 일부 기자들의 노력이 없지는 않았으나 권력의 총구 앞에서 그들의 몸짓은 무력했다.

'과도 정부의 최규하 대통령께 보내는 글'에서는 '대통령 각하, 그리고 계엄 당국의 고위 간부 여러분, 이 난국을 극복합시다. 진심으로 호소합니다. 김일성의 오판을 총화로 막읍시다. 개인의 사리사욕이나 정권욕보다는 이성을 되찾을 때입니다'라는 내용과 함께 아래의 4개항을 요구했다.

1. 서울을 비롯한 모든 시외 전화의 소통을 요구합니다.
2. 이번 봉기 사건에 대해서 보도 기관의 자유로운 취재 활동과 검열 없는 보도를 호소합니다.
3. 사망자와 부상자 및 행방불명자의 확실한 수를 밝히기 위하여 계엄 당국과 시민군의 공동 조사단 구성을 호소합니다.
4. 국군은 광주 시민과 민주 시민을 학살할 것이 아니라 전선을 지킬 것을 호소합니다.

궐기대회가 진행되고 있던 정오 무렵, 항쟁 지도부는 대단히 중요한 두 가지 일을 하고 있었다. 항쟁 지도부가 80만 광주 시민의 이름으로 정부에게 요구하는 7개항의 문안 작성과 기동 타격대의 조직이 그것이었다. 항쟁 지도부의 정치적 입장을 제시한 7개항의 요구 내용은 이랬다.

1. 이번 사태의 모든 책임은 과도 정부에 있다. 과도 정부는 모든 피해를 보상하고 즉각 물러나라.
2. 무력 탄압만 계속하는 명분 없는 계엄령을 즉각 해제하라.
3. 민족의 이름으로 울부짖는다. 살인마 전두환을 공개 처형하라.
4. 구속 중인 민주 인사를 즉각 석방하고, 민주 인사들로 구국 과도 정부를 수립하라.
5. 정부와 언론은 이번 광주의거를 허위 조작, 왜곡 보도하지 말라.
6. 우리가 요구하는 것은 피해 보상과 연행자 석방만이 아니다. 우리는 진정한 민주 정부 수립을 요구한다.
7. 이상의 요구가 관철될 때까지, 최후의 일각까지, 최후의 일인까

지 우리 80만 시민 일동은 투쟁할 것을 온 민족 앞에 선언한다.

신군부로서는 도저히 받아들일 수 없는 내용이었다. 이 사실을 항쟁 지도부가 모를 리 없었다. 그런데 왜 이런 요구를 했을까? 언어가 응시하는 대상이 신군부가 아니었기 때문이었다. 그것은 겨레와 역사의 가슴에 새기는 항쟁 지도부의 피 어린 유언이었다.

상황실의 주도로 만들어진 기동 타격대는 항쟁 지도부의 유언을 뒷받침하는 군사 조직이었다.

시민군 조직은 지역 방위대와 도청 수비대, 기동 순찰대로 이루어져 있었다. 특수 기동대라는 조직이 있었으나 도청의 통제를 받지 않고 독자적으로 활동했다. 해방 광주의 첫날인 5월 22일 아침, 광주공원에서 만들어진 특수 기동대는 열다섯 명 안팎의 무장 대원들로 24인승 소형 버스를 타고 시내와 외곽 지역을 순찰했다. 죽음을 각오하기로 맹세한 그들은 자신의 주소와 이름을 적은 종이쪽지를 호주머니에 넣고 다녔다. 5월 22일 광주로 내려와 도청을 방문하기로 약속했던 박충훈 국무총리 서리가 광주 시민이 납득할 수 있는 협상안을 내놓지 않을 경우 인질로 잡을 계획까지 세웠다. 특수 기동대가 해체된 것은 지역 방위대가 거의 무너진 5월 25일이었다. 이날 일어난 독침 사건의 충격으로 수많은 청년들이 총을 놓고 떠났다.

시민군 조직이 와해된 상황에서 만들어진 기동 타격대는 도청 지도부가 공식적으로 조직한 유일한 무장 집단이었다. 대여섯 명을 1개조로 하여 각 조마다 조장 한 명, 타격대원 네댓 명, 군용 지프 한 대, 무전기 한 대, 개인 무기로는 카빈 소총 1정과 실탄 1클립씩 배정하여 7개조로 편성했다. 대원들은 대부분 20세 전후의 노동자들로서 친구나 선후배들을 같은 조에 배속시켜 결속력을 강화했다. 이들의 임무는 시내 순찰, 계엄군 동태 파악, 계엄군 진입 저지, 거동 수상자 체포와 연행, 치안 유지 등이었다. 기동 타격대장에 윤석루, 부대장에 이재호를 임명하여 상황실장·기동 타격대장·부대장·조장·조원의 지휘 체계를 확립했다. 기동 타격대가 총기 회수의 대상이 아님을 명백히 한 것이다. 그들은 해방 광주의 마지막 전사들이었다.

오후 두시

머턴은 반듯이 앉아 있는 박태민의 두 눈을 응시했다. 그의 눈은 슬프면서도 부드럽고 고요했다. 머턴은 그가 곧 죽을 것임을 예감했다. 눈빛이 그것을 일깨우고 있었다. 박태민 역시 자신의 죽음을 알고 있으며, 스스로 받아들이고 있다고 생각했다. 그의 눈을 보는 순간 머턴은 직감적으로 알아 버렸다.

계엄군 진입 소식은 독침 사건의 충격에서 헤어 나오지 못하고 있던 시민군들을 히스테릭한 상태로 몰아넣었다. 그런 모습과 극명한 대조를 이루고 있었던 이가 박태민이었다. 그는 고요함 속에 있었다. 그는 움직이는 순간에도 고요함을 잃지 않았다. 현실에 사로잡힌 자가 그런 고요함을 가진다는 것은 불가능했다.

「인터뷰 요청을 받아 주어 감사합니다.」

진심이었다. 오후 네시에 내외신 공동 기자 회견이 예정되어 있었다. 하지만 머턴은 그의 고요함 속으로 홀로 들어가고 싶었다. 홀로 들어가 고요함의 내부를 응시하고 싶었다. 숲 속 길의 고요함을 응시하듯.

「지금까지 해방 광주는 이중 권력 구조였습니다만 어젯밤 비로소 권력이 일원화되었습니다. 하지만 신군부는 새로운 권력에 시간을 허용하지 않기로 한 듯 보입니다. 정보에 의하면 군의 작전이 곧 시작될 것 같습니다. 싸움의 결과는 명백합니다. 이제 총을 놓을 때가 되지 않았습니까?」

「스스로 원해서 총을 들었듯, 총을 놓을 때도 스스로 할 것입니다.」

「총을 놓지 않을 이들도 있다는 뜻이군요.」

「죽음이 총을 놓게 하겠지요.」

박태민은 상냥하게 웃으며 말했다. 눈에서도 상냥함이 보였다.

「협상할 의사가 전혀 없습니까?」

「계엄사는 조건 없는 투항만을 요구하고 있습니다. 협상할 의사가 없는 쪽은 그들입니다.」

「충돌이 불가피하겠군요.」

「이 시점에서 우리는 미국에 묻고 싶습니다. 미국적 민주주의의 진정한 얼굴이 무엇인지 말입니다.」

「미국의 역할을 기대한다는 뜻인가요?」

「미국은 한국에서 군사적 지렛대를 갖고 있습니다. 한미연합사령부의 권한이 그것입니다. 대부분의 한국군은 한미연합사령부의 작전 통제권 아래에 들어가 있습니다. 이것은 우리가 싫든 좋든 받아들여야 할 냉엄한 현실입니다. 아시다시피 박정희 암살 이후 권력의 중심은 청와대에서 군으로 이동했습니다. 미국의 영향력이 어느 때보나 커졌다는 것을 뜻하지요. 광주 시민을 비롯한 많은 한국 국민이 미국의 태도를 주시하는 이유가 여기에 있습니다.」

머턴은 고개를 끄덕였다. 이틀 전인 5월 24일 미국인 기자들이 시민들로부터 해방군처럼 환대받았던 적이 있었다. 미국 정부가 광주 시민을 구원하기 위해 항공모함 코럴시 호를 출동시켰다는 내용의 대자보 때문이었다. 하지만 다음날 항모 이동의 이유가 밝혀지면서 분위기가 싸늘해졌다. 그런데 오늘 아침 코럴시 호의 한국 해역 도착을 알리는 대자보가 다시 부착되면서 시민들의 기대를 부추기고 있었다. 절박한 상황이 만들어 내는 희비극이었다.

「나는 미국에게 해방 광주를 지원해 달라는 부질없는 요구를 하지 않겠습니다. 미국이 자국의 이익에 따라 냉정하게 움직일 것임을 잘 알고 있기 때문입니다. 다만 도덕과 인권 정치를 표방하면서 출범한 카터 행정부에게 조언을 하고 싶습니다.」

박태민은 다시 상냥하게 웃었다. 그의 눈 역시 웃고 있었다.

「먼저 십이십이반란의 성격에 대해 말하고 싶습니다. 반란의 주동자들은 군부 내의 사조직인 하나회 회원들이었습니다. 그들이 동원한 병력을 사병(私兵)으로 규정해야 하는 이유가 여기에 있습니다. 사병을 동원하여 군의 지휘 체계를 유린한 것이 십이십이반란이었습니다. 한국군의 작전 통제권을 갖고 있는 미국은 반란에 대한 책임을 마땅히 물어야 했습니다. 그럼에도 불구하고 몇 가지 제스처만 취했을 뿐 실질적인 조치가 없었습니다. 그 결과 일어난 것이 오월 십칠일 전국 계엄령 선포였습니다. 그것은 사병의 우두머리들이 국가 권력을 탈취하는 쿠데타였습니다. 모든 도시의 침묵 속에서 광주만이 홀로 저항했습니다. 그러자 신군부 일파의 사병들은 광주를 적국의 도시처럼 공격했습니다. 한국전쟁을 겪었던 시민들은 공산군도 저토록 잔인하지는 않았다고 절규했습니다. 광주가 고립되자 많은 시민들이 미국의 구원을 기대했습니다. 북한의 도발 견제를 위해 미국 항공모함이 한국 근해로 접근한다는 뉴스에 시민들이 환호한 것은 미국에 대한 기대의 표현이었습니다. 한국 국민의 대미 의식 속에는 민주주의의 나라이자, 북한 공산주의자의 침략으로부터 나라를 지켜 준 우방이라는 관념이 뿌리 깊이 박혀 있습니다. 나는 이 자리에서 그것의 옳고 그름을 따지는 부질없는 짓은 하지 않겠습니다. 분명한 것은 그러한 관념이 미국이 추구하는 동북아 안보에 큰 힘이 되고 있다는 사실입니다. 만약 미국이 이른바 안보를 위해 공산군보다 더 잔인하게 국민을 학살한 신군부 일파와 협력한다면 안보의 보루를 잃을 것입니다.」

「지금 이 시점에서 미국이 어떻게 하기를 원합니까?」

「신군부의 사병들은 다시 광주를 공격하려고 합니다. 그들의 공격을 막을 수 있는 유일한 세력이 미국입니다. 만약 미국이 이 역할을 다한다면 한국 국민은 미국의 과오를 용서할 것입니다. 글라이스틴 대사는 미국 정부를 대표하는 인물입니다. 그가 직접 나선다면 우리는 진지하게 대화할 것입니다.」

「공식적인 제안입니까?」

「그렇습니다.」

「대단히 의미 있는 제안입니다. 문제는 미국의 반응입니다. 나의 판단으로는 글라이스틴이 쉽게 움직이지 않을 것 같다는 생각이 드는군요.」

지금까지 미국이 취한 태도를 상기해 보면 실현이 거의 불가능한 제안이었다. 머턴의 느낌으로는 박태민 역시 그 사실을 알고 있는 듯했다.

「그렇다면 우리의 길을 가야지요.」

「우리의 길이라면…….」

「누군가가 해방 광주를 지켜야 합니다.」

「죽음을 무릅쓰고라도 말입니까?」

「그렇습니다.」

「그 죽음이 얻는 것은 무엇입니까?」

「시간입니다.」

「시간?」

「오늘 아침 〈뉴욕 타임스〉의 한 기자는 앞으로 닷새만 버티면 우리가 승리할 것이라고 했습니다. 이 말을 어떻게 생각하십니까?」

「정치적 근거가 있는 예측입니다. 신군부가 작전을 서두르는 이유도 여기에 있을 것입니다.」

「우리에게는 계엄군을 막을 힘이 없습니다. 그들은 해방 광주의 시간을 탈취할 것입니다. 하지만 그들에게 결코 탈취당할 수 없는 시간이 있습니다. 진실이 만들어 내는 시간입니다. 진실은 인간의 혼을 가장 격동적으로 움직이게 합니다. 그 움직임이 만들어 내는 시간은 일상의 시간과 다릅니다. 오월 십팔일부터 시작된 시간은 일상의 시간이 아니었습니다. 공수특전단의 참혹한 폭력은 시민들에게 진실을 일깨웠습니다. 진실은 그들의 혼을 흔들었고, 죽음을 초월한 저항이 시작되었습니다. 죽음은 진실을 지키기 위한 불꽃이었습니다. 해방 광주는 진실의 시간이 쌓아 올린 장려한 탑입니다. 죽음을 껴안고 싸웠던 이들은 알 것입니다. 해방 광주의 혼이 진실임을. 비통하게도 우리는 해방 광주를 지킬 수가 없습니다. 하지만 우리가 지킬 수 있는 것이 있습니다. 진실입니다. 죽음이라는 불꽃을 통해.」

박태민의 눈빛이 흐려지고 있었다.

「신군부는 우리를 패배시킬 것입니다. 해방 광주는 무너지고 장려했던 탑은 흔적도 없이 사라지겠지요. 죽음의 노래가 만장처럼 펄럭이며 폐허의 빈 터를 덮을 것입니다. 그곳에 무엇이 있을까요? 아무것도 없습니다. 그저 빈 터일 뿐입니다. 승리자의 군단에 철저히 짓밟힌. 하지만 황혼이 지나고 어둠이 내리면 무언가 보일 것입니다. 불꽃입니다. 죽음의 불꽃 말입니다. 눈이 있는 자는 어두운 하늘을 가르는 불꽃을 볼 것입니다. 그것은 죽음의 불꽃이자, 죽음이 지킨 진실의 불꽃입니다. 진실은 스스로의 시간을 창조합니다. 창조된 시간은 젊은 혼을 격동시킵니다. 격동된 혼은 전사의 혼입니다. 해방 광주의 전사는 사라졌지만 새로운 전사들이 역사의 광야를 가로지르며 진실의 불꽃을 향해 달려올 것입니다. 해방 광주는 패배할 것입니다. 하지만 그것은 잠시의 패배일 뿐입니다. 광야는 우리를 승리자로 만들 것입니다.」

보일 듯 말 듯한 미소가 박태민의 입가에 어리고 있었다.

저녁 일곱시

제5차 시민궐기대회가 오후 세시에 열렸다. 궐기대회가 하루에 두 번 열리기는 처음이었다. 여기에서 항쟁 지도부는 정오 무렵 작성한 7개항의 결의문을 80만 광주 시민의 이름으로 채택하는 절차를 밟았다. 도청 사수를 시민들에게 공식적으로 허락받는 순간이었다. 그 시각 계엄군은 송정리비행장에서 도청 점령 작전을 위한 마지막 리허설을 하고 있었다.

궐기대회가 열리기 한 시간 전인 오후 두시, 항쟁 지도부는 사태의 장기화에 대비, 도청 내무국장실에서 구용상 광주시장에게 시민 생활을 위해 생필품의 원활한 공급 및 시내버스 운행과 사망자 장례를 도민장으로 할 것 등을 요구했고, 구 시장은 대부분 받아들였다. 이에 따라 도민장을 5월 28일에 치르기로 했으며, 장지는 망월동 시립공원묘지로 정했다.

오후 네시경 죽음의 행진을 주도했던 김성용 신부가 광주를 탈출했다. YWCA의 일부 학생과 종교계 인사들이 김수환 추기경에게 광주의 실상을 알리고 대통령 면담을 요구하기 위해 김 신부를 서울로 보내도록 한 결정에 따른 것이었다. 김 신부는 지금 이 순간 광주를 떠나면 비겁한 신부, 아무것도 못하는 무력한 교회라고 비판받을지도 모른다는 우려에 한동안 망설였으나, 진실을 알리는 역할도 중요하다는 판단으로 광주 탈출을 수락했다.

오후 다섯시 계엄사는 무기 반납을 더 이상 기다릴 수 없다는 통고와 함께 오늘 자정을 기해 군의 작전이 시작되며, 자정 이후 도청에 남아 있는 사람은 예외 없이 폭도로 간주한다는 것을 명확히 했다. 항쟁 지도부는 이 사실을 시민들에게 알릴 것인가 숨길 것인가에 대해 토론을 시작했다. 혼란을 우려하는 목소리가 있었으나 진실을 숨겨서는 안 된다는 것으로 의견이 집약되었다.

궐기대회가 끝날 무렵 항쟁 지도부는 '오늘 밤 계엄군이 공격해 올 가능성이 크다'고 공식 발표했다. 광장은 일순 침묵에 빠졌다. 사람들의 얼굴이 멍해 보였다. 눈에는 눈물이 고이고 있었다. 이제 더 이상 희망과 싸울 필요가 없었다. 희망은, 유적지에서 신기루처럼 떠돌던 희망은 그렇게 사라져 갔다. 봄날의 늦은 오후에, 흐린 빛 속으로.

광장 모퉁이에서 한 여학생이 노래를 부르기 시작했다. 〈우리의 소원〉이었다. 노랫소리가 점점 커지면서 이윽고 광장을 가득 채웠다. 지난날 피의 거리에서 한마음으로 불렀던 그 노래가 다시 울려 퍼지고 있었다. 궐기대회가 끝나자 일부 시민들은 가두 행진에 나섰다. '계엄군 물러가라', '우리는 최후까지 싸운다', '광주를 지키자'라는 비장한 구호들을 외치며 금남로에서 유동 삼거리로 향했다.

그 시각 김창길은 도청 지도부 전체 회의 소집을 요구하고 있었다. 전교사 김기석 부사령관으로부터 광주 진압 작전이 오늘 밤 시작된다는 사실을 확인한 그는 무기 반납 결의를 이끌어내기 위해 비항쟁파 인사들과 함께 도청에 다시 들어온 것이었다. 수습위원으로 활동했던 지역 유지들은 김창길의 뜻에 적극 호응했다. 재야의 수습위원들도 반대하지 않았다. 항쟁파의 주장을 마음속으로는 공감하고 있었으나 그들의 희생적 행위를 방관하기에는 너무나 아까운 생명들이었다.

미국인 134명을 비롯하여 일본인 아홉 명, 영국인 세 명 등 207명의 외국인이 광주에서 철수하고 있었던 저녁 일곱시경 시민수습위원회 사무실인 부지사실에서 회의가 시작되었다. 참석자는 스무 명이 넘었다. 윤공희 대주교와 조아라 YWCA 회장도 보였다. 항쟁파에서는 김종배와 이양현, 허규정이 참석했다. 정상용은 회의가 있는 줄도 모른 채 우연히 부지사실에 들렀다가 자리에 앉았다. 박태민과 박남선도 회의 사실을 모르고 있기는 마찬가지였다.

항쟁파와 비항쟁파와의 논쟁이 다시 벌어졌다. 항쟁파는 '참혹한 시신들을 버려두고 도청을 떠날 수 없다. 하지만 떠나겠다는 사람을 잡지는 않겠다. 각자 자유롭게 선택하자'고 주장했고, 비항쟁파는 생명의 소중함을 내세우며 무기 반납의 불가피성을 역설했다. 결론이 나지 않자 다수결로 의사 결정을 하기로 했고, 결국 김창길의 주장이 받아들여졌다. 정상용과 김종배는 체념한 표정으로 일어섰다. 윤공희 대주교와 조아라 회장은 눈물을 흘리며 회의실을 나갔다. 도청 스피커에서는 회의 결과와 함께 무기 반납을 권유하는 방송이 벌써 나오고 있었다. 남은 사람들이 자리를 정리하고 있는데, 누군가가 난폭하게 문을 열어젖히며 들어왔다. 상황실장 박남선과 기동 타격대장 윤석루였다. 박남선은 '왜 우리를 계엄군에게 팔아넘기려고 하느냐? 지금부터 투항을 주장하는 놈들은 모조리 죽여 버리겠다'고 외치며 공포를 발사했다. 그것은 비항쟁파가 도청에 머무는 것을 더 이상 용납하지 않겠다는 항쟁 지도부의 선언이었다. 김창길을 비롯한 비항쟁파들은 도청을 나가지 않을 수 없었다. 이 과정에서 마음이 흔들린 시민군이 대거 이탈했다.

도청을 떠나 성당으로 돌아온 조비오 신부는 미사 강론에서 '아벨의 무고한 피로 인하여 죄인은 하느님의 징벌을 받고 광야를 헤매는 생활을 해야 했다. 국민의 세금으로 양성된 군인들이 무고한 시민을 죽인 동족상잔의 비극은 비참하게 끝나는 것이 아니다. 영문을 모르고 죽어 간 시민들의 목숨과 불의에 항거한 젊은이들의 피는 광주뿐만 아니라 우리나라의 역사를 도탄에서 구할 수 있는 의로운 피가 될 것이다. 의인의 억울하고 애통한 죽음과 그 피는 하늘에 사무쳐서 하느님께서는 우리의 염원을 꼭 들어주실 것이다'라고 말했다.

비항쟁파들이 도청을 빠져나갈 즈음 가두 행진을 끝낸 사람들이 광장으로 들어오고 있었다. 유동 삼거리와 양동 복개천 상가를 거쳐 계엄군과 대치하고 있는 화정동까지 행진한 그들은 군 바리케이드 1백 미터 앞에서 시위를 벌였다. 행진 도중 적지 않은 이들이 이탈하여 도청 광장에 도착했을 때는 2백여 명에 불과했다. 한 청년이 연단으로 올랐다.

「여러분, 오늘은 해방 광주의 마지막 밤이 될지도 모릅니다. 조국의 민주화를 위해 기꺼이 생명을 바치겠다는 분만 남으시고 그렇지 않은 분들은 돌아가십시오.」

목이 멘 소리였다. 사람들은 깨닫고 있었다. 삶과 죽음이 두 개의 몸뚱이로 분리된 채 자신들을 내려다보고 있음을. 나를 선택하라는 간절한 눈빛으로. 삶과 죽음이 하나였던 꿈의 시간은 추억일 뿐이었다. 죽음을 선택하자니 그것이 불러일으키는 고통이 두려웠고, 삶을 선택하자니 추억과의 괴로운 싸움이 두려웠다. 두 개의 길 앞에서 그들은 그림자처럼 서성거렸다.

290

밤 여덟시 30분

별이 없는 하늘은 금방 캄캄해졌다. 강선우는 간절히 바랐다. 노을 진 서녘 하늘을 볼 수 있기를. 하지만 비를 머금은 검은 구름은 그것을 허락하지 않았다. 그는 생각했다. 내 언제 이토록 간절히 무엇을 욕망했던 적이 있었던가 하고. 이 강렬한 욕망은 추억에서 비롯되는 것이 아니었다. 추억은 욕망과 아무런 관계가 없었다. 욕망을 불러일으키는 것은 추억이 아니라 죽음이었다. 그의 내부에서 한 마리 새처럼 깃을 치고 있는 죽음은 그렇게 노을을 갈망했다.

주위를 둘러보았다. 금남로는 텅 비어 있었다. 그토록 많던 사람들은 모두 어디로 갔는가? 물러날 듯 물러날 듯하면서도 결코 물러나지 않았던 사람들, 짓밟고 짓밟아도 무섭게 일어섰던 사람들, 죽여도 죽여도 결코 죽지 않았던 그들은.

그의 예감이 맞았다. 이 도시에 발을 딛지 말았어야 했다. 새벽의 역 광장에서 어둠에 잠긴 도시를 처음 보았을 때 길을 잘못 들어 엉뚱한 곳으로 온 듯한 느낌은 정확했다. 어딘가에 있을 올바른 길을 찾아 떠났어야 했다. 하지만 그것은 불가능한 일이었다. 그는 홀로 움직일 수가 없었다. 그의 몸은 명령의 사슬에 묶여 있었다. 그 사슬을 끊는다는 것은 상상조차 할 수 없었다. 하지만 그는 끊었다. 흥건한 핏물 속에서 살려 달라고 애원하는 유근수 소령을 절명시키는 순간 사슬은 끊어졌다. 세 번의 총소리는 사슬이 끊어지는 소리였다.

시위대가 로켓포까지 갖고 있다는 사실이 놀라웠다. 더욱 놀라운 것은 정확한 사격술이었다. 선두의 장갑차와 넉 대의 트럭이 완파당했다. 정규 부대의 사격술도 그만큼 정확하기가 쉽지 않았다. 로켓포의 사격이 멎자 총탄이 비 오듯 쏟아졌다. 수류탄도 날아들었다. 엄청난 화력이었다. 하지만 시위대는 보이지 않았다. 무장 헬기 지원을 요청하는 지휘관의 목소리는 절규에 가까웠다. 당황한 병사들은 무차별 난사를 하고 있었다. 인근 마을이 아비규환으로 변했다. 도로 밑 저수지에서 목욕하던 아이와 마을 어귀에서 놀던 아이가 즉사했고, 여섯 명의 마을 주민이 총상을 입었다. 가축들은 떼죽음을 당했다. 가택 수색에 들어간 공수대원들은 젊은 남자들을 무조건 끌어낸 후 세 명을 즉결 처분했다. 시위대와 무관한 청년들이었다. 복수심에 사로잡힌 그들은 총소리에 놀라 하수관 속으로 숨어 들어간 아낙네까지 살해했다.

40여 분 간 계속된 전투는 특공조가 적의 매복 진지를 점령함으로써 종결되었다. 한 명을 사살하고 일곱 명을 생포했는데, 뜻밖에도 그들은 시위대가 아니라 전교사 보병학교 교도대였다. 군 부대 간의 오인 전투 과정은 이러했다.

이날 새벽 보병학교는 폭도들이 목포로 진출할 것이라는 정보가 들어왔으니 차단하라는 명령을 받았다. 즉각 출동한 교도대는 송암동 삼거리에서 목포 방향으로 3백여 미터 지점의 양쪽 산기슭에 매복했다. 3.5인치 대전차 격파용 화기와 90밀리 무반동총을 갖춘 그들은 폭도들의 습격에 대비하여 침투 예상 지점에 크레모아까지 설치했다. 오전에는 아무 일이 없었다. 폭도들의 그림자도 보이지 않았다. 점심 식사를 마치고 휴식을 취하고 있는데 총소리가 났다. 지휘관은 국도변에 전진 배치시킨 청음조로부터 폭도가 출현했다는 보고를 받았다. 그 수가 엄청나다고 했다. 하지만 청음조가 본 것은 송정리비행장으로 이동 중인 11공수여단의 차량들이었다. 폭도들이 장갑차를 탈취하고 군복으로 위장하는 경우가 많다는 교육 내용을 상기하고 성급하게 판단한 결과였다. 교도대가 들었던 총소리는 11공수여단의 사격 소리였다.

아홉 명의 사망자와 서른여덟 명의 부상자를 낸 오인 전투는 광주에 투입된 공수부대와 현지 부대의 지휘 체계 이원화에서 비롯된 결과였다. 중화기를 동원한 기습 공격은 육군 본부가 발동시킨 자위권이 허구임을 입증하는 사건이었다.

  강선우는 발소리를 죽이며 도청 광장으로 들어섰다. 어둠에 잠긴 광장은 텅 비어 있었다. 흐린 시야 속으로 뿌연 불빛이 흘러 들어왔다. 도청에서 새어 나오는 불빛이었다. 그는 알고 있었다. 도시가 삶과 죽음으로 선명히 나누어져 있음을. 죽여도 죽여도 죽지 않았던 사람들이 금남로에 가득 차 있었을 때 삶과 죽음은 나누어져 있지 않았다. 그들이 죽음을 두려워하지 않았던 것은 삶과 죽음이 나누어져 있지 않았기 때문이었다. 죽여도 죽여도 죽지 않았던 것은 삶이 죽음이었고 죽음이 삶이었던 까닭이었다. 하지만 지금은 달랐다. 삶과 죽음이 분리되어 있었다. 죽음과 멀리하려는 것이 삶의 본능이다. 금남로가 텅 비어 있는 것은 도청이 죽음의 집인 까닭이었다. 별 없는 하늘 아래서 고통스럽게 지상에 뿌리 박고 있는 도청은 죽음의 집이었다. 삶과 죽음이 이토록 선명하게 나누어진 도시가 일찍이 존재했을까.
  세 번의 총소리와 함께 사슬이 끊어지는 순간 그는 희열에 사로잡혔다. 몸의 내부 깊숙한 곳에서 솟구쳐 오르는 그것은 해방의 희열이었다. 맺히는 눈물 사이로 길이 어렴풋이 보였다. 그것은 쇠사슬에 이끌려 가는 길이 아니었다. 홀로, 자유롭게 가는 길이었다. 그 길의 끝에 죽음의 집이 있음을 그땐 몰랐을까?
  날이 저물 무렵 산속 외딴집을 발견했다. 빈집이었다. 옷가지들이 벽에 걸려 있는 걸로 보아 주인이 피신한 지 얼마 안 된 듯했다. 거의 하루 동안 죽은 듯이 잠을 잤다. 꿈도 꾸지 않았다. 빗소리가 간혹 잠 속으로 흘러 들어왔을 뿐이었다. 잠에서 깨어났을 때는 캄캄한 밤이었다. 비가 많이 왔는지 나무들이 축축했다. 바람이 소리 없이 불어왔다. 바람 속에는 놀랍게도 죽음의 냄새가 없었다. 숨을 혹 들이켰다. 식물의 향기가 콧속으로 스며들었다. 그것은 진한 생명의 냄새였다. 눈을 감았다. 달빛에 싸여 춤을 추는 들판의 모습이 떠올랐다. 춤의 푸르스름한 옷자락이 바람에 쓸리는 눈가루처럼 희끗거렸다. 도시로 들어온 이후 까마득히 잊고 있던 풍경이었다. 파헤쳐진 도시의 살 속에서 피어 오르는 죽음의 냄새는 공기 속에만 떠도는 것이 아니었다. 추억 속으로까지 파고들었다. 꿈의 풍경을 잃은 추억은 불모의 땅이었다. 그 불모의 땅에서 생명의 율동이 다시 시작되고 있었다.

다음날 새벽 산속 외딴집을 나왔다. 다행스럽게도 몸에 맞는 옷이 있었다. 군복은 불태웠고 총은 땅에 묻었다. 계엄군의 봉쇄선을 어려움 없이 통과했다. 틈은 어디에나 있는 법이다. 더욱이 그는 혼자였다. 도시는 위기감에 휩싸여 있었다. 그가 외딴집을 떠날 무렵, 계엄군 탱크가 일시적으로 도시에 진입했음을 알았다. 계엄사는 최후통첩을 했고, 도시는 삶과 죽음의 이중 공간으로 분리되고 있었다. 도청은 죽음의 거처였다. 지금 그는 죽음의 거처를 향해 한 걸음 한 걸음 다가가고 있었다.

밤 아홉시

신부는 피에타 상 앞에 있었다. 두 팔을 축 늘어뜨린 채 부복하고 있는 그의 모습은 또 하나의 시신처럼 보였다. 가톨릭의 형상물 중에서 머턴의 가슴에 가장 깊이 와 닿는 것이 피에타 상이었다. 숨진 그리스도를 끌어안고 있는 마리아의 비통한 모습은 어머니의 사랑과 슬픔을 사무치게 드러내고 있다.

대학 시절 역사학 강의에서 어떤 교수가 말했었다. '인류가 자식 잃은 어머니의 슬픔을 좀 더 깊이 느낄 수 있었다면 역사가 이토록 피의 자국으로 점철되지는 않았을 것이다'라고. 머턴의 머릿속에 인상적인 경구로만 남아 있던 교수의 말이 진실로 다가온 것은 인간의 학살을 들여다보아야만 하는 기자 생활을 하면서부터였다.

고통으로 낳은 자식의 죽음 앞에서 어머니가 드러내는 통절한 슬픔은 한 인간의 생명이 얼마나 소중한 것인가를 전율적으로 깨닫게 했다. 이 전율은 광주에서 고스란히 재현되고 있었다.

어떤 아주머니 한 분이 목이 잘린 시체의 관 옆에 쪼그리고 앉아 바지를 만지작거리고 있었다. 바지가 낯익은 모양인지 연방 시체를 살피다가 아들의 왼쪽 허벅지에 15센티미터 정도의 흉터가 있다고 말했다. 시민군이 바지를 벗기자 그녀가 말한 흉터가 나타났다. 얼굴 없는 아들의 시체를 부여안고 오열하는 그녀의 모습은 보는 이의 가슴을 저몄다. 어디론가 사라져 버린 아들을 찾아 병원 시체실을 뒤지고 다니는 어머니들의 모습도 처절했다. 조선대학교 뒷산에서 생매장되었던 고등학생의 시체를 보았을 때 자식을 찾아 헤매는 어머니의 모습이 띠오른 것은 우연이 아니었다. 시민군의 증언에 의하면, 땅이 꿈틀거려 파보니 남자 시체 몇 구와 함께 그 소년이 있었다고 했다. 병원으로 옮기는 도중에 숨을 거두었다는 소년의 입 안은 피와 흙으로 범벅이 되어 있었다.

인간이 두려운 존재인 것은 자신의 내부에서 무엇을 발견할지 모른다는 사실에 있다. 인간은 존재의 심연에서 짐승처럼 웅크리고 있는 파괴와 죽음의 가학적 에너지를 보지 못한다. 영원의 세계에 발을 살짝 걸쳐 놓고 있는 그 교활한 생명은 결코 깊은 잠을 자지 않는다. 인간의 이성이 하도 헐거워 조금만 바람이 불어도 명주 조각처럼 펄럭이기 때문이다. 펄럭이는 틈새로 솟구쳐 오른 검은 짐승이 지상을 피로 물들일 때 인간의 눈은 비로소 자신의 또 다른 모습을 보게 된다. 이 절망적 운명이야말로 어머니의 가슴을 파헤치는 짐승의 발톱이다. 가슴이 파헤쳐진 어머니의 영혼은 누구에 의해서도 위무되지 않는다. 위무할 수 있는 유일한 존재가 죽음의 땅에 누워 있기 때문이다.

시신 같았던 신부의 몸이 움직이기 시작했다. 물결치는 마리아의 옷자락 아래서 신부의 몸은 느리게 움직였다. 머턴은 눈을 크게 떴다. 괴석처럼 무겁게 보였던 그의 몸이 대단히 가볍게 움직이고 있었다. 너무나 가벼워 마리아의 옷을 물결치게 하는 것이 그의 몸인 듯했다. 머턴을 다시 놀라게 한 것은 신부의 표정이었다. 눈물에 젖어 있을 줄 알았던 그의 얼굴이 해맑았다. 두 눈이 소년의 눈처럼 반짝거렸다.

「이 밤중에 웬일이십니까?」

목소리도 밝았다.

「신부님께 묻고 싶은 게 있어서 왔습니다.」

「그쪽 숙소는 괜찮던가요?」

오늘 밤 계엄군의 작전이 시작된다는 것을 확인한 머턴은 외신 기자들이 머물고 있는 도청 뒷골목의 여관으로 숙소를 옮겼다. 기자는 가능한 한 현장, 혹은 현장과 가까운 곳에 있어야 했다.

「하느님의 집보다 나은 곳이 있겠습니까.」

머턴의 말에 신부는 빙긋 웃었다.

「나에게 궁금한 게 무엇이지요?」

296

「신부님이 도청에 가셔야 하는 이유를 알고 싶습니다.」

「어떻게 아셨습니까?」

「안드레아 신부님에게 들었습니다.」

밤 여덟시 반쯤 몇 가지 필요한 짐을 들고 성당을 나가는데 보좌 신부인 안드레아가 뒤따라왔다. 그의 말은 머턴을 놀라게 하기에 충분했다.

「안드레아가 부질없는 말을 했군요.」

「그분은 신부님을 못 가시게 해달라고 간절히 부탁했습니다.」

「부탁을 잘못했군요.」

「누구에게 부탁해야 하는지요?」

「하느님이지요. 하지만 그것 역시 아무런 소용이 없겠군요. 하느님이 가르쳐 주신 길이니까요.」

「하느님이 신부님께 도청으로 가라고 하셨습니까?」

신부는 고개를 끄덕였다.

「이해할 수가 없습니다.」

「알고 싶습니까?」

「알고 싶습니다.」

「나는 죄인입니다.」

「우리 모두가 죄인이지요.」

「사제의 죄는 한층 무겁습니다.」

「하지만…….」

「기독교인에게 죄가 무엇인지 아십니까?」

「신부님의 생각을 듣고 싶군요.」

「하느님의 마음을 아프게 하는 행위입니다. 하느님의 마음을 아프게 한다는 것은 하느님의 아들이신 그리스도의 마음을 아프게 함을 뜻합니다. 사제가 누구입니까? 하느님과의 신비로운 계약을 통해 그리스도의 대리자가 될 것을 서원한 자입니다. 그리스도의 대리자가 되기 위해서는 그리스도의 순명을 따라야 합니다. 인간적 존재인 예수가 신적인 존재인 그리스도로 화한 것은 하느님이 내려 주신 순명을 완전히 지키셨기 때문입니다. 사제란 순명이라는 빛나는 갑옷을 입고 있는 자입니다. 갑옷을 입혀 주신 분은 물론 하느님입니다. 하느님은 당신의 거룩한 손으로 예수 그리스도에게 입혀 주시듯 사제에게 입혀 주셨습니다. 사제의 죄가 얼마나 무거운지 이제 아시겠습니까?」

「신부님이 저지른 죄가 구체적으로 무엇이지요?」

「칼을 든 자를 두려워했습니다.」

「인간이라면 누구나 두려워하기 마련입니다.」

「그 두려움을 이겨 낸 분들이 적지 않습니다. 그분들은 갑옷을 입지 않았음에도 두려워하지 않았습니다. 하지만 나는 갑옷을 입고서도 두려워했습니다.」

「하느님은 용서하시는 분이 아닙니까?」

「그분은 이미 나를 용서하셨습니다.」

「그런데 왜 스스로 벌을 받으려 하십니까?」

「도청으로 가는 것은 벌을 받기 위함이 아닙니다.」

「그럼 무엇인가요?」

「그리스도의 집이기 때문입니다.」

「도청이 그리스도의 집이라구요?」

「그렇습니다. 그리스도의 집이야말로 사제가 가야 할 곳이죠.」

「납득이 안 되는군요.」

「제자들과 함께한 유월절 식탁에서 그리스도께서는 빵과 포도주를 주시며 말씀하셨습니다. '이는 내 살이고 피이니라. 내 살을 먹고 내 피를 마시는 이는 영원한 생명을 누릴 것이다'라고 말입니다. 이 말씀은 우리들에게 무엇이 그리스도의 살이며 피인가 하는 중요한 질문을 던집니다.」

신부는 피에타 상 주위를 천천히 걷기 시작했다.

「그리스도께서는 두 개의 육신을 갖고 계십니다. 하나는 인간의 육신이며, 다른 하나는 부활의 육신입니다. 인간의 육신은 유한하나 부활의 육신은 무한합니다. 십자가의 찬란함은 바로 여기에 있습니다. 그리스도의 육신을 부활시킨 것은 십자가의 죽음, 그 희생적 사랑이었습니다. 그리스도께서 말씀하신 내 살과 피는 부활의 육신입니다. 부활된 살과 피를 먹는다는 것은 희생적 사랑의 살과 피를 먹는다는 것을 뜻합니다. 그리스도께서 사랑하신 이는 고통받는 사람들이었습니다. 그분의 사랑은 당신과 고통받는 사람들을 일치시키는 완전한 사랑이었습니다. 고통의 극점은 죽음입니다. 그분은 스스로 십자가를 등에 지고 골고다 언덕을 오름으로써 사랑을 완성시켰습니다. 부활은 완성된 사랑이 이룩한 아름다운 기적이었습니다. 이 기적이 굶주린 자에게 먹을 것을 준다면, 목마른 자에게 마실 것을 준다면, 헐벗은 자에게 입을 것을 준다면 그것은 내게 한 일이라는 그리스도 말씀의 참된 뜻을 환하게 밝히고 있습니다.」

걸음도 멈춘 신부는 기도하듯 두 손을 마주 잡았다.

「어느 날 죽음의 세력이 우리의 도시를 침입했습니다. 그들은 죽임의 행위를 어둠 속에서 하지 않았습니다. 백주에 했습니다. 그리스도의 십자가를 백주에 세웠듯. 눈이 있는 자는 보았습니다. 보지 않을 수가 없었습니다. 죽음을 보았던 자는 죽음의 기억을 짊어집니다. 십자가를 보았던 자가 십자가의 기억을 짊어지듯 말입니다. 나는 죽음의 기억을 짊어지고 주님께 묻고 또 물었습니다. 죽음의 뜻이 무엇인가를. 주님은 죽음을 두려워한 수치스러운 영혼의 물음에 답하셨습니다. 내 몸이고 내 피라고. 내가 보았던 죽음의 몸은 주님의 몸이고, 내 손을 적셨던 피는 주님의 피라고 말입니다. 그제서야 나는 깨달았습니다. 들을 수도 말할 수도 없는 청년이 죽음의 고통 속에 있었을 때 주님이 똑같은 고통 속에 있었음을. 생명을 잉태하고 있는 여인의 머리가 으깨질 때 주님의 머리가 으깨지고 있었음을.」

신부의 얼굴은 창백했다.

「주님은 인간의 죄에 의해 살해되었습니다. 그 죄를 인류의 눈앞에 드러낸 것이 십자가였습니다. 주님의 육신이 부활하듯 주님의 십자가 역시 시간의 신비 속에서 끊임없이 부활해 왔습니다. 우리가 백주의 거리에서 보았던 희생은 죄를 드러내는 십자가였습니다. 이 십자가를 죽음의 세력들은 은폐하려고 합니다. 보지 못한 자들이 영원히 보지 못하도록 거짓의 형상을 만들고 있습니다. 도청의 젊은이들은 깨닫고 있었습니다. 거짓의 형상을 깨뜨리는 유일한 무기가 골고다 언덕의 십자가임을. 도청이 그리스도의 집인 까닭을 이제 아시겠습니까?」

신부의 입가에 미소가 번져 오르고 있었다. 머턴은 할 말을 잃고 신부의 미소를 멍하니 보았다. 흰색 제의를 입고 성체를 들어 올리는 동생의 모습이 떠올랐다. 세상의 죄를 없애신 참된 어린양이시니, 당신의 죽음으로 저의 죽음을 없애시고, 당신의 부활로 저희 생명을 되찾아 주셨나이다. 구슬프면서도 낭랑한 동생의 목소리가 귓전을 맴돌았다. 그가 선택한 수도원이라는 공간은 이상한 곳이었다. 홀로 있으면서 동시에 누군가와 같이 있었다. 자신이 기뻐하는 것을 찾지 않고 하느님이 기뻐하는 것을 찾고 있었다. 그리하여 세상과 근본적으로 다른 곳에 있으면서도 세상 사람들을 위해 기도하고 있었다. 창에 서리가 끼어 있는 수도원의 작은 방에서 동생은 그에게 속삭였다. 이곳은 세상의 끝에 있는 비밀스러운 정원이라고.

밤 열시
도시는 캄캄했다. 상가의 네온사인은 물론이고 가로등마저 꺼져 있었다. 사람들의 모습도 자취를 감추었다. 아무도 없었고, 어떤 소리도 들리지 않았다. 이토록 어둡고 적막한 거리를 김선욱은 본 적이 없었다. 금남로는 그렇게 버려져 있었다. 버려진 거리에서 그는 홀로 혁명의 시간을 추억했다. 한 점 거짓이 없었던 순결의 시간을. 그 순결의 시간이 마주하고 있었던 것은 죽음이었다.

그에게 삶이란 느린 죽음이었다. 세계의 거짓된 혀는 그것이 죽음이 아니라고 속삭이지만, 그는 알고 있었다. 자신의 육신이 거짓의 못에 박혀 깊고 어두운 골짜기에 매달려 있음을. 이것이 그가 삶을 고통스러워했던 진정한 이유였다. 못의 고통 속에서 그가 꿈꾸었던 것은 자유였다. 볕 없는 방에서 홀로 투병하던 동생이 스스로 목숨을 끊은 것은 못의 고통에서 벗어날 수 있는 유일한 길임을 깨달았기 때문이었다. 열여섯 어린 소녀에게는 너무나 가혹한 그 깨달음은 깊고 어두운 골짜기에서 유일하게 빛나고 있는 진실이었다.

진실은 심연이었다. 심연이 불러일으키는 두려움을 견딘다는 것은 쉬운 일이 아니었다. 심연은 끊임없이 그를 쫓았고, 그는 끊임없이 도주했다. 이 도주를 멈추게 한 것이 혁명이었다. 혁명의 거리에서 죽음은 두려움의 대상이 아니었다. 그것은 놀랍게도 꿈이 되어 있었다. 꿈의 심연을 향해 질주하는 사람들의 모습은 아름다웠다. 사람의 모습이 그렇게 아름다울 수 있다는 사실이 경이로웠다. 혁명의 시간은, 사람을 아름답게 만들었던 눈부신 자유의 시간은 너무 짧았다.

주위가 밝아지고 있었다. 하늘을 쳐다보았다. 짙은 구름 사이에서 검푸른 달이 모습을 천천히 드러내고 있었다. 은가루 같은 빛이 떨어지면서 버려진 거리가 창백한 광채를 띠기 시작했다. 그는 숨을 죽이며 거리를 응시했다. 빛의 물결에 휩쓸린 거리는 생명체처럼 움직이고 있었다. 그림자 없는 시간은 흰 새처럼 날개를 치며 버려진 거리를 생명의 세계로 끌어올리고 있었다.

무엇이 몸에 닿았다. 처음에는 무엇인지 몰랐다. 그것이 사람의 몸임을 알았을 때 가슴이 두근거렸다. 보이지 않는 사람의 몸이 그의 몸속으로 파고들었다. 눈을 감았다. 밀착된 두 개의 몸은 서로에게 스며들면서 하나의 몸으로 변하고 있었다. 거리는 어느덧 사람들로 가득 차 있었다. 수많은 몸들이 하나의 몸이 되어 파도처럼 출렁였다. 혁명의 노래가 울려 퍼지고 있었다. 그것은 혼자의 노래이자 모두의 노래였다. 모두의 노래이자 혼자의 노래인 그것은 죽음을 꿈의 심연으로 만들었다. 아무도 홀로 죽지 않았다. 한 생명의 죽음은 모두를 대신하는 죽음이 되었다. 혁명의 거리에는 외로움이 없었다. 홀로 숨쉬지 않았고, 홀로 울지 않았다. 홀로 굶주리지 않았고, 홀로 열망하지 않았다. 거리는 생명의 불꽃이 회전하는 성좌였다.

노래가 사라지고 있었다. 혼자의 노래이자 모두의 노래가 사라지면서 몸을 가득 채웠던 수많은 생명들이 스러지고 있었다. 눈을 떴다. 창백한 광채에 잠긴 거리는 그의 몸처럼 텅 비어 있었다. 텅 빈 몸속에서 누군가 울고 있었다. 아무도 없는 곳에서 홀로 울고 있었다. 보이지 않는 시간의 심연에서 새어 나오는 울음소리는 창백한

302

광채와 뒤섞이면서 거리 속으로 물처럼 흘렀다. 그는 알고 있었다. 눈물이 어디로 흘러가는지를. 한 송이 찔레꽃이 피어 있는 곳이었다. 눈물은 꽃의 길을 따라 그렇게 흐르고 있었다. 검푸른 달이 우주 공간을 흐르듯.

자정

5월 25일 오후 두시 30분경 탄약 검사반을 도청에 은밀히 침투시켜 수류탄 279발, 최루탄 170발을 분해한 데 이어, 26일 밤 아홉시경에는 전교사 문관 네 명을 도청에 잠입시켜 8톤 분량의 TNT와 수류탄 496발의 뇌관을 제거하는 데 성공한 계엄사는 진압 작전에 박차를 가했다.

도청과 전일 빌딩, YWCA와 광주공원 등 시민군 주요 거점의 점령 임무는 공수부대 특공조에게 주어졌다. 20사단은 특공조 장악 지역을 인계받아 시 전역을 점령하는 임무를 맡았다. 20사단이 동원하는 장비는 전차 열여덟 대, APC 아홉 대, 지휘용 500MD 한 대와 무장 전투용 500MD 네 대 등 헬리콥터 아홉 대, 차량 40여 대였다. 전교사 병력은 시 외곽 봉쇄 임무를, 31사단은 광주 북부 일부 지역의 점령을 맡았다. 이 작전에 투입된 계엄군 병력은 장교 276명(공수여단 37명 포함), 사병 5,892명(공수여단 280명 포함)이었다.

오후 여섯시에 작전 예행연습을 완료한 공수부대 특공조가 광주 시내를 향해 이동을 시작한 것은 밤 열한시경이었다. 20사단 병력으로 위장하기 위해 일반 보병 전투복으로 바꿔 입고 방탄조끼를 착용했다.

그 시각 도청의 항쟁 지도부는 외곽에 배치된 시민군 현황을 점검하고 있었다. 광주 시내 주 진입로인 계림초등학교와 유동 삼거리,

학동 방면에 각각 30여 명의 시민군이 배치되어 있었다. LMG 기관총이 설치된 전일 빌딩에는 40여 명, 전남대 대학 병원에는 인원 미상의 시민군이 경계하고 있었고, 야전군 본부 역할을 했던 광주공원에는 1개 중대 정도의 시민군이 있을 것으로 추측했다. 도청에는 기동 타격대 8개조와 순찰대 병력 1백여 명, 경비 병력 50여 명과 70여 명의 지도부 간부와 대학생들이 있었다. 하지만 어느 곳도 정확한 수가 아니었다. 명단조차 만들 수 없었던 조직의 한계가 여실히 노출되고 있었다.

가두 행진이 끝난 후 150여 명의 시민들이 계엄군과 싸우겠다고 남았다. 군 제대자로 총을 쏠 수 있는 이들이 80여 명 정도였고, 나머지 70여 명은 군 경험이 없는 청년과 고등학생들이었다. 여학생도 10여 명 있었다. 군 제대자는 외곽 지역에, 나머지 사람들은 YWCA와 도청으로 분산 배치했다. YWCA에는 들불야학을 중심으로 한 투사회보 팀과 극단 광대의 단원들, YWCA 여성 간사들과 대학생들이 모여 있었다. 투사회보와 궐기대회 때 발표했던 문건 등의 자료들을 안전한 곳으로 옮겼으며, 비상시 여성들을 피신시키기 위해 옆 건물로 건너갈 수 있는 사다리를 설치했다.

열한시 50분경 민주시민투쟁위원회 위원장 김종배가 도청의 행정 전화로 서울 정부종합청사 상황실을 불렀다. 광주의 시외 전화망이 끊긴 것은 5월 21일 새벽 두시경이었으나 도청 행정 전화의 시외 전화선은 살아 있었다. 신분을 밝힌 김종배는 오늘 밤 계엄군의 진입 여부를 물었다. 모른다는 대답에 만약 계엄군이 광주 시내로 진입한다면 다이너마이트로 자폭하겠다고 위협한 후 전화를 끊었다. 그로부터 몇 분 후, 시계가 자정을 알리는 순간 도청의 모든 행정 전화선이 끊겼다. 계엄사와 연결된 직통 전화 역시 불통이었다. 시내 전화

망도 함께 끊겼다. 상황실은 긴장했다. 진압 작전을 위한 준비 조치로 판단할 수밖에 없었다. 죽음이 눈앞에 바짝 다가와 있었다.

항쟁 지도부는 고등학생은 집으로 돌려보내는 것을 원칙으로 했다. 하지만 총을 놓지 않으려는 학생들이 있어 그들과 눈물의 싸움을 벌여야 했다. 끝까지 고집하는 학생에게는 전화를 걸어 부모의 허락을 받도록 했다. 대학생에게는 자신이 도청에 있다는 사실을 가족에게 알리도록 권유했다. 도청으로 전화가 쉴 새 없이 걸려 왔고, 부모의 간절한 호소를 차마 뿌리치지 못해 귀가하는 이들도 있었다. 어떤 이들은 도청을 잠깐 빠져나가 가족을 만난 후 되돌아왔다.

밤 열시경에는 YWCA 방어를 책임지고 있는 빈민 운동가 박용준이 아내와 작별했다. 그동안 도청에서 항쟁 지도부의 일을 도왔던 아내를 아이들이 기다리는 집으로 보내기로 한 것이다. 고아로 외롭게 자랐던 박용준은 아내에게 '애들이 아빠를 보고 싶다고 보채거든 내일은 한 번 데리고 나오라'고 목멘 소리로 말했다. 사람들의 시선 때문에 남편을 껴안을 수도, 가슴에 안길 수도 없었던 아내는 소리를 죽이며 흐느끼기만 했다.

아내를 집으로 보낸 박용준은 자신의 죽음을 예감한 듯 유언의 글을 썼다. 훗날 발견되어 그의 벗들을 오랫동안 울렸던 글의 내용은 이랬다.

'우리의 피를 원한다면 하느님, 이 조그만 한 몸의 희생으로 자유를 얻을 수 있다면 희생하겠습니다. 하느님, 나는 무엇입니까. 너무 가냘픈 존재올시다. 너무 비참한 생활을 하고 있는 자올시다. 주님, 한 점 부끄럼 없는 삶을 위해 살려고 노력했습니다……. 하느님, 어찌해야 좋겠습니까. 양심이 무엇입니까. 왜 이토록 무거운 멍에를 메게 하십니까. 이렇게 주님에게 갈급하게 구해야만 세상일을 할 수

있을까요? 그렇다면, 하렵니다. 하느님, 도와주소서……'

5월 27일 새벽 한시

김선욱의 규칙적인 숨소리를 확인한 박태민은 가만히 몸을 일으
켰다. 소파에서 잠든 그의 얼굴은 평화로웠다. 박태민은 미소를 지
으며 김선욱의 얼굴을 내려다보았다. 텁수룩이 자란 수염 때문에 햇
빛에 탄 얼굴이 더욱 검게 보였다. 입술도 부르터 있었다. 지난 열흘
동안 제대로 자거나 세 끼 식사를 한 적은 단 하루도 없었다.

전화선이 끊어진 지 한 시간이 지났건만 외곽 지역에서 전투가 벌
어졌다는 소식은 없었다. 수면 부족과 긴장으로 피로가 누적된 시민
군들은 하나 둘 잠 속으로 빠져 들었다. 죽음의 불안 속에서 시간이
느리게 흐르기를 바라면서도 한편으로는 어서 날이 새었으면 하는
모순된 갈망에 사로잡혀 있는 그들에게 잠은 아늑한 집이었다. 아늑
한 집 속에 평안히 잠겨 있는 김선욱의 모습은 참으로 보기 좋았다.

박태민은 살며시 문을 열고 나왔다. 복도에는 아무도 없었다. 창
가에 선 그는 불빛 한 점 없는 도시를 바라보았다. 공수부대를 물리
쳤던 5월 21일 밤의 시가지도 저랬다. 사람들은 캄캄한 어둠 속에
스스로를 가두었다. 하늘은 싸늘했고, 어둠은 콜타르처럼 짙었다.
해방 광주는 죄인의 도시였다. 모든 시민이 죄인이었다. 죄인이 아
닌 시민은 없었다. 그들이 죄인인 까닭은 죄를 목격했기 때문이었
다. 죄를 저지른 자들은 죄인이 아니었다. 그들이 살해한 것은 생명
만이 아니었다. 진실도 살해했다. 최후의 희생이 필요한 까닭은 여
기에 있었다.

다이너마이트의 뇌관이 계엄군 첩자들에 의해 제거되었음을 알았
을 때 차라리 안도했다. 그것은 계엄군 작전을 지연시키기 위한 위

협용이었을 뿐 자폭의 도구가 아니었다. 항쟁 지도부 중 이 사실을 모르는 이는 한 사람도 없었다.

누군가가 뒤에 있는 것 같았다. 발자국 소리는 듣지 못했으나 미세한 움직임이 느껴졌다. 고개를 돌렸다. 흐릿한 형광등 불빛 아래 한 남자가 서 있었다. 깡마른 얼굴에 키가 컸다. 그늘진 두 눈은 충혈되어 있었고, 약간 벌어져 있는 입술은 얇고 창백했다. 낯선 얼굴이었다.

강선우는 손을 내밀고 싶었다. 다정한 인사의 말도 건네고 싶었다. 하지만 입만 약간 벌어졌을 뿐 아래로 축 처진 두 손은 꿈적도 하지 않았다. 안개 자욱한 들판이 떠올랐다. 나는 알지. 저곳에 한 그루 나무가 서 있음을. 피와 비명을 지우는 한 그루 나무가. 그 나무가 나를 끌어안으며 속삭였어. 여기는 위험하니 돌아가라고. 나는 돌아가지 않을 수 없었지. 하지만 너무 멀었어. 꿈 밖의 세계로 간다는 것이. 그래서 다시 돌아왔을까. 한 그루 나무가 있는 곳으로.

핏물 질펀한 땅에 나무처럼 서 있었던 사내가 선택할 곳은 분명했다. 도시가 삶과 죽음의 공간으로 나누어져 있음을 안 순간 그것을 직감했다. 칼이 뺨을 긋고 있음에도 사내의 시선은 먼 곳에 있었다. 강선우는 정말 궁금했었다. 사내가 보고 있었던 것이 무엇인지를.

박태민은 살짝 웃었다. 해방 광주의 마지막 밤을 함께하고 있는 동지에게 보내는 다정한 웃음이었다. 그들은 서로 마주 서 있는 관계가 아니었다. 나란히 서서 죽음을 향해 함께 걸어가는 이들이었다. 영혼을 나누지 않으면 불가능한 모습이었다. 도청을 감싸고 있는 것은 칠흑 같은 어둠이 아니라 사랑이었다. 한 걸음 다가갔다. 남자의 태도가 어딘지 부자연스러웠다. 그늘진 두 눈에 머뭇거림과 불안이 엿보였다.

「내가 기억나지 않나요?」

남자의 목소리는 낮고 느렸다. 목소리에 숨소리가 섞여 있어 중얼거리는 것 같았다. 박태민은 남자의 얼굴을 유심히 살폈다. 어디선가 보았다는 느낌이 들긴 했으나 구체적으로 떠오르는 기억이 없었다. 도청 안에서 보았을까? 아닌 것 같았다.

「당신은…….」

남자의 목소리가 갑자기 높아졌다. 그도 자신의 목소리에 놀라는 듯했다.

「나를 구해 주었지요.」

그는 빠르게, 속삭이듯 말했다.

「내가 당신을 구했다구요?」

「그때 난 대열에서 이탈해 있었습니다.」

「……」

「당신은 무너지는 나를 일으켜 세웠지요. 그리고 돌아가라고 했어요. 여기는 위험하니 돌아가라고.」

시간의 저편에서 기억의 풍경이 굽이치며 다가오고 있었다. 저문 하늘과 피투성이 대지가 보였다. 자유와 죽음의 물결에 휘감긴 지상은 황혼에 잠겨 있었다. 그 황혼 속에서 대검을 움켜쥐고 다가오는 병사가 있었다. 깡마른 얼굴은 길쭉했고, 파란 불을 뿜고 있는 두 눈은 움푹 파여 있었다.

「그럼 당신이……」

남자는 말없이 고개를 끄덕였다. 어깨를 움켜쥐고 대검을 치켜세운 병사의 얼굴이 선명하게 떠올랐다. 그때 나는 무엇을 했던가. 눈발 흩날리는 겨울 들판에서 무릎 꿇고 울고 있는 나를 보고 있었지. 아, 그때 우린 동시에 숨을 쉬고 있었어. 피의 거리에 서 있는 나와 겨울 들판에 무릎 꿇고 있는 나. 무엇이 두 존재를 그렇게 잇고 있었을까. 그 아득한 시간의 거리를.

　눈앞의 사내는 그때처럼 우두커니 서 있기만 했다. 놀라지도 않았다. 두 눈을 들여다보았다. 흐려진 눈은 여전히 먼 곳을 향하고 있었다. 그가 보고 있는 것은 도대체 무엇일까? 그때의 아픔이 되살아나고 있었다. 어깨가 쑤셨고 등살이 아팠다. 뺨을 타고 흐르는 피도 느껴졌다. 선지피가 엉긴 소맷자락은 무거웠다. 피의 무게가 몸을 짓누르기 시작했다. 다리에 힘을 가했다. 육신에 총탄 박히는 소리가 들렸다. 몸 안에서 경련이 일었다. 시체가 보였다. 자신이기도 하고 타인이기도 한 시체가 차가운 땅에 누워 있었다. 그는 알고 있었다. 살인자가 누구인지를. 진정으로 살해당한 자가 누구인지도.

　무릎이 꺾이고 있었다. 입술을 깨물었다. 지금 그의 유일한 욕망은 나무처럼 서 있는 것이었다. 하지만 피의 무게를 견딜 수가 없었다. 눈을 감았다. 노을 가득한 서녘 하늘이 보였다. 황혼이 지고 어둠이 내리면 등불 하나 켜지리라. 아주 작은 등불 하나가. 무릎이 바닥에 닿는 것을 어렴풋이 느꼈다. 그는 사내에게 고백하고 싶었다. 여기에 온 까닭은 더 이상 살해당하고 싶지 않기 때문이었노라고.

새벽 두시
「시민 여러분, 지금 계엄군이 쳐들어오고 있습니다. 사랑하는 우리 형제, 우리 자매들이 계엄군의 총칼에 숨져 가고 있습니다. 우리 모두 일어나서 계엄군과 끝까지 싸웁시다. 우리는 광주를 사수할 것입니다. 우리를 잊지 말아 주십시오. 우리는 최후까지 싸울 것입니다. 시민 여러분, 계엄군이 쳐들어오고 있습니다……」

새벽 두시, 애절한 여성의 목소리가 어둠에 싸인 도시의 적막을 갈랐다. 똑같은 말을 애원하듯, 절규하듯, 격렬적으로, 날카롭고 구슬프게 되풀이하는 여성의 목소리는 삶의 동굴에서 어둠의 끈으로 자신과 가족의 몸을 친친 동여매고 있던 이들의 가슴속으로 아프게 파고들었다. 피의 전투가 처참하게 전개되고 있었던 5월 20일 밤, 전옥주의 뜨겁고 격렬한 선동의 목소리를 기억하고 있던 시민들은 다시 한 번 전율했다. 하지만 두 여성의 목소리는 근원적으로 달랐다.

5월 20일 밤의 목소리가 삶과 죽음을 혼용시키기 위한 목소리였다면, 5월 27일 새벽을 깨친 목소리는 스스로 홀로된 죽음이 삶에게 보내는 작별사였다. 그 작별은 비장하고 쓸쓸하고 애틋했다. 계엄군이 쳐들어오니 우리에게로 다시 돌아와 함께 싸우자고 호소하고는 있지만, 작별을 장식하는 휘장일 뿐이었다. 삶과 죽음의 경계선에서 방황하고 있던 몇몇 젊은이들이 휘장의 비애 속으로 뛰어들기는 했으나, 우리를 잊지 말라는 것이야말로 해방 광주의 마지막 전사들이 지상에 영원히 새기고 싶어했던 언어였다.

새벽 네시

도청에서 첫 총소리를 들은 것은 세시 반경이었다. 계림동 쪽이었다. 그곳에는 30여 명의 시민군이 예비군 중대장의 지휘를 받고 있었다. 계엄군으로부터 배후와 측면을 역습당한 그들은 곧 붕괴되었다. 계림동에 이어 지원동, 화정동 등지에서 잇따라 전투가 벌어졌다. 상황실의 무전기는 현지 시민군의 숨 가쁜 목소리들을 연방 토해 내고 있었다. 계엄군은 포위망을 빠르게 압축하고 있었다. 방어가 불가능하다고 판단한 상황실은 도청 복귀를 명령했다. 그에 따라 외곽으로 출동했던 시민군들이 도청으로 속속 들어왔다.

항쟁 지도부는 정문 앞에 군용 트럭 다섯 대로 바리케이드를 만들고 도청 담장을 따라 전면과 측면에 시민군을 집중 배치했다. 건물 안의 시민군들은 1층부터 3층까지 광장으로 향한 복도 유리창을 전부 깨뜨린 후 방어에 임했다.

계엄군의 총소리가 점점 가까워지고 있었다. 탱크의 굉음 소리도 들렸다. 어둠과 뒤엉킨 시간은 싸늘한 새벽 공기를 헤치며 느리게 흘렀다. 총소리가 돌연 멎었다. 기이한 정적이었다. 흐린 별들이 먼 하늘에서 꺼져 가는 등불처럼 가물거렸다. 도청 맞은편 상무관 건물에서 검은 그림자가 보였다. 계엄군 특공조였다. 그들의 움직임은 야행성 동물처럼 기민했다.

「아직 쏘지 마!」

누군가가 갈라지는 목소리로 외쳤다. 위쪽에서 금속성의 둔탁한 소리가 났다. 헬기 프로펠러 소리였다. 펑 하는 소리와 함께 주위가 대낮처럼 밝아지면서 기관총탄이 쏟아져 내렸다. 계엄군 특공조의 사격도 시작되었다. 귀를 찢는 총성과 비명, 수류탄의 파열음, 날카로운 분홍빛 예광탄이 새벽을 뒤흔들었다. 시간이 지나면서 계엄군의 M16 소리가 커지는 반면에 시민군의 카빈 소리는 줄어들고 있었다. 후문 방어선이 먼저 무너졌다. 잠시 후 정문 방어선을 돌파한 계엄군은 도청 건물을 둘러쌌다.

새벽 네시 30분

어슴푸레한 빛 속에서 계엄군의 모습이 보였다. 계엄군은 벽에 몸을 바짝 붙이고 한 걸음 한 걸음 다가오고 있었다. 박태민은 지금까

지 풀지 않았던 총의 안전장치를 조심스럽게 풀었다. 숨을 훅 들이
켰다. 청결한 냄새가 콧속으로 스며들었다. 소년의 피 냄새였다. 어
젯밤 도청 무기고 앞에서 누나가 공수부대에 의해 잔인하게 살해당
했다면서 자기에게도 총을 달라고 울부짖었던 소년이었다. 본인은
고등학생이라고 주장했으나 중학생처럼 어려 보였다. 아무리 타일
러도 소용이 없었다. 소년의 처절한 울음소리는 지도부 청년들까지
울게 만들었다. 결국 소년은 총을 받았고, 예비군 대위에게 총기 조
작법을 배웠다. 그 소년을 다시 본 것은 계엄군이 서치라이트를 비
추며 항복을 권유하고 있을 때였다. 카빈총을 움켜쥐고 창밖을 노려
보고 있는 소년의 얼굴이 서치라이트 불빛 속에서 떠올랐다. 푸른빛
이 서린 동그란 얼굴은 죽음과 마주하기에는 너무 연약했다. 시민군
의 총에 서치라이트가 산산조각이 나자 총탄이 비 오듯 쏟아졌다.
박태민은 소년을 응시했다. 아주 어둡지 않아 몸의 윤곽과 움직임이
비교적 잘 보였다. 소년의 정신은 온통 사격에 몰두해 있었다. 팽팽
히 긴장된 몸의 움직임에서 그것을 느꼈다. 표적을 조준하고 있는
소년의 눈빛이 박태민의 의식 안으로 뚫고 들어오는 것 같았다. 소
년이 짧은 비명과 함께 쓰러진 것은 잠시 후였다.

　달빛이 밝아지면서 계엄군의 모습이 또렷해지고 있었다. 헬멧에
부착된 흰 띠와 매끄러운 총신이 보였다. 어깨에 총을 밀착시킨 박
태민은 표적을 조준했다. 손끝에 닿는 금속의 감촉이 서늘했다. 숨
을 멈추었다. 예민해진 신경은 계엄군의 눈빛까지 느끼고 있었다.
그는 알고 있었다. 지금 방아쇠를 당겨야 한다는 것을. 그러면 총탄
은 정확하게 표적을 관통할 것이다. 하지만 그는 동시에 알고 있었
다. 자신에게는 방아쇠를 당길 힘이 없음을. 운명은 빛보다 빠르게
그에게 속삭이고 있었다. 너는 죽이는 자가 아니라 죽음을 당하는

312

자라고. 그 죽음 너머에 광야가 있었다. 장려한 불꽃을 향해 직선으로 달려가는 전사들의 광야가.

가슴에 예리한 통증이 일었다. 어떤 날카로운 물체가 가슴을 찢어 헤치는 것 같았다. 깊은 비명이 뜨거운 불덩이처럼 목구멍을 타고 올라왔다. 눈앞이 흐려지고 있었다. 사물의 윤곽이 지워지면서 형태가 사라져 갔다. 시선이 느껴졌다. 누구의 시선인지 그는 알고 있었다. 그녀는 눈처럼 하얀 이를 드러내며 웃고 있었다. 몸이 흔들리는 것 같았다. 누군가가 그의 몸을 흔들며 부르는 듯했다. 하지만 그의 눈은 먼 곳을 향하고 있었다. 그녀의 손이 어딘가를 가리켰고, 그의 눈길은 그녀의 손을 따라갔다. 거기, 눈발 흩날리는 겨울 들판이 있었다. 죽음이 있었던 곳, 그 죽음 앞에 무릎 꿇고 울었던 곳, 모든 것이 일어났으나 동시에 아무것도 일어나지 않았던 곳. 그곳을 향해 그는 천천히 걸어갔다. 꿈속을 걷듯이. 그림자처럼.

아침 일곱시 30분

해방 광주의 심장부 도청이 3공수여단 특공조에 의해 점령된 시각은 새벽 다섯시 20분경이었다. 소준열 전교사 사령관은 이희성 계엄사령관에게 작전 종료를 보고했고, 광주 KBS 방송은 계엄군의 도청 섬령 소식을 되풀이 방송했다. 저항이 끝난 도시는 고요했다.

신군부 인사들이 전교사 사령부에서 성공적인 작전을 자축하고 있던 일곱시 30분경, 장갑차 열네 대가 엄청난 굉음을 내며 금남로에서 도청 방향으로 이동하고 있었다. 한국전쟁 이후 처음 시가지에 등장한 이 무장 전차 행렬은 개선 행진이자 무력시위였다. 그 시각 도청의 계엄군들은 시민군 시신들을 옮기고 있었다. 병사 두 명이 한 조가 되어 시체 한 구씩 끌어다 정문 앞에 대기 중인 4톤 트럭에 던져 올렸다. 포로가 된 시민군들은 트럭에 실려 군 부대로 이송되었다.

계엄사는 진압 작전 중 민간인 열일곱 명이 사망했다고 발표하면서 무기 내놓기를 거부한 자들이라고 덧붙였다. 그러나 도청에서 살아남은 이들은 사망자 수가 철저히 조작된 것이라고 훗날 증언한다. 포로로 붙잡혀 사형 선고를 받고 복역 중 1982년 12월에 석방된 해방 광주의 상황실장 박남선은 당시 도청 안에는 5백 명에서 6백 명 정도 있었다고 증언했고, 진압 작전을 지휘했던 전교사 사령관 소준열은 360여 명이 있었다고 증언했다. 5월 27일 새벽 도청에서 포로로 붙잡힌 시민군은 2백 명이었다. 겹겹이 에워싼 계엄군의 포위망을 뚫고 도청을 빠져나간다는 것은 불가능했다. 그러므로 도청에서의 사망자만 160명에서 4백 명 사이가 된다. 이에 비해 도청 탈환 작전을 수행했던 3공수 특공조의 피해는 부상 두 명이 전부였다. 전투력의 우열만으로는 도저히 납득되지 않는 이 결과는 시민군의 대응 자세에서 비롯된 것이었다.

전투 초기에는 시민군들의 사격이 적극적이었다. 특공조가 어둠에 몸을 은폐하고 있었기 때문이었다. 그러니까 어둠을 향해 무작정 총을 쏜 셈이었다. 방어선이 무너지고 특공조가 건물로 접근하면서 상황이 달라졌다. 표적의 실체가 눈에 보이자 차마 방아쇠를 당기지 못했다. 시민군 중에서 총을 처음 만져 본 이들이 적지 않았을 뿐 아니라, 총기 조작에 능숙한 군 제대자라 할지라도 인간을 표적으로 하는 사격에는 낯설었다. 한 생명을 살해한다는 것이 그만큼 어려웠다. 시민군 총사령관 역할을 했던 박남선조차 접근하는 계엄군을 향해 조준까지 했으나 끝내 방아쇠를 당기지 못했다. 그들이 총을 든 것은 승리하기 위함이 아니었다. 승리를 믿었던 이는 아무도 없었

314

다. 계엄군을 죽이기 위함도 아니었다. 그들이 총을 든 것은 패배하기 위함이었고, 침몰하는 해방 광주와 함께하기 위함이었다.

5월 31일 계엄사령부는 '광주사태 전모'를 발표하면서 사태 기간 동안 민간인 총 사망자 수가 144명이라고 주장했다. 도청의 최소 사망자 수에도 못 미치는 것이었다. 그 후 몇 차례 수정을 되풀이하지만 항쟁을 겪은 이들은 아무도 그것을 믿지 않았다. 이 죽음의 어둠 속에 김선욱과 강선우, 도예섭 신부가 묻혀 있었다.

김선욱은, 가슴과 옆구리 총상으로 숨진 박태민을 끌어안고 오열하다가 계엄군의 피격으로 절명했다. 강선우는 박태민의 시신을 근처 회의실로 옮긴 후 흰 무명천으로 덮어 주던 중 뛰어 들어온 계엄군의 집중 사격을 받고 숨졌다. 그의 손에는 총이 없었다.

도예섭 신부의 시신이 발견된 곳은 도청 본관 건물 앞마당이었다. 그를 발견한 계엄군은 고개를 갸웃거렸다. 몸에 총상의 흔적이 없는 것으로 보아 건물에서 떨어진 것 같았다. 그런데 입과 머리에서 피가 약간 흘러나왔을 뿐 전체적으로 몸이 온전한 편이었다. 손에 무엇을 움켜쥐고 있어 펴보니 은빛 십자가였다. 계엄군은 죽은 이가 기독교 신자라고 생각했다. 그가 신부임을 몰랐던 것은 평복 차림인 까닭이었다.

역사의 영혼

1989년 11월 9일 자정, 베를린

브란덴부르크 문은 검은 하늘 아래 우뚝 서 있었다. 동독 경비대원들이 초소를 지키고 있었으나 사람들은 장벽으로 스스럼없이 다가갔다. 어떤 이는 장벽 위로 올라가기도 했다. 사진기 플래시가 여기저기서 터졌다.

동서독 장벽의 기점(基點) 브란덴부르크 문은 한국의 판문점처럼 분단 독일의 상징이다. 2차 세계대전 후 포츠담 협정에 의해 베를린 중앙부에 있는 브란덴부르크 문을 경계로 동베를린은 소련이, 서베를린은 미국·영국·프랑스 3개국이 분할 점령하여 관리했다. 그 후 동베를린은 독일민주공화국(동독)의 수도가 되었으며, 서베를린은 독일연방공화국(서독)의 주(州)에 준하는 지위를 획득했다.

흥미로운 것은 두 상징이 대조적이라는 점이다. 서울에서 북으로 50여 킬로미터 떨어진 작은 취락에 위치한 판문점은 특별한 절차를 거쳐야만 갈 수 있는 곳이다. 반면에, 베를린의 중심가에 있는 브란덴부르크 문은 독일인의 일상 속에 자리 잡고 있다. 그러니까 판문점이 한국인에게 다분히 관념적 대상이라면 브란덴부르크 문은 독일인에게 실재적 대상이다. 이 차이가 통일 정책에서도 그대로 나타나고 있음은 대단히 시사적이다.

서독의 통일 정책은 글자 그대로 실재적이었다. 그들은 동독이 안고 있는 문제가 장래 통일 독일이 안아야 할 문제라는 입장에서 통일 정책을 세워 나갔다. 이 입장이 요구하는 인식은 동서독의 차이가 가능한 한 좁혀져야 한다는 것이었다. 서독이 동독을 경제적으로 지원하여 동독 국민의 생활수준을 향상시키고 정치·경제적 자유의 신장을 촉진시킨 이유가 여기에 있었다.

동서독 간의 첫 교류는 1951년 9월에 체결한 베를린 협정이었다. 냉전이 고조되고 있었던 시기였는데도 불구하고 은밀하고 끈질긴 협상 끝에 얻은 결실이었다. 베를린 협정은 동서독 간의 무역을 '독일 안의 교역'으로 규정하고 두 나라 안의 생산품만을 무역 대상으로 하여 서독의 연방은행과 동독의 국가은행 특별 구좌를 통해서만 지불하도록 했다. 냉전 상태의 미·소 두 강대국의 반발 가능성을 고려한 조치였다.

동서독 국민의 상호 방문이 시작된 것은 1964년 10월이었다. 처음에는 서베를린 시민의 동베를린 거주 친척 방문과 동독 정부 연금 수혜자의 서독 방문 허용 등 지극히 한정적이었다. 하지만 1969년 브란트 서독 총리가 과감한 동방 정책을 추진, 동서독 관계를 급진전시켰다. 1970년 3월 동서독 총리의 첫 정상 회담 이후 89년까지 여덟 차례 공식, 비공식 회담을 가질 수 있었던 것은 서독의 일관성 있는 정책의 결과였다. '통일이 요구하는 것은 지루하고 끝이 없는 대화'라는 브란트의 토로야말로 서독 통일 정책의 핵심이었다. 물론 서독의 경제 협력 제안을 기꺼이 받아들인 동독의 실용 노선도 큰 역할을 했다. 베를린 장벽을 무너뜨린 것은 '지루하고 끝이 없는 대화'를 통해 축적한 에너지였다.

머턴이 한국에 체류하는 동안 참으로 이해하기 힘들었던 것은 분단과 통일에 대한 한국인의 모순적 의식 구조였다. 남북한 모두 평화 통일을 내세우고 있음에도 불구하고 그것을 위한 실질적 노력은 거의 부재했다.

평화 통일의 전제 조건은 대립에서 공존으로의 전환이다. 독일이 공존을 향한 대장정에 들어간 것은 1960년대 초반이었다. 이에 비해 한국이 실질적으로 움직이기 시작한 것은 고르바초프에 의해 촉발된 신데탕트 무드와 동유럽의 격변 등 국제 질서가 재편되기 시작한 1980년대 후반이었다. 한국의 대장정이 국제적으로 확인된 것은 89년 2월 헝가리와의 수교였다. 대한민국 정부 수립 41년 만에 공산주의 국가와 맺은 첫 국교로서 반공 이데올로기 국가 철학과 상치하는 사건이었다.

한국의 통일 장정이 독일에 비해 이토록 늦을 수밖에 없었던 가장 큰 이유는 분단 구조의 차이였다. 독일은 민족 간의 전쟁이 없었던 반면에 한국은 세계사에서도 유례를 찾기 힘든 참혹한 전쟁을 겪었다. 전쟁이 주형(鑄型)한 반미와 반공이라는 증오의 이데올로기가 공존의 발걸음을 완강하게 막아 왔던 것이다. 닫힌 이데올로기의 폐해는 남북한에 모두 혹심했다.

동방 정책을 추진했던 브란트는 사회민주당을 이끌었다. 사회민주당은 사회 민주주의를 추구하는 정당이다. 사회 민주주의란 폭력 혁명과 프롤레타리아 독재를 부인하고 의회 정치를 통해 합법적인 방법으로 사회주의를 실현하는 사상 및 운동이다. 사회 민주주의가 활성화된 유럽은 사회주의적 가치관을 합리적으로 수용함으로써 자본주의의 폐해를 극복해 왔다. 동독의 사회주의 이데올로기가 서독으로 침투할 수 없었던 이유가 여기에 있었다. 서독의 자본주의에 대한 동독의 거부감이 상대적으로 적었던 것도 똑같은 이유에서였다. 베를린 장벽이 무너진 것은 융화의 산물이었다.

남한의 반공 이데올로기는 융화의 공간을 허용하지 않는다. 이 절대적 가치관은 북한을 위험한 적으로 지속시킴으로써 독재 체제를 합리화하는 한편, 자본주의의 자기 갱신을 차단해 왔다. 여기에 대해 근원적이며 전면적인 물음을 제기한 것이 5월 광주였다.

1980년 5월 27일 새벽, 계엄군의 점령으로 해방 광주는 사라졌다. 5월의 핏물은 빠르게 지워졌으며, 열흘간의 역사는 금기의 언어가 되었다. 신군부의 권력 구축 작업 역시 빠르게 진행되었다. 5월 31일 국가보위비상대책위원회를 설치, 정부의 행정 조직을 장악한 신군부는 8월 16일 최규하 정부를 퇴진시킨 후 8월 27일 유신헌법에 따라 통일주체국민회의를 통해 전두환 국보위 상임위원장을 11대 대통령으로 선출했다. 그로부터 두 달 후인 10월 22일 새 헌법 지지 여부를 묻는 국민 투표를 실시했고 투표율 95.5퍼센트, 찬성률 91.6퍼센트라는 압도적 지지로 10월 27일 5공화국 헌법을 선포했다. 새 헌법에 의한 선거인단 선거에서 전두환이 7년 임기의 12대 대통령으로 당선된 것은 1981년 2월 25일이었다.

이 과정에서 미국은 전두환을 인정하는 태도를 취했다. 국보위가 설치된 다음날인 6월 1일 카터 대통령은 '인권 기준에 부합되지 않는다고 해서 한국을 소련의 영향권에 넘길 수 없다'고 발언했으며, 6월 4일 홀브룩 국무성 아태 담당 차관보는 '미국과 중국, 일본이 한반도 평화와 안정에 이해관계를 같이하고 있다'고 말함으로써 신군부의 정치적 입장을 강화시켰다. 1980년 11월 미국 40대 대통령으로 당선된 레이건이 첫 공식 정상 회담의 파트너로 전두환을 초청함으로써 미국의 전두환 지지는 절정을 이루었다.

일본의 지지는 미국보다 앞섰다. 미국은 그래도 간혹 글라이스틴 대사나 홀브룩 차관보를 통해 신군부의 정치적 행보를 비판하곤 했으나 일본의 지지는 전폭적이었다. 1980년 5월 20일 일본은 서울에서 태어나 경성제대를 졸업한 한국통 마에다를 특명 전권 대사로 파견했다. 마에다는 광주 무력 진압 다음날인 5월 28일 전두환과 회담할 때까지 최규하 대통령과는 한 차례도 만나지 않았다. 6월 9일에는 기우치 외무성 아시아 국장이 방한했고, 6월 하순에는 일본 정계의 막후 실력자 세지마 류조가 비공식 특사 자격으로 방한했다. 그는 일본에 대한 안보 연계 차관 요청을 전두환에게 조언했다. 7월에는 대한 구매 사절단이 방한, 81년 상반기까지 총 10억 9천만 달러어치의 한국 상품을 구매하겠다고 발표했다. 9월에는 후쿠다 전 수상이 유신헌법에 의해 대통령이 된 전두환과 회담했다.

전두환의 집권 과정에서 머턴을 당황하게 한 것은 한국 국민의 태도였다. 상당수의 국민들이 광주가 조속히 진압된 것에 대해 다행스럽게 생각하고 있었다. 그들은 국가 폭력과 자유 민주주의의 훼손보다는 광주사태로 인한 안보의 약화를 더 걱정했다. 반공 이데올로기의 위력을 잘 알고 있는 신군부가 북한 카드를 유효적절하게 이용한 결과였다. 광주 학살의 야만성에 놀랐던 세계의 지식인들은 학살 주역에 대한 한국 국민의 지지 혹은 묵인에 다시 한 번 놀랄 수밖에 없었다.

1980년 8월 6일 신군부가 마련한 기이한 행사를 머턴은 잊을 수가 없었다. 이른바 '국가와 민족의 장래를 위한 조찬 기도회'가 그것이었다. 그날 아침 전두환 국보위 상임위원장과 상임위 분과위원장들, 한경직·조향록·정진경 목사 등 한국 기독교 각 교파 지도자 스물세 명 등 삼십여 명의 인사들이 서울 롯데 호텔 에메랄드 룸에 모였다. 사회는 문만필 보안사 군목, 국가와 민족을 위한 기도는 조향록 기장 총회장, 전두환 상임위원장을 위한 기도는 정진경 성결교 증경 총회장, 한국 기독교를 위한 기도는 김지길 감리교 감독회장, 군장병을 위한 기도는 김인득 장로, 설교는 한경직 예장 통합 증경 총회장, 축도는 장성칠 목사가 맡았다.

이 자리에서 전두환은 '작년 시월, 국가 원수 서거라는 엄청난 비상시국을 맞아 정부와 국민은 슬기와 예지로 난국 극복에 최선을 다했으나 지난봄부터 시작된 일부 정치인들의 과열된 정치 활동과 사회 기강의 해이를 틈탄 갖가지 비리, 일부 학생들의 몰지각한 난동으로 우리 사회는 큰 혼란에 빠졌으며 급기야는 불순분자들의 배후 조종에 의해 불행한 광주사태까지 일어났다'고 하면서 '6·25 전쟁 이후 가장 심각했던 위기 앞에서 정부는 비상계엄을 확대 선포하여 북으로부터의 위협에 대처하고 국가의 안정 기반을 구축하는 조치를 취하지 않을 수 없었다'고 말했다.

그는 '다행히 주님의 각별하신 은총으로 우리 정부와 국민은 슬기롭게 이 난국을 극복하고 있다'고 강조하고 '7백만 기독교인들이 난국 극복의 대열에 적극 참여할 수 있도록 기독교 성직자 여러분들이 기도해 달라'고 했다.

조향록 목사는 '국가와 민족을 위한 기도'에서 '앞으로 우리나라의 영광스러운 앞날을 위해 각 분야의 지도자들이 자신의 사사로운 이익을 버리고 나라의 영구 발전을 위해 충성를 다하게 해달라'고 빌었고, 서울 신촌성결교회 정진경 목사는 '전두환 상임위원장을 위한 기도회'에서 '최근 어려운 시기에 국보위 상임위원장이 사회 구석구석에 만연된 사회악을 제거하여 사회 정화를 앞당겨 주신 것에 감사드린다'고 말했다.

학살자의 우두머리는 피의 입으로 주님의 은총을 요구했고, 교회 성직자들은 그를 위해 주님의 이름으로 기도하고 있었다.

1980년 8월 초순, 〈로스앤젤레스 타임스〉와 AP 통신, 〈뉴욕 타임스〉는 위컴 주한 미군 사령관의 발언을 보도했다. 기사에 의하면 위컴은 '한국인의 국민성은 들쥐와 같아서 누가 대통령이 되든 그를 따라갈 것이다. 한국민에게는 민주주의가 적합하지 않다'고 하면서 '합법적인 방법으로 정권을 잡고, 한국 국민으로부터 폭넓은 지지를 받고 있다는 것을 시간을 두고 증명하고, 한반도의 안전을 위태롭게 하지 않는다면 미국은 전두환을 지지할 것'이라고 말했다는 내용이었다. 위컴의 발언에 대해 '전두환은 활짝 웃으며 친구인 위컴 장군의 지지를 환영했다'는 내용이 덧붙여 있었다.

머턴은 위컴이 군인으로서 전두환을 얼마나 경멸하고 있는지 잘 알고 있었다. 그 경멸이 전두환을 지지 혹은 묵인하는 한국 국민에 대한 경멸로까지 나아가지 않았나 하는 생각이 들었다. 아무튼 그것은 주한 미군 사령관으로서 적절치 못한 발언이었다. 비록 비공식적인 인터뷰였고, 발언자의 이름과 지위를 밝히지 않기로 약속했다지만 기자의 속성에 대해 좀 더 세심한 주의를 기울였어야 했다.

언론을 장악하고 있는 전두환은 위컴의 발언을 자신의 입맛대로 요리해 나갔다. 한국의 언론은 위컴의 지지 발언과 함께 전두환이 미국의 지지를 기반으로 대통령이 될 것이라는 내용을 대대적으로 보도했다. 전두환의 비민주적 탄압 정책에 대한 위컴의 비판과 미국 지지의 전제 조건은 물론 빠져 있었다.

한국의 언론 역시 머턴을 적잖이 당혹하게 만들었다. 모든 언론 매체들이 전두환 찬양에 화음을 맞추고 있었다. 계엄령하에서 언론의 자유를 기대한다는 것은 지나친 욕심이다. 하지만 강요에 의해 펜을 드는 행위와 자진해서 펜을 드는 행위는 근본적으로 다르다. 정부가 대주주인 언론의 경우 애써 이해를 하고자 한다면 못할 것도 없지만 정부와 독립된 일부 언론들이 찬양의 화음에 앞장서는 모습은 정말 이해하기 힘들었다. 언론이 진정 무서운 것은 진실을 밝히는 힘을 갖고 있기 때문이 아니라 진실을 훼손시키는 힘을 갖고 있기 때문임을 머턴은 아프게 깨달았다. 하지만 진실의 뿌리까지 훼손시킬 수는 없었다. 박태민의 예언은 정확했다. 한국의 젊은 혼들은 어둠의 하늘을 가르는 불꽃을 보고 있었다. 해방 광주가 진실의 성소(聖所)임을 알리는 그 불꽃은 젊은 혼들을 격동시켰다. 격동된 혼의 전사들은 전두환 정권과 치열한 전쟁을 벌였다. 피의 정권, 진실의 무덤 위에 세운 부도덕한 정권과의 타협은 불가능했다. 전사들의 무기는 강렬한 도덕적 분노와 '살아남은 자의 슬픔'이었다.

유신 체제 7년 동안 제적 학생은 786명이었다. 그런데 5·17 이후 1983년 말의 복교 허용 조치 때까지 3년 반 동안 제적 학생은 무려 1,363명이었다. 수많은 학생들이 투옥되었고, 스스로 노동자가 되었다. 자기희생의 결단 없이는 불가능한 선택이었다. 이 희생의 구체적 결실이 1987년 불꽃처럼 솟아올랐던 6월 민주항쟁이었다.

광주항쟁은 계엄령을 선포하고 군대를 동원하면 정치적 위기를 타개할 수 있다는 군부 세력의 전통적 자신감에 쐐기를 박은 사건이었다. 광주 시민들의 죽음에 이르는 저항은 인간의 존엄성을 허용하지 않는 군부 독재의 비민주적 본질을 세계인들에게 여지없이 드러내었다. 6월 민주항쟁이라는 국민적 궐기에 직면했던 전두환 군사 정권이 군대를 동원하지 못했던 것은 광주의 기억 때문이었다. 광주 항쟁은 6월 민주항쟁의 모태였다.

젊은 혼들에 의한 1980년대 변혁 운동은 광주 학살에 대한 깊은 응시에서부터 출발했다. 그것은 곧 우리의 군이, 우리 국토에서, 우리 국민을 그토록 무참하게 학살했다는 명확한 사실에 대한 깊은 응시였다. 신군부가 5·17 비상계엄 확대 조치를 취하면서 내건 명분이 북한의 위협이었다. 해방 광주가 시작되고 있었던 5월 21일 저녁 계엄사가 폭도들의 배후 세력으로 내세운 것은 불순 인물과 고정간첩이었다. 80년 9월 16일 전두환은 〈워싱턴 포스트〉 지와의 회견에서 '만일 광주사태가 다른 도시로 확대되었다면 김일성이 10만 침략군을 내려 보냈을 것'이라고 말했다. 분단이 만들어 낸 반공 이데올로기는 광주 학살을 정당화하는 기둥이었다. 그 기둥 뒤에는 20사단의 광주 이동을 허용함으로써 광주 학살을 지원한 미국이 있었다. 반공 이데올로기와 함께, 해방 후 반공 이데올로기를 구축했던 미국에 대한 근원적이며 전면적인 물음이 불가피했다. 이 물음은 반공 이데올로기의 형성과 고착이 이루어졌던 1945년부터 1953년까지의 한국 현대사를 새로운 시각으로 분석하게 했다. 그것은 반공·반북한·친미 이데올로기를 바탕으로 한 기존의 역사 연구에 대한 부정이자 마르크스레닌주의로의 지향이기도 했다. 이 과정에서 서구의 다양한 좌파 사상들이 연구와 학습, 해석과 논쟁을 통해 내면화되어 갔다. 머턴이 특히 주목한 것은 좌파 사상의 내면화였다.

공산주의의 악마성을 표 나게 내세우는 남한의 반공 이데올로기는 좌파 사상을 철저히 봉쇄해 왔다. 어떤 사상도 좌파적 이념을 띠면 권력을 작동시켰다. 하지만 변혁 운동가들에게 마르크시즘은 한국 사회를 이해, 분석하는 유용한 도구이자 실천적 지식이었다. 80년대를 점철했던 권력과의 이데올로기 전쟁은 치열할 수밖에 없었다. 그들의 치열함은 반공 이데올로기가 허용치 않았던 좌파 사상의 공간을 창출하고 있었다. 그것은 한국 사회가 닫힌 사회에서 열린 사회로 나아가는 소중한 공간이었다.

자유 민주주의 이념에서 자유의 핵심은 양심의 자유, 즉 사상의 자유다. 양심의 자유가 헌법에서 가장 중요한 원칙 규범인 까닭은 여기에서 비롯된다. 오늘날 대부분의 국가 헌법이 양심의 자유가 불가침의 권리임을 밝히고 있듯 대한민국 헌법 역시 '모든 국민은 양심의 자유를 가진다'고 명시하고 있다. 그럼에도 불구하고 많은 한국인들은 사회주의 사상이 자유 민주주의를 파괴한다고 믿고 있다. 이 참혹한 모순이 한국 사회를 얼마나 병들게 하는지 그들은 모른다.

자유 민주주의의 바람직한 모습은 자유와 평등이 유기적으로 기능하는 사회다. 영국의 혁명이 자유를 중시했다면 프랑스 혁명은 평등에 더 무게를 두었다. 영국인이 획득한 자유는 참정권 확대로 이어져 계급과 지위의 차이를 줄임으로써 평등에 기여했으며, 프랑스인이 획득한 평등은 정당·압력 단체들의 주장을 허용하고 노사의 단체 협상을 합법화함으로써 자유를 촉진시켰다. 이처럼 자유와 평등은 서로를 자극하여 생명력을 확대시킨다. 유럽의 자유 민주주의 나라들이 평등의 이념인 사회주의를 적극적으로 도입하는 이유가 여기에 있다.

하지만 한국의 반공 이데올로기는 자유의 핵심을 부정할 뿐만 아니라 평등의 윤리도 가로막았다. 이 완강한 도그마를 최초로 깨뜨린 이들이 80년대 변혁 운동가들이었다. 그들이 이룩한 정신사적 혁명은 한국 민주화의 출발점인 6월 민주항쟁의 의미를 훨씬 능가한다는 것이 머턴의 생각이었다.

물론 변혁 운동의 폐해도 있었다. 어떤 의미에서 그들은 광주의 원죄에 사로잡힌 영혼들이었다. 그 원죄로부터 벗어나려는 욕망은 순결주의를 낳았다. 순결주의는 적과 우리를 선명히 구분할 것을 요구한다. 적은 악의 세력이며, 악의 세력은 말살되어야 하는 것이 순결주의의 윤리다. 순결주의의 양식(糧食)이 증오인 것은 이런 까닭이다. 이 증오가 반공 이데올로기의 증오와 다를 바 없다는 것은 비극이었다. 마르크스·레닌의 정통 이론에 대한 맹신과 북한 주체사상의 수용 등 이념의 급진화는 순결주의의 결과였다.

전위성과 전투성을 추구하는 순결주의는 생명을 이념의 도구로 복속시켰다. 이것의 극단적인 모습이 1984년 중반부터 빈발했던 학생과 노동자들의 투신과 분신이었다. 어쩌면 그들은 자신의 죽음을 광주의 죽음과 동일시했을지도 몰랐다. 죽음의 동일시야말로 광주의 원죄로부터 가장 완벽하게 벗어나는 방법이었다. 그러나 광주의 죽음은 이념을 위한 죽음이 아니었다. 그들이 죽음을 선택한 것은 인간의 존엄성을 지키기 위함이었고, 진실을 빼앗기지 않기 위함이었다.

11월 10일 새벽 한시
「저 장벽이 무너지다니, 난 지금도 믿어지지 않아요. 꼭 꿈을 꾸고 있는 듯한 느낌입니다.」

동독이 고향이라는 잉고 카르겔의 얼굴은 그의 말처럼 꿈꾸는 듯한 표정이었다. 머턴이 그 남자 앞에 걸음을 멈춘 것은 쇠붙이로 장벽을 두드려 깨면서 울고 있었기 때문이었다. 그가 들고 있는 쇠붙이는 타이어 교체용 지렛대였다.

「고향에서 버스로 이곳까지 이십 분이면 옵니다. 하지만 난 이천

사백 킬로미터를 돌아서 이곳에 왔습니다. 참으로 먼 길이었습니다. 내 첫아이는 그 길 위에서 태어났습니다. 아내가 무척 힘들어했지요. 그땐 장벽이 저렇게 무너질 줄 꿈에도 몰랐습니다. 그걸 알았다면 그토록 힘든 여행을 하지 않았을 겁니다. 이제 난 반 시간이면 고향에 갈 수 있습니다. 아시겠어요? 다시는 못 갈 것 같았던 고향을 반 시간에 갈 수 있단 말입니다. 이게 꿈이 아니고 뭡니까! 내 오늘 이 장벽 조각을 꼭 가져갈 겁니다.」

그러면서 다시 장벽을 두드리기 시작했다. 머턴은 고개를 끄덕였다. 그에게 장벽 조각은 분명 꿈의 한 부분이었다. 인생에서 꿈의 한 부분을 가질 수 있다는 것은 커다란 축복이다.

사회주의는 인류가 미래의 시간 위에 끊임없이 그려 왔던 꿈의 한 형태였다. 사회주의의 원천은 물질에 의해 갈가리 찢기는 인간의 처참에 대한 도덕적 분노였다. 도덕적 분노는 유토피아의 열망을 자극시켰고, 그 열망을 지상에 최초로 구체화시킨 것이 1917년의 10월 혁명이었다. 러시아의 시인 마야코프스키는 '마치, 언젠가, 고요한 정박소에서 우리를 부드럽게 흔들었던 우연의 물마루와 같다'고 10월 혁명을 아름다운 언어로 감격스럽게 노래했다. 자신과 혁명을 서슴지 않고 동일시했던 마야코프스키가 혁명의 거짓된 현재에 절망, 권총 자살을 한 것은 혁명 13년 후인 1930년 4월이었다. 그로부터 59년이 지난 1989년 11월 베를린 장벽이 무너졌다. 그것은 사회주의의 붕괴를 예고하는 굉음이었다.

사회주의의 실패는 마르크스의 오류에서 비롯되었다. 마르크스가 저지른 가장 큰 오류는 인간의 본질적 속성에 관한 것이었다. 마르크시즘의 이상이 구현한 공산 사회는 모든 사람이 능력에 따라 일하고 필요한 만큼 소유하는 세계다. 그것은 인류가 한시도 잊지 못했던 유토피아의 모습이다.

마르크스는 프롤레타리아 혁명을 자본주의에서, 자본가 계급과 지주 계급이 없는 사회주의로 변화시키는 수단으로 보았다. 따라서 1917년 10월 혁명을 성공시킨 러시아는 사회주의를 이룩한 것이었다. 하지만 사회주의가 이룩되었다고 해서 계급이 소멸된 것은 아니다. 노동자 계급과 농민 계급, 근로 인텔리겐치아 사이는 물론이고 도시와 농촌, 정신노동과 육체노동 등 사회생활의 여러 영역에서 경제·사회·문화적 격차가 남아 있다. 이 격차를 소멸시키기 위한 수단이 프롤레타리아 권력(독재)이다. 따라서 프롤레타리아 권력은 높은 도덕성을 요구한다. 마르크스의 오류는 여기서부터 시작되었다.

권력에 대한 인간의 욕망은 어떤 의미에서 식욕과 성욕의 본능을 능가한다. 인간의 이성과 도덕이 권력의 욕망에 의해 얼마나 희롱당해 왔는지, 인류의 역사는 비극적으로 노출해 왔다. 역사가 드러내는 모든 학살의 근원은 권력의 욕망이었다. 이 욕망을 통제한다는 것은 불가능하다. 인류가 민주주의를 선택한 것은 권력의 주체를 자주 교체시키는 제도적 장치 때문이었다. 그것은 권력에 대한 인간의 탐식이 통제 불가능한 대상임을 깨달은 지혜의 산물이었다.

마르크스는 사회주의적 인간의 높은 도덕성이 권력의 욕망을 제어할 수 있다고 믿었다. 이 믿음의 절정이 프롤레타리아 권력(국가) 소멸론이다. 모든 계급이 소멸되어 공산주의 사회가 실현되면 국가 역시 스스로 소멸한다는 것이 마르크스의 이론이다. 이 과정에서 인민은 소유욕이라는 인간의 이기적 본성에서 벗어나 공동체의 선을 추구하는 도덕적 인간으로 고양된다. 인간의 도덕적 능력에 대한 마르크스의 믿음이야말로 공산주의라는 유토피아를 건설하는 원동력이었다. 그러나 현실은 마르크스의 관념과 달랐다. 계급의 적은 언제나 존재하기 때문에 권력의 강화가 필요하다는 국가 강화론이 스탈린에 의해 주창되었다. 그 결과 공산 권력은 인류를 상처 내게 한 절대 권력의 전철을 밟았다. 자유롭고자 하는 욕망과 소유하고자 하는 욕망 역시 인간의 본성이다. 이 본성들이 억압될 때 공동체는 생명력을 잃는다. 마르크스가 꿈꾸었던 유토피아는 허물어질 수밖에 없었다.

「자, 이것 보세요. 이 보잘것없는 콘크리트 조각이 고향 가는 길을 가로막고 있었다니……」

잉고 카르겔은 활짝 웃으며 떼어 낸 장벽 조각을 머턴에게 내밀었다. 그의 목소리는 높고 쾌활했다. 머턴은 허물어진 꿈의 조각을 물끄러미 내려다보았다. 아마도 지금쯤 수많은 자본주의 신봉자들은 환호할 것이다. 우리들이 승리했노라고. 그들에게 승리의 기쁨을 박탈할 권리는 누구에게도 없다. 하지만 그들이 승리의 기쁨을 누리기에 앞서 해야 할 일이 있다. 사회주의 패배에 대한 성찰이 그것이다.

누가 사회주의를 무너뜨렸는가? 자본주의? 아니다. 사회주의를 무너뜨린 이는 인간 그 자체였다. 구체적으로 말하면 유토피아가 요구하는 도덕성을 견디지 못하는 인간이었다. 마르크스는 인간의 물신적 관능을 허락하지 않았다. 그가 인간에게 요구한 것은 개인의 욕망이 아니라 공동체의 욕망이었다. 그는 인간의 물신적 관능이 뿜어내는 놀라운 에너지를 간과하고 있었다. 이 에너지를 적극적으로 창출한 것이 자본주의였다. 자본주의야말로 인간의 본성에 가장 적합한 경제 조직이었다. 게다가 사회주의라는 거울이 존재하고 있었다.

사회주의의 몰락은 지상에 유토피아가 실현될 수 없다는 쓰라린 증명이자, 유토피아가 요구하는 도덕성을 견디지 못하는 인간 존재의 불완전성에 대한 절망적 확인이다. 이 진실 앞에서 인간이 취해야 할 자세는 무엇일까?

금발의 젊은 서독 여자가 잉고 카르겔에게 한 송이 장미꽃을 건네고 있었다. 그는 활짝 웃으며 그녀에게 뭐라고 말하고 있었다. 동독 어디인가에 있는 고향 이야기였다.

한국에 있을 때 실향민을 만나는 기회가 간혹 있었다. 그들의 꿈도 한결같이 고향 가는 것이었다. 머턴이 이해할 수 없었던 것은 꿈에 대응하는 그들의 행위였다. 남북 교류는 그들이 고향에 갈 수 있는 가장 현실적인 방법이다. 통일은 그 훗날의 문제다. 동서독 간의 교환 방문이 실현된 것은 1963년이었다. 63년 12월 19일부터 64년 1월 5일 사이에 서베를린 시민 130여만 명이 동독의 가족과 친지를 방문했다.

교환 방문이 이루어지기 위해서는 남북한이 가까워져야 한다. 그런데 한국의 실향민들은 북한과 적대적 관계를 통해 권력을 강화하는 군사 독재 체제를 지속적으로 지지해 왔다. 이 희한한 모순을 가능하게 한 것이 반공 이데올로기였다.

89년 6월 서독을 방문한 고르바초프는 베를린 장벽에 대해 '그것이 만들어졌던 제 조건이 사라지면 자연히 없어질 것'이라고 말했다. 냉전 체제가 바로 '그것이 만들어졌던 제 조건'이다. 베를린 장벽이 무너졌다는 것은 냉전 체제가 무너졌음을 뜻하며, 냉전 체제의 틀인 반공 이데올로기가 무너졌음을 뜻한다. 이 문명사적 전환이 강고한 분단 구조 속에 갇혀 있는 한반도에 새로운 인식의 틀을 요구함은 물론이다. 그것의 첫번째 과제가 반미와 반공이라는 증오의 이데올로기로부터의 탈피다.

사회주의 체제의 변화가 단기적으로 북한 체제를 더욱 경직시킬지는 모르나 새로운 문명사의 흐름을 거역할 수는 없을 것이다. 사회주의 경제 분업이 급속히 무너지고 있는 현실 속에서 개방은 피하기 힘든 현실로 다가올 것이다. 북한은 아마도 쇄국 정책의 빗장인 반미 이데올로기를 대단히 조심스럽게 뺄 것이다. 이 과정에서 남한의 역할은 아무리 강조해도 지나침이 없다.

남한의 반공 이데올로그들의 가장 큰 착각은 반공 이데올로기 체제의 고수가 자유 민주주의의 고수라고 생각하는 것이었다. 체제 유지를 위해 반공 이데올로기가 자유 민주주의를 앞설 수밖에 없었던 시대가 있었다. 이 불행한 시대가 만들어 낸 것이 좌파 사상에 대한 본능적 적의였다. 그들에게 좌파 사상은 자유 민주주의를 훼손시키고 북한을 이롭게 하는 사회악일 뿐이었다. 한국전쟁이 만들어 낸 이 원시적 도그마를 냉전 체제 해체 이후에도 견지하려고 한다면, 어떤 논리도 그들을 극단주의자의 모습에서 벗어나게 하지 못할 것이다. 자유 민주주의의 진정한 적은 극단주의다. 극단주의의 모습이 적나라하게 드러난 것이 광주 학살이었다. 80년대 변혁 운동이 사상의 불모지에서 풍요한 수확을 거둘 수 있었던 것은 광주 학살에 대한 깊은 응시에서부터 출발했기 때문이었다.

폭죽 터지는 소리가 들렸다. 형형색색의 불꽃이 어두운 하늘을 수놓고 있었다. 9년 전 5월 광주의 작은 여관 창가에서 보았던 조명탄의 불꽃이 떠올랐다. 도청을 환히 밝히고 있었던 그것은 생명을 살해하기 위한 불꽃이었다. 죽음의 불꽃은 창백했다. 창백한 불꽃에 싸인 도청은 연옥의 풍경이었다. 이 연옥 속에서도 박태민과 도예섭 신부는 여전히 미소 짓고 있었다. 한 사람은 상냥하게, 또 한 사람은 천진하게.

박태민은 자신의 죽음을 통해 더 큰 삶을 꿈꾸고 있었다. 그의 꿈은 명료했다. 박태민의 상냥한 미소는 명료함에서 우러나온 것이었다. 하지만 신부의 미소는 달랐다. 그의 죽음은 박태민만큼 명료하지가 않았다. 신부의 말을 이해 못한 것이 아니었다. 이해를 넘어서서 머턴을 놀라움 속에 빠뜨렸다. 그럼에도 신부의 미소는 늘 안개에 싸여 있었다. 자욱한 안개 없이 그의 천진한 미소를 떠올릴 수가 없었다.

도청을 가기 위해 사제관에서 나온 신부의 모습에 머턴은 깜짝 놀랐다. 평복 차림이었다. 로만 칼라가 없는 그의 모습은 어색하다 못해 초라해 보이기까지 했다. 어리둥절해 있는 그에게 신부는 지나가는 말로 한마디 던졌다. 혼자만 갑옷을 입고 있으면 쑥스럽지 않겠느냐고.

두 사람은 도청을 향해 말없이 걸었다. 신부가 두세 걸음 앞섰다. 인적이 끊어진 거리의 정적은 무섭도록 깊었다. 세상과 격리된 깊은 골짜기 속을 걷는 느낌이었다. 하지만 신부는 달랐다. 그의 걸음걸이는 대단히 가벼웠다. 너무나 가벼워 물 위를 걷는 게 아닌가 생각될 정도였다.

해방 광주가 와해되었던 5월 27일 저녁, 머턴은 박태민에게 초점을 맞춘 기사를 텔렉스로 송고한 후 동료 특파원들과 함께 서울 시내 술집을 전전했다. 견디기 힘든 공허가 술을 탐식하게 했다. 동료들의 전언에 의하면 그가 거리에서 고래고래 소리 지르며 전두환을 비롯한 한국의 정치 군부 우두머리들을 저주했다고 하는데, 전혀 생각나지 않았다.

머턴이 신부에 관한 기사를 쓰지 않았던 것은 그와의 약속 때문이었다. 도청으로 들어가기 직전 신부는 부탁 하나 들어줄 수 있겠느냐고 물었다. 기쁜 마음으로 들어 드리겠다는 머턴의 말에 자신에 관한 어떤 글도 쓰지 말아 달라고 했다. 그 이유를 묻자 신부는 '나의 살과 피가 그분들의 살과 피와 똑같기 때문'이라고 대답했다. 머턴은 가슴이 콱 막히는 것을 느꼈다. 신부의 죽음이야말로 드라마를 갈구하는 세상 사람들에게 대단히 매혹적인 이야기였다. 하지만 신부는 자신의 죽음이 세상 속에서 그렇게 떠도는 것을 원치 않았다. 머턴이 고개를 끄덕이자 신부는 미소를 머금으며 손을 내밀었다. 작별의 악수였다. 감정을 간신히 통제하고 있는 머턴은 신부처럼 웃을 수가 없었다.

잉고 카르겔이 국경을 넘기 직전 걸음을 멈추고 돌아보았다. 그의 얼굴은 여전히 꿈꾸는 듯한 표정이었다. 머턴이 손을 흔들자 잉고 카르겔은 뭐라고 외치면서 손에 든 장미꽃을 치켜들었다. 한 송이 장미꽃이 허공에서 너울거렸다. 잠시 후 꽃은 꿈을 찾아 떠나는 이와 함께 국경 너머 어둠 속으로 사라졌다. 도청으로 들어가는 신부의 모습이 어른거렸다. 그의 남루한 옷은 흰빛에 싸여 있었다. 그것은 눈처럼 흰 한 송이 꽃이었다.

광 야

초판 1쇄 발행일 • 2002년 1월 20일
초판 2쇄 발행일 • 2002년 1월 25일
지은이 • 정 찬
펴낸이 • 임성규
펴낸곳 • 문이당

등록 • 1988. 11. 5. 제 1-832호
주소 • 서울시 성북구 동소문동 4가 111번지
전화 • 928-8741~3(영) 927-4991~2(편)
팩스 • 925-5406
ⓒ 2002 정 찬

홈페이지 http://www.munidang.com
전자우편 webmaster@munidang.com

ISBN 89-/456-177-8 03810